L'AFFAIRE
DE LA MÔME MOINEAU

DU MÊME AUTEUR

Aux Éditions Fayard :

FLIC STORY (porté à l'écran avec Alain Delon et Jean-Louis Trintignant).
RENÉ LA CANNE (porté à l'écran avec Gérard Depardieu, Michel Piccoli et Sylvia Kristel).
LE GANG (porté à l'écran avec Alain Delon et Nicole Calfan).

Aux Éditions Grasset :

LE PLAY-BOY.
L'INDIC (porté à l'écran avec Daniel Auteuil et Thierry Lhermitte).
L'ARCHANGE.
LE RICAIN.
LE GRINGO.
LE MALTAIS.
LE TIGRE.
LE BOSS.
VOL D'UN NID DE BIJOUX.

ROGER BORNICHE

L'AFFAIRE DE LA MÔME MOINEAU

BERNARD GRASSET
PARIS

Prologue

Il s'installe à une table proche de la porte qui donne sur le hall, à 21 heures précises, choisit, sur la carte imposante, des huîtres et une entrecôte, commande au sommelier un chambertin Patriarche Père et Fils 1934. De sa place, il embrasse d'un coup d'œil la salle à manger où une clientèle bruyante a encore le courage de sabler le champagne, quatre jours après le réveillon du premier de l'an. Des cris, des rires retentissent sous la véranda, monumentale cage de verre qui illumine les chênes de *la Vieille Fontaine,* l'hostellerie élégante de Maisons-Laffitte.

Les aiguilles ciselées de son chronomètre marquent maintenant 22 h 07. Il est ponctuel sachant que l'autre l'est aussi. Il se lève, gagne le hall, referme la porte, laissant le pêne revenir sans bruit dans la gâche. Pas un des fêtards de l'aquarium n'a remarqué son départ. Le cliquetis de casseroles heurtées et d'assiettes qu'on empile lui parvient, assourdi, de l'escalier qui mène à la cuisine, en sous-sol. L'habituel tintamarre des coulisses de restaurant.

Il demeure quelques secondes immobile, aux aguets, puis il fait mine de gagner le salon rustique où les riches clients de M. Frolich aiment venir se détendre, après le dîner. Près de la porte d'entrée, dont les croisillons de fonte protègent le verre cathédrale, sa main frôle le tableau des clés des chambres. Il en décroche une, qu'il enfouit prestement dans la poche droite de son costume prince-de-galles.

Tout en regardant derrière lui, il agrippe la rampe du vieil escalier et, d'une détente qui traduit la souplesse de ses muscles, il franchit trois marches. Il évite le tapis vieillot aux couleurs fanées, rase le mur pour éviter le craquement du bois sous ses pieds. Tandis qu'il s'envole vers le premier étage, le plafonnier projette, en contrebas, sa silhouette bondissante.

Sur le palier plongé dans une semi-obscurité, il marque une pause. Il darde en tous sens le regard d'un fauve dont les facultés d'observation sont décuplées par une longue pratique. Il épie les bruits qui montent de la cuisine, le bourdonnement de la salle à manger. Si ses oreilles captent bien quelques grincements indéfinissables, son expérience de travailleur nocturne lui a appris que le silence absolu n'existe pas.

Il reprend son ascension.

La veilleuse du second étage guide ses pas au long d'un couloir encombré de meubles anciens. Une plaque ovale émaillée attire son attention. Il se retourne, se blottit dans l'encadrement de la porte, décoche à nouveau ses regards dans le vestibule qu'il vient de parcourir, pour s'assurer que personne ne l'a suivi.

Se sentant en sûreté, il introduit dans le canon la clé subtilisée, l'actionne avec douceur. L'hôtel de *la Vieille Fontaine* est un établissement de premier ordre, qui tient à la tranquillité de ses occupants. Les serrures, régulièrement huilées, n'ont pas l'habitude de gémir. Il en paraît tout satisfait.

La porte entrebâillée laisse filtrer un parfum de femme qui évoque la moiteur d'un lit. Il glisse la main dans la poche intérieure de sa veste, en extrait une minuscule lampe dont il braque le rayon sur le sol. Il referme la porte derrière lui. Les doubles rideaux de velours dissimulent la fenêtre. Il les fait légèrement coulisser, constate que les volets ne sont pas fermés. Il approche si près son visage de la vitre que son haleine ternit aussitôt le verre glacé. Le faisceau de sa lampe s'éteint, s'allume à trois reprises vers l'extérieur.

C'est le signal convenu. Il est 22 h 10. Dans cinq minutes, pas une de plus, puisque les montres ont été synchronisées une heure plus tôt en vue de l'ultime rendez-vous, il aura rejoint l'autre qui attend, là-bas, dissimulé dans l'ombre du parc.

Il revient au centre de la chambre, enfile une paire de gants. L'odeur féminine est si présente qu'il balaie machinalement le lit de sa torche, comme s'il allait découvrir une forme sous les draps. Le halo démasque la lourde armoire à glace, la table ovale et les fauteuils Napoléon III, avant d'éclairer la porte ripolinée de la salle de bains.

La locataire de la chambre n° 8 n'est visiblement pas une maniaque du rangement. Le plus parfait désordre règne dans la pièce. Des vêtements jonchent le tapis, des chaussures dépareillées sont éparpillées sous les meubles, une valise en crocodile, sur la table, dégorge un flot de lingerie fine. Il devine, sous ses doigts gantés, la qualité des soieries, hume le parfum entêtant dont la force croît à mesure qu'il bouscule les dessous vaporeux. Désordre pour désordre, il les disperse sur le sol pour bien s'assurer que la valise ne comporte pas de double fond.

Soudain, des rires étouffés dans la cage de l'escalier. Il éteint la lampe, se fige contre le mur. Il demeure ainsi, la respiration bloquée, l'oreille attentive, jusqu'à ce que le claquement d'une porte le tranquillise. Quelques secondes encore, et le gargouillis d'une tuyauterie le délivre tout à fait de son oppression : les rieurs de l'étage procèdent à leurs ablutions.

Le temps presse.

Il ouvre l'armoire que le poids de la glace fait crisser, farfouille dans le bric-à-brac de vêtements dont il ne se donne pas la peine de faire le détail. Sa main revient bredouille d'une exploration pourtant minutieuse. Il s'attaque au lit, bouscule les oreillers, rejette les couvertures. Puis il s'accroupit. Un barrage d'escarpins de toutes les couleurs se dresse devant la table de nuit. Il les bouleverse d'un mouvement du coude. Le rayon de sa lampe débusque une mallette en crocodile rouge. Avec une impatience fébrile, il l'attire à lui. Les serrures verrouillées ne résistent pas longtemps au tournevis qui fait office de levier. Des liasses de dollars recouvrent un sac en cuir jaune. Il dénoue le lacet. Sous la lumière scintillent des bracelets et des clips sertis d'émeraudes, des colliers de perles et de rubis et, au milieu d'une profusion de diamants, en vrac, un pince-billets en or et deux carnets de travellers-chèques.

Il ne prend guère le temps d'admirer le butin qu'il enfouit, par poignées, dans les poches de son pantalon, mais il sait déjà que la visite a été fructueuse. Il quitte la pièce, fait jouer la clé, franchit en tapinois le couloir dans toute sa longueur.

Au moment d'aborder l'escalier, il s'aperçoit qu'il a gardé le sac de cuir à la main. Il s'en débarrasse derrière un vase de fleurs séchées, inspecte l'escalier. La voie est libre. Une main dans la poche où il sent ruisseler les bijoux, il descend, placide, les marches. Une bouffée de plaisir gonfle ses poumons.

Personne, pas même la serveuse polonaise qui lui adresse un sourire au passage, ne s'étonne de son apparition dans le hall. Des couples éméchés gagnent le salon rustique. Avec assurance, il s'approche du tableau, remet en place la clé de la chambre 8, décroche du portemanteau son pardessus en poil de chameau. Il tire une cigarette de sa poche, l'allume. La porte d'entrée est devant lui. Il l'ouvre, la pousse tranquillement.

En descendant les marches de pierre, il réalise, une fois encore, que l'audace et la chance sont toujours payantes.

Tirant de lentes bouffées de sa cigarette, il suit l'allée gravillonnée jusqu'à la grille de fer forgé, grande ouverte. Le murmure de la vieille fontaine qui a donné son nom à l'établissement l'accompagne. Il s'enfonce dans la nuit de l'avenue de Grétry, déserte, entre deux rangées de chênes, sur une pelouse jonchée de feuilles mortes, humides, qui amortissent ses pas.

Le rougeoiement d'une cigarette l'attire comme l'éclat d'un phare. Une ombre s'écarte de l'arbre contre lequel est accolé un cyclomoteur. Il ouvre la sacoche de moleskine verte, y déverse une poignée de diamants, puis les bijoux et les devises. Il rabat le couvercle avec soin, le sangle.

— Dans une heure au pied de la statue de la Défense, souffle-t-il. Ma bagnole est devant le Temple. S'ils m'arrêtaient à un barrage, ils en seraient pour leurs frais.

L'autre esquisse un sourire. Il jette sa cigarette, écrase le bout allumé de la pointe du pied, enfourche son engin. Quelques tours de pédalier dans le vide et la pétarade s'apaise, puis s'éteint, au-delà des quais de la Seine, plongés dans la nuit.

Il est exactement 22 h 15. En moins de huit minutes, le vol le plus important de l'après-guerre vient d'être réalisé.

PREMIÈRE PARTIE

Le tueur

1

— Franchement, est-ce que vous vous rendez compte de la chance que vous avez, mon petit Borniche ? Une affaire toute cuite qui vous tombe dessus, comme ça, en cadeau de nouvel an !

Le commissaire Vieuchêne a sa voix des bons jours. Sans doute flaire-t-il l'action spectaculaire susceptible de parfaire son image de marque d'amiral de l'armada policière de la Sûreté nationale et, par la même occasion, d'attirer l'attention du Directeur général sur sa prochaine inscription au tableau d'avancement. Je crois même distinguer dans ses petits yeux ronds, ordinairement plutôt éteints, une lueur de malice qu'il réserve aux moments savoureux de la guerre des polices qui atteint, ces temps-ci, une dimension grandiose à force de puérilité. La Préfecture de police nous a dans le collimateur. Elle nous accuse de nous mêler d'affaires qui ne nous regardent pas. Les délits et les crimes commis dans la région parisienne sont son domaine réservé, son pain quotidien, puisque sa compétence se limite aux frontières du département de la Seine. Nous, à la Sûreté, nous devrions nous contenter du reste du gâteau, c'est-à-dire du territoire national.

Vieuchêne ne l'entend pas de cette oreille. Et comme il sait que, jeune flic de vingt-huit ans, mû par l'instinct du chasseur, je supporte mal ces histoires de frontières intérieures, il me pousse au crime afin d'afficher sa supériorité sur nos concurrents. Du coup, le commissaire Clot, chef de la brigade volante du quai des Orfèvres, ne nous porte pas dans son cœur. Il nous traite de « voleurs de crânes », le crâne étant, en jargon policier, l'équivalent du trophée que les Nemrods accrochent à leur mur.

A quelle nouvelle chasse à courre le Gros, mon vénérable et vénéré patron, m'invite-t-il aujourd'hui pour m'appeler « mon petit Borniche » sur ce ton paternaliste dont il sait calculer les effets ?

Dieu sait pourtant que, depuis la rentrée judiciaire, je n'ai ménagé ni mon temps ni ma peine. Le 3 septembre, Émile Buisson et René Girier ont faussé compagnie à leurs infirmiers-gardiens de l'asile psychiatrique de Villejuif où ils s'étaient fait interner en simulant la folie. Le sentimental René la Canne n'a pas voulu suivre Buisson dans ses expéditions sanguinaires et il n'a pas tardé à réintégrer la prison de la Santé. M. Émile, lui, court toujours. Le vieux cheval de retour que les journalistes ont baptisé « l'ennemi public numéro un » sait éviter les pièges que les policiers de la Préfecture et de la Sûreté lui ont, jusqu'ici, tendus. Et il continue à jalonner allégrement sa route d'agressions et de meurtres[1].

A travers les rapports de la P.P. transmis au ministère de l'Intérieur, à travers les articles de presse, à travers les témoignages des victimes, sa présence est signalée au rythme d'une attaque par semaine, au moins.

Fin septembre, une descente surprise du commissaire Clot dans sa planque de la rue Bichat, en face de l'hôpital Saint-Louis, lui a porté un coup sérieux. Quatre de ses complices, dont son frère Jean-Baptiste, ont été arrêtés les armes à la main. Le tueur a réussi à s'éclipser en enjambant l'appui d'une fenêtre et à sauter sur le toit d'un immeuble voisin. Le temps de reconstituer une équipe, et il est reparti sur le sentier de la

1. Voir *Flic Story*, éd. Fayard.

guerre. Depuis, il demeure introuvable. Quelques cadavres de mouchards témoignent, par-ci, par-là, de la rapidité de son tir.

Je ne désespère pas, pour autant, de l'épingler. Puisque la chance, le temps et la patience sont les trois armes des policiers, M. Émile tombera un jour ou l'autre dans mes filets. Je le sais, je le sens. Mais j'aimerais le cueillir en douceur, si possible en compagnie de son redoutable ami Abel Danos, le rescapé de la rue Lauriston qui nous nargue depuis la Libération. Le 24 février 1941, tous deux avaient réalisé une agression-éclair qui leur avait rapporté huit millions de francs en argent liquide. Butin impressionnant pour l'époque !

C'était le premier hold-up de la guerre. Buisson et Danos avaient surgi d'une traction avant Citroën noire, volée naturellement, au moment où débouchait, rue de la Victoire, à Paris, une voiturette poussée par deux encaisseurs du Crédit Industriel et Commercial. Une rafale, sèche, meurtrière, et les malheureux convoyeurs s'écroulaient dans une mare de sang.

Émile Buisson et René Girier ont fait un émule. Le 9 décembre, Paul Dellapina, le célèbre cambrioleur des beaux quartiers, a mystifié ses geôliers marseillais de la prison des Baumettes. Il s'est évanoui entre les mamelons des collines avoisinantes, brûlées par le soleil. Depuis, il fait la nique à la meute de flics lancés à ses trousses.

Et maintenant, l'affaire du Gros !

Vieuchêne aime jouer du silence, comme de l'autorité que lui confère son ventre imposant. Debout dans son bureau exigu aux meubles de bois verni, coincé entre la table recouverte de paperasses en provenance des dix-sept services régionaux que la Direction des services de police judiciaire contrôle, et la bibliothèque aussi vide qu'une sépulture profanée, il hoche la tête avec la conviction d'un chef d'état-major sûr de l'issue de la bataille. Le complet bleu marine des grands jours, agrémenté du ruban de la Légion d'honneur, largeur maximale, rappelle qu'il y a toujours des vœux de nouvel an à présenter à quelque supérieur hiérarchique, dans cette première semaine de janvier.

Je réprime un bâillement. Je détourne les yeux de son cafardeux fétiche, un boa empaillé qui monte la garde devant la fenêtre à guillotine surplombant la cour carrée du building de la rue des Saussaies où somnolent des chauffeurs, gras à lard, au volant des voitures directoriales. Le reptile poussiéreux darde sa langue craquelée vers la porte derrière laquelle retentit le staccato rageur de l'increvable Olympia de Mme Lœil, la secrétaire au décolleté vertigineux en toute saison, même durant la période des grands froids.

— Oui, mon cher, un vol chez la môme Moineau, à Maisons-Laffitte, poursuit-il enfin. Soixante-quinze millions au bas mot ! La section judiciaire d'Argenteuil est sur le coup. Qui dit Argenteuil, dit Revoil. Et qui dit Revoil, dit Gillet, donc rue Bassano. Vous voyez ce que je veux dire ?

Je vois. J'acquiesce même d'un sourire pour répondre à son clin d'œil. Un saut à la campagne n'est pas pour me déplaire, au contraire. En ces jours qui suivent le réveillon où Marlyse, ma blonde compagne, m'a entraîné dans des tangos langoureux, la monotonie du bureau me pèse.

— Je prends Crocbois ?

— Comme d'habitude. Vous vous entendez bien avec lui, que je sache. Mais faites vite. Je veux prouver à Gillet et à Clot que la Direction de la Sûreté nationale existe et que les services régionaux et la brigade volante n'ont pas le monopole des affaires criminelles.

— Le commissaire Clot n'a rien à faire à Maisons-Laffitte, patron. Ce n'est pas son secteur.

— Vous parlez s'il s'en moque ! Tout est bon aux hommes de la P.P. pour venir grappiller nos affaires. Alors, moi, je les devance. Mettez-moi tous vos indics en place, je vous prie. Et le plus rapidement possible.

Mes indics ! Sans informateurs, le policier est un sous-marin sans périscope. Alors, le soir, au lieu de me calfeutrer avec Marlyse dans le trois-pièces-cuisine de la butte Montmartre qui met Paris à nos pieds, je rôde dans les bars louches. Je me compose une attitude. J'ai appris à parler l'argot comme un professionnel du Milieu. Ma prunelle photographie les truands qui bâillent d'ennui devant les tables de poker, ou au comptoir des bars à putes. En me couchant tard, en ne dormant pas, en me montrant compréhensif, je ne cesse d'élargir mon réseau de mouchards et d'espionnes, ces petits pions de l'ombre, furtifs et efficaces, sans lesquels on ne fait pas tomber les beaux crânes.

A Pigalle, à Montparnasse, aux Champs-Élysées, il m'arrive d'interpeller un souteneur en action. En échange de discrètes trahisons, je passe l'éponge. Ainsi, les maquereaux m'amènent aux braqueurs, les braqueurs aux tueurs. Peu à peu, mon réseau a pris forme. Le Gros ferme vertueusement les yeux sur ma façon de recruter. Qui serait mieux placé pour savoir qu'il m'arrive, en contrepartie d'informations, d'accorder ou de faire prolonger une autorisation de séjour à un interdit, de négliger une bénigne condamnation par défaut, ou même de verser un peu d'argent que Vieuchêne puise dans la caisse noire de la Direction ?

— Faites vite, je vous répète, mon petit Borniche. Le Clot ne va pas se gêner pour nous sortir une entourloupette de derrière les fagots. Je le connais comme si je l'avais fait. C'est un malin. Pas auvergnat pour rien ! De plus, il est l'ami de la victime, cette milliardaire qui a débuté dans le ruisseau sous le nom de la môme Moineau. Ça vous dit quelque chose ?

— Comme la môme Piaf. J'en ai entendu parler. *Samedi-Soir, France-Dimanche...*

Le Gros s'installe dans le fauteuil, derrière son bureau, joint les mains dans une attitude quasi religieuse, et commence sur un ton grave :

— Son nom de jeune fille, c'est Dhôtel. Lucienne Dhôtel. Elle a vécu dans une roulotte, à Malakoff, avec sa sœur Nénette, sa mère, qui ne quittait jamais son parapluie, et son beau-père, un moustachu paillard à la casquette vissée sur le crâne. Il la gardait même pour dormir et pour le reste, à ce qu'on dit. A quatorze ans, la gamine s'est mise à vendre des fleurs sur les Champs-Élysées. Son bout de robe ne cachait pas grand-chose. Avec son visage en boule, son nez en l'air et sa bouche cramoisie, c'était une provocation ambulante. Sans se soucier du maître d'hôtel du *Fouquet's* qui la pourchassait, le siphon à la main, ni des agents qui l'embarquaient au commissariat voisin, elle aguichait les clients de la terrasse. Libérée après cinq à six heures de cage à poule, elle recommençait. La vie était facile, en ce temps-là, les étrangers, prodigues. Elle savait jouer de son jeune corps, toujours nu sous ses oripeaux. Chaque soir, elle rapportait au bercail un petit magot qui s'envolait en de joyeuses libations. A seize ans, elle en a eu assez des mains baladeuses du beau-père et de la roulotte de Malakoff. Elle s'est découvert un talent de chanteuse et a décidé de vivre une vie d'artiste. Un bouquet de fleurs à la main, elle s'est mise à hurler des rengaines qui la faisaient pleurer. Une nuit qu'elle s'égosillait devant le restaurant *Chez Fisher,* le propriétaire eut l'idée de lui faire bramer ses complaintes à l'intérieur. Le lendemain, il l'entraîna chez Lenoir, un compositeur en renom. Lucienne savait à peine lire et écrire mais quand elle a réussi à apprendre les chansons qu'on écrivait pour elle, Fisher, son protecteur, l'a baptisée Moineau, pour concurrencer la môme Piaf qui commençait, elle aussi, à percer. Le surnom lui est resté.

Vieuchêne ne supporte pas qu'on interrompe ses démonstrations de brillant conteur. Je le laisse donc parler. Pourtant, la suite, je la connais.

Poiret, le grand couturier, remarque la petite chanteuse, l'habille. Il la promène dans sa Rolls. La voilà en route pour l'empire des puissants. Elle réapparaît au *Fouquet's,* narguant le belliqueux maître d'hôtel, choisissant les meilleurs plats. Puis, elle quitte Poiret, sa Rolls et ses falbalas. L'Amérique l'attire. Elle a suffisamment d'argent pour s'offrir un voyage à New York.

Elle tente sa chance au *Texas Guinan,* où son succès est mitigé. Quelques vedettes du spectacle et du sport se partagent ses faveurs mais, sans contrats, les économies fondent au rythme de la vie américaine. Une nuit, à bout de ressources, sans abri, elle s'endort sur la banquette d'une luxueuse Packard stationnée devant une boîte de Coney-Island. Au petit matin, le propriétaire, un bel homme brun, élancé, surgit :

— Qu'est-ce que vous faites dans ma voiture ?

— Tu vois pas ? Je roupillais. Maintenant que je suis réveillée, j'ai les crocs. Tu vas me payer du saucisson avec du beurre, des œufs durs, et du gros rouge.

L'Américain, abasourdi, ne peut qu'obéir. Voilà comment Filipo Benitez-Rexach, milliardaire d'origine portoricaine, découvre l'amour et épouse à San Juan de Porto Rico la petite chanteuse française à la jeunesse tourmentée. Il la comble de présents, la couvre de bijoux, lui offre une splendide villa sur la Côte d'Azur et un yacht de gros tonnage, qu'il s'empresse de baptiser *Moineau,* avec trente-cinq hommes d'équipage.

Sans changer un mot de son vocabulaire, Lucienne Benitez-Rexach devient la coqueluche du Tout-Paris. Les gens les plus riches du monde, que la vigueur et la verdeur de son langage amusent, lui ouvrent, toutes grandes, les portes de leurs salons. Cette vie pourrait la satisfaire. Elle n'en continue pas moins à hanter les tripots et les boîtes de nuit en compagnie du fils de son mari, Gilberto Benitez-Rexach, que l'on dit ne pas être insensible au charme de la vie parisienne.

— Mon petit Borniche, conclut abruptement le Gros, vous en savez autant que moi. Maintenant à vous de jouer.

Le message qu'il me tend émane du commissaire divisionnaire Gillet. Je le prends et je lis :

A TOUS SERVICES DE POLICE, SÛRETÉ NATIONALE, PRÉFECTURE DE POLICE, GENDARMERIE — POUR DIFFUSION GÉNÉRALE D'EXTRÊME URGENCE :

Il y a lieu de rechercher très activement le nommé Louis Robert Petit, né le 4 février 1913 à Paris (XIVe), domicilié 14 rue Damrémont à Paris (XVIIIe) auteur du vol commis dans la nuit du 4 au 5 janvier, au préjudice de la dame Lucienne Benitez-Rexach, domiciliée provisoirement Auberge de la Vieille Fontaine, *6, avenue de Grétry à Maisons-Laffitte (Seine-et-Oise). STOP. L'intéressé, taille et corpulence moyennes, cheveux châtain clair, vêtu costume prince-de-galles et pardessus poil de chameau, a profité de l'absence de la victime pour s'emparer de bijoux de grande valeur et d'espèces pour un montant approximatif de 75 millions. STOP. Louis Robert Petit a pris une chambre et dîné la veille du vol en compagnie d'un individu de petite taille, brun, yeux perçants, qui pourrait être son complice. STOP. En cas de découverte, procéder arrestations et aviser d'urgence Service régional de police judiciaire, 42, rue de Bassano à Paris (VIIIe), téléphone Balzac 47.70, ou Section judiciaire d'Argenteuil, Commissaire Revoil, qui enverront instructions. Signé : Gillet, commissaire divisionnaire Chef du SRPJ Paris. Fin.*

Je repose le télégramme sur le bureau. Vieuchêne se rejette en arrière sur le fauteuil, démasquant son ventre grassouillet. Puis, les pouces passés dans les poches de son gilet, il demande :

— Qu'est-ce que vous en pensez ? Le petit homme aux yeux perçants, par exemple... ça ne vous dit rien ?

Je secoue la tête, lentement, de droite à gauche.

— Ma foi...

— Buisson, mon vieux ! Ça paraît lui ressembler. Et l'autre, Abel Danos, non ?

Je reste dans l'expectative :

— Vous croyez que Buisson aurait agi de la sorte ? A *l'Auberge d'Arbois,* cinq jours après son évasion, il a braqué tout le monde avant de rafler la caisse et les bijoux. Ici, ça me paraît plutôt du travail en douceur..

— Des types qui s'affichent en prince-de-galles et pardessus mastic dans un restaurant huppé, vous parlez d'une douceur, vous ! Danos est un spécialiste du prince-de-galles. Il ne porte que ça. Pour moi, cette affaire-là, ça ne devrait pas traîner... Avec ce que je vous donne comme indications, c'est presque déjà dans la poche.

Je hoche la tête, sceptique :

— Je ne suis pas de votre avis, patron. Je ne vois pas Danos ou Buisson remplir une fiche de police pour louer une chambre d'hôtel ! Ou alors, l'écriture n'est pas d'eux. Sauf un coup de chance, j'ai bien peur que l'affaire de la môme Moineau ne soit pas éclaircie aussi vite qu'on pourrait l'espérer.

Je ne croyais pas si bien dire !

2

— Tu sais, Nénette, moi, les perlouzes, je m'en tamponne le coquillard...

— Parle pas comme ça, sœurette ! T'es une dame, tout de même !

Dans la vaste salle de bains de *la Vieille Fontaine*, Lucienne Benitez-Rexach se prélasse, submergée de mousse. Nénette Dhôtel, sa sœur, est assise au bord de la baignoire. Dans son visage chafouin, triangulaire, ses yeux cernés par la nuit blanche se ferment à demi sur un fond douteux de maquillage défraîchi. Elle ne s'est pas déshabillée. Sa robe d'apparat verte, à larges godets, pend, froissée, sur ses jambes courtes, au-dessus des escarpins à très hauts talons destinés à compenser sa petite taille. Un sac de lézard noir repose dans son giron. De la main gauche, elle essaie de remettre un peu d'ordre dans ses cheveux filasse. D'un large mouvement de la paume droite, elle redresse le bout de son nez en reniflant bruyamment. L'un de ses tics permanents qui agacent le plus la richissime môme Moineau.

— Dame ou pas, j'en ai rien à foutre... C'est pas que je les regrette, mes diams. Le Filipo va se faire un plaisir de faire un saut chez Cartier. Ce que j'aimerais savoir, c'est comment le salaud a pu les dénicher. C'est la première fois que je les portais pas...

Nénette renifle un bon coup avant de soupirer, d'une voix lasse :

— C'était pas difficile. T'es dans les boîtes tous les soirs. Ils t'ont repérée, suivie, et pendant qu'on était à la *Roseraie* hier au soir, le salopard a visité ta chambre. Le patron, M. Frolich, il l'a vu le gars, un beau mec en costume gris et pardessus marron clair. Wanda, la serveuse, aussi. Ils ont donné son signalement aux flics.

Lucienne Benitez ramène vers elle la mousse qui se dissipe, s'enfonce un peu plus dans son bain, ferme les yeux. L'eau chaude et parfumée lui procure toujours une jouissance rare. Enfant, elle rêvait de barboter des heures dans une baignoire, au lieu de se laver, par tous les temps, dans un seau d'eau savonneuse, au pied des roues de la roulotte. L'hiver, quand, bleue de froid, elle rentrait s'essuyer devant le petit Godin asthmatique, c'était pour subir les regards lubriques et les frôlements équivoques du beau-père. Un soir qu'il l'obsédait par ses assiduités, elle fuit Malakoff pour se réfugier, après une première nuit passée sous une porte cochère de l'avenue du Maine, dans un meublé vieillot, propriété d'un bougnat de la rue Vavin. Elle dormait mal sur la paillasse défoncée de ce galetas, mais le luxe, c'était ce robinet dans les toilettes de l'escalier, entre deux étages. A dater de ce jour, elle put garder pour elle tout l'argent qu'elle gagnait. Elle se promit de s'offrir, le plus tôt possible, une salle de bains avec des robinets en or.

— ... Le fric, poursuit Nénette, de plus en plus décoiffée, ça m'étonnerait qu'on le retrouve. Mais les bijoux, c'est invendable. Faudrait les casser.

La môme Moineau ouvre les yeux. De la main droite, elle se caresse le bras gauche. Puis un pied délié émerge de la mousse.

— C'est sûrement ce qu'ils vont faire, dit-elle. Dans ces histoires-là, c'est rare qu'on retrouve quelque chose. Pourtant, c'est pas les poulets qui manquent. Rien qu'ici, j'en ai compté cinq. C'est plus un hôtel, c'est un poulailler. Et encore, j'ai pas mis dedans mon pote Clot qui va pas tarder à rappliquer. Tiens, tu me brosses le dos ?

Nénette se lève pour poser son sac à main sur une

chaise de bois laqué, décroche la brosse à long manche pendue au-dessus de la baignoire. Sa sœur, qui s'est redressée à demi, offre son échine ruisselante, sur laquelle la mousse forme des îlots d'un blanc bleuté. De nouveau, elle ferme les yeux sous la rude caresse du crin qui passe et repasse. Elle frémit de plaisir, retrouvant les sensations qu'elle avait éprouvées au *Waldorf Astoria* de New York, quand son futur époux l'avait entraînée dans sa suite, après l'avoir découverte dans la Packard. Il lui avait fait couler un bain dans lequel elle s'était alanguie, tandis que Filipo s'attardait longtemps, longtemps, sur les épaules.

— Tu me fais mal !

Nénette s'applique à imprimer à la brosse un mouvement plus régulier, plus lent. Lucienne pousse un soupir d'aise, puis soliloque, la tête penchée, pour offrir sa nuque :

— Le mec en gris clair, avec un pardessus marron, c'est pas celui qu'était déjà là la veille ? Un type baraqué, avec un avorton, genre rastaquouère brun avec des yeux fuyants... Tu les avais pas reniflés, toi, Nénette ?

— Si, dit Nénette, dont la main fatiguée abandonne la brosse à la dérive. Je t'ai même dit que t'avais une touche avec... Il t'a vue accrocher la clé au tableau, et il a fait son coup.

— La veille, j'avais les bijoux sur moi...

— Pas la veille, cette connerie, soupire Nénette... cette nuit, quand tu les avais pas. Dis, tu t'habilles ?

Lucienne Benitez se lève, sort à regret de la baignoire. Sa sœur lui tend un peignoir éponge. A quarante-deux ans, la môme Moineau peut s'enorgueillir d'un corps superbe, sans défaut, avec ses seins haut placés et ses hanches délicatement galbées. Un corps qui fait des ravages, cela se comprend. Une silhouette de star, que ne déparent pas les cheveux courts et bouclés, les sourcils soigneusement épilés, les lèvres mutines et sensuelles, les yeux toujours aguichants, la démarche gracieuse au léger balancement. Un vrai piège à milliardaires. Seul le vocabulaire détonne dans cette bouche pulpeuse, au dessin parfait.

Nénette, subjuguée comme toujours, ne la quitte pas des yeux. Elle, que la vie a moins favorisée, vit dans l'ombre de sa sœur qu'elle adore, qu'elle admire sans la moindre jalousie, et qui, de surcroît, est devenue riche tout d'un coup, comme dans un conte de fées. C'est grâce à Lucienne que, loin des soucis, Nénette fréquente *Maxim's* et *la Tour d'Argent* à Paris, le *Carlton* et le *Négresco* sur la Côte d'Azur et le *Normandy* à Deauville.

Lucienne, à *la Vieille Fontaine,* lui a fait donner la chambre contiguë. Elle veille sur la nourriture et les promenades des deux pékinois, mal dressés, qui prennent les doubles rideaux et les descentes de lit pour des urinoirs. Bientôt, toute la famille Benitez retrouvera le luxe et les commodités de la somptueuse villa Carmen, à deux pas de l'hippodrome. Le logis princier est en cours de restauration. D'importants travaux ont été entrepris pour réparer les dégâts commis par les Allemands, qui l'avaient réquisitionné pendant l'Occupation, alors que Filipo Benitez-Rexach, son fils Gilberto, né d'un précédent mariage, et Lucienne, sa nouvelle femme, vivaient à Porto Rico. En attendant que soient pansées les blessures de la villa Carmen, Lucienne, Nénette, Gilberto et les chiens miniatures à face camuse et vessie atrophiée, se sont installés à *la Vieille Fontaine.* Filipo, lui, pris par ses multiples affaires, voltige sous d'autres cieux.

— Passe-moi ma casquette !

Même nue, la môme Moineau adore se coiffer d'une casquette d'amiral. N'est-elle pas, d'ailleurs, amiral sur son yacht ? Elle possède une trentaine de casquettes, bleu marine, blanches ou écarlates, toutes ornées de l'ancre en métal doré, ou même en or, pour les apparitions au casino de Monte-Carlo. Dans la journée, elle a coutume de se pavaner en tenue de commandant de vaisseau, pour le moins excentrique, veste marine à quadruple rangée de galons or sur pantalon blanc, ou tout simplement en barboteuse, à carreaux rouges et blancs. François André, le magnat de Deauville et de Cannes, a fait pour elle une exception fort remarquée : elle est la seule femme au monde qui ait le droit de jouer au trente et quarante en pantalon

Nénette précède sa sœur dans la chambre, cherche des yeux une casquette.

— Quel foutoir il a fait, ce salaud...

De fait, la chambre de la môme Moineau a de quoi pousser au suicide le directeur d'un palace bien tenu. L'armoire à glace, béante, a vomi un fouillis de robes, de corsages, de tailleurs, de pantalons et de manteaux de fourrure. Les couvertures du lit, les draps, les oreillers gisent sur le sol, recouvrant un fatras de chaussures renversées. De la valise posée sur la table s'échappent des nuages de lingerie de soie.

— Remarque, t'avais laissé aussi un sacré bazar avant de descendre, reprend Nénette.

Elle s'interrompt aussitôt. Sa sœur est très susceptible et ce n'est pas le moment de la contrarier. Elle vient d'ôter son peignoir pour enfiler une robe de chambre de satin blanc, dont l'échancrure laisse entrevoir ses seins arrogants.

— Charrie pas, dit-elle, sans se vexer. Quand même pas à ce point-là. Tu sais ce qui m'emmerde, Nénette ? C'est de dire aux flics ce que j'avais comme dollars. Avec le contrôle des changes, ils sont capables de me foutre la douane sur le dos... De toute façon, on les récupérera pas. Alors, autant fermer sa gueule...

Nénette se mord les lèvres, renifle bruyamment, avoue sur le ton d'un enfant pris en faute :

— C'est que j'en ai parlé, moi, à M. Frolich. J'ai dit cent mille dollars...

La môme Moineau ne se démonte pas pour autant :

— Et moi, je dirai que tu sais pas compter. D'ailleurs, c'est vrai. Cinquante, ça suffira. Mets-toi ça dans le cabochon. En plus, ils étaient à Filipo. Et comme Filipo est américain, ils l'auront dans le baba.

Nénette pousse un soupir de soulagement. La rouerie de sa sœur la désarçonne.

— C'est pas tout ça, dit-elle d'une voix éteinte, faut que j'aille balader les clebs. Avec leur manie de pisser partout, la mère Frolich va encore me faire des histoires...

Lucienne Benitez-Rexach se détourne, hautaine, toise sa sœur :

— La mère Frolich, elle nous emmerde. Et puis, on ne dit pas pisser, Nénette... N'oublie pas que tu es la frangine d'une grande dame, tout de même !

3

Les mitaines de Crocbois semblent douées du pouvoir magique de transformer une Citroën de service en tapis volant de première qualité. C'est un chauffeur hors du commun, Crocbois. Qui nous offre un peu plus, chaque jour, un aperçu de son talent. Il se faufile sans heurts à travers les embouteillages, se sert si discrètement de la pédale de frein qu'on a l'impression qu'il pourrait s'en passer. Les mains posées bien à plat sur le volant, il imprime à la direction des mouvements d'une souplesse que lui envieraient les maquereaux de Pigalle, épris depuis la Libération de grosses voitures américaines.

Sorti de la circulation parisienne, Crocbois a l'air de se sentir en vacances, détendu, heureux. Une promenade en Ile-de-France l'enthousiasme. Maisons-Laffitte n'a beau être qu'à une vingtaine de kilomètres du parvis de Notre-Dame, il a l'impression de se payer un voyage en terre lointaine. Ça l'aère des interminables attentes dans l'oxyde de carbone des pots d'échappement surchauffés, à Penthièvre, le garage de la Sûreté. Ça le change des éternelles filatures dans Paris. Oui, pour une balade, c'est une belle balade !

Mon coup de téléphone l'a surpris en pleine oisiveté, devant la table bancale couverte de graffiti, au fond du parc auto, près du pont graisseur. Il attaquait sa onzième partie de tarots depuis le matin. Il a jeté ses cartes sur le journal froissé servant de tapis vert. Le temps de faire le plein d'essence, il a extrait du placard de tôle sa canadienne, un chapeau marron imperméable et une paire de brodequins rescapés de l'exode de 1940. Par un froid pareil, il prend ses précautions, Crocbois ! Évidemment, ses partenaires de jeu, Enfer, Judas et Mouillefarine [1], commentaient chaque étape de son équipement. Lesprit, le chauffeur qui croit ne pas en manquer, a même eu l'ironie lourde :

— Tu pars pour le pôle Nord ou pour la Terre Adélie ?

Crocbois le silencieux s'est contenté, pour toute réponse, d'enfiler ses mitaines en faisant ronronner le moteur de la traction.

La route défile très vite sous notre tapis des Mille et Une Nuits. La porte Maillot est déjà loin derrière nous. Le pont de Sartrouville s'élargit sous la Citroën, nous projette de l'autre côté de la Seine, face au château de Maisons-Laffitte dont la silhouette se profile à la gauche de la pelouse de l'hippodrome.

Crocbois relâche en douceur l'accélérateur, se retourne avec un sourire complice :

— Chouette coin, non ? J'y suis venu plusieurs fois avec le directeur et sa nana. Avant qu'elle le plaque. Paraît qu'on y bouffe bien, à *la Vieille Fontaine.* Mais c'est pas donné.

Il paraît, oui, mais donné ou pas donné, ce n'est pas pour les olibrius de la Direction des services de la police judiciaire. Hier, Marlyse a fait le compte de nos folies de Noël et du jour de l'an. La moitié de mon mois y est passée. Alors, l'allusion de Crocbois, toujours amateur de bonne chère ! Si on trouve un bistro dans le centre, ce sera un sandwich et une bière. A moins qu'on nous invite à *la Vieille Fontaine.* Le propriétaire ? La môme Moineau ? Ça m'étonnerait.

La traction atterrit juste devant la grille de l'hostellerie, largement ouverte. On voit qu'elle l'a bien connu, le

1. Je n'invente rien : consultez l'annuaire.

chemin, au temps où le directeur était heureux en amour. D'un coup d'œil, j'ai apprécié le luxe discret des lieux. Au bout de l'allée de graviers, le bâtiment principal, en pierre de taille, n'a que l'âge de son importance. Il fait cossu. Aucune mèche des massifs alentour n'a échappé au sécateur du jardinier-coiffeur. Les chênes séculaires, si. La tronçonneuse ne les a pas empêchés de laisser leurs branches flirter, à quelque distance, avec les baies d'une véranda qui ferait le bonheur de plusieurs milliards de poissons rouges. Des ombres passent et repassent derrière les vitres.

A une dizaine de mètres de l'entrée principale, sur ma gauche, j'enregistre une douzaine de plaques minéralogiques. De ce flot de voitures, bien bourgeoises, bien françaises, émergent les ailerons chromés d'une Packard noire. Je suis sûr que la calandre évoque la gueule d'un requin. Je suis sûr, aussi, qu'elle rappelle à la môme Moineau ses chevauchées de Coney-Island.

— Je fais comme d'habitude ? demande Crocbois.

— Bien sûr.

L'habitude, pour le seul chauffeur zélé de la section criminelle, c'est de filer se baguenauder dans les environs, les narines bien ouvertes et les oreilles bien écartées, pour capter tous les tuyaux qui peuvent passer à sa portée. Comme dit le Gros, pour savoir bien les choses, il faut en connaître les détails. Crocbois, lui, ne fait pas la différence entre le détail et le gros. Il ramasse, il accueille, il engrange. Mieux, il chasse ! Il baratine, il plaisante, il rigole. Ce n'est plus un simple chauffeur, c'est un clown-flic, drôlement efficace ! Ses collègues, les vedettes du quatre cylindres, du tarot, du poker et autres belotes, partent du principe qu'ils sont payés pour nous véhiculer, un point c'est tout. Pour rien au monde ils ne failliraient à leur tâche. Pour rien au monde ils ne lanceraient une carte de plus sur le journal-tapis. Crocbois, encore lui, se multiplie par dix, par vingt, pour nous rendre service.

Il faut le voir fureter, épier, ce renard, avec sa bonne gueule de Français moyen. Il ne lui manque plus que la baguette de pain sous le bras, sans parler du béret basque. Même Vieuchêne a reconnu les dons policiers de cet homme tranquille que l'on n'avait apprécié, longtemps, que comme un as du volant. Il a même promis d'intervenir auprès de la Direction du personnel pour que le chauffeur Crocbois soit la vedette du prochain tableau d'avancement, dans la catégorie des agents spéciaux.

Je descends de la traction. En deux coups de mitaines, Crocbois va se ranger sagement sous les arbres de l'avenue de Grétry, noircis, décharnés par l'hiver. Mes semelles de crêpe, inusables et si souvent silencieuses, crissent sur le gravier de l'allée. Je resserre le col de ma gabardine. Allez, Humphrey Bogart de la rue des Saussaies, sors la main de la manche de ton Burberry's pour appuyer sur le bec de cane. La manche de mon imper des Galeries Lafayette hésite devant la carte affichée sous mon nez. Il avait raison, Crocbois. Ce n'est pas donné. Elle me nargue, cette carte, du haut de son trépied. Pour le peu que je connaisse de la gastronomie, ça me paraît parfait. Pourquoi ne pas rêver d'être un jour directeur de la P.J., et de venir, avec Marlyse, à *la Vieille Fontaine,* goûter la douceur du homard au jus d'huître ? Il est vrai que ça ne lui a pas réussi, au directeur, avec sa nana, comme dit Crocbois... N'empêche, ça me rappelle la Bretagne, nos promenades avec Marlyse, main dans la main, sur la jetée trop courte de Riec-sur-Belon. La douceur du homard au jus d'huîtres, on peut aussi l'imaginer, non ? En tout cas, en respirer le parfum par le soupirail de la cuisine.

Le commissaire Revoil m'accueille, stupéfait :

— Qu'est-ce que vous venez foutre ici ?

Je le fais attendre quelques secondes, avant de répondre, sur un ton ferme et sans appel :

— Demandez-le à Vieuchêne. Et au directeur, par la même occasion.

Le directeur... Combien de fois ai-je pu constater l'effet de ce mot magique ! Il suscite chez Revoil, le chef de la section judiciaire d'Argenteuil, une complaisance inhabituelle. Combien de gardiens, de brigadiers, d'inspecteurs ou de commissaires se feraient couper en petits morceaux pour satisfaire un envoyé de la Direction générale !

Il écrase sa cigarette dans le cendrier posé près de la caisse.

— Montons au premier, dit-il. On sera mieux pour causer. Ici, ça grouille de journalistes.

C'est vrai qu'on ne s'entend pas parler, dans la salle à manger transformée en bureau de rédaction. Ils sont tous là, les journalistes, ceux du *Figaro* et de *France-Soir,* ceux du *Parisien Libéré* et de *France-Dimanche,* de *Qui-Police-Détective, Ici Paris* et j'en passe. Ils sont montés à l'assaut de *la Vieille Fontaine,* en rangs serrés, sous le ciel gris et bas, attirés par l'importance du vol et la personnalité pittoresque de la môme Moineau. Pour les accueillir, le restaurant a dû faire relâche. Des reporters, le magnétophone à l'épaule, campent au pied de l'escalier, à l'affût de la moindre concurrence, espérant voir apparaître la victime, coiffée de sa célèbre casquette d'amiral. Un caméraman, derrière son trépied, fait le point sur le tableau des clés. C'est sans doute la première fois qu'on sert des sandwiches et du gros rouge dans un établissement répertorié dans la catégorie des relais gastronomiques.

Le vol a pris une dimension nationale, et je suis persuadé que Revoil va bientôt se féliciter de voir la Direction endosser la responsabilité de l'enquête. Mais je suis sûr aussi qu'en m'envoyant sur place le Gros n'a pas mesuré les risques que nous courons. Si nous échouons, la section locale de la P.J. s'empressera de clamer que nous lui avons mis des bâtons dans les roues, en fourrant notre nez dans un dossier qui ne nous concerne pas. Tout à l'heure, Vieuchêne entendait prouver au commissaire Clot que la Sûreté nationale existe. Mais Revoil et son chef Gillet, responsable du service régional de police judiciaire parisien de la rue Bassano, c'est aussi la Sûreté. Une Sûreté, hélas, concurrente du Gros. Quel bourbier ! Ce n'est plus la guerre des polices, c'est la guéguerre au sein de la même police.

On peut dire que Revoil est un bon flic. Je l'ai connu à mon entrée dans la brigade de la rue Bassano, celle où Gillet officie, avant d'être muté chez Vieuchêne. A trente-sept ans, il a déjà dix années d'imperméable derrière lui. Il observe tout, de ses yeux fureteurs et malicieux, la bouche toujours souriante dans un faciès énergique. Je le rencontrais tous les lundis matin, au secrétariat de la brigade, une bonne blague à la bouche avant la conférence des chefs de section. Ces messieurs venaient rendre compte à Gillet de leur activité au sein de leur circonscription. A onze heures tapantes, jamais une minute de plus, Gillet fonçait chez le directeur, rue des Saussaies, le chapeau à bord roulé surmontant un nez de vautour, l'échine souple, espérant une promotion ou une décoration supplémentaire.

Revoil me précède dans l'escalier qui conduit au premier étage. Les marches craquent sous notre poids. Il s'engage dans un renfoncement obscur.

— Du travail bien fait, vous pouvez me croire, chuchote-t-il. Aucune empreinte. Avec un tel bordel dans la chambre, ç'aurait été difficile d'en relever une.

J'attends la suite, enregistrant, dans le détail, tout ce que m'indique Revoil.

— ... C'est la 8, au deuxième étage. La famille Benitez, c'est-à-dire la môme Moineau, sa sœur Nénette et son beau-fils Gilberto, logent à *la Vieille Fontaine* depuis le 29 novembre, en attendant l'achèvement des travaux en cours dans leur villa Carmen, à deux pas d'ici.

Rien de palpitant jusque-là. Il reprend, après s'être essuyé le visage dans un mouchoir à carreaux rouges :

— Hier après-midi, vers 3 heures, ils sont allés voir où en étaient les travaux de tapisserie. Ils se sont ensuite rendus à *la Roseraie,* un bar du centre de la ville, avec l'homme d'affaires des Benitez, un de ses amis architecte, et l'entrepreneur. La môme Moineau a commandé des frites et beaucoup de champagne glacé. Ils ont fini par dîner à *la Roseraie*. L'ambiance était, paraît-il, euphorique.

« Vers 2 heures du matin, la môme Moineau a regagné l'hôtel, avec une amie, son beau-fils et sa sœur. La clé de sa chambre pendait normalement au tableau. Dès qu'elle est entrée dans la pièce, elle a eu la surprise de tout trouver sens dessus dessous. Sa mallette en crocodile était fracturée, les bijoux, envolés. Elle a fait un foin terrible, réveillant l'hôtel. Ce fut une belle galopade dans l'escalier. Tous les clients se sont retrouvés dans le salon rustique, où Nénette s'est égosillée à commenter le désastre. Gilberto a découvert le sac à bijoux, vide, derrière un pot de fleurs. C'est tout.

Eh non, ce n'est pas tout. J'ai la certitude que l'ami Revoil me cache quelque chose. La preuve, c'est qu'il ne me parle pas du nommé Louis Robert Petit qui, d'après le télégramme reçu par le Gros, a dîné la veille du vol en compagnie d'un ami.

— Petit, vous l'avez identifié comment ?

Le sourire de Revoil s'élargit :

— C'est vrai, j'oubliais. C'est tout simple. La veille du vol, deux clients sont arrivés à l'hôtel. Un bel athlète portant des lunettes d'écaille, et un petit brun rabougri. Les deux, fort élégants. Ils ont dîné à la table voisine de celle des Benitez. Le lendemain, donc hier soir, le plus grand est revenu. Il a demandé une chambre et il a rempli une fiche au nom de Petit Louis Robert, domicilié 14 rue Damrémont à Paris XVIIIe. Personne ne se souvient s'il a montré une carte d'identité. Il est monté quelques instants au deuxième étage puis il est passé à table.

— Les Benitez étaient par conséquent repérés ?

— Sans aucun doute. Depuis Noël, la môme Moineau n'a cessé de s'afficher, avec ses bijoux, dans les boîtes de Montmartre et des Champs-Élysées. Elle a passé le réveillon du jour de l'an au *Liberty's*, de la place Blanche, avec Charles Trenet et Charpini, avant d'aller

Chez Moune, un cabaret de lesbiennes de la rue Pigalle. Ce qui est sûr, c'est que Petit n'a pas occupé la chambre proche de la sienne, où on a trouvé une serviette en cuir, un pyjama, une boîte à savon, une paire de chaussures et un flacon de brillantine.

— L'adresse de la rue Damrémont a été vérifiée, je suppose ?

— C'est la première chose que j'ai faite. L'inspecteur Anne m'a téléphoné il y a à peine une demi-heure. La concierge est formelle : Louis Petit y est inconnu. Un certain Petit Louis que l'on recherche s'est évadé de la prison du Cherche-Midi, mais son signalement ne correspond à aucun des deux dîneurs.

— Votre impression sur la môme Moineau et sur son entourage ?

— Difficile d'en tirer quelque chose. Elle dit qu'elle en a assez d'être emmerdée par les flics, et que son mari lui paiera d'autres diamants. Alors, pourquoi se casser la tête ! Elle doit faire jouer l'assurance. Si vous voulez l'interroger, libre à vous. Avec ou sans moi. Je doute que vous ayez plus de succès que nous... Quant à Gilberto Benitez et Nénette, ce sont des laissés pour compte.

Le commissaire Revoil se tait. Un brouhaha, venant du rez-de-chaussée, envahit l'escalier. Une dispute entre deux photographes de presse. Les jurons fusent. Puis tout rentre dans l'ordre.

— Il faut que vous sachiez que je ne suis pas venu ici pour vous souffler l'affaire, dis-je enfin. Vieuchêne a voulu savoir si tout se passait bien. D'ailleurs, le juge vous a certainement délivré une commission rogatoire...

Revoil me donne une tape amicale sur l'épaule.

— Allons, pas à moi, dit-il. Je le connais trop votre patron. Jouons franc-jeu, entre nous. Je veux bien travailler au grand jour avec vous, à condition que cela soit réciproque...

Il a l'air sincère, Revoil. Tout son visage largement ouvert respire la franchise. Hélas, je ne suis pas seul en cause, et cela m'étonnerait que le Gros l'entende de cette oreille. Je n'en réponds pas moins, en le regardant droit dans les yeux :

— D'accord, Revoil. Essayons, on verra bien.

La chambre 8 ne semble pas appartenir au même établissement de luxe que le salon et la salle à manger du rez-de-chaussée. Je tire mon chapeau au metteur en scène qui a su organiser un tel désordre. Le lit n'a pas été refait. Les couvertures sont toujours à terre, sur un magma de chaussures. L'armoire à glace semble avoir vomi ses entrailles. Sur la table, une valise béante est saupoudrée du talc de l'identité judiciaire, destiné à relever les empreintes. La même poudre blanche recouvre une mallette de crocodile rouge dont les serrures ont été arrachées.

Trônant, majestueuse, au milieu de ce fouillis, la môme Moineau ne se soucie pas de la robe de chambre entrebâillée, qui dévoile ses seins. Près d'elle, une femme au visage fripé renifle sans arrêt. Cela semble agacer profondément Mme Benitez, qui soupire. Moi, je l'indispose aussi en l'obligeant à se remémorer les détails de l'histoire. Il faut faire repartir la machine…

— Vous avez des soupçons ?

Mon regard finit par lui faire refermer son peignoir, qu'elle maintient de la main gauche.

— Un moment, j'ai pensé que c'était Michel, un tapeur que j'ai envoyé se faire foutre la semaine dernière. Il voulait du fric. Il a fait un scandale dans l'hôtel. Mais il est trop con pour réussir un coup pareil… Il y a aussi Toutoune, l'ancien mari de ma sœur Nénette. Lui, est en taule à Toulon. Alors, faut trouver autre chose. C'est votre boulot. Maintenant cassez-vous faut que je m'habille pour ma conférence de presse !

Revoil m'a attendu. Je me doute qu'il avait collé son oreille à la porte. Je descends l'escalier, les mains derrière le dos, dans l'attitude caricaturale du flic qui réfléchit.

En bas des marches, Crocbois me fait des clins d'œil répétés, m'attire vers la porte extérieure :

— J'ai trouvé quelque chose, me dit-il. Regarde.

Il entrouvre sa canadienne, me montre une boîte de cachous qu'il tient dans le creux de sa main, soulève le couvercle.

— Qu'est-ce que c'est ?

— Tu ne vois pas ? Trois mégots. Des Player's. Je les ai découverts au fond du parc, face à la fenêtre de la chambre. Un gars devait se planquer là. Tu fermes ta gueule, hein ?

C'est un trait de lumière. Je fais le rapprochement avec ce que m'a dit la môme Moineau : la femme de chambre a remarqué que les doubles rideaux étaient écartés, alors qu'elle les avait tirés le soir, en faisant la couverture. Les bijoux ont très bien pu atterrir dans le jardin, où le complice les a raflés. Pourtant, non, le sac vide a été ramassé au deuxième étage.

— Il devait sacrément s'emmerder, le gars, ajoute Crocbois. J'ai retrouvé deux mégots identiques contre un arbre de l'avenue de Grétry. Je les ai laissés sur place, pour que tu les voies. Viens.

4

Crocbois, l'artiste, n'a pas mis une demi-heure pour venir de Maisons-Laffitte à la place Clichy, en passant par Argenteuil et Asnières. Il a pourtant dû se livrer à un sacré gymkhana, à partir de la bifurcation qui nous a projetés dans un labyrinthe de rues étroites, au milieu du trafic de poids lourds allant charger et décharger leurs marchandises au port de Gennevilliers.

La traction s'immobilise devant le Gaumont-Palace, sous une affiche géante où Gérard Philipe et Micheline Presle sont censés avoir *le Diable au corps,* comme l'indique le titre du film.

Il fait froid. Déjà, la nappe de brouillard est montée à l'assaut de la Butte Montmartre, noyant le Sacré-Cœur. Sur le boulevard, l'éclairage des devantures lutte contre les écharpes de brume qui s'effilochent, suspendues aux arbres. Il n'est pourtant que 14 heures. Ça promet pour ce soir.

— J'ai faim, annonce Crocbois. On casse une petite croûte ?

— Pas le temps. Il faut que je voie la pipelette. On ne sait jamais.

Crocbois fait prendre l'air à sa montre d'acier, entre le bord de la mitaine et la manche de la canadienne.

— Deux minutes, quoi ! Le temps d'avaler un café et un œuf dur.

Il pêche une cigarette au fond de sa poche déformée

par des années de bons et loyaux services, l'allume, souffle la fumée. J'ai l'impression que le brouillard envahit la voiture.

— La rue Damrémont est à deux pas, dis-je en ouvrant la portière. Je te retrouve dans un quart d'heure au *Dupont.*

Il secoue frileusement les épaules, tire sur sa Gauloise transformée en cheminée de chaudière.

— Un quart d'heure, ça m'étonnerait ! Baratineur comme tu es, il y en a pour une heure, au moins...

Je claque la portière, m'éloigne à grands pas. Dans la rue Caulaincourt, je remonte le col de ma gabardine. Je frissonne. Ça ne vaut pas la canadienne de Crocbois-le-frileux.

Un vent glacial me cisaille les oreilles, sur le pont qui enjambe les sépultures du cimetière Montmartre. Je ralentis à l'angle de la rue Tourlaque. L'immeuble Belle Époque du 14 rue Damrémont étale la prétention cossue de sa façade arrondie, surchargée de balustres au premier étage et de balcons en fer forgé jusqu'au sixième. Au-dessus de la porte majestueuse, une plaque annonce fièrement le nom de l'architecte et la date de l'accouchement : « Letourneur, 1901. » A droite, une plaque identique : « Auget, entrepreneur. »

Je pousse le lourd vantail. Mes semelles crêpe foulent les fleurs des carreaux de céramique. J'aperçois, derrière une porte vitrée, des panneaux de miroirs encadrés de boiseries, qui semblent se multiplier à l'infini, comme pour singer la galerie des Glaces de Versailles. Je tombe en arrêt devant un rectangle de carton fixé sur la porte de la loge, à ma gauche : « Ursuline Lemarchand, gardienne. » Je frappe à la vitre. Un raclement de souliers et de gorge, la porte s'ouvre.

Je me sens soudain dans la peau d'un chasseur de baleines. Elle n'est pas grosse, Ursuline Lemarchand, elle est énorme, monstrueuse. Je ne peux lui donner d'âge tant sa peau est flasque et adipeuse. Je ne parviens pas à surprendre la lueur d'un regard sous les paupières lourdes, violacées. Dès qu'elle ouvre la bouche, une pyramide de mentons mous se déforme comme la mer sous la bourrasque.

— Oui ?

— Police judiciaire.

Du coup, l'une des paupières se soulève. La masse fait demi-tour. Je la suis. Je referme la porte. Je ne vois plus que le dos d'Ursuline. Elle opère, pour me faire face, un difficile mouvement tournant. La lampe murale éclaire cruellement des mamelles en liberté sous un pull-over de laine gris qui recouvre tant bien que mal une superposition de pneus, à rendre jaloux le fameux Bibendum, le bonhomme fétiche des enseignes Michelin. Qu'ajouter, à ce portrait consternant, sinon qu'Ursuline n'a pas dû laver depuis bien longtemps les cheveux filasse qui encadrent des pommettes plus écarlates encore que le nez en pied de marmite ?

Elle se laisse tomber, en soupirant très fort, sur un tabouret qui gémit sous le poids avant de se laisser étouffer par les fesses qui se referment sur lui. Je garde mon sang-froid, m'efforçant de trouver appétissant, par contraste, l'assortiment de pain de campagne, de beurre, de rillettes, étalé devant elle sur la table, autour d'une bouteille de cidre presque vide.

— Qu'est-ce que vous voulez encore savoir ? grogne-t-elle.

Une concierge, sur le parcours du flic, c'est un obstacle à contourner. J'ai souvent fait des gammes sur le vaste clavier des bignoles, de l'intraitable cerbère, malingre et revêche, à la pipelette accorte et bavarde, en passant par la peu intelligible émigrée portugaise qui commence à envahir les beaux quartiers. Ursuline, elle, n'est pas un obstacle. C'est une forteresse qu'il faut attaquer par le chemin de ronde.

Cherchant mon angle de tir, j'avise, surplombant le dessus-de-lit vert pomme, un superbe chromo.

— On dirait la Normandie, ces maisons à colombages...

Cette fois, Ursuline soulève les deux paupières en même temps.

— Asseyez-vous, dit-elle, conquise. C'est mon pays, Beuvron-en-Auge. Vous connaissez ?

Pas du tout. Mais j'ai tôt fait de rassembler mes souvenirs. De la Normandie, je ne connais que Trouville, et encore. J'y suis allé une fois, cet été, avec Marlyse, qui étouffait à Paris et voulait respirer l'air du large. Le soleil brillait quand nous avons pris le train à la gare Saint-Lazare. Il pâlissait à Lisieux, lorsque nous avons quitté le Paris-Cherbourg pour un tortillard qui a remonté la vallée de la Touques. Il avait bel et bien disparu quand nous avons débarqué à la gare de Deauville, sous le crachin. Je portais notre déjeuner dans une mallette de carton bouilli dont l'unique fermeture, « La Pratique », en acier chromé, ne cessait de sauter au moindre heurt. Le chef de gare, compatissant, nous suivait des yeux. Dans le bassin du port, les amarres grinçaient, sinistres. Main dans la main, nous avons quand même pris courageusement le chemin de la plage, suivi le quai jusqu'au casino, dont la blancheur de pâtisserie se détachait sur le ciel gris. Naturellement, la pluie n'a pas tardé à nous forcer de trouver refuge à la *Brasserie des Vapeurs,* où la bonne odeur de moules marinières et de vin blanc nous a remonté le moral. Nous avons fourré la mallette du déjeuner sous la banquette, pour savourer le plat du jour, une sole à la crème que le patron nous avait recommandée. Quant au pays d'Auge, j'imagine qu'on doit y trouver des vaches, du beurre, du camembert, du livarot, du pont-l'évêque et des pommiers, à coup sûr. Je me lance :

— Je connais. Au régiment, j'avais un camarade Lemarchand qui m'en a beaucoup parlé.

Ursuline est tout d'un coup revigorée. Ses yeux parviennent même à pétiller. Je m'aperçois avec surprise qu'ils ne sont pas si mal, bleu outremer. La glace est rompue.

— Lemarchand ? Ce serait pas le fils de l'Adélaïde, des fois ?

Je hausse les épaules en signe d'ignorance.

— Je ne peux pas vous dire. Je sais seulement que son père, peut-être son oncle, même, étaient bouilleurs de cru.

Je profite d'un instant de réflexion d'Ursuline pour changer de cap. J'explique mon affaire. Délaissant Beuvron-en-Auge, la concierge semble captivée, non par l'exploit du faux Louis Robert Petit, qu'elle ne connaît ni d'Ève ni d'Adam, mais par la valeur des bijoux dérobés.

— Comment elles font, les bonnes femmes, pour se faire payer tous ces diamants ? C'est pas à moi que ça arriverait !

Sûrement pas. Ce n'est pas sa faute si la nature ne l'a pas gâtée. Même à dix-huit ans, elle ne devait pas être la reine de beauté de Beuvron. Pour faire la carrière d'une môme Moineau, il ne suffit pas d'avoir du culot, il faut aussi une certaine allure… J'enchaîne, en hochant vaguement la tête :

— Vous n'auriez pas vu, dans l'immeuble, un beau gars en pardessus mastic qui fume des cigarettes anglaises ? Des Player's, je crois. Il aurait pu rendre visite à une fille, je ne sais pas… ou à un parent.

Les vaguelettes du menton se remettent à onduler :

— Sincèrement, je ne vois pas. Les inspecteurs qui défilent depuis ce matin m'ont posé la même question. Parce que, il faut que je vous dise, vous êtes le quatrième…

— Comment ça ?

— Ben oui. Un d'Argenteuil, à ce qu'il m'a dit. Un grand brun, frisé, avec un nez en bec d'aigle… Je ne le connaissais pas. Puis celui du commissariat du quartier. Lui, il passe de temps en temps me dire bonjour, même que sa femme tient la teinturerie, un peu plus bas… Puis encore un plus vieux, grognon, qui m'a laissé sa carte. Là, sur la Singer…

Je me lève, cueille sur la vénérable machine à coudre le bristol sur lequel je lis : *Saint-Cyr Castex, inspecteur principal, Brigade volante, 36 quai des Orfèvres, Paris,* suivi d'une mention manuscrite : « En cas d'absence, prévenir le commissaire Clot. »

Je regagne mon tabouret.

— Pourquoi vous a-t-il laissé ça ?

— Pour que je le prévienne si des fois je voyais votre gars. Un nommé Danos, il m'a dit. Il m'a montré des photos mais elles n'étaient plus de la première fraîcheur. Il y en avait une où le type était tout jeune et une autre où il avait les yeux pochés, à la suite d'une arrestation, m'a dit votre collègue. Il a inscrit le nom derrière sa carte. Vous n'avez pas vu ?

Le nom fait tilt dans ma tête. Je reste impassible, tandis qu'elle ajoute, la trogne ruisselante de bonne volonté :

— Puisque vous connaissez Lemarchand, à moins que ce soit pas le même, laissez-moi donc la vôtre, de carte. Comme ça je pourrai vous faire signe, à vous, si des fois le type se pointe...

J'ai l'impression de ne pas avoir perdu mon temps, chez Ursuline. Je me suis fait une alliée. Je note cependant que la brigade de Clot est déjà en piste. Et avec le vieux renard de Castex, il va falloir jouer serré, drôlement serré même, si nous voulons prouver à nos concurrents de la Préfecture de police qu'ils n'ont pas le monopole des affaires criminelles !

— Qu'est-ce qu'on fait ? demande Crocbois, ragaillardi par son casse-croûte.

— On file au palais de Justice. Les truands changent moins souvent leur prénom et leur date de naissance que leur nom. La fiche de police que le type a remplie à *la Vieille Fontaine* porte : « né le 4 février 1913 à Paris XIVe ». Je vais vérifier s'il n'y a pas un Louis Robert ou un Robert Louis à cette date. Tu piges ?

— Non. Pourquoi le Palais, et pas la mairie du XIVe ? Ce serait si simple...

— Parce que les doubles des actes de l'état civil des vingt arrondissements de Paris et des communes du département de la Seine sont automatiquement déposés au greffe du tribunal de Grande Instance. Comme ça, si une mairie brûle, ou si des archives disparaissent, on conserve une trace. Si je ne trouve rien à la mairie du XIVe, je pourrai vérifier tous les 4 février 1913 des autres registres.

— Et si ça ne donne rien ?

— J'aurai la satisfaction de ne rien avoir négligé. Comme dit le Gros, avec le hasard, un aveugle peut attraper un faisan.

Surtout si ce faisan s'appelle Danos.

5

La main d'Abel Danos s'est refermée, dans la poche de la veste, sur la crosse du beretta. Ses yeux de caméléon, vifs, mouvants, sondent les moindres recoins des ruelles, tandis qu'il presse le pas.

Il fait frais, à Saint-Sébastien, en cette matinée de janvier. Pourtant, le clair soleil d'Espagne illumine le Castillo de la Mota, qui domine le port de pêche et l'eau cristalline de la baie. Pas un souffle de vent ne vient rider la surface de l'océan. Danos, le tueur à l'odorat délicat, fronce les narines. Ça sent le poisson pourri, dans ces venelles où les façades vétustes se renvoient, pêle-mêle, le criaillement des conversations, les flonflons de la radio, et l'odeur âcre des *chipirones,* ces calmars cuits dans leur encre.

Il est soucieux, Abel. D'habitude, les pays de soleil, où il fait bon exhiber ses complets d'alpaga dont la souplesse met en valeur ses muscles d'athlète, le rendent euphorique. Il affectionne le gris clair. Longtemps, il avait recherché les couleurs sombres, persuadé que cela faisait sérieux. Jusqu'au jour de mai 1942 où son destin l'avait conduit à Neuilly, avenue de Madrid, dans le somptueux hôtel particulier de monsieur Henri, l'un des hommes les plus puissants du Paris occupé. Là défilait le gratin des femmes élégantes et faciles que collectionnait le grand patron de la Gestapo française de la rue Lauriston, amoureux de la chair vénale, des dahlias et des Bentley.

Henri Lafont l'avait reçu entre deux froufrous de jupes :

— Tu es sinistre, habillé comme ça en foncé ! On dirait un maton ! Mets-toi à la page, mon vieux. Essaie le prince-de-galles...

Danos ne pouvait rien refuser à son protecteur qu'il avait connu dans des temps difficiles, avant la guerre. Il lui devait désormais la liberté et un enrôlement de choix dans son organisation para-policière de la rue Lauriston.

Sitôt la fusillade de la rue de la Victoire, Abel avait jugé prudent de mettre une certaine distance entre des témoins éventuels de sa prestation meurtrière et lui. Il avait gagné Marseille, le portefeuille garni. Il faisait bon vivre sous le soleil de la côte provençale où une bonne partie de la France libre s'était repliée.

Paris lui manquait. Le Vieux-Port et le quartier du Panier ne remplaçaient ni Pigalle, ni les Champs-Elysées, ni la porte Saint-Denis. Une fausse carte d'identité, acquise à prix d'or, au nom de Jules Maillard, lui avait permis de franchir sans encombre la ligne de démarcation. Hélas, le faussaire était plus gourmand que doué : son œuvre d'art ne résista pas à un banal contrôle de police parisien. Abel Danos se retrouva au Dépôt de la Préfecture de police, dans l'attente de vérifications plus approfondies. Il suffisait que ses empreintes digitales soient comparées avec celles relevées sur la traction volée et abandonnée après le hold-up de la rue de la Victoire, et il serait identifié comme l'auteur des coups de feu mortels. En cette fin d'année 1941, Abel découvrait l'angoisse. Il lui fallait vite se dégager de la cellule 14 ter de la 7e division de la prison de la Santé où il avait été momentanément enfermé pour usage de faux papiers.

La débrouillardise d'Abel n'était jamais prise en défaut. Les nouvelles vont vite, en prison. Il avait appris que son ami Chamberlain, dit Lafont, était au mieux avec le commandant allemand Boelmelburg, responsable de la police nazie. Il lui avait adressé une superbe lettre, lui offrant ses services : ne connaissait-il pas les dépôts d'armes clandestinement amassés par la Résistance ? Deux jours plus tard, Abel Danos était libre. Il rejoignait la rue Lauriston où il était reçu en seigneur de la pègre.

— Et Buisson ? avait demandé Lafont. On fait quelque chose pour lui ? Les Chleuhs l'ont piqué à Orléans...

— Il se démerdera bien tout seul pour leur faire la malle. Tu sais, Mimile, c'est quand même un danger public, un peu jobard... Vaut mieux pas trop nous mouiller avec...

Danos ne pouvait donc qu'appliquer à la lettre les consignes de son protecteur, qui passait pour un arbitre des élégances. Pour se mettre à l'unisson des gestapistes de la rue Lauriston, il enrichissait sa garde-robe de costumes haut de gamme, du gris clair au gris moyen, de chemises de soie brodées à ses initiales, de chaussures en crocodile, de préférence jaune et noir. Ainsi, dès qu'il s'était débarrassé de son manteau de poil de chameau, il pouvait se sentir l'égal des dandies bien pris dans leur habit, des officiers allemands sanglés dans leur uniforme et s'exercer au baise-main sur les bagues des femmes du monde, ou, plus souvent, du demi-monde, qui se pressaient dans les salons du cruel maître de la police parallèle, assoiffé de profits et de plaisirs.

Abel Danos plonge, non sans dégoût, dans la cohue de la calle San Jeronimo. Il trouve parfaitement ridicules ces solennités religieuses comme ce 6 janvier : la fête des Rois ouvre l'année comme la clôturent les festivités du 31 décembre, où chaque Espagnol, aux douze coups de minuit, se doit d'ingurgiter douze grains de raisin. Abel ferme ses yeux aux défilés de cavaliers et de chars, et ses oreilles au tintamarre des cuivres, aux piaillements des enfants à l'affût des cadeaux, aux pétards qui explosent un peu partout avec un bruit fâcheux de fusillade, devant les cafés de la place du 18-Juillet regorgeant de populace.

C'est en 1943 que Danos a mis les pieds pour la première fois à Saint-Sébastien. Il s'agissait de débusquer deux jeunes gens, responsables d'un attentat à Toulouse, qui avaient franchi clandestinement la frontière pour tenter de gagner l'Angleterre. Danos, sa carte d'officier allemand dans la poche, avait localisé les malheureux dont les parents, torturés, n'avaient pas été longs à cracher l'adresse. Il les avait purement et simplement abattus dans cette calle San Jeronimo dont il subit, aujourd'hui, la cohue et le vacarme. M. Henri l'avait chaudement félicité.

D'autant plus chaudement que cette liquidation suivait de près le coup du camion, une invention de Danos qui avait émerveillé son maître : des maquisards, en mal de carburant, opéraient des coups de main contre les camions allemands qui transportaient des fûts d'essence. L'astucieux Abel avait dissimulé des hommes de sa bande dans des fûts vides. Fiers de leur exploit, les Résistants avaient conduit le camion à leur repaire. Leur joie fut de courte durée. Des diables, soudain surgis des fûts, les avaient exterminés jusqu'au dernier. Le massacre avait valu à Abel une promotion supplémentaire : le commandement d'un groupe de tueurs que Lafont avait fait sortir de prison.

Oui, Abel Danos en avait connu des moments d'extase, depuis son entrée à la Gestapo de la rue Lauriston jusqu'à la Libération, en 1944 ! Il vivait royalement, engraissé par le sang de ses victimes. Mais la face du monde avait changé. Et la cavale coûte cher, surtout quand on est sous le coup d'une condamnation à mort par contumace.

Privé de la protection des Allemands, il lui avait fallu acheter le silence d'individus peu recommandables, déménager de planques le plus souvent possible. Enfin, ironie du sort, reprendre sa spécialité d'avant-guerre, les cambriolages. Par chance, Émile Buisson, son équipier de l'affaire de la rue de la Victoire, venait de s'évader de l'asile psychiatrique de Villejuif. Danos ne se sentait plus seul. Avec Buisson, il pouvait envisager des coups fumants. L'ennui, c'est qu'il avait la détente facile, l'Émile, même avec ses amis. Il venait d'exécuter froidement Henri Russac qui l'avait pourtant aidé à s'évader de l'asile [1] !

Abel dépasse l'avenue Calvo Sotelo où les réjouissances atteignent un haut degré de folie collective. La *Guardia civil* s'évertue en vain d'endiguer le torrent humain roulant vers le rio Urumea, qui coupe la ville en deux. C'est à deux pas de là que niche Luis Gomera, un Espagnol retors qui n'a pas son pareil pour écouler les bijoux volés, même les plus difficilement négociables.

Danos l'a connu au camp dit « des Espagots », à Caylus, en 1939. Comme bien d'autres Espagnols chassés de leur pays par la guerre civile, Gomera s'était réfugié dans le Tarn-et-Garonne. L'administration, prudente, les avait parqués au camp du Ruchard, sur un plateau désertique, en haut d'une pente escarpée et sinueuse. Cela devait éviter des heurts avec la population...

A la mobilisation de septembre 1939, l'armée commit une erreur. Elle affecta une partie du camp aux Joyeux, ces repris de justice enrôlés dans les bataillons disciplinaires. La frontière entre les immigrés et les militaires n'était que symbolique. Le Ruchard devint bientôt un immense lupanar, un centre de tous les trafics, le pôle de recel des villas cambriolées dans le département. Les expéditions nocturnes d'Abel alimentaient Gomera en lingots, louis d'or et pierres précieuses que l'Espagnol achetait, en francs de l'époque, au cours de la brocante. L'Occupation allait encore plus enrichir les deux hommes, le butin dérobé aux juifs français prenant, chaque semaine, le chemin de la frontière.

Ce n'est pas qu'Abel ait jamais éprouvé la moindre sympathie pour le roublard Gomera. Mais il appréciait sa discrétion qui éliminait les risques et lui assurait, en retour, l'impunité. Aussi continue-t-il de travailler avec

1. Voir *Flic Story*, éd. Fayard.

lui, le contrebandier Lopez, du village d'Ustaritz, se chargeant du passage de la marchandise.

Une seule fois, depuis le début de leurs relations, Gomera a insisté pour que son ex-associé du camp des « Espagots », piloté par Lopez, lui rende visite dans son palais du Paseo Republica Argentina. L'affaire traitée, il a continué à jouer au grand seigneur en l'entraînant dîner à la *Casa Nicolasa,* l'un des meilleurs restaurants de la région, où il avait commandé le fameux ragoût de poisson à la sauce verte, arrosé de monterrey blanc. Danos en avait conçu un vif ressentiment. Depuis, c'est sa maîtresse, Josiane, qui sert d'intermédiaire.

Luis, aujourd'hui, n'attend ni Josiane ni Abel. Pas plus que les policiers et les douaniers espagnols, déjà débordés par les cérémonies des Rois. De plus, Danos, toujours prudent, a déjoué une possible vérification d'identité à la gare de Biarritz. Dès que le train s'est arrêté, il est descendu à contrevoie.

Rompu à la manœuvre, il n'a eu qu'à se hisser dans un wagon vide, garé sur la voie parallèle, le traverser et suivre le quai désert jusqu'à la sortie des marchandises. Une heure plus tard, il était à Dancharia. Nul besoin de Lopez pour le faire passer dans le village limitrophe espagnol. Il connaît les heures de ronde des douaniers, leur parcours de reconnaissance sur les étroites rives de la Nive.

Abel a appris à se méfier des témoignages potentiels. La mission qu'il vient accomplir en Espagne doit s'effectuer dans le plus grand secret.

6

Luis Gomera a su choisir sa résidence. Une immense demeure blanchie à la chaux, dont les grilles en fer forgé sont cernées de fleurs multicolores. Le porche d'entrée précède un patio débordant d'une luxuriante végétation tropicale qui s'écarte pour laisser admirer les jets d'eau d'une fontaine baroque. Des bouquets de palmiers se dressent autour du bâtiment principal dont les baies mauresques s'ouvrent sur le pont Kursaal, qui se reflète dans l'eau du rio. Sur l'arrière, protégées des regards par un mur chaulé, s'étendent des pelouses bordées de massifs.

Danos contourne l'angle de la propriété que jouxte un jardin municipal désert. Il observe attentivement la rue Oquenda, vide de promeneurs en cet après-midi de liesse. Il a tout de suite repéré un poteau électrique en ciment, dont les alvéoles forment une échelle idéale. Il ressent le mouvement de joie sauvage qui l'anime toujours dès qu'il se sent maître de la situation. Le mur franchi, il sera à l'abri des éventuels curieux, passants attardés ou vigiles trop zélés.

Une force mécanique le soulève, comme malgré lui. A mesure qu'il s'approche du faîte de la muraille, son instinct de fauve est décuplé. Il n'aime pas être perdant, la certitude du succès l'exalte, le métamorphose.

Parvenu au sommet, il effectue un rétablissement. Les branches séculaires d'un mélèze, collé à la clôture, le camouflent. Il ne s'attendait vraiment pas à ce que cela soit si facile !

De son observatoire, il scrute la villa. Une forte lumière brille derrière une porte-fenêtre, sur le balcon du milieu. Abel sourit. Il se sent comme chez lui. Il s'en souvient, de cette pièce. C'est le bureau-bibliothèque de Gomera, l'antre où il compte et recompte ses recettes occultes. Derrière les panneaux de bois des îles, se dissimule le coffre-fort qu'il avait ouvert, devant lui, pour étaler sa fortune. Toujours le même, ce grigou de Gomera. Seuls ses comptes le passionnent.

Abel, à califourchon sur la branche, se retient à temps avant de sauter dans le jardin : la porte-fenêtre vient de s'ouvrir. Luis apparaît sur le balcon, en robe de chambre de velours grenat. Il s'appuie à la balustrade, regarde un moment la pelouse, tire sur son cigarillo dont la fumée s'élève en volutes dans la clarté de la lampe. Il le jette par-dessus la rambarde, referme la porte-fenêtre.

Danos respire profondément, se laisse choir sur le gazon avec souplesse, les genoux légèrement fléchis.

Il reste courbé pour se glisser vers la maison, à l'abri des arbustes qui longent les allées. Il contourne le bâtiment pour arriver dans le patio sur lequel donne une double porte vitrée. Il teste le bec-de-cane. La porte s'ouvre. Les domestiques n'ont pas fait le tour des serrures.

Il s'avance, silencieux, sous le plafond à caissons peints, défile devant une impressionnante collection de tableaux de maîtres. Au bout de la galerie, sur la droite, une porte sculptée bée sur l'escalier de marbre. Il suit les appliques de fer forgé qui balisent le chemin des étages. Arrivé sur le palier, il se repère, reconnaît la lourde porte centrale, entre deux tapisseries flamandes. Il l'ouvre brusquement.

Luis Gomera est penché devant des liasses de pesetas entassées sur le bureau de chêne. Son crâne luit sous la lampe.

— Bonjour, Luis, dit Abel d'une voix très calme. J'espère que ma visite te fait plaisir ?

Gomera sursaute. Ses mains se plaquent sur les billets comme pour les sauver de la bourrasque. Ce sont ses étroites lunettes cerclées d'or qui reflètent, maintenant, la lumière de la lampe. Sans pouvoir articuler une parole, il se soulève de son fauteuil, les avant-bras toujours posés sur les liasses. Ses yeux se dilatent, derrière les verres légèrement fumés. Il fixe la main droite de Danos, enfouie dans sa poche. Glacé, statufié, il se laisse retomber sur son siège, ouvrant la bouche comme un poisson à l'agonie.

Abel suit avec intérêt les efforts méritoires de la glotte de l'Espagnol, qui finissent par lui permettre d'émettre un son qui ressemble à « Abel... »

Il sue, le petit homme à la robe de chambre grenat. Il se demande visiblement s'il n'est pas le jouet d'une hallucination. La voix de Danos, d'une impassibilité inquiétante, a tôt fait de le ramener à la dure réalité.

— Eh oui, Abel... Bonne surprise, non ? Tu me manquais. Alors, je me suis dit : « Lui aussi, il doit s'ennuyer tout seul, ce brave Luis, dans son bled, un jour de fête. Parce que tu es seul, pas vrai ? »

Gomera hoche péniblement la tête, bafouille .

— Mes gens sont au défilé. Comment es-tu entré ?

— Par la porte, cette question ! Tout est ouvert, chez toi. Ce n'est guère prudent. On y entre comme dans un moulin. Mais, ma parole, tu as l'air tout drôle de me voir débarquer, comme ça, sans prévenir. Bien sûr, j'aurais pu téléphoner, ou envoyer Josiane. Belle fille, hein, Josiane ? Non, j'ai préféré venir. Tu ne devines pas pourquoi ?

Gomera vient d'ouvrir un tiroir dans lequel il fait tomber négligemment les liasses.

— Ma foi, non, répond-il sans lever les yeux.

— C'est pourtant simple. Tu faisais tes comptes. Et moi, je viens justement régler les miens.

Du coup, l'Espagnol ôte ses lunettes, les essuie avec la

pochette de soie mauve qui émerge de sa robe de chambre comme une fleur fanée.

— Quels comptes ? J'ai toujours payé cash ce que je te devais.

De la main gauche, Danos empoigne sans ménagement le dossier d'une chaise Renaissance, qu'il tire à lui en la faisant pivoter de manière à s'installer à califourchon, face à Gomera.

— Je n'en suis pas si sûr, dit-il, le sourire en coin. Ou alors, j'ai de sacrées pertes de mémoire.

Gomera, lui, essaie de rire franchement, ce qui donne le son d'un instrument bizarre. Dans la foulée, il croasse :

— J'en suis sûr, moi.

Comme Danos ne bronche pas, il ajoute :

— Personne ne peut dire que j'aie jamais doublé un ami.

La chaise fragile craque sous le poids du tueur, qui reste de marbre. Ce silence fait définitivement perdre pied à Luis qui gémit :

— D'après toi, je n'ai pas été assez généreux dans notre dernière affaire ?

Il essaie maladroitement de mimer la stupeur, pour gagner du temps. Si seulement les domestiques revenaient de cette maudite fiesta, assez tôt, et pas ivres morts comme le veut la coutume. Une minuscule sonnette dissimulée sous le plateau de la table permet de les prévenir à l'office, à la cuisine et même au garage, en cas de pépin. Il a tout prévu, Gomera. Deux coups et il faut alerter la police. Mais où est-elle, la police, en un jour pareil ? Partout, sauf au bout du fil. Et comment Ernesto, d'habitude si précautionneux, a-t-il pu quitter la maison sans verrouiller la porte du patio ?

Dans le tiroir où il vient de faire glisser les billets, sommeille un pistolet automatique, noir et court. Un outil séduisant, maniable et angoissant. Il pourrait le sentir sous ses doigts. Un autre parabellum, plus imposant, est caché dans la bibliothèque. Il ne manque pas d'artillerie, Gomera-le-prudent. Mais Danos n'a pas à s'en inquiéter. Luis serait mort avant d'avoir pu s'en servir.

Rien que d'y penser, il repose, bien à plat sur la table, ses mains qui tremblent. Un sacré tireur, ce Danos, qui lui a assez raconté ses exploits, notamment l'assassinat d'un parachutiste anglais dont il s'était amusé à rapporter la tête, découpée à la scie, à son patron Lafont.

— Laisse donc tes mains sur le bureau, ordonne-t-il, et ne les agite pas comme ça. On dirait que tu picoles, ma parole.

— L'émotion, bégaie Gomera d'une voix blanche. L'émotion de t'entendre dire que je n'ai pas été correct. J'ai remis à Josiane le fric que je te devais.

— Vingt-sept, mon cher. Vingt-sept au lieu de quarante. Manquent treize briques.

Luis écarte les mains pour démontrer sa bonne foi, mais le froncement de sourcils de Danos les lui fait replacer vite sur la table.

— Tu sais pourtant comme je pratique, Abel. Tu m'annonces un arrivage et je consulte mes acheteurs. Ils fixent leur prix quand ils ont la marchandise sous les yeux. Le dernier envoi n'était pas terrible. Ils n'ont pas voulu payer plus. J'ai juste pris ma commission au passage.

La chaise craque de nouveau sous le poids de Danos qui siffle entre ses dents, très vite :

— Tu m'avais annoncé quarante. Le petit Orsetti les avait estimés, lui aussi, à quarante millions. Fredo-le-bijoutier, en dernier ressort, à quarante et un. Tu as pris combien, comme commission ?

— Le minimum, quand j'ai réalisé que tu n'allais pas être content.

Gomera patauge toujours, sans trouver un coin de terre ferme où poser ses pieds.

— ... C'est vrai, ce que je te dis. Notre amitié passe avant tout.

Il se recule, terrifié. Abel s'est dressé, expédiant d'un coup de pied la chaise derrière lui.

— Notre amitié ! grince-t-il, parlons-en de notre amitié ! Tu te rappelles ce que disait l'Arabe, au Ruchard ? Le bougnoule qui servait de femme à Orsetti ? « Quand un serpent te donne son amitié, écrase-le avant qu'il te pique. » Au fait, tu me l'as prouvée, ton amitié, en essayant de te taper Josiane ?

— Qu'est-ce que tu me chantes là, Abel ?

— Elle m'a tout raconté. Et je te l'emmène déjeuner à l'hôtel *Los Tres Reyes,* à Pampelune, sous prétexte de voir la corrida ! Et je te la baratine à mort après l'avoir poivrée à la sangria ! Je ne suis même pas sûr que tu ne te la sois pas farcie. La salope m'a juré que non, malgré la danse que je lui ai filée. Seulement, elle s'est fait la malle, avec tous les risques que cela comporte pour un mec comme moi. Le voilà, ton travail d'ami ! Maintenant, il faut casquer, mon gars. Treize bâtons plus deux de mise à l'amende pour Josiane.

Luis Gomera joue au spectateur de tennis, suivant de la tête les allées et venues du Français dans le vaste bureau. Abel, l'air buté, garde toujours la main dans sa poche. Quelle conne, cette Josiane, d'être allée tout lui balancer ! C'était bien la peine de lui offrir une montre cerclée de diamants. Ça ne lui avait pas coûté cher, il avait repassé Sanchez-Guerrera, le fourgue de Bilbao, mais quand même ! Elle n'avait pas dû s'en vanter, du cadeau, devant Abel ! Ni des deux cent mille francs que Luis, dans l'euphorie d'une nuit qui a mis en révolution les occupants de la chambre voisine, lui a remis pour ses frais de voyage, afin d'être sûr qu'elle revienne, comme elle le lui promettait. Une belle ordure, Josiane, il aurait dû s'en douter ! N'empêche qu'il n'a jamais eu de chance avec les femmes, malgré sa fortune.

Inutile de pleurer sur le passé. Il faut s'en sortir, du mieux possible, en attendant le retour du personnel.

— Je pensais en te voyant débarquer que tu m'apportais les bijoux de la môme Moineau, finit-il par dire. C'est pour ça que j'ai été surpris. Ça fait du bruit, cette affaire-là. Tu as entendu la radio ?

Il réalise, devant le visage fermé, qu'il part à la dérive. Il se reprend aussitôt :

— Tu sais ce que je te propose, Abel ? Je m'habille et on va casser une croûte en ville. Demain, j'irai à la banque et je te donnerai tes treize briques. Ce sera une affaire blanche, mais je me rattraperai sur une autre, voilà tout. Ça colle ?

Abel hausse les épaules. Son indifférence achève de déconcerter Gomera.

— J'ai dit quinze. Treize plus deux. Tout de suite.

— Voyons, Abel...

Le beretta a jailli de la poche. Gomera réalise que cinquante-deux années de sa vie de trafiquant peuvent se terminer bêtement, dans son bureau d'où l'on perçoit les échos de la fiesta.

Tant pis, au point où il en est, il n'a pas le choix. Il faut éliminer Abel. Il est là, tout près, Abel. Luis sent le canon du beretta sur sa tempe. Il a l'impression de flotter dans sa robe de chambre, soudain élargie aux dimensions de la pièce. Ses yeux fixent la bibliothèque. Si seulement il pouvait :

— J'ai à peu près neuf briques dans le tiroir, soupire-t-il enfin. Si tu veux les voir...

— Ouvre d'abord le coffre.

Le dos voûté, la gorge aride, il renonce à l'espoir de s'emparer de l'arme du bureau. Il se lève, se dirige vers la bibliothèque, toujours suivi par le pistolet de Danos. Il va appuyer sur le bouton qui fera s'escamoter les boiseries, apparaître le museau noir du coffre-fort. La clef est dans un tiroir à secret, près du parabellum.

A vrai dire, malgré son arsenal, il n'a jamais tué personne, Luis. C'est tout juste s'il a fait quelques cartons à la foire, quand il était gosse. Et encore, il a raté toutes les pipes. Les armes, c'est seulement pour lui un moyen d'intimidation, si par hasard, la nuit, il entendait un bruit suspect. Encore a-t-il toujours peur qu'elles s'enrayent, c'est pourquoi il en possède deux.

— Tu te grouilles ?

Le ton est redevenu furieux. Gomera a un haut-le-corps sous l'impact des mots qui ont claqué comme un coup de fouet.

— Faut que je prenne la clef.

Il affecte un ton geignard pour tromper Danos. Mais il est maintenant au-delà de la peur. Sa décision est prise. Il va ouvrir le coffre, s'effacer devant Abel pour le laisser fouiller à l'intérieur, s'emparer du pistolet dans le tiroir à secret et coller une balle dans la tête de son voleur.

Légitime défense, pourra-t-il dire à son ami le capitaine Alfonso, commandant la *Guardia civil.*

Du canon de son arme, Abel pousse Gomera vers les livres soigneusement alignés. Il sait que le coffre se cache par là. Luis enlève un volume de *Don Quichotte* sur la couverture duquel le maigre chevalier et sa non moins maigre Rossinante sont gravés à l'or fin. Le bouton magique apparaît. L'index du bibliophile d'occasion déclenche l'ouverture des panneaux qui glissent, silencieux, sur des rails invisibles. Danos ne peut s'empêcher d'apprécier la perfection du travail de l'ébéniste, avant de s'impatienter de nouveau :

— Alors, tu l'as, cette clef ?

Luis acquiesce d'un signe de tête. Il s'approche du tiroir, l'entrouvre, juste assez pour que Danos n'aperçoive pas le mauser. Et, soudain, une évidence naît dans sa cervelle survoltée. Il faut agir sans attendre d'ouvrir le coffre. L'arme est là, à portée de la main. Autant s'en servir tout de suite. L'œil de l'Espagnol glisse, de biais, vers Danos, qui s'est approché du blindage et le regarde, fasciné. C'est le moment.

La main de Luis s'est refermée sur la crosse. Il pivote. Pas assez vite. On n'est jamais assez rapide, devant un tireur comme Danos. Déjà, le doigt a appuyé sur la détente, en un réflexe instantané. Un fracas retentit sous le plafond sculpté de la pièce. La balle du beretta se plante dans le front, juste entre les sourcils. La cervelle de l'Espagnol éclabousse les reliures précieuses. Une tache sanglante s'étale sur le sol marqueté.

— Pauvre con, conclut Abel, en guise d'oraison funèbre. Se faire buter pour quinze briques ! Et pour avoir voulu sauter une gonzesse, encore !

DEUXIÈME PARTIE

Chercher la femme

7

Couinas est un emmerdeur. Marlyse a beau me répéter qu'une minute de patience équivaut à dix années de tranquillité, je suis à bout. Cette nuit, le perroquet qu'il a déniché dans une oisellerie du quai de la Mégisserie, près du Pont-Neuf, a encore fait des siennes. Il a commencé à se racler les cordes vocales à 5 heures du matin. Puis il a pris son élan. Après quelques grognements et le « Bonjour Coco » traditionnel, il s'est évertué à crier « Au secours ! », en imitant la voix de son maître. J'ai frappé la cloison pour le faire taire mais mon intervention n'a eu pour effet que de déchaîner la colère de mon irascible voisin. Il m'a abreuvé d'injures. Étonnant paradoxe, que de détenir la force publique et de se révéler impuissant contre de tels enquiquineurs.

Fou de rage, je me suis résigné à me lever. J'ai ingurgité l'ersatz de café que Marlyse m'avait préparé la veille, décoction de blé grillé, de chicorée sauvage et de marc vieux de trois jours. A six heures, le cher perroquet s'était tu. Couinas ronflait. Je me suis alors mis à tisonner avec vigueur la cendre de la salamandre, pour le réveiller à son tour. Je me suis douché, rasé, en faisant hurler les informations au maximum. Et, une heure plus tard, satisfait de ma contre-attaque, j'arpentais la salle des Pas-Perdus de la gare Saint-Lazare.

La météo avait annoncé un temps gris et froid, avec des nappes de brouillard givrant. Sur le trottoir de la rue de la Tournelle, qui unit la gare de Poissy à la maison d'arrêt, mes chaussures s'amusent à déjouer les plaques de verglas. La bise transperce les jambes de mon pantalon de fibranne, cadeau des restrictions. La goutte au nez, les joues découpées au rasoir, j'ai le cheveu glacé et le moral bas. Le président Vincent Auriol a beau faire ce qu'il peut, depuis que les ministres communistes ont été contraints de démissionner du gouvernement, leurs troupes font grève sur grève. La situation économique est telle que les rations de pain plafonnent à deux cents grammes par jour et par personne. Comme en 1940 ! Je m'en souviendrai de cet hiver !

Ce château fort dressé sur les rives de la Tamise, c'est tout simplement la prison centrale noyée dans une brume plus opaque encore que la fumée du cigare de Churchill. Je reconnais le haut mur qui entoure un ensemble de bâtiments dans lesquels se morfond la colonie des malfrats condamnés à de lourdes peines. Le régime y est très dur. Beaucoup plus sévère que dans les maisons d'arrêt comme Fresnes, ou, à Paris, la Santé. Et la devise de l'établissement, « Ici on entre lion, on en ressort mouton », est parfaitement explicite.

Trois fois, j'y suis venu, pour interroger des détenus. Trois fois, le porche franchi, j'ai éprouvé le même malaise, presque un sentiment de panique. Je quittais la vie pour la citadelle du silence. Mon immeuble vieillot de la rue Lepic, au couloir malodorant, c'était le *Ritz,* au regard des bâtisses vétustes que j'entrevoyais par la baie grillagée du parloir. La puanteur du Crésyl, la brune uniformité des vêtements de bure des prisonniers, le martèlement de leurs sabots dans la cour, lors des interminables défilés à la queue leu leu, étaient, pour moi, une obsession lancinante. Le personnel, même, enfoui au fond de cette poubelle de détresse humaine, me semblait appartenir, lui aussi, à un autre monde.

A Poissy, comme dans bien d'autres Centrales, l'administration est reine. Le seigneur-directeur distribue souverainement les amendes, les séjours en salle de discipline, nomme les prévôts détenus choisis en fonction de leur brutalité, pour faire régner la discipline, la propreté et assurer la distribution des vivres.

Quand je lui ai rapporté les propos d'Ursuline-la-Normande et l'insuccès de mes recherches au palais de Justice, le Gros n'a pas hésité :

— Il faut doubler Castex, Borniche ! Jo Attia, Georges Boucheseiche et Fefeu étaient trop les amis de Danos pour que vous puissiez en tirer quelque chose. Girola, par contre… Ça vous dit Girola, je pense… Il est à Poissy. Je serais vous, j'y ferais un saut demain matin à la première heure.

— Et le permis de visite, patron ?

— Je passerai un coup de fil au directeur.

Pas question de mobiliser Crocbois pour un trajet aussi court. Dans le compartiment glacial qui secouait, en direction de Poissy, ma carcasse transie, j'ai tiré de ma serviette le dossier que le grand Roblin, le manitou suprême du fichier, avait sorti de ses classeurs.

Jusqu'à mon entrée dans la police, j'ignorais que chaque citoyen était mis en fiche, même pour une simple demande de carte d'identité, de passeport, de permis de conduire ou de chasse. Les innocents sont là, notés au fichier central, parce que la police estime, avec sagesse, qu'il est préférable de tout savoir, à l'avance, sur des coupables potentiels. A plus forte raison sur les gangsters qui bénéficient de l'attention très particulière des services de police criminelle. Dans les cabriolets de la Préfecture de police, quai des Orfèvres, et de la Sûreté nationale, rue des Saussaies, figurent, outre leur photographie, de face et de profil, leurs empreintes, leurs condamnations, les procès-verbaux et les rapports sur les affaires dans lesquelles ils ont été impliqués.

Abel Danos peut se vanter d'un palmarès éloquant ! Il a commencé tôt dans la délinquance. Il est plus attiré par le cyclisme et le cambriolage que par les études. Son père est un honorable caissier de la Banque de France, son frère, un militaire de carrière. A 18 ans, Abel écope de sa première condamnation pour vol mais cet avertissement ne l'émeut guère. Il poursuit sa carrière de monte-en-l'air, profitant de l'absence des occupants d'appartements et de villas qu'il a visités auparavant en se faisant passer pour un contrôleur du gaz. Une seconde condamnation à cinq années de prison vient orner, en 1939, son casier judiciaire. La guerre éclate. Il rejoint les groupes spéciaux, les fameux Bat' d'Af', pépinière de mauvais garçons. Mais l'armée lui pèse. Il déserte, poursuit sa carrière de cambrioleur à Dijon où il est à nouveau arrêté. L'arrivée des Allemands lui est salutaire. Les portes de la maison d'arrêt s'ouvrent. Comme se sont ouvertes les lourdes grilles de la prison de Troyes où Émile Buisson était détenu pour vol qualifié, depuis 1938. Les deux hommes font connaissance, sympathisent. En 1941, ils s'unissent pour agresser les encaisseurs du Crédit Industriel et Commercial.

A la Libération, Lafont et Bony sont fusillés. Danos le chanceux devient membre du gang des tractions avant, créé par Pierrot le Fou, avec Jo Attia, Fefeu, Boucheseiche, Girola, tous d'anciens sbires de Lafont, recherchés par la police.

La rapacité de Danos est comblée. C'est la belle vie, malgré les dangers. Hélas, Pierrot le Fou disparaît après une agression[1]. Les autres sont arrêtés. De nouveau seul, Abel reprend son activité de monte-en-l'air. Personne, surtout les receleurs, n'ose le dénoncer. Il est rusé et il tire vite. Ses amis protègent sa cavale. Ses ennemis le redoutent. Il change aussi facilement d'identité que de maîtresse, et ne pardonne ni la moindre irrégularité dans une affaire ni la moindre indiscrétion. Sa route est jalonnée de cadavres.

Antoine Girola se ratatine d'instinct sur sa paillasse, lorsque le gardien ouvre la porte d'acier de sa cellule. Il est mal en point, Antoine, au bout de trois semaines de

1. Voir *le Gang*, éd. Fayard.

mitard, avec pour toute nourriture une boule de pain tous les deux jours et trois quarts d'eau, et tous les quatre jours, un bas morceau de viande blanchie dans une soupe d'eau de vaisselle.

Huit années de réclusion avaient sanctionné un vol qualifié. Il a été surpris en train de bavarder avec son voisin dans l'atelier des brosses. Soutenant que c'était faux, il a refusé la sanction : « la ronde », dans la salle de discipline circulaire, ceinturée de barreaux de fer, surnommée la cage aux lions.

Les punis y tournent en longeant la grille. Le prévôt est assis au centre, sur une borne en ciment. Muni d'un sifflet, il rythme la cadence des détenus, chaussés de sabots. En même temps, un aide-prévôt scande : « Gauche, droite, gauche, droite... » Un clin d'œil de son chef le fait ralentir ou accélérer brusquement la ronde. Les détenus butent alors les uns contre les autres, ce qui est interdit par le règlement, car la distance doit toujours être respectée... Cinquante minutes de marche, dix de repos. La plaisanterie dure dix heures par jour, souvent durant dix jours. Soit, selon la cadence, une quarantaine de kilomètres dans la journée... Antoine, lui, a préféré le mitard.

— Parloir, Girola !

Girola se redresse mollement. Il n'y croit pas. Qui pourrait lui rendre visite, en cette matinée de début janvier ? Son avocat ? Allons donc ! Il ne s'intéresse plus à lui, depuis le jugement. De plus, il lui doit des honoraires. Sa mère ? La malheureuse est impotente, conséquence d'une fracture du col du fémur. Violaine ? Elle est comme l'avocat, elle a pris la tangente. Huit années, c'est long à attendre pour une femme jeune et belle. Et qui n'était pas de son milieu. Elle n'avait découvert la vérité que lorsqu'il avait été conduit chez elle, à Neuilly, menottes aux mains, par des policiers agressifs, chargés de perquisitionner.

— Parloir, Girola, je t'ai dit. Habille-toi.

Antoine se lève, plie la couverture de laine brune frappée des lettres A.P. : Administration Pénitentiaire.

Il s'ébroue, passe les doigts dans sa chevelure hirsute, s'approche de la porte en grelottant.

— En route !

Il franchit le seuil, attend que le surveillant cadenasse la porte de la cellule, emboîte le pas au gardien dans le long et sombre couloir sur lequel ouvrent d'autres cellules semblables aux boxes des haras. Sauf que derrière ces lourdes portes vivent, reclus, des chevaux de retour.

Il titube de faiblesse en gravissant les marches de l'escalier menant au prétoire. Il se demande ce qu'il a encore fait pour qu'on l'entraîne vers la salle d'audience où le directeur, sur son estrade, distribue les punitions. Il avance avec maladresse, les jambes molles, dans son costume de prisonnier devenu trop grand pour son corps squelettique. Tout à coup, la porte franchie, la lumière lui brûle les yeux. Il baisse les paupières, les soulève à nouveau, pour s'habituer. Il demeure, figé, à l'entrée du prétoire vide.

Seul un homme grand et brun, avec un long nez, un imperméable à large ceinture et des chaussures à semelles de crêpe, occupe la chaise du directeur. Il est en train de consulter un dossier posé près d'une serviette. « Un type de l'administration, pense Girola. On va me changer de taule. Où vont-ils m'expédier ? A Fontevrault, Clairvaux, Riom ou Eysses ? Des bleds si perdus que je ne risquerai plus de recevoir la moindre visite. » Il se met à trembler. Plus de froid, il y est habitué. De peur. Le lion qu'il était est bien devenu mouton !

— Assieds-toi près de moi.

Je désigne une chaise à Antoine Girola. Méfiant, il monte les deux marches. Il m'épie. Je me demande comment aborder cet homme malléable, selon Vieuchêne, mais qui ne m'en donne pas l'impression. En tout cas, il se tient sur ses gardes.

— Antoine, dis-je avec une voix que je veux douce, je suis inspecteur à la Sûreté nationale. Je vais te parler loyalement. Je sais que les paroles de flics sont mal reçues par les gens du Milieu, mais je ne pense pas que tu sois vraiment un dur. J'ai lu ton dossier, j'ai enquêté. Tu as fait des conneries, tu les paies...

J'interromps mon laïus. Girola n'a pas bronché. Il se contente de me fixer. Il a l'air de se foutre de tout. Il va me falloir une sacrée dose de patience !

— ... Au greffe, on m'a dit que tu avais encore fait le malin, et que tu te retrouves au mitard pour deux mois. J'ai peut-être le moyen de t'en faire sortir.

Il ne relève pas. J'ai même l'impression qu'il se moque de moi. Mais un bon flic ne doit-il pas être d'un naturel patient ?

— ... Voilà ce qui m'amène, mon vieux. Émile Buisson vient de s'évader de l'asile de Villejuif, après avoir joué les dingues. Il a descendu Russac, pour le remercier de l'avoir aidé à franchir le mur, et trois braves types qui ne faisaient que leur métier d'encaisseur. Tu as dû apprendre tout ça ?

J'y vais un peu fort. Mais connaissant la folie meurtrière de Buisson, je suis sûr que, dans les jours qui viennent, le sang va gicler sur sa route de hors-la-loi. En parlant de Buisson, j'attaque par la bande. Il travaillait avec Danos, Émile, tous les mauvais garçons le savent. Et Danos est tout aussi dangereux. Deux fois plus, même, si ces deux dingues de la gâchette se retrouvent.

Rien à faire. Girola reste de marbre. Plus mon regard se fait aimable, plus le sien devient froid. Il est aux aguets, tendu. Sans le quitter des yeux, je tire de ma serviette une photo de Russac, œuvre de l'artiste de la première brigade. L'homme est étalé dans l'herbe, les yeux grands ouverts, le crâne fracassé, la bouche béante, dans un dernier rictus. L'imperméable est souillé de terre et de feuilles mortes. Je pose cette belle image sur la table, sous le nez de Girola. Je perçois un léger frémissement des narines.

— Tu le connaissais, Russac ?

Enfin, les yeux s'écarquillent, les lèvres s'ouvrent. Il va parler. Il parle :

— Pas du tout !

— Ah ! et Buisson ?

Je joue les décontractés souriants. J'attends la réponse. Puisqu'il a prononcé quelques mots, le reste doit venir. Je connais bien cette suite logique. Eh bien, non ! Je n'ai droit qu'à un mouvement négatif de la tête. Me voici revenu au point zéro. Dissimulant mon exaspération, j'en remets dans le calme :

— Je le croyais. Les rapports de la P.P. font état de tes relations avec Émile. Mais on dit tant de choses, dans le Milieu... et chez les poulets !

Là, il approuve, d'un battement de ses paupières violacées. C'est mieux que rien. Il faut maintenant attaquer trois points sensibles : la famille, les amis, les femmes.

— Tu fumes ?

J'ai sorti de ma serviette un paquet de Gauloises bleues, et des allumettes. J'en ai toujours pour la bonne cause. Moi, je ne fume que des américaines. Je les achète au marché noir, par paquets de trois, chez les Arabes de la place Blanche. Connaissant mon métier, ils me font un prix. Ils se rattrapent sur d'autres candidats au cancer. Mais Antoine n'est pas forcé de le savoir, et brandir un paquet de Pall-Mall devant un pauvre type sans pécule, ça ferait mal dans le tableau.

Je tends le paquet. Les doigts malhabiles de Girola attrapent une cigarette. Je lui donne du feu.

— Garde tout.

Sa tête s'affole, de gauche à droite :

— Pas possible. Ils me le piqueraient, au mitard. On est interdits de tout : lecture, promenade, parloir. Même de messe. Ça, je m'en fous. Les curés, ça n'a jamais été mon fort.

— Et les visites ? Ta femme, par exemple...

Aïe. Le visage se ferme. J'ai fait une gaffe ou je viens d'ouvrir une brèche ?

— ... Parce que tu as bien une femme, non ?

Les épaules se soulèvent, mais la bouche reste close.

— Je vois, dis-je, sur un ton quelque peu paternel.

On ne vient pas te voir souvent. Ici, ce n'est pas la Santé, ni Fresnes. Là-bas, quand j'ai affaire à des gars sympathiques, je les extrais. Je les emmène dans mon bureau de la rue des Saussaies, et là, au moins, ils peuvent embrasser leur femme et leurs gosses.

Girola me coupe, sèchement.

— Les casseroles, sans doute. Ceux qui balanceraient père et mère pour faire une bise à madame. Merci, je n'en suis pas là.

— Parce que tu crois que le grand Jo Attia, le gros Boucheseiche ou René la Canne sont des casseroles, toi ? Je paierais cher pour qu'ils le deviennent, fais-moi confiance. Et il y en a plus d'un, actuellement en cavale, qui auraient du mouron à se faire. Non, si je les sors, c'est par humanité, voilà tout.

— Vous n'êtes jamais venu me chercher, moi, quand j'étais à la Santé ?

— Je ne te connaissais pas. C'est la P.P. qui avait traité ton affaire. Maintenant, si tu veux, je peux essayer de te sortir d'ici.

Il hausse les épaules.

— Ça m'étonnerait !

— Moi pas. J'ai les moyens.

— Personne n'est jamais sorti de Centrale. Je vais vous dire un truc, inspecteur, arrêtez votre boniment. Vous vouliez savoir si je connaissais Russac, je vous dis non. Et Buisson, c'est pareil.

Nouveau recul. Le flic, pour les malfrats, c'est l'ennemi héréditaire. J'ai beau jouer le type sympathique, ouvert, accommodant, je reste le flic. Donc, je persiste .

— De Centrale, peut-être. Mais de la Santé, sûrement. Je peux te faire rencontrer ta femme quand tu veux. Tu reviens à Paris, du coup tu échappes au mitard et aux années de Centrale qu'il te reste à tirer. C'est simple.

Girola me regarde comme un fou, ou comme un être surnaturel qui dicterait sa loi au ministre de la Justice. Plutôt pour un fou, vu qu'il ricane :

— Vous êtes un rigolo, vous !

Pourtant, je ne plaisante pas. La solution, je la détiens. Je connais le fonctionnement de la justice sur le bout du code. Simone Tirard, la championne de la débrouillardise, condamnée à quinze années de travaux forcés pour complicité d'assassinats, a toujours réussi à éviter son transfert en maison centrale. Elle sait que les magistrats n'aiment pas laisser des délits impunis. Elle a trouvé le truc. Elle s'accuse de vols que d'autres ont commis, après en avoir appris tous les détails par cœur. Dès qu'il reçoit la lettre, le procureur ordonne une nouvelle information. Le juge d'instruction place Simone Tirard sous mandat de dépôt et la maintient à la prison de la Roquette où elle fait la pluie et le beau temps, depuis de longs mois. Lorsqu'elle a épuisé les moyens dilatoires prévus par la loi pour retarder sa comparution en Correctionnelle, elle use des pourvois qui la gardent en place jusqu'à la conclusion. Lorsque la peine devient définitive, elle se confond avec la peine de travaux forcés. Et quand arrive l'ordre de transfert pour la maison centrale de Rennes, réservée aux femmes, Simone Tirard s'accuse d'un nouveau délit. Ainsi passent les semaines, les mois et les années pour la belle Simone, pilier vivant de la Roquette.

— Je ne sais pas si je suis un rigolo mais je suis prêt à parier avec toi n'importe quoi.

— Ouais... Eh bien, moi, je n'aime pas qu'on se foute de ma gueule.

Il résiste, Girola, mais je crois bien qu'il est ferré. La preuve, il commence à écouter, à répondre, à douter. Il ne veut pas montrer qu'il réfléchit, mais je le sens anxieux, sur le qui-vive. La fumée de la Gauloise qui s'échappe lentement de sa bouche et vacille dans l'air froid du prétoire en est une preuve.

Je le laisse à ses méditations. Je regarde ailleurs. Dans la cour, un grand escogriffe roux, le visage taillé à coups de serpe, flotte, lui aussi, dans une chemise grise, épaisse, sans col, marquée des initiales A. P. Avec mollesse, il balaie le cailloutis. Depuis quand ? Pour combien de temps ? A distance, un gardien résigné, les mains dans les poches, le regarde promener son balai de bouleau, usé d'un côté, sur un amas de brindilles. Leur haleine se condense en ballonnets plus denses que la fumée de la cigarette de Girola.

Tiens, il parle, Girola :

— Et alors, qu'est-ce qu'il faudrait que je vous balance, en échange ?

— Ce n'est pas du balançage. C'est un service à rendre à tout le monde. Il faut empêcher Buisson de continuer le massacre.

J'ai fait exprès de ne pas encore parler de Danos. Il aurait trop vite réalisé où je veux en venir.

— Puisque je vous dis que je n'ai rien à faire avec ce type-là, merde, alors. Ni lui, ni Russac. J'ai simplement entendu parler de la cavale de Villejuif.

— Et de l'affaire de la rue de la Victoire, non ? Quand il a abattu les encaisseurs et qu'Abel a porté le chapeau.

En lâchant le prénom, j'ai guetté la réaction de Girola. Rien.

— ... D'ailleurs, tous les flics savent que ce n'est pas Danos qui a tiré. Il a quand même un mandat d'arrêt aux fesses pour assassinat. Je crois qu'on peut lui reprocher pas mal de choses, à Abel, mais pas celle-là. Tu as de ses nouvelles, de temps en temps ?

— Non. C'est normal. Dans notre affaire, il a touché sa part, moi, la mienne. Il a la chance d'être dehors, tant mieux pour lui. Je n'avais qu'à ne pas me faire faire marron. C'est quoi, votre truc ?

— Un vol. Qui a eu lieu rue Gustave-Rouanet. On n'a jamais trouvé ses auteurs. Comme j'en connais tous les détails, tu t'accuses, je transmets le procès-verbal au juge d'instruction, à Paris. Il te fait revenir à la Santé et une nouvelle vie pour toi commence. Personne ne pourra se douter que je t'ai rendu service. Tu es tranquille pour un an, au bas mot. Plus de travail forcé, plus de mitard, plus de brimades. Bien sûr, tu seras condamné mais tes deux ou trois ans se confondront automatiquement avec ta peine actuelle de réclusion.

Le regard de Girola se voile.

— Faut quand même pas me charrier. Abel habitait justement au 6 de la rue.

— Je sais. Le vol a eu lieu au 23. C'est pour ça que ça marchera. Tu venais voir Abel, tu as repéré l'immeuble, et voilà.

— En échange ?

— Rien, pour le moment. Si tu veux me renvoyer l'ascenseur pour Buisson, tu me feras signe quand tu seras à la Santé. Le commissaire Clot a arrêté des gens de sa bande dans sa planque de la rue Bichat, près de l'hôpital Saint-Louis. Émile a réussi à s'échapper par les toits. Le petit Roger Dekker, Pierre Paillev et Jean-Baptiste Buisson, son frère, sont au trou. En les contactant...

Antoine Girola passe la main dans ses cheveux, me regarde d'un air grave, triste :

— Je sais que je vais devenir une salope, mais je n'ai pas le choix. Ça peut demander combien de temps, un transfert ?

— Un mois au plus. Je peux venir te chercher, si tu veux, mais pour la discrétion, c'est moins sûr. Tu réfléchis, en attendant. Qu'est-ce qu'elle devient, Hélène ?

— Hélène ?

— Oui, la mère des enfants d'Abel...

Les maigres épaules se soulèvent.

— Je n'en sais rien. Vous savez avec Abel... Hélène, Pierrette, Josiane... Donc, un mois, vous dites ?

J'acquiesce d'un signe de tête. Je dissimule ma joie intérieure derrière un masque impassible. Ce n'est peut-être pas grand-chose, ces trois prénoms que j'ai enregistrés sans ciller mais, comme dit le Gros, avec un début on arrive à des fins.

Je sors de ma serviette un procès-verbal vierge :

— Je prends ta déposition maintenant, ou on attend ?

Malgré lui, Girola a un mouvement de recul. Il hésite,

il passe la langue sur ses lèvres gercées, finit par bredouiller :

— Je ne sais rien du vol, moi.

— Rassure-toi, j'en connais tous les détails. J'écris et tu signes. Le reste, je m'en occupe.

8

Une prison chasse l'autre. Je mets à profit les confidences bien limitées d'Antoine Girola, qui se morfond dans son cul-de-basse-fosse de Poissy, pour foncer à la maison d'arrêt de la Santé, dont la masse sinistre écrase un quadrilatère de rues désertes. « En suivant le fleuve, on parvient à la mer », nous serine Vieuchêne pour inciter ses ouailles à la persévérance. Pour le moment, le fleuve n'est, avec Pierrette et Josiane, qu'un maigre filet d'eau. Espérons que le greffe va m'ouvrir les vannes.

Le temps de plaindre le malheureux gardien de la paix recroquevillé, bleu de froid, dans sa guérite, devant le portail qui pèse des tonnes, et me voici déjà dans la cour intérieure, précédé par un cliquetis de clefs qui fait office de sirène. Ça pue l'hiver, la tristesse. Le pavé est gras, le lierre, qui tapisse les moellons du mur, moucheté de givre. Un fourgon cellulaire, moteur tournant et porte grillagée ouverte, attend sa cargaison de détenus, pour les instructions au palais de Justice. Le marchepied affleure les trois marches qui mènent aux cellules individuelles. Livraison directe.

J'exhibe une seconde fois ma carte de police, au gardien à casquette étoilée qui bâille derrière la porte vitrée. Nouveau déblocage de serrures, nouvelle poignée de main, nouvelle vision insupportable de l'univers carcéral. Devant la grille qui donne accès aux divisions, un surveillant procède à l'appel des partants, sous l'œil désabusé de deux gardes républicains. Sur les visages maigres, fermés, lugubres, seul brille dans les yeux fiévreux l'espoir toujours déçu de pouvoir serrer dans ses bras un être cher, avant de pénétrer dans le cabinet d'instruction.

Je pousse la porte du greffe, aux vitres teintées de blanc. Je m'accoude au long comptoir de bois du bar de la délinquance, frontière séculaire entre l'ordre et le crime. C'est là que chaque arrivant dépose sa fouille lors de sa première entrée dans l'enfer des captifs. C'est là que le greffier procède à l'inventaire de ses pauvres biens qui lui seront restitués lorsque la Justice aura bouclé son cycle compresseur. C'est là qu'il doit, une fois encore, décliner son identité complète, son adresse, les noms des parents ou amis qui lui rendront visite, avec lesquels il sera autorisé à correspondre. Tout est noté, minutieusement enregistré sur les volumineux registres d'écrou dont la toile, autrefois noire, est devenue violette à force de manipulations.

L'énorme horloge à chiffres romains, accrochée sur le mur délabré, indique 14 heures. Dès que j'aurai terminé mes recherches, je filerai avaler un sandwich à *la Bonne Santé,* le café-relais en face du porche, où se retrouve, pêle-mêle, le monde de la Santé : les gardiens, les parents des prisonniers qui viennent y déposer leurs colis pour éviter la longue attente au guichet creusé dans le haut mur de la prison, les jeunes avocats en racolage de clientèle, les flics, et des gardes mobiles en instance de convois. Ça grouille, ça bruit, ça pleure, entre deux sifflements de percolateur, entre deux sonneries de téléphone. On se serre, dans cette salle étroite, on s'y bouscule, on se lie, en quelques mots, avec l'un, avec l'autre. Monde étrange né de l'agglomération d'hommes, bien dissemblables, réunis par leur faute, de l'autre côté de la rue, derrière les murs de la citadelle.

Le jour sale filtre à travers une fenêtre aux épais barreaux. Au loin, un haut-parleur crache des noms, hurle des ordres. Le gardien, assis derrière le comptoir, m'oblige à dévoiler, une fois encore, ma fonction policière. Il examine ma carte tricolore en carton, côté face, la retourne, compare mon grand nez à celui de la photo. Il a raison d'être prudent. Un malin n'a-t-il pas quitté tranquillement l'établissement en présentant au gardien-portier, la carte professionnelle de son avocat ? Il court encore. Le membre du barreau, lui, sait ce qu'il en coûte d'avoir un sens trop aigu d'humanité ou une trop grande soif d'honoraires.

Ma question a fait tilt. Le préposé aux registres réagit au quart de tour :

— Girola ? Ah, là, là... Une vedette, Girola ! Qu'est-ce qu'il a encore fait, l'animal ?

L'oppression de l'univers carcéral se dissipe soudain. Je me sens léger. Personne d'autre, avant moi, n'a eu l'idée de s'intéresser à Antoine qui semble avoir laissé à la Santé un souvenir impérissable. Cela va peut-être me permettre d'en savoir plus long sur son compte.

— Pas grand-chose, dis-je. En tout cas une affaire beaucoup moins grave que celle de la banque d'Indochine qu'il paie, en ce moment, à Poissy. Un vol dans le XVIIIe arrondissement. Mais comme nous, les flics, on ne laisse jamais rien à la traîne...

Le surveillant frétille de joie.

— Bravo, mon gars. Encore un boulot supplémentaire, mais on a tellement marre de toute cette vermine ! Tu veux donc voir qui s'intéressait à lui quand il était là ?

Du coup, il me tutoie, le brave homme à la casquette de chef de gare. Pendant qu'il se dirige vers les étagères surchargées, je pense que tous ses semblables font, comme les détenus, partie d'un univers dont la prison est le poumon. Ils passent leur vie dans la pénombre des bâtiments, dans un climat de suspicion. Ils risquent leur peau chaque fois qu'ils ouvrent la porte d'une cellule. Il faut qu'ils aient le métier dans le sang pour s'adapter à cette vie de taupes, pour ne pas s'endormir dans un mirador de surveillance, ne pas céder à la corruption alors que les tentations sont parfois bien fortes, éviter les familiarités avec des hommes dont la docilité ou la sympathie ne sont que piège.

Le registre s'étale devant moi. Le doigt du surveillant remonte la page, s'arrête sur le nom de Girola, en même temps que sur son numéro d'écrou. Adresse à la sortie · néant. Avocat : Maître Carboni. Courrier...

Je dresse l'oreille. Je respire un bon coup. Ou la rivière du Gros devient fleuve, ou la source se tarit.

— Voilà, dit le gardien. Si tu veux noter...

Bien sûr que je vais noter ! J'ai une excellente mémoire, mais on ne sait jamais. Les paroles s'envolent. Déjà, j'ai sorti un papier et un crayon de ma serviette.

— Allez-y.

Mon chef de gare fronce les sourcils. Je demeure en alerte, le crayon levé.

— Quelque chose qui ne va pas ?

Il secoue la tête.

— Je ne vois que sa femme comme visiteuse. Liliane Girola, 305 rue de Paradis à Marseille. Et encore, elle ne venait pas souvent. C'est le seul permis délivré.

Le cours d'eau prend l'allure lamentable d'une mare qui s'embourbe. Je suis venu pour rien. Tant pis, il fallait tenter le coup.

— Donc pas plus de Pierrette que de Josiane.

— Non. Une Ghislaine, si ça t'intéresse. Ghislaine Nebou, 272 boulevard Pereire, dans le XVIIe, qui lui a envoyé des mandats et du courrier. Pas très longtemps.

Quand je quitte la prison de la Santé, je n'ai plus du tout envie de m'encombrer les dents avec le saucisson filandreux du bistrot d'en face. Une ultime démarche, pour aujourd'hui : aller voir à quoi correspond le 272 boulevard Pereire et tenter de savoir, par le commissariat du coin, quel genre de femme côtoyait Antoine, du temps de sa splendeur

Gaston Maheux a baptisé son cabaret *le Liberty's,* mais tous les mondains de Paris disent « Chez Tonton ». D'un ancien café de la place Blanche, en face du *Moulin-*

Rouge cher à Toulouse-Lautrec, il a fait une église où il est bon de venir verser des oboles considérables, et où le Moët et Chandon tient lieu d'eau bénite. Église réservée à des fidèles triés sur le volet, ravis d'être obligés de retenir leur table plusieurs semaines à l'avance, vu l'exiguïté des lieux. Seuls quelques privilégiés se permettent de débarquer à la dernière minute. Les hommes politiques, les vedettes du spectacle, les vrais et les faux artistes viennent y casser leur tirelire, s'éclaboussant de rires, de musique, et de bon champagne. Les homosexuels mobilisent les tabourets du bar, à leur aise dans ce décor trop raffiné pour être vraiment de bon goût. Ils laissent à Dominique, le barman blond aux yeux vides, le soin de leur concocter, au rythme de son shaker, les cocktails les plus imprévus. Les tentures murales disparaissent sous les toiles des futurs Picasso. Il n'est pas sot, Gaston. Il flaire les jeunes talents, échange une table, privilège d'un soir, contre une toile destinée à la postérité.

L'entrée de la salle de restaurant, à la gauche du bar, tout aussi minuscule, croule sous les œuvres des futurs maîtres. Une banquette de cuir cerne les tables, sur trois côtés. Des attractions de qualité se succèdent sur la scène miniature qui pointe son nez au fond de la salle. A droite, derrière le piano, les artistes, après les derniers applaudissements, sont escamotés par les coulisses, qui donnent dans les cuisines. Ils sortent ensuite par une porte qui s'ouvre dans le couloir de l'immeuble.

Depuis la guerre des tranchées de 14-18, Gaston ne dort plus. Les obus continuent de lui fracasser le crâne. Sa seule ambition, désormais, est de s'assurer une vieillesse confortable, à défaut d'être heureuse. Comme si le destin avait voulu lui donner une revanche sur sa jeunesse gâchée, le succès du *Liberty's* a été foudroyant. Au long des heures de la nuit, les Buick et les Cadillac s'installent en triple file, portière contre portière pour un temps indéterminé. Le commissariat de la rue Ballu a renoncé à sévir. Les agents savent que les clients de Tonton sont trop haut placés. Autant jeter les contraventions dans une poubelle.

La Goulue du *Moulin-Rouge* se retournerait dans sa tombe si elle voyait ce carrousel d'homosexuels chez le bougnat de la Belle Époque, les consommations à un prix exorbitant à la place des « bois et charbons », les paquebots américains ancrés à la place des voitures à bras noires de poussier, les brancards dressés vers le ciel de Montmartre.

Horace, le tenancier corse de la rue de Bruxelles, les voit aussi d'un mauvais œil, ces masses chromées, avachies sur son trottoir, au point d'interdire à la clientèle insulaire l'entrée de son bar. La première occasion de se venger, il ne la ratera pas.

La môme Moineau a un sacré coup dans l'aile, comme il se doit. Elle a du mal à mettre une patte devant l'autre. Son inséparable Nénette en serre-file et Gilberto Benitez-Rexach ferment la marche.

Tonton se plie en deux pour effleurer de ses lèvres la main de sa meilleure cliente :

— Quelle joie, très chère ! J'ai gardé votre table, juste devant la scène.

Lucienne Benitez lui abandonne, quelques secondes, sa main surchargée de diamants. Les manières de Gaston Maheux lui procurent un plaisir trouble. Les homosexuels ont plus d'attention pour le sexe dit faible que les mâles en rut ou les gigolos en quête de dollars.

— Au poil, dit-elle, en émettant un rot triomphant. Excuse-moi, Tonton. On a éclusé trois rouilles de Krug chez Doumel, avant de venir. Alors, on est en forme. Pas vrai, Nénette ?

Nénette acquiesce, entre deux reniflements sonores. Ses mains disparaissent dans les manches d'une veste de renard argenté, trop grande pour sa taille. Elle s'essuie le nez d'un large coup de coude, se tourne vers le comptoir, attrape la coupe que le barman a déjà posée devant elle.

— Santé ! glapit-elle entre deux gorgées.

Elle tend le verre vide au barman, qui s'empresse de le remplir. Elle l'offre à sa sœur.

Tonton laisse glisser son œil de connaisseur sur la rivière d'émeraudes que la môme Moineau porte autour du cou, et sur le petit doigt gauche qui plie sous le poids d'un énorme solitaire.

Filipo Benitez-Rexach n'a pas été long à offrir à sa femme des bijoux de remplacement. Encore plus somptueux. Elle a crédit ouvert chez Cartier. Elle choisit, elle emporte, il paie. Tonton n'a jamais réussi à évaluer la fortune du Portoricain, qu'un accord lie au général-dictateur Trujillo, de Saint-Domingue. Les deux hommes se sont entendus comme larrons en foire dès que les *Marines* américains ont quitté l'île, après avoir rétabli un ordre quelque peu troublé par les révolutionnaires et éclairci le fond de teint de la population.

Le financier a fait ouvrir des crédits pour reconstruire la capitale, après un cyclone. Le dictateur lui en a voué une reconnaissance éternelle. En moins de dix ans, les ruines ont fait place à une cité moderne, toute de béton. Trujillo, solidement installé dans ses fonctions présidentielles, tient sa promesse : il cède à son ami la moitié du port de Saint-Domingue. Chaque bateau de gros ou faible tonnage passant la jetée, doit verser une dîme au mari de la môme Moineau. C'est une sorte d'impôt supplémentaire qui s'ajoute aux taxes officielles. Grâce à ces royalties, la fortune de Filipo s'accroît dans des proportions considérables. Il fait construire l'hôtel *Normandie* à San Juan de Porto-Rico, un palace amarré au bord de la mer comme le défunt paquebot, et offre à son épouse un cabaret qu'il baptise *le French Moineau.*

Tout cela, Tonton l'a appris de la bouche du play-boy Porfirio Rubirosa dont toutes les femmes raffolent. Mais ce n'est que la partie visible de l'iceberg. L'ex-sergent Rubirosa, de l'armée portoricaine, après avoir épousé la fille du dictateur Trujillo, a tenté de courtiser la môme Moineau. Il sait se placer, Porfirio Rubirosa. L'argent est une chose, l'amour peut tout de même l'emporter. Le play-boy au nom clinquant délaisse bientôt les salons de Moineau, pour épouser la grande comédienne Danielle Darrieux.

Depuis, Lucienne Benitez-Rexach rumine sa vengeance.

— Dis-moi, Tonton, il est pas là, j'espère, mon ancien soupirant ? Sa nana non plus ?

Gaston Maheux s'incline. Quand on a la charge de clientes qui pèsent des milliards, on ne s'embarrasse pas de problèmes de vocabulaire.

— Rassurez-vous, je sais être diplomate. Je vous ai placés près de la scène, vous disais-je. Si par hasard vous souhaitiez chanter...

La môme Moineau part d'un grand éclat de rire :

— Non, mais dis, ça va pas. Avec la cuite que je trimbale ?

Gaston fait un pas en arrière, recevant en pleine figure l'haleine de sa cliente.

— ... Seulement, moi, la scène, ça m'emmerde. J'ai pas envie d'avoir le piano dans les esgourdes !

Ses esgourdes, Tonton les ferme, lui, tant le parler de la môme Moineau l'horrifie. Il ne peut pas s'y habituer.

— En ce cas, chère amie, souffrez que je vous mette près du baron de La Soulière. Il attend son petit ami. Si leur voisinage ne vous dérange pas ?

— Qui c'est ce gniard-là ?

— Un nouveau client. Enfin, il est venu déjà trois ou quatre fois. Très calme, très bien élevé. La classe, quoi !

— Alors, banco ! Et champagne pour tout le monde. Les pédés, moi, j'aime ça. Au moins, eux, ils ne barbotent pas les mecs des copines.

Le commissaire Georges Clot, l'air inspiré, achève de tordre un trombone avant de le rejeter sur son bureau, entre deux dossiers en attente. Il adresse un sourire charmeur aux deux femmes qui lui font face :

— Ainsi, vous pensez que ce pourrait être le petit brun que vous aviez vu à *la Vieille Fontaine,* la veille du vol ?

La môme Moineau, en grande tenue d'amiral, une cravache à la main, mordille le bout de son fume-cigarette.

— A vrai dire, moi, je n'ai pas vu grand-chose. J'étais schlass. C'est Nénette qui m'a dit ça dans la bagnole, quand on rentrait à Maisons-Laffitte. Gilberto, lui, il a rien vu du tout, comme d'habitude.

— Et vous, vous l'avez vraiment reconnu ?

Si le mouchoir du commissaire était propre, il le tendrait à la malheureuse Nénette qui s'est mise à renifler de plus belle dès qu'elle a franchi le porche du 36 quai des Orfèvres.

— C'est-à-dire qu'il y ressemblait, bafouille-t-elle enfin. J'avais pas mal picolé aussi. Maintenant, pour vous dire c'est lui... ce qu'on voulait, nous, c'était vous en causer, hein, Lulu ?

— Pour que vous perdiez pas votre temps sur des fausses pistes. Tonton m'a dit que ce type était le baron de La Soulière, à vous de voir.

Clot commence à martyriser un autre trombone, soupire, insiste :

— Sitôt rentrées, vous avez donc appelé Gaston pour lui poser des questions, c'est ça ?

— Non. C'est Gilberto. Tonton a répondu que le baron portait une chevalière avec un blason tout effacé. Ou c'est un vrai baron, ou c'est un toc. Dans ce cas, la bague, ou il l'a achetée aux puces, ou il l'a fauchée.

Clot salue d'un sourire de complaisance l'humour de l'amiral-cavalière. Il hoche la tête, faisant la moue du monsieur qui vient de comprendre beaucoup de choses.

— Je vais envoyer Castex au *Liberty's,* dit-il. On verra bien si le signalement correspond à celui qu'on nous a donné à l'hôtel. Ce qui m'étonne, c'est qu'il soit justement venu dans ce cabaret où vous avez table ouverte !

— Pourquoi que vous dites ça ? renifle Nénette.

Le second trombone glisse entre les dossiers, tombe aux pieds de la môme Moineau.

— C'est très simple, madame, pontifie le commissaire. Si vous avez été suivies depuis Paris, repérées, comme nous disons, cet individu connaît les lieux que vous fréquentez. Il devrait s'y garder d'y paraître.

Loin d'être impressionnée par ce langage châtié, la môme Moineau cligne de l'œil, se frotte le nez du bout de sa cravache, se lève, frappe sa main de la badine, à plusieurs reprises, prend le ton d'un sous-officier hargneux pour conclure :

— Nénette vous a dit que nous, ce qu'on voulait, c'était vous en causer. Si ça ne vous intéresse pas, on s'en fout. Viens, Nénette.

Légèrement interloqué, Clot accompagne les deux femmes sur le palier, jusqu'aux marches usées du célèbre escalier, regarde disparaître dans le tournant du premier étage l'amiral et son moussaillon. Rentré dans son bureau, il appuie sur un des boutons du standard téléphonique :

— Vous avez une seconde, Castex ? J'aimerais vous voir.

9

Le Gros remonte sur son front ses lunettes dont l'épaisse monture joue au kaléidoscope avec les reflets de l'abat-jour. D'un froncement de sourcils, il réexpédie Mme Lœil et son soutien-gorge pigeonnant vers le clavier de l'Olympia qui se met aussitôt à crépiter.

— ... Pas brillant, vraiment pas brillant, constate-t-il avec amertume. Je m'attendais à mieux.

Il prend tout son temps pour allumer une cigarette, contempler la fumée bleuâtre qui dérive vers le boa empaillé, ajoute entre deux bouffées :

— J'ai l'impression que Girola vous a emmené en bateau.

Ce n'est pas mon avis, mais à quoi bon discuter ! Vieuchêne aura toujours le dernier mot. C'est le privilège de la fonction. Instantanément, je revois la scène du prêtoire. Tout à sa préoccupation d'échapper aux rigueurs du régime concentrationnaire, Antoine a lâché les trois prénoms sans s'en rendre compte. Je l'observais, à ce moment-là. Pour Hélène, la maîtresse en titre de Danos, il n'a pas menti. Même son nom patronymique apparaît presque à chaque page du dossier. Elle a été surveillée, filée, photographiée à son insu, interrogée, sans que la retraite de son amant, père de ses deux enfants, ait été mise au jour. En revanche, le mystère demeure entier sur Pierrette et Josiane. Si je parviens à les localiser, j'aurais fait un grand pas dans ma chasse au malfrat.

Une auréole de fumée se boucle au-dessus de la tête de Vieuchêne. « Signe d'argent », dirait Marlyse. En récompense de ma débordante activité, Saint-Gros me proposerait-il une augmentation de mes états de frais ? J'en ai bien besoin ! Avec son cortège de festivités, la fin décembre a été catastrophique. Janvier ne s'annonce pas sous de meilleurs auspices. Le terme du 15, le charbon que le bougnat de la rue de Douai doit me livrer au marché noir le 17, les faux tickets de pain du 18, indispensables à la survie de l'espèce des grandes villes, et le remplacement des torchons que de fréquents lavages ont transformés en serpillières, avant la fin de la saison de blanc des grands magasins, ont sérieusement entamé la paie du mois écoulé.

Déjà, j'étais déprimé en quittant le hall de la Paierie générale, rue Notre-Dame-des-Victoires, où l'Administration, généreuse, nous oblige à faire la queue pour percevoir, chaque début de mois, des émoluments calculés au plus juste. L'état de mes finances allait obliger Marlyse, une année encore, à orner de smocks les robes d'enfants que la couturière de la rue des Abbesses lui confie, en contrepartie de beurre et de charcuterie de campagne. Magnanime, j'avais même décidé, afin de soulager sa vue, de me priver de mes trois paquets de cigarettes hebdomadaires. Le coup de grâce m'était venu de Castex. Il était là, le robuste Pyrénéen, avec son visage taillé dans le roc sous son légendaire chapeau déformé, juste derrière moi, dans la file. J'avais fait semblant de ne pas le voir mais il m'avait collé un coup de coude dans les lombaires.

— Eh, jeune flicard de mes deux, on se l'est fait mettre jusqu'au trognon, l'affaire Buisson ?

J'avais digéré l'affront sans répondre. Certes, le vieux roublard qui drague, nuit et jour, le pavé de la capitale à la recherche de l'éternel flagrant délit a porté un mauvais coup à Emile Buisson, en appréhendant quatre hommes de sa bande lors d'une action en force, dans la planque de la rue Bichat. Mais monsieur Emile ne l'a pas attendu. Son saut, par la fenêtre du quatrième étage sur le toit voisin, lui a permis de rester soudé, toute la nuit, à une cheminée, pendant que les hommes de Castex ratissaient en vain le quartier.

Comme j'avançais d'un pas dans la file, Castex avait beuglé, pour m'achever :

— Si tu avais été à la P.P. plutôt qu'à la S.N. tu aurais piqué René la Canne avec nous. C'est pour quand ton prochain coup dur ?

J'étais loin de me douter que, quelques jours plus tard, il allait présenter la photographie d'Abel Danos à Ursuline-la-Normande !

La voix de Vieuchêne, qui vient d'allumer une nouvelle cigarette, me tire de ma rêverie :

— Où êtes-vous encore parti, Borniche ?

— Je réfléchissais, patron. Il m'était difficile d'attaquer plus à fond Girola, lors d'un premier contact. Quand il sera à la Santé, j'agirai autrement.

Vieuchêne dépose l'allumette dans la sébile de trombones, se lève, va à la fenêtre, bouscule le boa qui oscille sur sa queue en spirale :

— D'ici là, Castex aura encore fait des siennes ! Vous vous rendez compte du parcours accompli depuis l'évasion de Villejuif ? Il ne chôme pas, Castex ! René la Canne, Roger Dekker, le frère de Buisson, repiqués. La môme Moineau vient à peine de se faire dévaliser et il est déjà sur Danos... Cigarette ?

Vieuchêne jette un coup d'œil à l'intérieur du paquet, me le tend. J'en extrais la dernière Chesterfield, froisse l'étui dont la pellicule transparente résiste à mes doigts, et l'expédie dans la corbeille à papier.

— D'après la concierge de la rue Damrémont, le cliché est assez ancien, patron. Aussi vieux, sans doute, que celui de Buisson, pris à la Centrale de Clairvaux, et sur lequel il a le crâne rasé. On dirait un gamin qu'on a tondu parce qu'il avait des poux.

Le Gros me fait tourner la tête avec ses rotations entre la fenêtre et moi. Il colle son nez à la vitre. Ce n'est tout de même pas pour admirer les femmes de ménage qui commencent à épousseter les lampes des bureaux, tout d'un coup vidés de leurs occupants. Il est dix-huit heures. Depuis longtemps, la nuit s'est abattue sur le blockhaus de la Sûreté. A six heures pile, le pouls administratif cesse de battre, la ruche ne bourdonne plus. C'est cela, la fonctionnarisation. On commence sa journée aux horaires qui vous agréent, mais jamais une minute de rab. La machine de Mme Lœil s'arrête, même au beau milieu d'une lettre, et le défilé des godillots commence dans les transversales des étages. Dès son arrivée place Beauvau, Jules Moch a suggéré de coller des horloges-pointeuses dans chacune des Directions de son ministère, la nôtre comprise. Un tollé général s'est assitôt élevé. Un syndicaliste acharné parlait déjà d'entrave à la liberté du travail ! Un autre, de saboter les machines-espions, tout bonnement !

Je me secoue. C'est vrai que j'ai tendance à rêvasser, ce soir.

— Est-on seulement sûr que c'est bien Danos qui a fait le coup ? Ce n'est qu'une hypothèse de la P.P. non ? Il faudrait montrer sa photo aux témoins, même si elle date un peu.

Le Gros arrête net sa valse-hésitation :

— Pour que la presse le sache immédiatement ! Bravo, Borniche. Vous avez de ces idées, vous, question de discrétion !

— Castex l'a bien montrée, lui.

— Castex et Clot font ce qu'ils veulent. Ils savent surtout que votre débile de Normande n'a pas de contact avec les journalistes. Pour nous, pour la môme Moineau, c'est autre chose. Elle a intérêt à la boucler tant que Danos ne le sera pas. Et nous qui travaillons en douce, pareillement.

Après son jeu de mots douteux, Vieuchêne reprend sa route, la cigarette pendante :

— Je vais vous dire mieux, continue-t-il. Si le nom de

Danos a été avancé, c'est que la P.P. a un sérieux tuyau. Ou alors, sachant que nous allons nous précipiter rue Damrémont, Castex nous aiguille sur une piste fantaisiste.

Vieuchêne pousse un soupir à faire vibrer la vitre de sa bibliothèque désespérément vide de tout ouvrage. Il contourne la chaise, reprend sa place derrière son bureau. Je me sens de plus en plus las. Le découragement m'envahit. C'est plus fort que moi mais je retrouve la déprime de la Paierie générale. Trop de pistes, pas assez d'indices. Aucun, même, Ursuline mise à part. Quand je pense à la formule du Gros : « Vous avez de la chance, mon petit Borniche, une affaire toute cuite... » !

A l'heure qu'il est, ça bouillonne à la Préfecture de police. Le commissaire Clot sonne l'ordre de mobilisation générale. Brigade criminelle, Brigade volante, Brigade de voie publique, Brigade autos, Brigade mondaine, Brigade des garnis et j'en passe, se mettent en piste. Ne manque que la Brigade des gaz. Et encore ! Et moi, je suis seul, avec mon collègue Hidoine, mon double, ma flèche, comme on dit dans la Grande Maison. Avec aussi Crocbois-les-Mitaines, l'as du volant. On est quand même légers, tous les trois, face à l'artillerie d'en face, entraînée par le bazooka Castex, pour nous glisser, avec toute notre bonne volonté, dans cette bagarre de police. Trois, autant dire que nous représentons zéro !

La grimace qui déforme mes traits, à mon insu, fait bondir le Gros.

— Je sais ce que vous pensez, Borniche, mais vous avez tort. Le nombre ne fait pas la qualité. Il faut travailler différemment, voilà tout. Nos concurrents veulent faire des planques, des filatures, des recherches ? Grand bien leur fasse. Nous, nous n'avons qu'une solution : remplacer le nombre et le matériel par quelque chose qui leur manque : les indics.

— Castex en a, patron. Et Morin, et Lefort, et Stocker, eux aussi... La preuve !

— Pas comme nous. Nous devons constituer le réseau

d'informateurs, payés ou non, volontaires ou contraints, le plus étendu et le plus sûr qui soit. C'est pour ça que je vous ai envoyé à Poissy. Un bon indic vaut mieux que cent poulets, vous pouvez me croire.

J'écoute et je pense à Marlyse qui va à nouveau se retrouver seule jusqu'à la conclusion de l'affaire. Comme d'habitude. Depuis que j'ai été muté au service du Gros, notre vie affective est au point mort. Dès que je rentre à la maison, je m'écroule sur le lit. Elle ne m'en veut pas, Marlyse, mais je suis convaincu que, parfois, elle se demande ce qui a bien pu la fasciner, dans la vie d'un flic.

— ... Les indics, poursuit Vieuchêne, ça se rétribue. La Préfecture n'a pas d'argent. Nous, nous avons la caisse noire du ministère. Nous pouvons donc puiser dedans au même titre que les Renseignements généraux ou la Surveillance du Territoire. Les interdits de séjour ? La P.P. leur octroie péniblement quinze jours. Nous, on leur donnera trois mois. Avec promesse de suppression définitive de leur peine s'ils sont efficaces. Les taulards sont privés de tendresse ? On leur fera baiser leur femme, embrasser leurs enfants. Voilà comment on fait des indics, Borniche. Voilà comme il faut court-circuiter la P.P... Si vous faites savoir ça dans le Milieu, adroitement s'entend, ils viendront à vous comme les petits enfants à Jésus-Christ. Au fait, votre Ghislaine du boulevard Pereire ?

Il n'a pas perdu le sens de la réalité, le Gros. Moi, par contre, je n'ai rien trouvé. Pas plus de Ghislaine Nebou sur le boulevard Pereire que de Danos dans une cellule de la Sûreté.

A la Santé, j'avais pris la résolution de vérifier, le plus rapidement possible, l'adresse que j'avais découverte. Trente minutes d'un métro où régnait une douce chaleur, et j'étais boulevard Pereire. Il est interminable, ce boulevard. Il s'étend de chaque côté de la tranchée du chemin de fer circulaire, qu'une grille protège des accidents. Mes illusions se sont vite envolées. Le numéro

272 n'existe pas. J'ai tourné et retourné autour des derniers immeubles qui s'arrêtent au 277. Peine perdue. Je me suis dit qu'il pouvait y avoir eu erreur de transcription.

En désespoir de cause, je suis allé frapper à la porte du commissariat du quartier. J'ai inventé une histoire à dormir debout mais la main courante ne m'a livré aucun nom se rapportant à celui de Nebou, ni comme plaignante, ni comme suspecte. J'ai regagné la rue des Saussaies à pied, transi, le moral à plat. Pierrette, Josiane et Ghislaine étaient à ranger au rayon des chimères.

— Mon pauvre Borniche, s'exclame le Gros devant mon air penaud, on vous a dit que Girola avait reçu du courrier et des mandats mais pas qu'il avait répondu, lui ! L'expéditrice a mis un nom et une adresse fantaisistes, ce n'est pas plus sorcier que ça !

Ce n'est vraiment plus le moment de soulever la question des états de frais. Cap sur les indics. Pourtant, je les aiguillonne, mes indics, depuis l'envolée de Buisson. Je vais les brancher sur Danos et Dellapina, désormais. Au train où ça va, sans beaucoup d'espoir.

Demain, j'irai voir la grande Suzy. Depuis dix ans qu'elle tapine, s'il y en a une susceptible de me donner un tuyau sur Ghislaine, Pierrette et Josiane, c'est bien celle-là. Elle connaît tout le monde. Elle est renseignée sur tout. Ce n'est pas pour rien que ses collègues de travail l'ont surnommée la Gazette !

10

Abel Danos sait que son ami Édouard Voss a eu la main heureuse, lorsqu'il lui a déniché cette chambre de service sous les combles d'un immeuble cossu de la rue de l'Université. Qui songerait qu'un tueur, cambrioleur à l'occasion, a pu louer, sous le nom de Maillard, une planque dans le quartier bourgeois du VIIe arrondissement, truffé de flics en raison de la proximité des ministères ?

Là, il peut dormir sur ses deux oreilles. Il émerge justement de deux heures de sommeil qui ont suffi à le remettre en forme. Le coup de ce soir ne devrait pas présenter de grandes difficultés. Avec le nouveau butin, ajouté à ce qu'il a rapporté d'Espagne, il aura largement de quoi se mettre au vert pendant quelques mois. Il ne lésinera pas sur les frais de voyage pour assurer une bonne distance entre lui et les policiers, qui lui courent après depuis trois ans et pourraient finir par le capturer, à force de pressurer les indics.

Il s'étire longuement, n'étant pas de ces impatients qui sautent du lit aussitôt réveillés. C'est pendant ces moments de paresse qu'il fait le point sur des épisodes marquants de sa vie, avant de passer à l'action.

Étendu sur l'herbe, près de la Save, qui descend des montagnes pyrénéennes, il laisse tremper sa main dans la rivière où il pataugera tout à l'heure. Il rêve de faire fortune. Jamais sa robustesse et sa soif de vivre ne s'accommoderaient d'un métier de crève-la-faim comme celui de son père, qui manie, à longueur d'année, des kilos de billets à la Banque de France, pour un salaire qu'il est bien le seul à trouver confortable, grâce aux primes. Lui, Abel, il n'en veut pas de ces aumônes. L'argent, il le puisera à la source. Il se répète la maxime d'un révolutionnaire de 89, que le maître d'école de Saman, son village perdu de la Haute-Garonne, n'a pas hésité à lui enseigner : « Le secret, pour réussir, c'est d'être adroit, non d'être utile. » Et pour être adroit, il l'était ! Le nom de monte-en-l'air convenait déjà à ce gamin qui arrivait toujours le premier au sommet du mât de cocagne enduit de savon noir, et décrochait, haut la main, le gros lot de la foire.

Oui, en ce temps-là déjà, il se jurait de réussir par tous les moyens. Mais, assoiffé de considération bourgeoise, il aspirait aussi à épouser une jeune fille de bonne famille qui lui donnerait de beaux enfants. Ils achèteraient une grande maison dans un pays de soleil.

Évidemment, les voies qu'il allait prendre pour réaliser ce rêve idyllique n'avaient rien d'orthodoxe. Mais jusqu'à la Libération, il allait fort bien s'en tirer, marginal cruel et rusé, échappant à la plupart des coups durs. Il ne faisait même plus le détail de la fortune qu'il amassait à force de vols et de perquisitions illégales s'ajoutant à ses émoluments de la Gestapo française de la rue Lauriston. Les deux enfants dont il avait programmé la naissance dès sa jeunesse, il les a d'Hélène Valtot, sa maîtresse.

Malheureusement, depuis le départ des Allemands, finie la vie de famille. La mort rôde autour de Danos. De traqueur de Juifs et de résistants, il devient gibier de police. Les magistrats parisiens ou provinciaux se souviennent de ses forfaits, accumulent les mandats d'arrêt sur sa tête. C'est à son tour de se terrer. Il commence à se lasser des incessants changements de planques, quand le petit Édouard Voss, qu'il a connu à la prison de la Santé, lui trouve cette mansarde de la rue de l'Université, dont le propriétaire, comble d'ironie, est un ancien directeur de la P.J. au Quai des Orfèvres !

A quarante ans, Abel est toujours aussi agile, aussi audacieux que le jeune casse-cou de la Haute-Garonne. Chaque jour, il exerce et assouplit ses muscles, pour rester le maître de l'escalade des façades et de la course sur les toits de Paris ou d'ailleurs. Son visage, aussi, est resté étonnamment jeune. Rien à voir avec les clichés vieillots, déformés, de l'Identité judiciaire, qui ont inondé les journaux après l'arrestation de la bande Bony-Lafont. Les bons bourgeois de l'immeuble, qu'il croise le soir lorsqu'ils vont faire pisser leur chien une dernière fois, saluent avec déférence ce bel homme en costume prince-de-galles et pardessus poil de chameau.

Avec la rapidité, la précision, l'efficacité d'un homme habitué à vivre seul, Danos se retrouve en dix minutes lavé, rasé, habillé, en train de boire une tasse de vrai café brûlant, le privilège d'un homme qui a gardé des relations. Il a troqué sa tenue de play-boy pour une salopette à larges poches, sous une veste de toile bleue. Depuis la veille, comme un écolier prépare son cartable, il a soigneusement récapitulé ses outils de travail, dans le sac de plombier qui lui pend maintenant à l'épaule. Il dégringole l'escalier de service, émerge de la porte latérale devant le restaurant *la Grenouille* tenue par le Corse Marcel Varani.

C'est à *la Grenouille* qu'il a pu vérifier, l'autre jour, combien les policiers avaient peu de chances de le retrouver, avec la photo de lui qui circulait. Il buvait une bière, accoudé au bout du comptoir de la salle obscure, près de la sortie de secours. La porte s'est ouverte, soudain. Deux types en chapeau, puant le commissariat, ont fourré le cliché anthropométrique d'Abel sous le nez du patron : ils avaient eu vent de sa présence dans le quartier. Le patron faisait une moue de dénégation. Il ne connaissait pas manifestement cet individu.

La main sur la crosse de son beretta, Abel ne les

quittait pas des yeux. Il a même attendu qu'ils aient fini leur café pour quitter l'établissement à son tour. Le hasard, qui le servait souvent, venait de le rassurer sérieusement : si les flics eux-mêmes ne le reconnaissaient pas, malgré sa photo affichée dans tous les postes de police, il avait encore de beaux jours devant lui. A condition, bien sûr, d'être tout de même prudent.

— Tu as peut-être intérêt à changer de quartier, avait conseillé Varani.

— J'y pense. Le temps d'en toucher encore une ou deux belles et je me casse.

Abel fonce, le sac sur l'épaule. Une rafale de vent inattendue coupe son élan. Il rase le mur du passage Landrieu, plonge sous le porche de l'église Saint-Pierre-du-Gros-Caillou, reste quelques secondes aux aguets, observant les environs. Il quitte son trou d'ombre, évite une poubelle mal rangée, dérange un chat pelé qui miaule de rage, attendant que l'intrus s'éloigne avant de continuer son festin de viande pourrie.

L'avenue Bosquet est plongée dans l'ombre, sinistre comme toutes les avenues de cette partie du VIIe arrondissement. D'autant que les éclairages publics sont réduits au minimum à partir de 22 heures, pour économiser l'énergie électrique. Un appel de phares troue la nuit. La main dans la poche, Abel Danos s'approche de la traction. La portière avant droite s'ouvre, sous la poussée de la main gantée d'un petit homme brun qui se penche, assis au volant.

— Ce qu'il y a de bien, avec toi, c'est que tu es toujours à l'heure...

— Oui. En route, Doudou !

Édouard Voss acquiesce, actionne le démarreur, passe la première vitesse, accélère à peine, pour ne pas attirer l'attention, vers la place de l'Alma.

— Tu prends à gauche, dit Abel. Jusqu'à l'avenue de Versailles... La rue de l'Assomption, c'est après Ranelagh. Je t'indiquerai.

Il le connaît par cœur, le chemin, Abel. Comme il

n'aime ni les contretemps ni les risques inutiles, il est venu repérer l'immeuble, à loisir, au début de l'après-midi.

A mesure que le coup lui semblait moins risqué, il regrettait d'avoir été si dur avec cette belle fille de Josiane. Rien que parce qu'elle lui avait indiqué ce trafiquant d'or auquel elle avait tiré les vers du nez dans le rapide de Genève, Abel aurait pu passer sur son incartade de Saint-Sébastien. Le client de l'avenue Léopold-II était allé moins loin que Luis Gomera dans ses assauts contre la défunte vertu de Josiane. Il aura la vie sauve, s'il ne fait pas de difficultés pour livrer le magot. Sinon, ses avances poussées entre Genève et Paris lui coûteront aussi cher que la sangria de l'hôtel *Los Tres Reyes* au pingre Luis Gomera. Il le regretterait son flirt amorcé dans le couloir du rapide, et qu'il comptait, peut-être, conclure dans les toilettes, au rythme des traverses et des aiguillages !

La Citroën, toujours avec la même discrétion, suit la rue de l'Assomption, contourne la place Rodin. Le quartier est encore plus désert que les abords du Champ-de-Mars.

— Tu t'arrêtes rue Hébrard, Baron. Et tu m'attends là.

— Je ne monte pas ?

— Les toits, c'est casse-gueule, mon vieux. Faut avoir l'habitude.

Danos tâte, à travers le cuir du sac de plombier, la pince-monseigneur dont il aura besoin pour vaincre la serrure de la porte de service et l'éventuelle résistance des meubles.

— Dans une demi-heure au plus, je suis là. Sinon, tu te tires. C'est qu'il y aura eu du grabuge.

11

Édouard Voss suit des yeux la démarche souple d'Abel Danos qui, chaussé d'espadrilles, disparaît dans l'avenue Léopold-II. Il jette un coup d'œil à l'énorme chronomètre, souvenir de son passage clandestin dans une bijouterie de l'avenue Victor-Hugo à Paris, se cale dans le siège de la traction. « Une demi-heure, ça me paraît long, calcule-t-il. Cinq minutes pour monter, dix pour opérer, trois ou quatre pour descendre par le grand escalier, ça devrait suffire. Enfin, on verra. »

Enfermé dans sa loge, le concierge est bien incapable de voir quoi que ce soit. Il n'entend pas plus craquer la serrure de la porte de service qu'il ferme, toujours ponctuel, à vingt heures, par mesure de précaution. La technique d'Abel est sans défaut. Le voici qui se glisse dans l'escalier réservé au service. Il néglige l'ascenseur, grimpe prestement les sept étages qui aboutissent à un long et sombre couloir, qu'éclaire par intermittence le double faisceau du phare de la tour Eiffel. Quelques rais de lumière filtrent sous les portes. Derrière l'une d'elles, des chuchotements entrecoupés de rires étouffés.

Une odeur d'eau de Javel guide le visiteur tardif jusqu'aux toilettes communes. Il s'y enferme, pousse le verrou. Il ôte l'ampoule électrique du plafonnier, la dépose derrière la cuvette, ouvre la fenêtre de la mansarde. Le sommeil a gagné Paris. Seul, au loin, l'écho d'une sirène de police-secours trouble le silence.

D'un saut, Danos enjambe l'appui de la fenêtre, assure son équilibre sur la corniche de zinc qui entoure l'immeuble. Vingt centimètres de large, au plus. Dessous, le vide. Avec une assurance de fil-de-fériste, il suit la corniche jusqu'à la cheminée de brique qui pue la suie. Il se place le dos au vent pour échapper à l'odeur nauséabonde, soulève sa veste, défait la corde enroulée autour de sa taille. Il observe les immeubles alentour. Des nuages dérivent dans le vent vers les collines de Meudon, masses sombres ancrées à quelques encablures.

Danos ne se soucie pas du froid. Il noue la corde autour de la souche, éprouve sa résistance, se laisse glisser jusqu'à la terrasse du sixième étage, trois mètres en contrebas.

Les persiennes métalliques sont disjointes. Il aperçoit l'espagnolette horizontale, qu'une poussée de tournevis suffit à soulever. Pour la porte-fenêtre, c'est une autre affaire : elle est hermétiquement fermée. Qu'à cela ne tienne, il a ce qu'il faut, dans son sac de plombier. Un bloc de mastic, qu'il plaque sur la vitre en le maintenant de sa main gauche gantée. Un diamant, habilement manœuvré de la droite, en un mouvement circulaire, pour découper le verre à la hauteur de la poignée.

Danos attire à lui le mastic auquel adhère la vitre, détachée par petits coups secs, pose le tout sur le sol dallé de la terrasse. Il n'a plus qu'à passer la main dans l'ouverture ainsi ménagée, pour tourner la poignée et entrer, comme chez lui, dans une bibliothèque qui lui rappelle, en plus modeste, le décor de Luis Gomera, à Saint-Sébastien. Dans la lumière du phare de la Tour qui balaie la pièce, il découvre une grande table-bureau, une armoire surchargée de livres, et deux encoignures Louis XVI en acajou blond sur lesquelles reposent des albums posés à plat. Oui, il ne peut s'empêcher de revoir la cervelle de Luis Gomera éclaboussant ses reliures précieuses. Ils doivent s'amuser, les gardes civils, pour retrouver l'assassin, et surtout la douille qu'il a pris soin de fourrer dans sa poche avant même de faire main basse sur les liasses de pesetas du tiroir !

Neuf briques, affirmait cette ordure d'Espagnol. Il y en avait plus de seize !

Ce tiroir-ci est fermé à clef, mais la clef est dessus. Rien à explorer, c'est évidemment vide, ou encombré de paperasses inintéressantes. Rien non plus du côté de l'armoire entrebâillée. Il tire simplement la porte de l'encoignure de droite. Elle ne contient qu'un angelot de porcelaine cassé, un jeu d'échecs, et quelques paquets de cigarettes dont la Cellophane brille dans les éclats du phare tournant.

Le seul meuble bouclé dans la pièce semble être l'encoignure de gauche. Pas de clé. Le tournevis reprend du service. Le bois résiste un peu à la hauteur de la serrure. Il faut deux pesées pour faire sauter le placage. En cinq secondes, le pêne est arraché, mis à nu. La porte s'ouvre. Il la maintient, la guide, pour qu'elle ne grince pas. Il ne s'attendait pas à se trouver devant un coffre à combinaison.

Il n'a rien prévu pour forcer le blindage, Josiane ne lui ayant pas parlé du coffre-fort Fichet. Après tout, même si les avances empressées du trafiquant d'or s'étaient prolongées bien après l'arrivée du Genève-Paris, il avait peut-être eu autre chose à faire que l'inventaire complet de son appartement de bourgeois respectable ! Il baigne d'ailleurs dans le calme absolu, cet appartement. Le soupirant de Josiane doit ronfler paisiblement à côté de son épouse légitime. Ou alors ils sont allés au théâtre, ou dîner… De toute façon, Abel doit se hâter de fouiller les autres pièces, avant que Voss ne reparte avec la voiture.

Il reste à peine vingt minutes, et il est précis, Abel.

Danos foule d'un pied léger l'épais tapis rouge du vestibule. Il s'arrête soudain : sous une porte, un joint de lumière révèle une présence. Il pose son sac contre le mur, sort le beretta de la poche de sa veste de toile, colle son oreille au panneau. Il capte un froissement de pages. Il appuie délicatement sur le bec-de-cane, pousse la porte millimètre par millimètre…

— C'est toi, papa ?

Il a l'oreille fine, le jeune garçon qui se retrouve, ahuri, le pistolet braqué sur lui. Il doit avoir vingt ans tout au plus, et fait très étudiant sérieux, maigre, des cheveux en brosse, un stylo à la main, un classeur et des livres posés devant lui, sur un bureau recouvert de cuir.

— Mains sur la tête ou tu es mort. Tu es seul ?

Le jeune homme laisse tomber son stylo, bredouille, visiblement affolé.

— Non... Mes parents sont là, à côté... ils dorment. mon frère est au cinéma...

— Montre-moi où ils sont.

L'adolescent s'empresse de lever les bras, très haut, et d'obéir en faisant deux pas en avant. Mais Danos avait tort de le prendre pour un fils à papa insignifiant. Il pivote brusquement sur lui-même, fonce sur Abel, lui donne un coup de tête dans le nez tout en saisissant, avec une force nerveuse, le poignet armé qu'il tort avec violence. Les deux hommes roulent sur la moquette. Danos, dans sa chute, perd le beretta que l'étudiant, d'un coup de pied, expédie au fond de la pièce.

Abel n'en revient pas. Sale teigne, le gamin ! Mais que peut-il faire contre l'hercule qui se dégage, lui décoche un coup de genou dans la mâchoire, avant de bondir pour récupérer son pistolet et lui en marteler le crâne. Le jeune homme, à terre, essaie vainement de se protéger le visage de ses mains. Il est sur le point de perdre conscience :

— Relève-toi, petit con, dit Danos. Et fais ce que je t'ai dit...

Il suit sa victime, titubante, au long d'un couloir interminable, stoppe derrière lui, devant une porte. Il comprend que c'est là.

— Ouvre !

Un homme, adossé à un oreiller, lit un journal à la lueur d'une veilleuse. Il sursaute devant la double apparition, fixe d'un air épouvanté le sang qui ruisselle sur le visage d'un blanc crayeux de son rejeton. De l'autre côté du lit, vers le mur, une femme somnole.

Abel ne discerne que des cheveux teints en blond, aux racines grises, épars sur le traversin. Il crispe son doigt sur la détente, en pensant que c'est ce mari modèle qui espérait s'envoyer en l'air avec Josiane, dans le rapide de Genève. Mais c'est avec calme, souriant presque, qu'il pose le canon de son arme juste entre les deux verres de lunettes du trafiquant :

— Pourriez-vous me prêter la clef de votre coffre, murmure-t-il. Juste un instant... Avec la combinaison, bien sûr...

La femme blonde a elle aussi l'oreille fine. Elle se tourne, ouvre un œil. Sa bouche s'arrondit de stupeur Danos hausse les épaules, réprime une grimace. Mieux valait ne voir que les cheveux. Il comprend que le mari ait sauté sur la belle Josiane.

— Qu'est-ce que c'est, mais qu'est-ce que c'est ? balbutie-t-elle.

— Simple visite de politesse, ironise Danos. Si vous voulez avoir la gentillesse de vous lever tous les deux et de me prêter la clef du coffre, ce ne sera pas long.

L'homme extirpe ses jambes sur lesquelles tirebouchonne un pantalon de pyjama à raies grises et bleues, enfile ses pantoufles en se trompant de pied, dans son émoi. Va pêcher un jeu de clefs dans la poche du peignoir suspendu à la porte de la salle de bains. Tel un automate, il les tend à Danos.

— Après vous, dit Abel en désignant la porte. Lorsque j'explore un coffre, j'aime bien avoir des témoins qui pourraient éventuellement attester de la régularité des opérations.

Le trio, la tête basse, le précède dans le couloir. Arrivé devant le coffre, l'homme pousse un soupir, se résout à introduire la clef. Il regarde son épouse, hésite, puis se résigne à faire jouer la combinaison. Abel ne perd pas de vue un de ses gestes. Il suffirait qu'une arme soit à l'intérieur. La porte s'ouvre. Un lot de bijoux et de brillants apparaît. Danos, insensible aux gémissements de la blonde, les empoche pendant que le jeune ensanglanté s'allonge sur le canapé au velours vieil or.

Derrière une barrière de confortables liasses de billets de banque, il entrevoit le coin doré d'une valise.

— Si vous voulez me sortir tout ça, ordonne-t-il. Vous mettez les billets dans mon sac et madame va ouvrir la mallette.

— C'est à un ami, bredouille-t-elle. Nous n'avons pas le droit d'y toucher.

— Tiens donc ! Tirez-la quand même de là.

Le binoclard et sa femme se regardent, consternés mais ne font pas un mouvement. Danos dirige le canon du beretta sur la tempe de la femme qui glapit, s'accroupit, se met en devoir d'extraire, non sans peine, la valise du coffre. Elle la passe à son mari qui, résigné, la dépose sur le bureau.

— Ouvrez-la.

Le trafiquant soulève le couvercle. Abel a du mal à rester impassible. La fortune, cette fortune dont il rêvait enfant, vient de lui tomber du ciel, ou plutôt du train de Genève. Quarante rangées de pièces de vingt dollars or, séparées entre elles par un mince papier de soie, sont alignées sous ses yeux. Il en prend une, la débarrasse de sa délicate protection, la palpe avec tendresse. Il l'approche du visage de la femme :

— L'or, même à la laideur, donne de la beauté, dit-il. Souvenez-vous-en, douairière. Je garde cette pièce comme fétiche et vous me refermez la valise.

— Je vous en supplie, coupe-t-elle, ces pièces ne sont pas à nous... Gardez mes bijoux, si vous voulez, mais pas les dollars... Que va penser notre ami ?

Danos rabat le couvercle, de la main gauche, le verrouille, la droite serrant toujours la crosse du beretta. Puis il soulève la valise, la laisse pendre à son bras :

— Ça pèse lourd, cette cochonnerie-là, ironise-t-il, feignant de ne pas avoir entendu la requête de la femme. Si vous voulez avoir la gentillesse de m'ouvrir la porte d'entrée et d'appeler l'ascenseur. Ah, pendant que j'y pense... Votre mari doit savoir que le trafic d'or et de devises est sévèrement réprimé. Ce serait dommage qu'il nous arrive des histoires, à tous les trois !

12

Ils sont tous là, les hommes du commissaire Clot, agglutinés autour de leur chef, les uns assis sur les tables, les jambes pendantes, les autres à califourchon sur les rares chaises du bureau. Ils sont vingt-cinq, qui l'écoutent en silence, d'âges divers, pauvrement vêtus : vestons chiffonnés, chemises au col douteux, cravates luisant d'usure, au nœud avachi, souliers cent fois ressemelés, déformés par un trop long service. Ceux de la Brigade criminelle, le gratin de la P.J., ou de la Brigade mondaine, spécialisée dans la chasse aux plaisirs interdits, donnent l'impression de respirer l'aisance. Pas eux. C'est qu'ils n'ont pas du tout la même mission. Leur rôle est de se mêler aux différentes couches de la population parisienne et banlieusarde, de s'infiltrer dans la clientèle des cafés interlopes pour recueillir tous les renseignements possibles sur l'activité de malfaiteurs qu'il s'agit de surprendre en flagrant délit. Les voleurs de voitures, les pickpockets, les pilleurs de troncs d'église et surtout les cambrioleurs sont le lot quotidien de ces policiers qu'il est fréquent de croiser dans les couloirs du troisième étage du quai des Orfèvres, déguisés en plombiers, en peintres ou autres mécaniciens, le visage barbouillé de cambouis.

Au bout de la pièce, sommairement aménagée en salle de conférence, le commissaire Clot donne ses instructions. De tous les fonctionnaires supérieurs de la Préfecture de police, il est certainement le plus fin, le plus courtois. Il est entré dans la police par vocation, après avoir abandonné l'enseignement, à la déception de son père, facteur rural d'un village de l'Aveyron. A quarante-deux ans, il est à la tête de la Volante, une brigade qu'il a prise en main en 1945 et dont il a fait un grand service, en s'entourant de policiers de valeur, tels, Saint-Cyr Castex, au flair exceptionnel, le malin Lefort et l'adroit Stocker qui déplace ses cent kilos avec la légèreté d'une gazelle quand il s'agit d'effectuer une filature.

La formule de Clot est simple : dès qu'un inspecteur a recueilli un tuyau sur un projet de délit, il ne doit plus quitter sa future proie avant de lui avoir passé les cabriolets. Les résultats ont été d'autant plus brillants que les hommes de « la bande à Clot », c'est ainsi que les surnomment les collègues des autres services, ont su s'entourer d'informateurs de tous les milieux. Ainsi, des cambrioleurs aux talents variés, des faussaires, des escrocs, des voleurs de voitures ont-ils pris le chemin du quai des Orfèvres alors qu'ils croyaient opérer en toute tranquillité. Des meurtriers, recherchés par la Brigade criminelle ou la Sûreté nationale, ont suivi, ce qui a entraîné contre Clot l'animosité de certains chefs de service qui lui reprochaient de venir picorer sur leur terrain. Clot, toujours souriant, usait de sa diplomatie coutumière pour leur faire avaler la couleuvre.

— De quoi vous plaignez-vous ? demandait-il. Je les mets à votre disposition pour vous éviter un travail de recherche fatigant.

— Oui, mais la presse ne parle que de vous...

— Ah... ces journalistes ! Je me demande bien où ils prennent leurs tuyaux !

Adossé au mur, l'inspecteur principal Castex observe chacun des hommes qui lui font face. Sa mémoire le ramène vingt ans en arrière, quand il avait assisté, pour la première fois, à une assemblée analogue. Il n'y avait alors que des visages renfrognés, autour de quelques méchantes planches posées sur des tréteaux. La Sûreté nationale, qui n'était alors que Sûreté générale, avait créé des brigades mobiles. Il fallait, à la Préfecture, des équipes qui puissent concurrencer l'adversaire, avec la même promptitude, sur le territoire parisien. On avait fait appel aux gardiens de la paix les mieux notés, on les avait dépouillés de leur uniforme pour les rassembler en Brigade spéciale. Chaque arrondissement avait fourni quatre de ses éléments, un par quartier, parfaitement informés puisqu'ils contrôlaient un secteur qu'ils connaissaient bien. Il fallait aussi qu'ils soient capables de calligraphier des rapports lisibles, au temps où l'on n'utilisait pas encore la machine à écrire.

Maintenant, c'est lui, Saint-Cyr Castex, qui seconde le commissaire Clot dont il a la confiance. Il centralise les renseignements recueillis. Il décide de la poursuite d'une enquête en fonction des indications qu'on lui fournit. Mais il donne beaucoup de lui-même. Infatigable, il s'est constitué un réseau d'indicateurs dans tous les points chauds de la capitale ou de la proche banlieue.

La voix de Clot s'élève, posée, persuasive :

— Je ne puis que vous féliciter du travail accompli depuis septembre, dit-il. René la Canne arrêté quelques jours après son évasion, les complices de Buisson appréhendés trois semaines plus tard, sans compter d'autres affaires moins spectaculaires, c'est du bon travail, messieurs. Castex vous l'a dit, un dossier me tient particulièrement à cœur, celui de mon amie la môme Moineau. Je compte sur vous pour me neutraliser les auteurs du vol.

Castex approuve d'un signe de tête et se met à mâchonner de plus belle son mégot jauni.

— ... Le casse a eu lieu en Seine-et-Oise, mais les bijoux seront, comme à l'accoutumée, écoulés à Paris. Ça ne me dérange pas d'intervenir à Maisons-Laffitte. C'est une occasion de plus de jouer un tour à la Sûreté, qui ne se gêne pas, elle. Le tuyau qu'a obtenu Saint-Cyr demande vérification : Abel Danos, le champion de la cambriole, l'ex-équipier de Buisson, le rescapé de la rue Lauriston, serait dans le coup. Sa photo n'a cependant pas été reconnue par les témoins, à qui j'ai demandé une entière discrétion.

« La sœur de la victime a cru, elle, identifier un des malfaiteurs en la personne d'un certain baron de La Soulière, habitué de *Chez Tonton,* le cabaret mondain de la place Blanche. Là encore nous nous sommes heurtés à un mur : les homosexuels sortent leurs griffes dès qu'on s'attaque à l'un d'entre eux. Ils prétendent n'avoir vu ce client qu'une fois ou deux et le numéro de téléphone qu'il a donné, pour le cas où on aurait à le joindre, est faux. Faux également le patronyme de fantaisie qu'il utilise. Ceci renforce mes soupçons. Si nous localisons cet oiseau-là, nous avons des chances de remonter à Danos qui, je vous le rappelle, est condamné à mort par contumace.

Le commissaire Clot marque un nouveau temps d'arrêt. Pendant que son regard parcourt l'aréopage de visages tendus, il lisse, de la main gauche, sa fine moustache qui fait partie de son personnage d'homme élégant, vêtu d'une veste de velours noir côtelé et d'un pantalon gris, chemise claire et cravate bordeaux. Quand il pense que chacun a eu le temps de mesurer sa détermination, il poursuit :

— Les commissariats de quartier sont une source importante de renseignements. Ne les négligez pas. Les inspecteurs et les gardiens sont journellement au contact du public. Promettez-leur une récompense en cas de réussite. Ça les stimulera. Entretenez avec eux des liens amicaux. Vos frais vous seront remboursés. Les gens des commissariats connaissent bien les patrons de bars et de boîtes de nuit où la pègre dépense son argent. Ils pourront vous dire si des truands, leur femme ou leur petite amie, se sont livrés, après le vol, à des dépenses inaccoutumées. Si des tauliers se rebiffent, une descente de police dans leur établissement, six jours de suite, les fera rentrer dans le rang, sous peine de perdre leur clientèle. Ils viendront vous manger dans la main.

« De mon côté, je contacte mon ami Gally, le chef de la Mondaine, pour qu'il nous aide lui aussi. Les putes, les maquereaux, les drogués, les vicieux, les patrons de clandés doivent collaborer. Sinon, pas de cadeau.

« Voilà, messieurs, ce que je voulais vous dire. Danos est un dur à cuire, méfiant, rusé. Mais son complice devrait nous faire remonter jusqu'à lui. N'oubliez quand même pas non plus Buisson dans vos prières. Ni Dellapina, qui vient de se faire la malle de la prison des Baumettes. Je vous remercie.

Georges Clot quitte la salle. Le brouhaha, qui s'était calmé à son arrivée, reprend de plus belle. Devant la fenêtre qui donne sur la place Dauphine, dominant le bras de Seine, Castex réfléchit. Une nappe de brouillard monte à l'assaut des péniches amarrées quai des Grands-Augustins, où les voitures roulent en code. Clot a raison. S'ils découvrent ce soi-disant baron de La Soulière, ils auront sans doute fait un pas en avant.

Saint-Cyr se retourne, décroche son feutre et son imperméable du clou planté dans la cloison de la cabine téléphonique, quand Stocker s'approche de lui.

— Dis donc, ma grosse, dit-il, toi qui es bien avec Horace, le taulier corse de la rue de Bruxelles, tu pourrais pas lui demander qui est ce baron à la noix ?

Le ventre de Stocker tressaille :

— Tu as déjà vu un Corse balancer une affaire, toi ?

— Non. Mais comme les clients de Tonton lui bouchent l'entrée de son bistrot toute la nuit, peut-être qu'il en a marre ! On ne lui demande pas grand-chose : qu'il relève les numéros des bagnoles, ça me suffira ! Clot fait son affaire personnelle des bijoux de la môme Moineau. Moi, c'est La Soulière qui m'intéresse. J'ai horreur qu'on se foute de ma poire.

13

Pourquoi Suzy Eltier m'a-t-elle donné rendez-vous à la *Brasserie Royal-Villiers,* l'un des lieux les moins discrets du quartier ? Peut-être parce qu'elle n'habite pas loin, porte Champerret ? Mon coup de téléphone l'a cueillie à trois heures du matin, au moment où elle ôtait ses bas, massait ses cuisses fatiguées par des kilomètres de trottoir.

— J'ai besoin de vous voir, Suzy. Dix heures, ça vous va ?

— Qu'est-ce qu'il y a de cassé ?

— Rien, mais c'est urgent...

— Sept heures si vous voulez, parce qu'après, un micheton m'emmène passer le week-end au Havre...

— Par ce temps-là ?

— Qu'est-ce que vous voulez que j'y fasse. Il y a des dingues partout. Sept heures au « Royal ». Sinon, à mon retour.

Elle est ponctuelle, la Gazette, en avance même. Par la vitre embuée, je la vois qui se morfond sur la banquette de moleskine. A cette heure matinale, par chance, le silence et l'ennui pèsent sur la brasserie déserte. Elle lève les yeux de son journal dès qu'elle entend le grincement de la porte. Elle se pousse pour me faire de la place. Le garçon, qui en a pourtant vu d'autres, dissimule mal son étonnement. Il doit penser que c'est une drôle d'heure pour s'offrir une pute.

C'est qu'elle ne passe pas inaperçue, cette professionnelle de choc. On dirait une figurante sortant des mains d'une maquilleuse en plein délire. Elle n'a pas ménagé le bleu, pour rendre irrésistibles ses petits yeux noisette, cernés par ses innombrables prouesses et par le manque de sommeil. Une pyramide de cheveux carotte écrase le minuscule visage aux pommettes rehaussées de vermillon. Sur la bouche de poupée, les couches de rouge se superposent comme le calcaire au fond d'une grotte. En fait tout est minuscule, dans ce visage perché qui surmonte un cou interminable, prolongement naturel d'un long corps efflanqué où les seins et les fesses sont réduits à leur plus simple expression. On s'interroge sur les sensations que cet échalas peut procurer aux amateurs.

La première fois que je l'ai vue, je me suis demandé pourquoi on l'avait surnommée la Gazette, plutôt que la Cigogne ou l'Asperge. Il y avait bien eu, jadis, la Goulue et le Désossé. Je lui ai demandé courtoisement la raison de ce sobriquet :

— C'est tout bête, m'a-t-elle expliqué. Au début, j'aimais faire la causette avec mes clients pour les mettre en condition. Je leur parlais de tout, de leur travail, de leur famille, des petits potins du bureau ou de la politique. Je rapportais à mes copines les nouvelles qu'on m'avait données. Alors, une salope de la rue Saint-Denis m'a baptisée la Gazette, par jalousie, parce qu'elle pouvait pas en faire autant. Maguy, la femme de Russac, vous la connaissez. Du coup, ça m'est resté.

Bien sûr que je la connais, Maguy. C'est une de mes toutes premières indics. Sa devise alléchante est : « Dans les bras de Maguy, plus de soucis ! » Ça m'étonnerait qu'elle soit jalouse de Suzy, car, pour ce qui est de la plastique, elle la vaut cent fois. Il est difficile de résister à la provocation de ses seins hauts et fermes, pointés comme des canons et menaçants comme des obus. Lorsqu'elle marche, son déhanchement, à lui seul, promet le septième ciel. Ses cuisses pleines, ses mollets nerveux et ses chevilles de jument n'ont aucun mal à éclipser la lugubre maigreur de la Gazette. Elle s'est composé un costume original pour tapiner, rue Blondel une jupe vert pomme, au ras des fesses et fendue de surcroît, un chemisier moulant, rouge à pois blancs, trop petit de deux tailles et généreusement ouvert, hiver comme été, sur ses fameux seins au mamelon dardé.

C'est Maguy, justement, qui m'avait présenté Suzy, un soir où celle-ci était en pleine déprime. Son jules, surnommé Gaston-la-Houpette en raison d'une touffe de cheveux ridiculement dressée sur le devant d'un crâne dégarni, s'était enfui avec ses économies, emmenant dans ses bagages une Andalouse de dix ans plus jeune qu'elle. J'avais déniché les tourtereaux en train de roucouler dans un meublé de la rue Washington. J'avais fait rendre gorge au triste sire, le menaçant de le coffrer pour vol et vagabondage. Dans son chagrin de femme bafouée, Suzy m'en avait voué une reconnaissance éternelle.

On s'offre les informateurs qu'on peut ! Plus tard, quand j'aurai davantage d'expérience et d'entregent, je me lancerai dans la chasse aux auxiliaires de haut vol, dans le monde très fermé des call-girls aux revenus de P.-D.G., ces putes de luxe qui ont pignon sur cour, dans de luxueux appartements des beaux quartiers. Pour le moment, je me contente de crus de bas étage, mais on ne peut pas dire que Buisson, Danos et Girola soient d'une meilleure cuvée !

Disgraciée par la nature, la Gazette a gravi péniblement les échelons de la carrière du vice. Elle a peu à peu délaissé la clientèle des boulevards, pour celle de Pigalle, plus rentable à ses yeux. Des cars déversaient les flots de touristes de l'après-guerre. Les Américains, les Belges, les Hollandais se ruaient sur la chair plus ou moins fraîche des Parisiennes à la réputation bien établie. Elle était pleine de bonne volonté, Suzy. Elle espérait dépasser ses quelques rudiments de langues étrangères, se transformer en Guide Bleu pour épater ses nouvelles consœurs de bitume.

En fait, elle allait surtout attirer l'attention des

proxénètes, désireux de la prendre sous leur aile. Ils en ont été pour leurs frais. Echaudée par la triste expérience de Gaston-la-Houpette, elle avait fermement décidé de rester indépendante. Du haut de son mètre soixante-dix-huit, elle tenait tête aux maquereaux dépités. Ils en avaient pris leur parti. Sa volonté d'autonomie lui avait même valu une certaine considération. Elle était reçue comme une dame dans les bars fréquentés par la colonie insulaire. Aucun souteneur ne pouvait se douter qu'elle me lâchait, de temps à autre, une information.

En attendant d'émigrer dans le secteur Madeleine-Champs-Élysées, réservé aux filles de luxe, Suzy promène sa grande carcasse dans la zone tranquille de la porte Champerret, où les nombreuses maisons de rendez-vous sont plus douillettes que dans d'autres quartiers. Parfois, pour affirmer sa vocation d'amazone de luxe, elle fait hennir sa Simca-Sport dans les allées du bois de Boulogne réservées aux partouzes.

— Café, Suzy ?

— Je viens déjà de m'en taper deux. Je n'arrive pas à émerger.

— Désolé de vous avoir fait lever tôt. Voilà...

Le garçon qui s'approche dans un froissement de tablier stoppe mon propos.

— Deux noirs et deux croissants, s'il vous plaît.

Il fait demi-tour avant même d'être arrivé, accomplit dans la sciure qui recouvre le dallage une glissade de skieur de fond. Le cou d'autruche se tend vers moi et je ne puis me défendre d'un sentiment de compassion. Celui que m'inspirent les prostituées en général. Mais là, il y a autre chose. Peut-être la tristesse des petits yeux qui brillent, comme dans un masque. Démaquillée, Suzy pourrait évoquer une étudiante attentive. Oui, elle a une tête à faire des études, et je lui octroie de grandes lunettes, posées sur un bout de nez.

— Vous disiez ?

Je sais, par expérience, qu'il ne faut jamais attaquer

les indics de front, même s'ils sont aussi sympathiques que la Gazette, et prêts à collaborer. Les raisons qui les incitent à nous aider ne sont pas toujours évidentes. De toute façon, ils ne lâchent que ce qu'ils ont envie de lâcher. Mon silence excite la curiosité de la grande Suzy, je le sens. Les cafés arrivent. Je lui offre un croissant.

— Pas ce matin, ça ne passe pas... Alors ?

Elle est à point. Je me lance, vérifiant du coin de l'œil que le garçon s'est éloigné à distance respectueuse.

— Je recherche trois femmes : Pierrette, Josiane et Ghislaine.

Les yeux noisette s'écarquillent en un arrondi parfait.

— Et c'est pour me dire ça que vous me téléphonez à trois heures du matin ? Des tapins ?

— Je ne sais pas. Deux étaient les maîtresses de Danos.

Elle vide sa tasse cul sec. Petite bouche mais descente rapide. Puis, du bout de la cuiller, elle racle le sucre collé au fond de la tasse, d'où s'exhale encore une odeur d'orge grillée, plus désagréable encore que l'ersatz de Marlyse. Elle lèche la cuiller sans me regarder. Sa main tremble un peu. La fatigue ou la peur ?

— Bon, eh bien c'est pas à moi qu'il faut demander ça, reprend-elle. C'est à Maguy. Russac lui en avait sûrement parlé des pépées de Danos et de Buisson... Russac est mort et Maguy oublie d'être discrète quand elle a un coup dans le nez. Si vous la contactez en douce, elle ne se méfiera pas.

La Gazette, de sa main osseuse, agite la cuiller de droite à gauche, sous mon nez, poursuit :

— Seulement vous savez qui c'est, Danos ? Le mec de la Carlingue[1], le copain de Lafont et de Pierrot le Fou. Alors, figurez-vous que j'ai pas envie d'être repassée. Vous avez beau être poulet, je vous dis : « Attention, danger ! » Moi, me retrouver les bras en croix dans un caniveau, c'est pas mon heure... De toute

1. Surnom de la Gestapo française.

façon, Pierrette et Josiane, inconnues au bataillon. Comment vous l'appelez, l'autre ?

— Ghislaine.

Les lèvres lilliputiennes avancent dans une moue d'ignorance :

— Ghislaine, d'accord, mais Ghislaine comment ?

J'émiette un croissant, écrase quelques grumeaux de farine noire sur la table vernie. Puis je risque une menace à peine voilée :

— J'ai l'impression que vous ne voulez pas vous mouiller, et ça m'ennuie... Parce qu'il ne rigole pas, mon patron... Surtout maintenant !

Le « maintenant » est bourré d'explosifs sous-entendus. Suzy a parfaitement compris l'équivoque de mon attaque. Elle qui d'habitude est prête à me débiter tous les papotages de *France-Dimanche, Samedi-Soir,* et autres courriers du cœur, se tient sur une prudente réserve. Je ne la reconnais plus, ma Gazette officieuse. Est-ce vraiment la crainte ? Est-ce qu'elle ne sait rien ? Elle doit, en tout cas, savoir ce qu'elle risque ! Depuis le 1er janvier, la loi Marthe Richard est appliquée. Les bordels sont fermés et le racolage interdit. Loi hypocrite, bien sûr, puisque la prostitution, elle, est tolérée. Ce qui n'empêche pas les inspecteurs de la Mondaine et les gardiens de la paix en civil de ramasser le maximum de filles dans le panier à salade exhumé des oubliettes. Pour eux, tout être du sexe féminin sur un trottoir racole ! Chaque jour, ils en déversent un contingent dans les locaux vétustes de la Brigade mondaine, où une assistante sociale leur fait la morale ! Si leur carnet sanitaire est en règle, elles sont libérées après une interruption de travail de dix-huit heures, en attendant d'être raflées le lendemain par des policiers entêtés. Si le carnet est déficient, elles sont dirigées vers le dispensaire de la prison Saint-Lazare, rue Saint-Denis, pour se faire soigner. Une autorisation signée d'un chef de service, comme Vieuchêne, leur évite ces inconvénients, cause d'un manque à gagner regrettable. C'est ce qu'on appelle avoir « le condé ».

J'allume une américaine qui me fait tousser, me racle la gorge :

— Eh bien ?

— Eh bien quoi ? Vous êtes parfait, vous ! Vous voulez que je connaisse la Ghislaine...

De son index, elle se gratte le bout du nez. Les psychologues vous diraient que c'est la manifestation extérieure, physique et motrice, d'un état d'excitation. Moi qui connais Suzy, je dis plus simplement qu'elle ne sait pas comment se dépêtrer de ses réticences.

— Je vais vous aider, dis-je. Elle habite boulevard Pereire. C'est votre coin, non ?

— Parce que vous croyez que je suis un agent recenseur ? Il est un peu longuet, le boulevard Pereire... S'il fallait que je fasse une enquête sur chaque habitant !

Elle me donne l'impression de s'énerver. Je la calme d'un geste.

— Nebou. Elle s'appelle Nebou. Elle a donné ce nom à la Santé.

Le petit front de Suzy se plisse. On dirait qu'il a été réduit par les Jivaros :

— Elle est allée à la Santé, elle ?

— Ne plaisantez pas, ce n'est pas le moment. Son ami s'y trouvait... Girola. Ça vous dit quelque chose, cette fois ?

La Gazette respire un bon coup, se détend.

— Girola ? Attendez, j'en ai connu trois, de Girola. Un représentant en chaussettes des Landes, même que son fils joue trois-quarts aile à l'Aviron bayonnais, et que sa fille fait des études de biologie à Pau. Il avait paumé son chien Ulysse au bord du lac de Biscarosse. Un autre, qui est moniteur de gym à Épinal. Un beau gabarit. Il vient me voir quand sa femme va à l'hôpital de Nancy, toutes les trois semaines, voir une vieille tante à héritage. Et puis, il y a Antoine...

Elle marque une pause, et semble bien s'amuser, soudain. L'œil brillant, elle pointe son index sur moi.

— C'est celui qui vous intéresse, n'est-ce pas ? Antoine, le copain de Danos et de Vincileoni, du bar *le*

Lizeux, rue Fontaine. Ben voyons, quand je vous le disais que vous voulez me faire avoir des emmerdes avec Abel...

Elle commence à m'agacer sérieusement, la girafe, mais j'ai appris à me montrer patient :

— Vous me connaissez, Suzy. Pas question de vous faire avoir des histoires. Tout ça est entre nous.

— Ouais ! C'est un dur, Antoine... Un beau mec, mais un dur. Raie de trois quarts, cheveux épais et ondulés, des dents si blanches qu'on les croit fausses. Mais le plus chouette, ce sont ses costards. Il s'habille chez Dodoli, de la rue Victor-Massé. Un tailleur au poil. Vous savez, en face du *Tabarin.* Carboni, l'avocat, est client chez lui. Cher, mais de bonne coupe. Figurez-vous qu'un jour...

La voilà partie, la Gazette, dans la rubrique vestimentaire. Le démarrage a été long mais il est temps de la remettre sur les rails :

— Parlez-moi de Ghislaine.

Le sourire s'évanouit. Le visage se referme.

— Je vous répète que je ne connais ni Ghislaine, ni Nebou, ni le boulevard Pereire... C'est sûrement un nom bidon qu'elle a pris pour ne pas se faire repérer.

— Qu'est-ce qui vous fait dire ça ?

Avant de répondre, elle promène sa petite tête comme un périscope, s'attarde sur le garçon, puis sur le patron qui bâille en feuilletant *le Parisien Libéré* derrière sa caisse. Les clients sont encore rares. Seuls, devant le comptoir, deux égoutiers en ciré et hautes bottes s'offrent des petits coups de blanc pour chasser la puanteur du cloaque d'où ils émergent.

— Si vous me promettez, dit enfin la Gazette à voix basse, un peu rassurée par son inspection.

— Puisque je vous le dis.

— Dans le fond, on pourra pas savoir que ça vient de moi. Bon. Le Girola dont vous me parlez, je l'ai connu quand je travaillais sur Pigalle. Il fréquentait *le Lizeux,* je vous ai dit. Et puis *Chez Horace,* rue de Bruxelles, à la place Blanche. Il était toujours fringué comme un prince. On n'aurait jamais dit un gars du Milieu. Pas la même dégaine, c'est ce qui pouvait tromper. Deux ou trois fois, je l'ai vu aussi au *Charivari,* rue Godot-de-Mauroy, et au *Deauville,* sur les Champs-Élysées.

C'est vraiment un cas, cette Gazette. Qu'elle abrège ! Elle ne va quand même pas me citer toutes les rues ! Je ne tiens plus en place. Mais lorsqu'on approche de l'arrivée du grand steeple du *Royal-Villiers,* il ne faut pas rater la dernière haie.

— ... La fille qu'il avait ? Alors, là, de quoi saliver. Tous les types se retournaient sur elle. Une grande brune avec un corps du tonnerre et des yeux verts comme on n'en voit qu'au cinéma. Habillée dernière mode. A croire qu'elle dévalisait Chanel et Dior réunis ! Elle traînait un caniche nain, tout noir, avec un collier en or et une médaille portant ses initiales.

Elle repart dans son délire du détail. Elle se délecte, mais je ne retiens qu'une chose, c'est que Girola avait déniché une reine de beauté. Mais est-ce Ghislaine ?

— Vous allez être en retard pour Le Havre, Suzy...

Elle consulte une petite montre en forme de cœur :

— C'est vrai. Alors, voilà : elle habite Neuilly. C'est une courriériste.

— Une quoi ?

— Une courriériste. Elle fait une ou deux fois par semaine le courrier de Genève, de Rome ou de Londres. Toujours en première, forcément.

— C'est une hôtesse de l'air, alors ?

Suzy hausse les épaules, me regarde avec pitié.

— Vous avez encore pas mal de progrès à faire, mon petit poulet. Mais non ! Elle voyage sur des courriers fréquentés par les hommes d'affaires et elle s'occupe de lever le meilleur. Un homme sans sa bobonne, à l'étranger, ça s'ennuie. Elle les console et ça lui rapporte une fortune !

— De la galanterie de haut vol, dis-je, sans vouloir faire un mauvais jeu de mots.

— Si vous voulez. Elles sont quelques-unes à avoir ce job. Mais faut être douée, parler l'anglais ou l'allemand.

Avec le fric qu'elles ramènent, elles s'installent dans des chouettes appartements de Neuilly ou de l'avenue Foch. Et quand elles trouvent le bon pigeon, elles l'épousent et se baladent en Rolls le restant de leur vie…

Elle s'interrompt, soupire :

— C'est pas à moi que ça arriverait, un truc pareil !

— Vous ne m'avez toujours pas dit qui c'était.

— Parce que je ne l'ai pas su tout de suite, et que je vous raconte dans l'ordre. C'est quand Girola a été arrêté que le patron du *Charivari* m'a lâché le morceau. J'étais avec Huguette, ce soir-là, vous savez la femme à Henri le Manchot.

— Et alors ?

— Je lui demandais ce que devenait la belle nana et il m'a dit que ça avait fait du pétard lorsque les poulets avaient débarqué chez elle, avec Antoine ficelé comme un saucisson. Elle ignorait qu'il faisait des braquages. C'est sûrement elle qui lui a envoyé une lettre à la Santé, de rupture vu que cette histoire la foutait mal pour son travail. Elle avait déniché un veuf anglais, riche comme Crésus, vieux, moche, mais riche. Le type rêvé, quoi. Qui vous laisse son héritage quand il claque. Elle s'était mise en quatre pour que les poulets ne donnent pas sa photo aux journalistes. Je me demande même si le chef des perdreaux ne se l'est pas faite. Enfin ! Son prénom, c'est Violaine, mais j'en sais pas plus. Elle circule dans une Lancia bleu marine immatriculée en Suisse. Elle habiterait du côté de la rue Windsor à Neuilly. Si avec ça, vous ne trouvez pas, vaudrait mieux que vous changiez de métier !

Je n'en suis pas encore là. Si la Gazette a dit vrai, je ne dois pas mettre longtemps à découvrir l'ex-Ghislaine Nebou.

Mon travail de fourmi continue.

14

— Que pensez-vous de ma robe, *darling ?*

Violaine pivote sur elle-même, lentement, devant lord Dudley, membre influent de la Chambre des Pairs. Troublé par la sensualité du mouvement et la tonalité de la voix un peu rauque, le banquier londonien en oublie de terminer le verre de Hennessy qu'il fait tournoyer entre ses mains. Violaine a le don de lui faire perdre la tête.

— Elle est divine, très chère. Mais plus divin encore ce qu'elle cache. A faire pâlir de jalousie toutes les Miss Monde de ces dernières années...

— Vous allez me faire rougir, dit Violaine, s'inclinant devant lord Dudley qui devient, lui, écarlate, en respirant le Chanel nº 5 qui s'échappe des seins lourds que lui offre le décolleté soyeux.

Une bretelle a savamment glissé. Le vieil homme est pris soudain d'une envie brutale de poser son verre pour arracher l'autre bretelle et mettre à nu cette poitrine. Il sait qu'aucun soutien-gorge ne lui ferait obstacle. Il se lève à demi, approche son visage, mais Violaine s'éloigne, sur une pirouette.

— Le temps de limer un ongle qui accroche et je suis à vous, *darling*...

Elle ondule des hanches, en regagnant la chambre. Resté seul dans le salon, le banquier garde l'image de cette créature de rêve moulée dans la robe de soirée blanche, de la peau satinée dont le collier de diamants et d'émeraudes fait ressortir le hâle. Il voit déjà les yeux concupiscents des invités, dépouillant Violaine du fourreau de soie. Tandis qu'ils contempleront la longue chevelure brune ruisselant sur les épaules nues, les épouses, jalouses, chercheront en vain un défaut dans ce corps parfait. Elle sera mise à rude épreuve, la patience forcée de cette pimbêche de dona Villamor, apparentée à la famille d'Espagne ! Son mari, libertin réputé, prétextera encore une myopie avancée pour s'approcher le plus possible des seins de Violaine...

Il reprend son verre de cognac, avale trois gorgées du liquide ambré, puis s'approche de la vitre couverte de buée. Il la nettoie du plat de la main pour apercevoir dans le crépuscule les toits aplatis des chalets de Gstaad débordant largement de la façade. Une épaisse couche de neige s'est accumulée jusqu'au faîte des cheminées. La masse d'un chasse-neige évoque un monstre endormi. Un tintement de grelots rythme le trot pesant d'un cheval à la large croupe remorquant un traîneau chargé de bidons de lait. Lord Dudley ne se déplaît pas à Gstaad dont l'altitude moyenne a l'avantage de ménager son cœur de septuagénaire. Il est à son aise dans les mondanités de cette station élégante. Il n'y vient pas pour skier. Il y a longtemps qu'il a renoncé à ce sport. Depuis le jour où, sur les pentes du Gornergrat, à Zermatt, un schuss mal contrôlé l'avait entraîné directement dans une crevasse. Il avait eu de la chance de s'en tirer avec trois côtes cassées et une fracture du col du fémur. La gestion de la banque avait trop souffert de ses trois mois de clinique pour qu'il ait eu la moindre envie de chausser des skis de nouveau.

Il avait même, à l'époque, pris la montagne en grippe. Devenu veuf, désespéré de n'avoir pas engendré un héritier mâle qui perpétuerait le nom de Dudley, il avait vendu le luxueux chalet qu'il possédait à Montana, la station ensoleillée au-dessus de Crans. Mais par la suite, sur les conseils de son ami lord Shelley, il avait réalisé une bonne opération immobilière en achetant *l'Edel-*

weiss, le grand chalet de Gstaad qu'il destinait à la location meublée.

L'irruption de la belle Violaine dans sa vie de veuf devait bousculer ce projet.

Tout avait commencé dans une cabine de première classe de l'avion de la British-Airways qui l'emmenait à Paris, où l'appelait un litige avec la Chase Manhattan Bank. Peu après l'extinction des consignes de sécurité, la belle inconnue avait sorti de son sac en crocodile un paquet de Craven A et un minuscule briquet Cartier en or. Se tournant vers son voisin, dont elle feignait de ne voir ni la verrue disgracieuse plantée à la base du nez, ni la petite taille, ni les vilains sourcils roux dévorant les arcades, elle lui avait demandé, avec un sourire, si la fumée ne l'incommodait pas.

Lord Dudley détestait l'odeur du tabac. Mais devant les lèvres pulpeuses qui s'écartaient sur les dents nacrées, il ne pouvait répondre que par un « je vous en prie » chaleureux. A Orly l'attendait une Rolls pilotée par un chauffeur en livrée. Il avait proposé à Violaine de la déposer chez elle, à Neuilly. Mais sans qu'il ait compris pourquoi ni comment, il s'était retrouvé avec elle à la *Tour d'Argent,* devant un canard au sang. Le sang du canard lui était-il monté à la tête, comme le Krug cuvée privée que Violaine appréciait particulièrement ? Quoi qu'il en soit, lorsqu'ils avaient rejoint le *Crillon* pour une dernière coupe — celle de l'amitié, bien sûr — lord Dudley se sentait dans un état inconnu, proche de la félicité.

En seize années de veuvage, au long desquelles il n'avait pas manqué d'être sollicité par de nombreuses femmes qui louchaient sur son immense fortune, il ne s'était jamais senti aussi jeune. Il ne savait même plus ce qu'il avait raconté à Violaine pendant le dîner, mais elle l'avait écouté avec une attention si bienveillante, souriant des yeux et de la bouche, qu'il avait eu l'impression qu'elle le trouvait beau.

Aveuglé, il la trouvait, lui, distinguée. Elle avait

écarté les rideaux pour contempler le ballet des phares des voitures autour de l'obélisque de la Concorde, du haut de sa suite du dernier étage du *Crillon.* Elle semblait songeuse. Elle s'était retournée, tenant toujours les fronces du rideau. Elle se détachait dans ce décor nocturne comme si elle posait pour un peintre.

— Vous ne m'êtes pas indifférent, disait-elle de sa voix un peu cassée, qui suggérait la lassitude de la volupté. Mais il se fait tard. Je dois rentrer à Neuilly.

Son cœur de vieil égoïste battait la chamade.

— Je vous accompagne, très chère.

— Non, s'il vous plaît.

— Voulez-vous au moins disposer de ma voiture ?

— Si vous y tenez. Je ne sais pas quand nous nous reverrons...

— Voulez-vous déjeuner demain, au *Ritz ?*

Elle avait mis cinq minutes à se laisser convaincre, et le temps du déjeuner, le lendemain, pour accepter une invitation à Venise.

Le concierge du *Gritti,* habitué depuis son jeune âge à jauger la clientèle, et singulièrement les femmes, ne s'était pas trompé une seconde sur la superbe créature qui accompagnait Lord Dudley, réputé tout autant pour sa laideur que pour sa fortune. Quand la gondole eut débarqué le banquier, la courtisane et les bagages contre le wharf privé de l'hôtel, il a poussé un soupir de tristesse, observant, par la baie, le manège des grooms assoiffés de valises et de pourboires. Lord Dudley menait une vie si rangée... C'était décevant de le voir caracoler comme un collégien autour de cette femme qui n'allait pas manquer de lui croquer quelques millions de lires.

Poussant la porte de la salle de bains de Violaine, qui communiquait avec la sienne, lord Dudley, plus rouge encore que d'habitude, s'était montré pressant. Ramenant sur ses seins les revers de son peignoir de chez Dior, Violaine l'avait gentiment grondé :

— Si je suis là, *darling,* c'est que j'ai beaucoup d'affection pour vous. Mais n'en abusez pas !

Et comme l'aristocrate, perdant son sang-froid, glissait une main dans le peignoir, elle l'avait rabroué d'une tape très sèche :

— Contrôlez-vous, je vous prie ! Nous nous connaissons à peine !

Lord Dudley, retrouvant sa lucidité, avait ouvert la fenêtre pour suivre les évolutions du vaporetto entre une rive du Grand Canal et l'autre. En fait il ne souhaitait nullement connaître davantage Violaine, sauf dans son lit. Elle lui semblait soudain bien compliquée. La sagesse eût été de la faire conduire par le gondolier jusqu'au premier train de nuit. Mais lord Dudley ne supportait pas l'échec. Il avait donc décidé de tenir bon. Et, le lendemain, Violaine s'abandonnait avec des soupirs de plaisir et de remords qui achevaient de faire perdre la tête au banquier, qui prenait cette fausse monnaie pour des lingots de la Banque de France.

La rusée Violaine n'allait pas attendre longtemps sa récompense. Dès leur retour à Paris, après une séance amoureuse mêlée au rangement des valises dans la suite du *Crillon,* lord Dudley l'entraînait, de force croyait-il, chez Van Cleef et Arpels, pour lui offrir une parure qu'il n'aurait jamais imaginé acquérir pour sa défunte épouse. Il est vrai que la pauvre femme était aussi incapable de donner du plaisir à un homme que de lui fabriquer un héritier.

Violaine entendait bien ne plus lâcher son lord. Amoureuse des stations réputées, fréquentées, à la mer et à la montagne, par la Jet Society, elle avait appris avec enthousiasme l'existence du chalet de Gstaad.

— Le louer ? Vous faites une erreur, mon ami. Pour votre travail comme pour vos plaisirs, c'est l'endroit rêvé… un carrefour international !

Résigné à ne rien refuser à Violaine, lord Dudley avait annulé ses ordres à l'agence de location, et fait moderniser le chalet par son décorateur londonien, ravi d'avoir un si beau volume à exploiter. Les travaux devaient se faire discrètement, le banquier voulant réserver la surprise à Violaine. Dans *l'Edelweiss* transformé en chef-d'œuvre de l'architecture intérieure contemporaine, il donna une grande fête, au cours de laquelle il annonça que le chalet appartenait désormais à l'élue de son cœur.

Violaine revient dans le salon illuminé, s'avance vers lord Dudley, toujours dans un souffle de Chanel n° 5. Il hume l'odeur capiteuse, lui prend la main, la porte à ses lèvres, soupire :

— Trois minutes d'attente, et c'est pour moi l'affreuse éternité !

Violaine examine ses doigts très longs, très fins, prisonniers de la petite main du banquier.

— J'ai remis un peu de laque, dit-elle. Je vous adore.

Elle se dégage, s'approche de la cheminée, se penche pour équilibrer une bûche qui glissait. Lord Dudley ne perd pas un mouvement de ses hanches tendues dans le fourreau de soie.

— Vos amis ne vont plus tarder, dit-elle. Vous verrez que l'avant-garde sera, comme toujours, le couple Villamor...

Lord Dudley hoche la tête. Décidément, cette Française ne manque pas d'humour. Luis Villamor amuse lord Dudley. C'est un coureur de jupons caricatural. Un personnage de pièce de boulevard. En fait, il serre de près toutes les femmes pour cacher son penchant exclusif pour les servantes, les plus jeunes possible : seul son nom l'a tiré de deux ou trois sales histoires de détournement de mineures. N'a-t-il pas des excuses, avec une épouse aussi snob et aussi laide ?

— Les Villamor... Oui, certainement, *my love.* Vous êtes très psychologue. Déjà, du temps de ma première épouse...

Violaine affecte l'air boudeur d'un enfant à qui on a fait de la peine :

— Leslie, ayez la bonté de ne plus me parler de votre première épouse. Je suis jalouse, je l'avoue. D'ailleurs, pourquoi « première » ? Vous n'en avez eu qu'une ! Justement, je voulais vous dire...

Elle s'assoit dans un fauteuil, croise les jambes, s'assure que les yeux du banquier sont bien rivés à son jupon de dentelles :

— Venez vous asseoir près de moi, Leslie. Ce que j'ai à vous dire est si intime... Je vous ai prouvé mon amour n'est-ce pas ? J'aimerais être votre seconde femme. Définitive. Pour la vie.

Lord Dudley manque de tomber de l'accoudoir sur lequel il était venu s'asseoir en équilibre.

— M'épouser, à mon âge ! Mais je pourrais être votre père, ma chère ! Quelle idée !

— C'est parce que je vous aime, Leslie, que j'ai eu cette idée. Si elle ne vous convient pas...

Elle se lève, va chercher son paquet de Craven A sur un guéridon, allume avec nervosité une cigarette. Elle tourne le dos à lord Dudley, se plante devant la fenêtre que fouette une soudaine tempête de neige.

— Je ne voulais pas vous froisser, dit-elle. Je comprends votre indifférence. Je m'excuse. Une femme amoureuse se laisse aller à dire des bêtises.

Dudley est venu se placer près d'elle. Il pose une main sur son cou, la force à se tourner vers lui :

— Vous ne dites pas de bêtises, *darling*. Je ne m'attendais pas à cela, voilà tout. Depuis le deuil qui m'a frappé, je me suis juré de rester seul, dans mon veuvage, jusqu'à ma mort. Vous me prenez de court. Juste avant l'arrivée de nos invités, en plus !

Les yeux de Violaine s'emplissent de larmes. Elle a le don de pleurer à volonté.

— Leslie, balbutie-t-elle.

— *My love ?*

— Vous allez encore dire que ce n'est pas le moment, mais je comptais que vous annonceriez notre mariage à nos hôtes, pour une raison que vous ne pouvez encore connaître.

— Qu'est-ce que cela signifie ?

Lord Dudley s'est durci, soudain. C'est un homme

d'affaires. Il peut perdre la tête au lit, mais il la retrouve vite. Violaine se dit qu'elle y est peut-être allée un peu fort, mais il n'est plus temps de reculer.

— Je vais être mère, annonce-t-elle noblement. Cet enfant que vous n'avez jamais eu et que vous souhaitiez tant, eh bien moi, je vous l'offre !

Une seconde, elle craint qu'une attaque d'apoplexie ne foudroie lord Dudley sur le tapis persan. Il étouffe, ouvre son col, reprend sa respiration avec peine, balbutie sur un ton qui tient de la joie et de la panique :

— Mère, vous ? De moi ?

— De qui voulez-vous que ce soit ?

— Père à soixante-douze ans, c'est tellement surprenant. Vous êtes sûre ?

— Absolument. Vous aviez si peur de disparaître sans avoir connu cette joie que je n'avais pas le droit d'être égoïste.

Lord Dudley ne sait plus que faire. Du bout du doigt, il essuie les larmes qui perlent sur les joues de Violaine.

— Ne pleurez pas, *darling,* je vous en prie. Et ce serait pour quand, cet enfant ?

— Sept mois, sept mois et demi.

Lord Dudley se verse un demi-verre de cognac, qu'il avale cul sec. Il s'étrangle en entendant la sonnette de la porte d'entrée.

— Nos invités, dit-il dans un quinte de toux. Nous reprendrons la conversation tout à l'heure, si vous voulez bien.

— Inutile, dit Violaine, jouant le tout pour le tout. Vous annoncez nos fiançailles, ou je disparais avec l'enfant de nos amours !

— D'accord, *darling,* d'accord, je vous épouserai ! Mais, pour l'amour du ciel, ne parlez pas du bébé ce soir !

Violaine entoure de ses bras le cou du vieil homme.

— Soyez rassuré, trésor de mon cœur. Si vous saviez comme je vous aime. Oui, vraiment, de plus en plus !

15

Mon destin serait-il de voir Gstaad et mourir ? Et ce chauffeur qui me maltraite dans les virages verglacés, aurait-il droit au titre de messager des Enfers ? Toujours est-il que je serre les fesses sur la banquette de skaï fatiguée, renonçant à mesurer la profondeur des précipices au bord desquels s'arrêtent nos glissades. La gare d'Aigle, escamotée par chaque tournant, diminue de volume à mesure que nous grimpons, au point de n'être plus qu'un point au fond de la vallée. Pour lutter contre le vertige, je m'efforce de penser à Gstaad l'ensoleillée qui nous attend là-haut. Gstaad, la station-coqueluche de sports d'hiver lancée par la famille Rothschild, et devenue très vite l'un des séjours favoris de la haute société. Il serait vraiment stupide que ma course au trésor se termine au fond d'une crevasse, avant même que j'aie pu atteindre le haut lieu de l'élégance neigeuse, le ski-bar, temple des mondanités.

Quand je me suis lancé dans cette ascension héroïque, à la descente du Paris-Milan, je ne m'attendais pas à me voir offrir, en prime, un ticket pour une séance de scenic-railways. Si Marlyse me voyait, recroquevillé derrière les sièges avant, les doigts crispés sur un accoudoir de portière dont la garniture s'effiloche ! C'est d'autant plus incroyable qu'il ne tenait qu'à moi de m'embarquer dans un autre taxi. Ce n'était pas les Mercedes qui manquaient devant la gare, luisantes, les flancs des pneus aussi blancs que de la neige propre ! Mais le Diable avait pris l'apparence d'un petit chauffeur blond à la barbe grisonnante qui s'agitait dans tous les sens. Étourdi par son manège, je n'ai pu lui opposer aucune résistance quand il s'est emparé de la valise que j'avais sottement déposée dans une flaque. Il avait l'air de tenir à moi, le blondinet barbu. Visiblement, mon accoutrement, que dédaignaient ses confrères, l'inspirait. Et lorsqu'il s'est mis à essuyer ma valise avec un chiffon plein de cambouis, tout en me désignant avec insistance une Chevrolet hors d'âge rescapée de quelque rallye Paris-Tombouctou, je n'étais plus en mesure de reculer.

La vénérable américaine semble se déglinguer un peu plus à chaque tour de roue. La peur que je ressens sur ce parcours à haut risque vient à bout de ma somnolence, conséquence de la nuit épuisante que j'ai passée, assis sur les bogies d'un compartiment de deuxième classe transformé en chambre froide.

Si j'étais glacé jusqu'aux os, ce n'était pourtant pas faute d'avoir endossé une tenue de circonstance ! Le fripier de la rue des Abbesses a même eu l'obligeance de fouiller pendant un quart d'heure dans son bazar pour me dénicher la panoplie du skieur de grande randonnée, au prix imbattable de dix francs par jour.

Il a même renoncé à la caution habituelle, en raison de ma profession. L'ennui, c'est que malgré les trois chandails dépareillés dont la superposition me gêne aux entournures, l'anorak semble toujours recouvrir un thorax de squelette. Forcément, il est de trois bonnes tailles au-dessus de la mienne, mais c'était le seul qui restait en bon état. A deux jours près, j'aurais trouvé tout ce que je voulais. Le temps que le stock loué pour les fêtes de fin d'année soit rentré du nettoyage. Mais je ne pouvais pas attendre, ne fût-ce que quelques heures. Le Gros bouillait d'impatience.

L'anorak bleu drapeau, aux manches ornées de bandes blanches et rouges que j'avais repéré, m'aurait donné une allure de champion. Le supplément de location était dérisoire : deux francs par jour. Au diable l'avarice. Mais la fermeture Éclair, fatiguée par un long usage ou victime de la nervosité du locataire précédent, ne dépassait pas la moitié de sa course !

— Tu ne vas pas attraper une bronchite pour le Gros, s'est écriée Marlyse qui avait tenu, selon son habitude, à m'accompagner chez le fripier.

— C'est parce que le tricolore fait plus sportif que le noir…

— Et alors ? Tu vas à Gstaad pour faire du slalom ou de la police ?

Je me suis rendu à ses arguments. Dommage, j'aurais sûrement eu une autre apparence qu'avec ce machin matelassé aux épaules bouffantes qui me fait ressembler vaguement à un scaphandrier ! Le fuseau, lui, me va. En largeur, pas en hauteur. En enroulant deux fois la ceinture autour de ma taille, j'ai réussi à raccourcir la longueur des jambes. Les chaussures à bout ferré et à semelle cloutée m'ont paru un vrai carcan, au début. Mais sitôt installé dans mon compartiment, j'ai rendu la liberté à mes orteils, bien protégés par d'épaisses chaussettes de laine.

A vrai dire je suis à des années-lumière d'un skieur de compétition ! Je n'ai même jamais chaussé une paire de planches. Tout ce que j'ai fait dans le genre glissade, lorsque j'étais enfant, c'est de dégringoler en luge les pentes herbeuses du mont Bochor, à Pralognan-la-Vanoise. En quelques séances, je remportais haut la main le titre de champion de vitesse du patronage. Originale, ma méthode : il suffisait d'aligner ses pieds, l'un derrière l'autre, sur le plat d'une canne, la crosse vers l'avant, de s'asseoir sur les talons et de se laisser glisser, jouant de ses bras comme de balanciers. J'avais un grand sens de l'équilibre, et j'aurais sûrement pu en faire, du ski, quoi que suggère Marlyse, avec ses sarcasmes ! Hélas, mes parents n'avaient pas les moyens de m'offrir des vacances de neige, et l'armée a préféré m'enrôler dans un régiment de chars de combat plutôt que chez les chasseurs alpins !

Le moteur de la Chevrolet dégage une puissante odeur de brûlé quand le chauffeur joue du levier de vitesse pour passer de première en seconde et vice versa. L'aiguille du compteur oscille entre quinze et vingt kilomètres à l'heure. Pourtant, le bas de la station de Gstaad n'est pas si élevé : 1 100 à 1 200 mètres, m'a-t-on dit. Alors, pourquoi ces virages en épingle à cheveux ?

Et voilà que, soudain, je suis récompensé de ma peur. Nous surgissons d'un de ces maudits tournants, je réprime un haut-le-cœur, je lève mes paupières avec effort, et je découvre un ciel d'un bleu éblouissant sur lequel se détachent les cimes enneigées, ruisselantes de soleil. Les pentes striées de skieurs multicolores me font mal aux yeux. Les lunettes noires n'étaient pas prévues, dans la panoplie du fripier ! J'entrevois tout de même les masses ventrues des chalets et des hôtels de luxe, où les célébrités ont sans doute leur suite retenue pour la saison mais dont deux journées de séjour engloutiraient les deux tiers de mon traitement...

— Gstaad n'est pas une station pour congés payés, Borniche ! Tâchez d'y donner une bonne image de mon service !

A entendre Vieuchêne, on croirait toujours que je passe d'une partie de plaisir à l'autre ! Comme si j'étais venu en Suisse pour jouer les touristes. Maintenant que, du fond de ce tas de ferraille, je me suis fait une idée du décor, il me reste à trouver mes acteurs. En premier lieu, noblesse oblige, le chef de la police locale. En France, j'agirais sans prévenir personne. Mais en Suisse ! Il suffirait que les choses tournent mal pour que leur pyramide de complications administratives devienne mon tombeau. Je veux dire, pour que je sois venu pour rien.

Le Gros m'a fait un sacré discours concernant nos collègues helvétiques :

— Respectez surtout les convenances ! Les personnalités qui résident à Gstaad font l'objet d'une surveillance discrète. Il ne manquerait plus qu'on vous prenne pour un voyou !

Donc, premier objectif, par ordre d'urgence : me faire connaître du responsable de la police ou de la gendarmerie du coin — après avoir déniché un hôtel et pris une douche, bien sûr. Dans un pays qui a le culte de la propreté, il importe de donner une saine image de la Sûreté nationale française.

Ça y est ! Le chauffeur vient de rétrograder en première, à la suite d'une embardée qui a bien failli faire de nous des champions de la descente hors piste. Par bonheur, la congère qui supplée le parapet, déjà fort entamé par un prédécesseur malheureux, nous remet en ligne droite comme le rebord caoutchouté d'une piste d'autos-scooters. Je reprends ma respiration avant de tapoter l'épaule de mon pilote des neiges. Le danger semblant provisoirement écarté, je me dois de manifester une sérénité égale à la sienne.

— Je peux trouver un hôtel pas trop cher, à Gstaad ?

L'as de la godille hoche la tête, lâche son volant d'une main sans se soucier d'un nouveau virage qui s'annonce, par chance dans un faux plat.

— Là-bas, dit-il, tendant le bras vers un chalet isolé. Derrière la grange.

— Je vois.

— C'est à mon beau-frère. Pas très central. Mais pour le calme, il n'y a pas mieux.

Sans doute. Pour la marche à pied aussi ! Mais je réalise tout de suite que j'ai intérêt à être en bons termes avec mon chauffeur du canton de Berne, son beau-frère, et toute la petite famille. C'est le meilleur moyen de recueillir des informations dans le pays. Plus efficace qu'un concierge de palace qui parlerait sans doute mieux le français, mais qui me toiserait du haut de ses clés d'or.

— Si votre beau-frère a de la place, je ne demande pas mieux, dis-je.

L'homme opine du chef dans le rétroviseur, reprend son volant à deux mains pour s'engager dans un chemin de traverse qui fait pousser des gémissements déchirants aux amortisseurs. Dans un dérapage de biais, remarquablement incontrôlé, il s'immobilise en diagonale devant le *Bel Horizon,* un chalet de bonne apparence, dont les volets verts tranchent sur la façade de bois récemment reverni. Bien sûr, ça sent plus la pension de famille que le quatre-étoiles, mais Vieuchêne ne pourra pas me reprocher de dilapider les fonds de l'Administration.

Le chauffeur, ma valise à la main, me montre le chemin. J'escalade les cinq marches de béton avec d'autant plus d'aisance qu'on les a saupoudrées de sable afin d'éviter un schuss non prévu au programme. Derrière la caisse, je découvre, juchée sur un tabouret, le sosie femelle du roi du verglas, blonde, mais sans barbe, et avec des tresses ficelées à l'aide de petits nœuds émouvants qui évoquent une poupée. Au-dessus de sa tête, le tableau des prix. Les yeux bleus de la poupée m'interrogent. J'acquiesce. C'est dans mes cordes.

Elle fait pivoter son tabouret, met pied à terre. Elle est à peine plus petite que son frère. Les chevilles fines disparaissent dans des après-skis douillets. Elle me précède jusqu'au troisième étage, faisant tourner autour de son index l'anneau qui porte la clé de la chambre n° 11. L'odeur de sapin frais me rappelle l'antre d'un fabricant de cercueils où j'ai eu à enquêter un jour. Mais là, ça sent davantage la résine. Le plafond, les cloisons, le plancher et les meubles saignent encore. Le bois n'a pas séché longtemps avant de passer dans les mains du menuisier. Il est rassurant, ce sapin, teinté en marron pour la claire-voie du balcon. Je me sens tout à fait chez moi.

Deux gravures au-dessus du lit, recouvert d'une imposante couette, me montrent Gstaad autrefois, et Gstaad aujourd'hui. Le village rustique a fait place à la prolifération de constructions sophistiquées. La fosse à purin, à droite de la fontaine, a disparu sous un hôtel-chalet « cinq étoiles luxe ». Comme quoi le purin, comme le pétrole, peut se transformer en or... J'ai rudement bien fait d'avoir opté pour le *Bel Horizon !* Ma bonne étoile, à moi, c'est d'être tombé sur cette Chevrolet antédiluvienne, devant la gare d'Aigle !

Le confortable bureau de la gendarmerie cantonale est beaucoup plus net que nos commissariats de police, que l'administration s'ingénie à caser dans des locaux vétustes couleur de moisissures de roquefort. Je ne suis pourtant pas dépaysé. Comme dans tous les pays où je suis amené à rencontrer des collègues, je retrouve cette odeur de flic qui est la carte de visite internationale des locaux de police. L'odeur, et l'aspect fonctionnel absence de décor, sécheresse, nudité aride destinée à mettre en condition toute personne qui entre là, même sans rien avoir à se reprocher.

Gstaad-la-fortunée ne fait pas exception à la règle. Dès que je m'assois en face du brigadier Müller, cinquante ans, des dents qui font honneur aux prothésistes du cru, une ombre de moustache rousse débordant sur des joues de porcelet, j'ai l'impression que c'est moi qui le reçois dans mon gourbi de la rue des Saussaies, mon rectangle de quatre mètres sur trois, aux murs beiges, à l'inévitable classeur qui boite et qui grince. Seuls le téléphone et la machine à écrire, ici, sentent le neuf...

La voix de Müller me fait sursauter. Il a dû se rendre compte que je commençais à somnoler puisqu'il gronde, de sa voix bourrue, bienveillante :

— Café ?

— Volontiers.

Il se dirige, se dandinant comme un ours, vers une petite merveille que je n'avais pas vue : une minidistributrice posée sur un socle, dans l'angle le plus sombre de la pièce. Il appuie sur un bouton. Le moteur ronronne comme un avion. Un sifflement de locomotive projette de la vapeur jusqu'au néon du plafond. Le brigadier Müller glisse un gobelet de carton sous le bec verseur.

— Il y a si longtemps que je n'ai pas senti l'odeur d'un vrai café, dis-je.

Müller sourit : de petites fossettes se dessinent, marquent sa satisfaction :

— Du vrai café, oui. Avec du vrai lait, et du vrai

sucre. La Suisse, pays neutre, a toujours ignoré les restrictions.

Tout en me présentant le gobelet sur un petit plateau, il y ajoute, comble de luxe, quelques cubes enveloppés de papier d'argent... Autre arôme que je croyais à jamais disparu : celui du chocolat au lait que je dépouille peu à peu de sa gangue de papier d'aluminium. Qu'il ferait bon vivre quelques mois en Suisse, le temps d'oublier les rations dont le gouvernement français, heureux d'avoir gagné la guerre, nous gratifie, quatre ans encore après la Libération !

Après les douceurs, les choses sérieuses. Il est temps d'exposer au brigadier Müller le discours que j'ai préparé. Comme j'ai assez d'éléments pour l'intéresser, avec Danos et Buisson qui ont saturé, de leurs crimes, les colonnes des journaux, je peux éviter d'évoquer le vol des bijoux de la môme Moineau. Müller a une bonne tête, mais une indiscrétion est si vite commise !

D'un geste machinal, accompli tant et tant de fois, je sors de ma poche la photo de Danos, celle de Buisson, les tends à Müller. Pendant qu'il les étudie, je fais glisser le reste du chocolat avec des petites gouttes de café au goût italien. Puis, je commente le pedigree des deux tueurs.

Müller m'écoute, passant et repassant son index droit sur sa moustache. Il hoche la tête de temps en temps, sans jamais m'interrompre. Je sens bien qu'il mesure la dangereuse personnalité des deux évadés. Je n'ai pas besoin de forcer le tableau pour le pousser au noir. Il va en venir tout doucement à ce que je veux, me prêter son concours sans réticence, sans céder aux impératifs de la haute société de Gstaad, sans se laisser influencer par le titre de lord Dudley, qui combine les mérites de chevalier de l'Ordre de la Jarretière et d'amant de Violaine-la-courriériste !

Au fond, je ne lui demande pas grand-chose, au brigadier Müller : que, sous n'importe quel prétexte, il convoque Violaine à la gendarmerie, où je n'aurai plus qu'à l'interroger. Là, si les dieux sont avec moi, je lui ferai avouer ses relations avec Girola. Et en jouant bien mon jeu, j'obtiendrai l'adresse de la planque de Danos.

La planque de Violaine, à Neuilly, je n'ai pas été long à la découvrir. La Gazette ne m'avait pas menti. A peine l'avais-je quittée, alors qu'elle roulait vers Le Havre, que je faisais du porte-à-porte rue Windsor. Avec un signalement pareil, je ne partais pas à la pêche sans appâts : une fille superbe, grande, brune avec des yeux verts, vêtue des derniers modèles de Chanel ou de Dior, possédant un caniche nain noir et une Lancia immatriculée en Suisse, il ne devait pas y en avoir des tonnes, même dans les allées huppées de Neuilly !

A la quatrième tentative, un gardien d'immeuble, dont la bouche méprisante s'est quelque peu redressée devant ma plaque de police, a condescendu à me répondre :

— Mlle Fiorini n'est pas là, en ce moment, monsieur. Elle voyage.

— Et c'est vous qui gardez son chien ?

Mon assurance l'a démonté :

— C'est-à-dire qu'elle est à Gstaad... en ce moment.

— Où ça, à Gstaad ? ai-je demandé en fronçant le sourcil.

— Je ne sais si je dois...

J'ai haussé le ton, menaçant :

— Où ça, à Gstaad ?

— Chalet *l'Edelweiss*. Mais ne me faites pas d'ennuis... Elle m'a recommandé de ne donner son adresse à personne !

— Des ennuis, vous en aurez si vous ne savez pas la boucler ! Qu'est-ce qu'elle fait là-bas ?

— Elle est avec son fiancé. Un vieux lord très riche, à ce qu'on dit.

— Je sais, ai-je approuvé avec aplomb. Sa voiture ?

— Au garage de la rue Ybry. C'est là qu'elle fait faire ses révisions.

— Vous étiez là quand on a arrêté son ami Girola ?

Il hausse les épaules, le regard pas franc, l'air embêté :

— J'ai appris ça comme tout le monde... Elle ne méritait pas cette tuile, Mlle Fiorini. Je l'avais vu une ou deux fois, lui... Personne n'aurait pu se douter.

Au moins, j'ai déjà appris le nom de la belle Violaine. Au service de la carte d'identité ou des passeports, c'est bien le diable si je ne trouve pas son état civil. Et si elle est fichée à la Brigade mondaine, j'en apprendrai un bout sur son activité de call-girl...

— Elle habite ici depuis longtemps ?

— Cinq ans. Depuis la construction de l'immeuble. Elle avait acheté son appartement sur plan.

Sa boîte aux lettres, à gauche de la porte de l'immeuble, m'indique le numéro de l'étage : quatrième droite. Je n'ai plus rien à apprendre, rue Windsor, sur la belle Violaine qui a tant impressionné la Gazette. De retour au bureau, à onze heures, je mets le Gros au courant de mes démarches. A midi, j'ai décortiqué le pedigree de Violaine. A quinze heures, je suis chez le fripier de la rue des Abbesses. A dix-neuf heures, en tenue de combat et ma valise à bout de bras, je débarque à la gare de Lyon...

Le brigadier Müller repose sur la table les faciès peu engageants de Danos et de Buisson. Sa voix s'élève, lente, réfléchie :

— Vous pensez que ces bandits sont ici, chez nous ?

— Je l'ignore. Mais une de leurs relations sans aucun doute. Une certaine Violaine Fiorini... Si je réussis à la faire parler, nous aurons peut-être une chance de mettre la main sur les deux tueurs !

Je marque une pause, puis souris pour répondre au clin d'œil de connivence de Müller :

— Toujours la même chose, hein ? Chercher la femme !

— Toujours ! Je l'ai localisée... A *l'Edelweiss !*

Alors là, le brigadier ne sourit plus. Si sa moustache était plus longue, j'aurais peur qu'il ne l'avale :

— A *l'Edelweiss ?* glapit-il.

— Oui... Un hôtel de luxe, je parie ! Elle ne fréquente que des quatre ou cinq étoiles, là où elle trouve le plus de pigeons à plumer.

Les yeux et la bouche de Müller se sont arrondis sur sa figure poupine. Il tousse, s'étrangle, se racle la gorge, reprend enfin :

— *L'Edelweiss* n'est pas un hôtel ! C'est un des plus beaux chalets de Gstaad qui appartient à lord Dudley, un riche banquier de Londres ! Vous devez sûrement vous tromper...

— Hélas non. D'après mon enquête, c'est bien à *l'Edelweiss* que Violaine Fiorini reçoit son courrier.

Le brigadier, perplexe, soulève son képi, se gratte le front.

— C'est incroyable, ce que vous me racontez ! La femme brune qui habite à *l'Edelweiss* n'est donc pas lady Dudley ?

— Pas encore. Elle s'appelle Violaine Fiorini, je vous dis. Elle n'a jamais été mariée. J'ai reconstitué son histoire au fichier de la galanterie. Je vais vous la raconter.

16

La Giulia-Sprint 1300 tourne à gauche, abandonne le boulevard de Cimiez pour s'engager dans une allée de palmiers qui mène à un bassin de marbre rose au bord duquel pleurent deux gracieuses statues. Contournant la vasque, la voiture file vers une imposante demeure d'un blanc éclatant, cernée d'un péristyle assorti à la pièce d'eau. L'harmonie de rose et de blanc se poursuit, sous forme de statues et de bancs, au milieu des mimosas et des citronniers, au long de la pente douce, jusqu'à la pergola d'où l'on domine, au loin, la Baie des Anges.

En s'immobilisant devant le péristyle, Édouard Voss se dit que jamais, au cours de sa vie d'aventurier, il n'a été confronté à une telle opulence. Le petit palais de Tiffany Montgomery est d'autant plus inattendu que l'architecture des maisons de Cimiez, ce quartier résidentiel des hauteurs de Nice mis à la mode par la reine Victoria, s'échelonne entre le Second Empire et la Belle Époque. Les colonnes de Tiffany évoquent un temple à la gloire de quelque divinité grecque, dressé sur une île vers le ciel d'un bleu pur, net, au milieu du parc à l'anglaise savamment désordonné. En fait, tout est contraste, ici. Édouard Voss ne peut se défendre d'une appréhension mêlée d'un sentiment d'admiration pour la propriétaire à la personnalité peu banale.

Il a fait, ce jour-là, un effort d'élégance. Pour venir de Paris en Alfa-Roméo, il s'est composé un costume de voyageur sportif : veste de tweed beige et pantalon de golf marron, chaussettes de laine blanches à pompons rouges, chaussures en box à semelle de crêpe. Une casquette plate écossaise complète son allure british.

Il a passé la nuit à l'hôtel du *Roy-René,* à Aix-en-Provence, d'où il a téléphoné à Tiffany pour lui annoncer qu'il arriverait entre onze et douze heures. Ne voyant personne, il donne deux légers coups de klaxon. Un long fil de fer aux cheveux blancs se détache d'une colonne de la bâtisse, sombre dans son gilet à rayures jaunes et son pantalon noir. Il s'avance vers la voiture. Sans mot dire il se penche, tend le bras vers une valise en peau de porc posée sur la banquette arrière, s'en empare. Édouard Voss suit l'étrange individu jusqu'aux marches de l'escalier au haut duquel vient d'apparaître la fameuse Tiffany Montgomery, silhouette longue et mince, armée d'un interminable fume-cigarette en or.

Édouard s'attendait à être accueilli avec aussi peu d'enthousiasme. Tiffany ne lui avait pas caché sa réticence, l'autre soir, au téléphone :

— Mes affaires se traitent à Paris, très cher. J'ai horreur qu'on vienne me relancer à Nice ! Je me retire dans ma villa pour me reposer, pas pour y être importunée !

Il fallait que Voss soit vraiment sûr de son coup pour ne pas renoncer à son voyage. Il avait répondu avec une courtoisie ironique :

— Eh bien moi, très chère, j'ai besoin de vous voir. Alors, je cours, je vole, j'arrive !

Que pouvait faire Tiffany, sinon fulminer contre cette idiote de femme de chambre de la plaine Monceau à qui elle avait pourtant bien recommandé de ne donner à personne son adresse et son numéro de Nice ? Mais de toute façon, on ne peut rien cacher à Édouard Voss.

Depuis que Tiffany exerce la profession d'antiquaire et de spécialiste des bijoux anciens, Voss est son principal fournisseur de tableaux et de parures raflés au cours de ses cambriolages. Elle a donc intérêt à le ménager. Toutes les ventes qu'elle a faites pour son compte lui ont laissé de substantiels bénéfices auxquels il serait stupide de renoncer pour une banale histoire de visite. A Paris, chaque fois que Voss demande à la voir, c'est pour la ravitailler en joyaux de toutes sortes, que Joachim, l'ancien sertisseur devenu son valet de chambre-cuisinier-chauffeur-homme de confiance à la suite d'ennuis avec la justice, manipule avec des dons renforcés par une longue habitude. Car l'astuce de Tiffany est d'acquérir, dans les salles des ventes, des parures anciennes dont les pierres sont médiocres. Joachim se sert des montures portant le poinçon de l'État, en y sertissant les pierres volées. Ainsi, aucune victime ne saurait reconnaître ses diamants, émeraudes, saphirs ou rubis, dans les bijoux si différents que Tiffany cède, sous le manteau, à des joailliers malhonnêtes.

Édouard Voss se découvre, glisse sa casquette sous son bras gauche, s'incline, mondain, vers la main droite de Tiffany sur laquelle scintille, en plein soleil de midi, un diamant gros comme un œuf de pigeon. Ses lèvres effleurent les doigts ainsi surchargés. Puis il se redresse pour regarder, avec un sourire complice, le visage triangulaire, encadré de cheveux bruns coupés à la garçonne. Des pommettes hautes au menton aigu, les traits sont fins mais virils. Les yeux noisette ont un éclat dur, et les lèvres minces, sans fard, sourient à peine. A quarante-deux ans, la belle Tiffany Montgomery est aussi connue du Tout-Paris pour ses mœurs spéciales que pour sa fortune. Elle n'hésite pas à draguer les jeunes filles devant la porte des lycées, et les femmes dans l'antichambre des grands couturiers. Le digne Joachim pilote la Rolls grise jusqu'aux endroits où Tiffany sait traquer ses proies, qui se retrouvent rapidement sur le cuir rouge de la banquette.

Sa dernière recrue est une splendide Suédoise, élève d'une école de mannequins de la rue de Ponthieu, prénommée Carla, blonde et très peu farouche pour ses dix-sept ans. Tiffany joue de la jeunesse de l'apprentie mannequin jusqu'au jour où elle dénichera, entre Paris et la Côte d'Azur, une autre fille qui l'inspirera davantage...

Stéphanie Goldstein, qui a jugé plus prestigieux de troquer son nom contre celui de Tiffany Montgomery, en souvenir des hauts faits de l'illustre maréchal anglais, dévisage à son tour son hôte d'un air sarcastique :

— Le baron de La Soulière a-t-il fait bon voyage ? demande-t-elle.

Édouard Voss incline de nouveau la tête :

— Le baron vous remercie Excellent. Il espère quc vos amours sont toujours aussi passionnées.

La bouche de Tiffany se pince davantage. Elle ne l'aime pas, Édouard Voss, ce pâle voyou de quartier qui se déguise en nobliau de province. Il a bonne mine de manier les insinuations de bas étage, lui qui s'affiche régulièrement en compagnie de jeunes homosexuels, *Chez Tonton* ou au *Carrousel !*

— Passionnées ? Commes les vôtres, sans doute, baron. Voulez-vous vous donner la peine de me suivre au salon ? Au fait, je crois que Joachim a sorti votre valise. Vous comptez donc rester longtemps ici ?

Les yeux noisette se sont encore durcis, si les lèvres ont amorcé un nouveau sourire.

— Aucunement, proteste le pseudo-baron. Cette valise n'est pas à moi. Elle appartient à un ami qui a besoin de votre aide. Il souhaite demeurer chez vous un jour ou deux, le temps que vous organisiez son passage en Italie. Il m'était difficile de vous expliquer tout ça au téléphone. Vous me comprenez, très chère ?

Le front de Tiffany s'est plissé :

— Qu'est-ce que c'est que cette histoire ? Je ne reçois jamais personne chez moi.

— ... Eh bien, pour une fois, vous ferez exception. Mon ami est un gars sérieux avec lequel je travaille. Dites-moi, si on parlait de tout cela à l'intérieur ? Le son porte loin, entre vos colonnades et vos arbres. On ne sait jamais.

Carla est assise sur le tapis, entre les jambes de Tiffany, la tête sur ses genoux, ses longs cheveux blonds abandonnés à la main fine qui les caresse, qui joue à faire et défaire des boucles, qu'elle roule et déroule sur le col de la robe de laine bleue.

Les yeux de renard d'Édouard Voss furètent dans tous les coins du salon. L'habitude des repérages et des inventaires. La Méditerranée, qui s'encadre dans la large baie vitrée, ressort comme une peinture en trompe l'œil entre les lourds rideaux de velours. Si la façade de la villa a été inspirée à Tiffany par la Grèce antique, le style 1900 a présidé au décor intérieur, dans lequel tous les objets font bon ménage. Une cheminée de marbre noire et rouge supporte une garniture en bronze doré qui représente Atlas soutenant le monde. L'avant du globe terrestre est un cadran de lapis-lazuli portant des chiffres romains, dorés comme les aiguilles. Le roi Edouard VII, en grand uniforme, veille à l'intérieur d'un cadre de bois tarabiscoté qui trône sur la cheminée. « Une toile qui n'a pas dû lui coûter cher », se dit le baron.

Le piano Pleyel de concert impose sa masse impressionnante, noire et luisante, dans l'angle gauche de la pièce. Sur le pupitre est dépliée une partition de Gounod. Dans l'angle opposé, des rangées de miniatures ont envahi un bonheur-du-jour. Une vitrine exhibe, en rangs serrés, des bibelots de couleurs vives.

Édouard Voss ramène son regard fouineur sur le divan qu'une table basse de laque de Chine sépare de son fauteuil. Il désigne la blonde Carla, toujours alanguie aux pieds de Tiffany.

— En quoi nos affaires peuvent-elles l'intéresser ? Vous ne croyez pas qu'elle ferait mieux d'aller faire un tour sur la terrasse !

Tiffany hausse les épaules. Des muscles très masculins se dessinent sous le chemisier de soie noire.

— Elle ne comprend pas le français, dit-elle en allumant une cigarette.

— Bien. Je vous disais donc qu'un ami avait besoin de passer en Italie. Il sera à la gare de Nice demain à six heures du soir. J'irai le chercher. D'ici là, vous pourrez contacter vos correspondants habituels qui se chargeront de lui jusqu'à Vintimille. Après, il se débrouillera.

Le baron a beau garder le menton pointé d'un air interrogateur, la réponse se fait attendre.

— Mes correspondants, dit Tiffany, sans cesser son jeu sensuel avec les cheveux de Carla, se chargent de la marchandise, non d'un homme. De plus, il faut être sportif pour passer !

— Tranquillisez-vous, mon ami est un champion de la voltige. Je vous ai d'ailleurs apporté de la marchandise qu'il a récoltée lui-même en passant par les toits. Peut-être pas aussi belle que celle de la môme Moineau, mais rentable tout de même.

La main de Tiffany s'immobilise sur la nuque de Carla. Elle jette autour d'elle un regard inquiet qui fait sourire Édouard Voss :

— Ne craignez rien, nous ne sommes que deux à comprendre le français. Je me dois d'ajouter, très chère, que grâce à vous j'ai pu me remettre à flot. Mon copain aussi. Si vous avez encore une affaire de ce calibre à me proposer, ne vous gênez pas !

— Je vous demande de vous taire !

Le baron poursuit, imperturbable, comme s'il n'avait pas entendu :

— La Moineau ne pourra jamais se douter que vous êtes dans son coup ! Voilà ce que c'est de trimbaler ses bijoux dans les boîtes de gouines de Pigalle ! Ce soir-là, vous avez mis dans le mille, bravo ! Ça a dû vous rapporter gros, une vente pareille.

Tiffany se redresse, le visage plus fermé que jamais :

— Je vous ai indemnisé, non ?

— Bien sûr, chère amie, bien sûr. Je ne vous réclame rien. Vous m'avez indiqué l'affaire, vous avez eu votre part, et mon ami et moi la nôtre. Le partage était équitable. Dommage que j'en ai perdu la moitié en cours de route !

Édouard Voss ferme les yeux. Il se souvient de son démarrage accéléré dans la nuit, sous les grands chênes de Maisons-Laffitte dépouillés par l'hiver, après que les joyaux eurent été déversés dans la sacoche du cyclomoteur. Quelques tours de pédalier, et il traversait le pont de Sartrouville. A peine trente minutes après, il arrivait au rendez-vous fixé, au pied de la statue de La Défense. Par curiosité, il avait ouvert la sacoche, au moment même où son ami arrivait. La surprise avait été de taille ! Une partie des diamants s'était volatilisée. En fait, un trou discret dans la moleskine de la sacoche droite avait transformé le pseudo-baron de La Soulière en Petit Poucet ! Comme il n'était pas question de refaire le chemin en sens inverse, il n'y avait plus qu'à passer cette énorme sottise par profits et pertes ! Mais le duo malheureux avait définitivement écarté, désormais, l'usage du cyclomoteur.

— Je me rattraperai sur une meilleure affaire, reprend Édouard Voss. Pour la marchandise que je vous apporte, on verra ça tout à l'heure, si vous le permettez.

Tiffany se force à esquisser un sourire diplomatique. Elle tient de ses parents un sens remarquable de la négociation, dans le subtil commerce des pierres. Nombre de marchands, qui s'étaient réfugiés en Angleterre et aux États-Unis pendant l'occupation allemande, ont regagné Paris à la Libération pour reprendre leur activité. Mais le contrôle des changes subsiste. Les transactions clandestines sont donc de règle.

Les Goldstein, eux, ne sont pas revenus de déportation. Aussi leur fille Stéphanie, alias Tiffany, a-t-elle pris leur succession dans la boutique de la rue Saint-Sulpice. Elle avait pignon sur rue. Il lui manquait la marchandise. C'est alors qu'Édouard Voss est entré dans sa vie de femme d'affaires. Il était en train de savourer un verre de cognac à la terrasse de la *Belle Ferronnière,* le café à la mode de la rue François-Ier. Tiffany, elle, attendait un mannequin de Balmain qu'elle avait dragué la veille. Ils ont engagé la conversation. Voss portait à l'auriculaire gauche un diamant de cinq carats monté en chevalière. Il se prétendait courtier en valeurs mobilières. Tiffany, s'extasiant sur la pureté de la pierre, s'est déclarée courtier en pierres précieuses. L'un et l'autre ont vite compris qu'ils étaient faits non pour s'aimer, mais pour s'entendre.

Voilà maintenant trois ans qu'ils collaborent efficacement. Le pseudo-baron se rend chez Tiffany, dans le quartier de la plaine Monceau, de nuit de préférence, pour déjouer toute filature. Elle examine les pièces. Elle paie cash. Leur entente, jusqu'alors, n'a pas été troublée.

Le sourire forcé de Tiffany s'élargit tandis qu'elle s'enquiert :

— Cet ami a des problèmes ?

Édouard Voss hoche la tête :

— Sans ça, il n'aurait qu'à présenter son passeport aux flics de la frontière. Bien sûr qu'il a des problèmes ! Depuis la Libération, d'ailleurs. C'est pour ça qu'il veut mettre un peu de distance entre la justice et lui. Je l'ai hébergé quelque temps, puis il a trouvé une planque en Italie où sa femme, ses deux enfants et un copain doivent venir le retrouver. Connaissant votre filière, j'ai pensé à vous pour le faire passer…

Du coup, le sourire de Tiffany se mue en grimace :

— Je vous en suis reconnaissante, cher baron ! Et s'il y a un pépin, n'importe quoi, une indiscrétion…

— Je ne vois pas de qui cela pourrait venir, insinue Voss, perfide. Rassurez-vous. Vous n'avez jamais eu d'ennuis avec moi, jusqu'à présent.

— Et je le connais, votre ami ?

— Non. Et ça n'a aucune importance. Sachez seulement que c'est un brave garçon qui n'aime pas les bavards. Les journaux ont beaucoup parlé de lui pendant quelque temps. Maintenant c'est fini.

Joachim, échalas-factotum, présente sur le seuil du salon sa silhouette couronnée de blanc :

— Madame est servie.

— Merci, Joachim.

Dès que le maître d'hôtel a disparu, elle reprend, très vite :

— Comment ça, les journaux ont beaucoup parlé de lui ?

— C'est du passé, dit Édouard en se levant de son fauteuil. S'il le veut, il vous en parlera lui-même. Quoique cela m'étonnerait ! En tout cas les pierres que je vous ai apportées vont vous faire gagner pas mal d'argent. Une fleur en vaut donc une autre, chère Tiffany. Maintenant, prenez mon bras, je vous prie. Et passons à table. Le baron de La Soulière se meurt de faim !

17

« Une grande brune avec un corps du tonnerre et des yeux verts comme on n'en voit qu'au cinéma. » L'enthousiasme de la Gazette m'apparaît bien au-dessous de la vérité, dans ce triste bureau de la gendarmerie suisse, illuminé soudain par une Violaine Fiorini vêtue de blanc de pied en cap. Mes yeux ont du mal à quitter l'anorak échancré sur le buste dont le bronzage est souligné par une chaînette d'or, se consolent en décrivant la courbe des hanches sculptées par le fuseau qui s'attarde au long des cuisses et dessine le galbe discret du mollet, avant de se glisser dans des bottines de phoque dernier cri. Cette reine de la neige fait sûrement pâlir de jalousie, sous leur hâle, les têtes couronnées abonnées aux palaces de Gstaad. Les lunettes de soleil sont relevées sur la toque de vison blanc descendant presque jusqu'aux yeux couleur d'émeraude, qui détaillent sans aménité l'équipement au rabais du fripier de la rue des Abbesses.

Le brigadier Müller n'exerce pas pour rien dans une station mondaine. La diplomatie, il la connaît. Il a guetté le départ de lord Dudley pour sa séance de sauna quotidienne. Il a alors téléphoné à *l'Edelweiss*, prétextant une petite erreur dans l'immatriculation de la Lancia de Violaine :

— Pourriez-vous passer me voir, madame ? Cela serait réglé tout de suite...

N'ayant aucune raison de se méfier d'un fonctionnaire de police aussi courtois, la dame du chalet a fait son apparition vingt minutes plus tard, son visage caramel illuminé par un large sourire de ses lèvres sensuelles, qui découvraient ses dents nacrées.

J'en avais bien besoin, de ce sourire rassurant. Car, à vrai dire, je n'en menais pas large. Lorsque, guettant par la fenêtre du bureau, j'avais aperçu sa silhouette blanche, qui se distinguait à peine de la neige, progresser avec une souplesse de danseuse vers le poste de gendarmerie, je m'étais dit que mon coup de poker sentait fortement le bluff, devant une joueuse à laquelle sa beauté tenait lieu de carré d'as. Je ne me sentais vraiment pas en position de force, transpirant dans mes pulls superposés et mon anorak matelassé, pour lui faire remuer un passé bien éloigné, à coup sûr, de ses relations de Gstaad en général, et de lord Dudley en particulier.

Parviendrai-je à la contraindre de me parler de Girola, de Josiane, et surtout de Danos ? N'étais-je pas fou de penser qu'elle accepterait de me fournir des indications sur la planque du tueur, auteur de la razzia sur les bijoux de la richissime môme Moineau ? Et même, le pourrait-elle ?

On lui donnerait le bon Dieu sans confession à cette créature vêtue de blanc qui sourit, angélique, sûre d'elle. Qui croirait que ces vêtements immaculés recouvrent, comme un linceul, le corps de celle qui fut une jeune fille, et qui n'est plus qu'une aventurière, une pute de haut vol ?

Vincent, de la Brigade mondaine, m'a souvent parlé de ces femmes vénales, qu'il connaît bien :

— Elles ne ressemblent pas à des putes ordinaires. Toi-même, mon vieux Borniche, tu pourrais t'y tromper. Elles font partie de ces réseaux de demoiselles accompagnatrices dirigés par des mères maquerelles qui servent en quelque sorte d'imprésarios à cette viande de luxe, et qui bénéficient de hautes protections. Les clients paient le maximum pour les soirées, les nuits, ou les week-ends, mais ça les pose, socialement. D'autant plus qu'elles sont nippées par les plus grands couturiers, coiffées par des artistes, bichonnées par des esthéticiennes qui se mettraient volontiers à leur place... quand elles ne s'y mettent pas vraiment ! Il y a même, dans le catalogue, des épouses réputées irréprochables qui profitent de l'absence de leur mari pour arrondir leurs fins de mois.

Le jeune flic que j'étais ne pouvait qu'écouter la leçon. Demoiselles d'escorte, ou courriéristes, comme Violaine, formaient donc une collégialité de prostitution qui m'était jusqu'alors inconnue. J'avais encore beaucoup à apprendre, pour faire le mieux possible ce métier de flic qui nécessite une analyse de toutes les couches de la société. Il fallait que je m'habitue à cette démarche qui aboutit, malheureusement, à une vision du monde plus noire que je ne pouvais l'imaginer.

Lorsque Violaine est entrée dans le bureau, j'avais eu le temps de récapituler, très vite, quelques-unes de mes désillusions. Du coup, mes craintes s'étaient évanouies. Je me sentais même très fort, dans mon accoutrement minable, devant cette créature de rêve. Après tout, son élégance n'était qu'un uniforme de demimondaine. A moi de ne pas me laisser prendre au piège, et de dégainer, avec le sang-froid nécessaire, les armes traditionnelles du flic-maître-chanteur

Le diplomate Müller se retire tout de suite du circuit. Après avoir salué avec déférence l'apparition féerique, il me désigne du menton :

— Ce policier français a besoin de renseignements sur le numéro de votre voiture. C'est du moins ce qu'il m'a annoncé. Je vous ai donc priée de venir.

Vache suisse de Müller, qui a une façon bien à elle de se démarquer du troupeau ! Je reste pantois, quelques secondes. D'ici qu'il prétexte une affaire à l'extérieur. C'est fait ! Le voilà qui s'excuse .

— Je suis obligé de vous quitter quelques instants. Une vérification urgente à la clinique. Un accident de ski.

Déjà, il a ramassé sur le bureau son képi couleur d'épinards fatigués, l'a planté bien droit sur son crâne, l'enfonçant d'une tape vigoureuse.

— A tout à l'heure, dis-je, comme il appuie sur la poignée de la porte.

Désappointé sur le coup par son départ éclair, je pense qu'au fond, il vaut mieux que je joue en tête à tête ma partie contre Violaine. Si je perds, je serai le seul à le savoir.

Je désigne à l'invitée permanente du chalet de *l'Edelweiss* le fauteuil en tubes d'acier chromé. Je prends place derrière le bureau du brigadier, face à la fenêtre qui m'offre un rectangle de cimes ensoleillées. Je souris de toutes mes dents, mais mon numéro de charme ne semble pas la mettre en confiance. Elle est loin d'être idiote, et ne comprend pas pourquoi un flic français déguisé en homme des neiges s'est déplacé pour une banale affaire de plaque d'immatriculation suisse. Du coup, elle ne sourit plus, elle. Elle remonte ses lunettes de soleil un peu plus haut sur sa toque. Ses yeux verts me toisent, distants, hautains, arrogants même. Bien sûr, quand on vit avec un lord, on se sent moins concerné par ma profession qu'une fille de la rue Saint-Denis !

Elle s'est assise, les jambes croisées, a ôté posément ses gants, avant de sortir d'une poche de son anorak un étui Hermès en crocodile et un briquet Dunhill en or. Elle extrait une cigarette du paquet, fait claquer le couvercle du briquet d'où jaillit une flamme vigoureuse. Un parfum de tabac blond chatouille mes narines. Elle pose les gants, l'étui et le briquet sur le bureau, avant d'énoncer simplement :

— Je vous écoute.

A mon tour, j'extirpe de mon anorak de location un paquet froissé de Pall-Mall acheté à mon Arabe de Pigalle, l'allume avec son briquet, que je feins d'admirer un instant, avant d'attaquer :

— Eh bien, vous devriez me remercier d'avoir prétexté cette histoire de carte grise, pour ne pas mettre les Suisses au courant. En réalité, c'est pour Antoine que je viens.

Les émeraudes de ses yeux sont maintenant taillées en forme de soucoupes. La bouche, elle, a perdu la cigarette, mais ne s'ouvre pas.

Je répète :

— Antoine Girola... Vous voyez ?

Cette fois, ce sont les sourcils qui se placent en accent circonflexe. Et la tête se décide à bouger, en un mouvement de dénégation. Enfin !

— Pas du tout !

— Ah...

Après sa réponse catégorique, c'est tout ce que je trouve à dire, sur le coup. Il faut avouer que je suis fasciné par le timbre mélodique de sa voix, qui jure avec la brutalité de mon entrée en matière. Je me secoue. Je ne suis pas là pour jouer les amoureux transis. D'autres s'y sont laissé prendre avant moi. Et ils avaient de quoi payer, eux !

Je me penche sur le bureau, m'y accoude, fixe un minuscule bouton qui perce sous la pellicule de crème solaire, entre ses deux yeux.

— Mademoiselle Fiorini, ne jouons pas au chat et à la souris, voulez-vous ? J'ai des questions sérieuses à vous poser. Je vous demande d'y répondre avec la plus grande franchise. Dans votre intérêt.

Si ma grosse voix lui fait peur, elle n'en montre rien.

— Quelles questions ? demande-t-elle, désinvolte.

Elle se retourne pour souffler vers la fenêtre un nuage bleuté dont elle contemple les volutes avant de condescendre à s'apercevoir de nouveau de ma présence, avec l'air de dire « Cause toujours, mon bonhomme, tu ne sais pas à qui tu as affaire ! »

— ... J'ajoute qu'il me suffit de téléphoner au juge d'instruction pour que vous veniez à Paris, de gré ou de force. De gré, avec moi. De force, en vertu d'un ordre d'extradition.

Imperturbable, elle réussit même à retrouver son sourire charmeur de tout à l'heure :

— Qu'est-ce que c'est que cette comédie ? J'ai connu un certain Antoine, mais c'est de l'histoire ancienne ! Je n'ai aucun contact avec cet individu.

Je me lève, repousse ma chaise, opère un mouvement tournant pour m'asseoir sur le bureau, en face d'elle :

— Pas sûr ! Supposons, je dis bien supposons, qu'Antoine Girola, qui se morfond actuellement à Poissy, ait des remords. Quand il travaillait avec son ami Abel Danos, il gagnait beaucoup d'argent. Cet argent, il vous le remettait. Ça s'appelle du recel. Et savez-vous que les receleurs sont passibles de prison ?

Violaine se penche pour gratter une petite tache sur sa bottine droite.

— Supposition ridicule, articule-t-elle, la tête baissée. Girola ne peut pas raconter un fait qui n'a jamais existé.

— Pourtant, il me l'a raconté. Et il l'a confirmé devant le juge d'instruction. Bien sûr, vous pouvez nier. Mais il faudra une confrontation...

— Je n'ai rien à me reprocher. J'ignorais tout de l'activité d'Antoine.

— Peut-être. Mais comment le ferez-vous admettre au juge ? Supposons, encore, que Danos le confirme, ce fait. Vous avez entendu parler de Danos, je suppose ?

Violaine ne peut pas regarder éternellement ses chaussures. Elle lève la tête vers moi. Ses lunettes noires ont glissé sur son nez. Elle les ôte, les jette sur le bureau, hésite, puis :

— Quand l'inspecteur Castex est venu chez moi, oui. Pas avant. C'est là que j'ai compris quel homme était Girola, et que j'ai mis fin à toute relation avec lui.

— Pas si vite ! Vous lui avez écrit à la Santé sous un faux nom, et envoyé des mandats sous une fausse adresse. Et pourquoi ?

— Moi ?

— Vous ! Antoine a gardé vos lettres. Il me les a montrées.

Il serait rudement content de son élève, le Gros, s'il m'entendait. C'est ce qu'il appelle l'enferrement. On ajoute, bout après bout, quelques éléments d'enquête, et on arrive à persuader l'adversaire qu'on sait tout sur son compte. La belle Violaine réagit, mais d'une voix suave :

— Vous devez faire erreur, monsieur l'inspecteur. Car vous êtes inspecteur, je suppose ?

— Les lettres sont signées Ghislaine. J'ai retrouvé l'expéditrice : Nebou, 272 boulevard Pereire, dans le XVIIe.

— Quel rapport avec moi ?

— Ghislaine Nebou n'existe pas !

— Tiens donc !

— J'ai comparé l'écriture des lettres avec un mot que vous avez adressé à votre concierge, pour qu'il aille jeter un coup d'œil sur votre Lancia, garée rue Ybry. Vous voyez qu'il ne faut pas jouer au chat et à la souris...

Violaine dégrafe un peu plus son anorak, comme si elle avait trop chaud. Je détourne les yeux de la chaînette d'or, et du pull angora blanc décolleté, renonçant à me demander si mon aventurière porte un soutien-gorge. Elle reprend de l'assurance en martyrisant la fermeture Éclair.

— Possible, après tout, que je lui aie écrit, soupire-t-elle. Je ne me souviens pas très bien. Mais qu'est-ce que ça peut faire ? Si j'avais quelque chose à me reprocher, vos collègues m'auraient inquiétée, non ?

— Ils ne pouvaient pas savoir ce que Girola vient de nous dévoiler. Et pas seulement lui.

Elle cueille ses gants sur le bureau, les enfile comme si elle allait prendre congé, les ôte de nouveau, les triture. Elle joue la dame impatiente, mais elle commence à perdre pied. Provisoirement.

— Vous me suivez ? Je parle de Josiane et de Pierrette, les amies d'Abel. Je les ai interrogées, elles aussi. Elles confirment ce qu'a dit Antoine. Totalement.

Les gants ont retrouvé leur place sur le bureau, près

de ma cuisse droite. Je me laisse glisser à terre, tourne autour du fauteuil de Violaine, qui hausse les épaules :

— Je ne connais ni l'une ni l'autre. Alors, ce qu'elles peuvent raconter…

— Elles vous connaissent, elles, dis-je en m'immobilisant, debout, en face de Violaine. Trois témoignages contre un, c'est ça qu'il va falloir expliquer au juge ! A moins que vous ne me racontiez tout, à moi.

— Quoi, tout ?

— Comment vous avez connu Abel, puis Hélène, puis Pierrette, et puis Josiane ! Je verrai si ça colle avec ce que je sais.

Elle relève de deux ou trois centimètres la manche gauche de son anorak pour consulter sa petite Omega cerclée de diamants. J'en suis arrivé au stade où elle se demande combien de temps la plaisanterie va encore durer. Ne sachant plus comment occuper ses mains qui s'énervent, elle allume une nouvelle cigarette, qu'elle écrase, avant même de l'avoir fumée, dans le cendrier aux armes du chocolat Tobler. Elle rejette la tête en arrière, passe sa langue sur ses lèvres, soupire à deux reprises. Sans paraître prêter attention à ses airs de martyre, je continue :

— Nous savons tout, dans la police, heureusement. Tout de votre ancien métier.

A ce mot de « métier », elle se cabre. Il craque, le vernis de la mondaine de Gstaad. Décidément, ce n'est pas de tout repos que de l'exercer, ce plus vieux métier du monde, fût-ce dans le lit d'un lord-banquier ! Elle porte son pouce à sa bouche. J'entends craquer l'ongle sous ses dents parfaites.

— Tenez… vos voyages d'affaires, par exemple. Vous voyez ce que je veux dire ? Ils ne plaident pas en votre faveur, ces trajets en avion. Pas plus que vos rapports avec un truand, en taule à Poissy pour agression à main armée, complice d'un tueur notoire. Ne parlons pas de lord Dudley, un personnage très honorable, qui ne connaît pas votre passé, lui. Vous voyez que je vous ménage. J'ai attendu l'heure de son sauna pour vous faire venir. Mais je peux le convoquer, si vous y tenez. Faire une perquisition à *l'Edelweiss.* J'y découvrirais peut-être des choses intéressantes, on ne sait jamais.

Je n'ai plus devant moi qu'une pute enjôleuse, sous la toque de vison. Ses lèvres pulpeuses s'offrent pour laisser passer un « je vous en prie » qui retournerait sans doute le cœur de dix lords Dudley, mais me laisse de glace. M'exaspère, même. Pour me calmer, je reprends, sur le ton de la routine :

— Antoine ne vous a jamais parlé de Josiane ?

— Non. Josiane comment, d'abord ?

— Vous en connaissez plusieurs ?

Prise de court, elle replonge sur le bureau pour pêcher une cigarette. Dès que la flamme a jailli du briquet, sa voix se fait très calme, très douce :

— Antoine m'avait parlé d'une Gutterez, que je ne connais pas. Je ne sais même pas ce qu'elle a pu fabriquer avec Danos.

— Il vous en a parlé pourquoi ?

— Je ne sais plus. Elle passait des choses en Espagne, je crois. Chez un type que Danos avait connu dans un camp. C'est tout.

— Quelles choses ?

— Des bijoux, d'après Antoine. Danos les gardait depuis l'Occupation, quand il travaillait pour les Allemands.

Sa main gauche pétrit la cigarette. Sa main droite, machinalement, fait claquer le briquet une nouvelle fois. Je regagne le siège du brigadier Müller, derrière le bureau. J'enchaîne, sur un ton paternel :

— Si je vous crois, vous n'êtes pour rien dans tout ça ! Il va falloir le démontrer au juge. Un coriace, le juge ! Vous rentrez quand, à Neuilly ?

— Vers le 15 février. Je me marie à Londres le 28 janvier, je pars ensuite en voyage de noces aux Bahamas.

— Félicitations, lady Dudley. Mais avant, il faut me donner la planque d'Abel Danos !

Elle se lève, va jusqu'à la fenêtre, colle son front à la

vitre. J'entends à peine ses paroles, prononcées sur un ton d'extrême lassitude :

— Je ne sais pas. Antoine, qui vous a raconté tant de mensonges sur mon compte, pourrait vous la fournir, non ?

— Justement. Il m'en a parlé. Je voulais savoir jusqu'où vous iriez.

— Je ne sais rien, je vous dis ! Antoine et Abel ont le même avocat : Carboni. Allez le cuisiner, lui !

J'articule, syllabe par syllabe, d'une voix métallique :

— Ne vous moquez pas de moi, je vous prie !

En fait, je crois bien que je n'en tirerai rien de plus. Seul le nom de Josiane s'est accroché à l'hameçon. Il me reste à l'identifier. Un pion de plus sur l'échiquier du Milieu. Les Gutterez, ça ne doit pas courir les rues.

— Vous disiez que Josiane passait les bijoux que Danos avait raflés pendant l'Occupation. Il la connaissait donc, à ce moment-là ?

Violaine doit sentir que je suis à bout de questions. Elle a retrouvé son sourire de jeune femme dans le vent, fourre ses cigarettes et son briquet dans sa poche, me refait le coup de la montre Omega, enfile ses gants.

— Je vous fais perdre votre temps, dit-elle sur un ton de pimbêche. Je ne peux rien vous dire de plus. D'après Antoine, elle fréquentait le *Charivari*, un bar de la rue Godot-de-Moroy.

— Où je vous ai vue ! assené-je avec assurance. Un bar à putes ! Souhaitons que lord Dudley ne le sache pas. Il n'oserait plus siéger à la Chambre, après un coup pareil. Ce serait le bouquet, dans le feu d'artifice des scandales londoniens ! Donc, vous ne voulez pas en dire plus ? C'est ça ?

Elle secoue la tête avec une telle frénésie que sa toque manque de voler sur le parquet.

— Si vous voulez me faire dire ce que je ne sais pas, ça vous regarde. Mais je vous préviens que si je ne suis pas chez moi dans dix minutes, je me plaindrai à vos chefs !

Elle y va un peu fort, la mignonne. Si elle compte

m'impressionner, elle peut repasser. Je lui dédie mon plus beau rictus carnassier :

— Nous y serons, rassurez-vous. Je me ferai un plaisir d'expliquer à lord Dudley pourquoi je suis à Gstaad, pourquoi je dois perquisitionner votre chambre, et surtout pourquoi vous avez jeté votre dévolu sur lui. Je suis sûr qu'il m'offrira un Chivas et qu'il m'écoutera avec attention. On y va ?

La belle aventurière se cramponne aux tubes chromés du fauteuil, comme un patient qui voit s'approcher la roulette du dentiste. Elle essaie quand même de faire face, l'effrontée !

— Et pourquoi j'aurais fixé mon choix sur lui, s'il vous plaît ?

— Parce qu'il est jeune, beau, séduisant, irrésistible. Et pauvre, ce qui ne gâte rien !

J'encaisse la paire de gifles qu'elle m'octroie à distance, et je poursuis, sur ma lancée :

— Vous vouliez vous caser, Violaine, c'est humain ! Et vous avez tellement peur de voir resurgir votre carrière de demoiselle d'escorte que vous avez écrit à Girola sous un faux nom. Pour ne pas que lord Dudley le sache. Mais il n'est pas idiot. Un banquier, ça sait lire. Il la reconnaîtra, lui aussi, votre écriture. J'ai votre lettre, dans ma serviette. Alors, on y va, ou on n'y va pas ?

— Josiane travaillait au *Grand Jeu,* rue Pigalle. Elle était danseuse nue. Danos en était très amoureux. Il l'a obligée à quitter le cabaret. Je crois qu'elle habitait rue Durantin, au *Lynx-Hôtel.*

— Elle n'y est plus ?

— Je vous parle de ça il y a trois ou quatre ans.

J'émets un léger sifflement. Je toussote en allumant une cigarette.

— Tout à l'heure, vous ne la connaissiez pas. Maintenant, vous vous rappelez même le nom de l'hôtel !

Elle se tait. Les yeux émeraude ne reflètent plus que l'angoisse de rater son mariage inespéré. Je décide de rester sur une conclusion charitable :

— Vous pouvez partir, dis-je. Je ferai part au juge de

votre franchise. Cette conversation reste bien entre nous, n'est-ce pas ?

En deux secondes, elle est devant la porte, va pour sortir, sans se retourner.

— Vous pourriez me dire merci, dis-je, un peu décontenancé tout de même.

— C'est vous qui devriez me remercier, répond-elle en me regardant de biais. Parce que cette Josiane, vous ne la connaissiez pas ! Quant à Danos, méfiez-vous, c'est un homme qui ne fait pas de cadeau. Et qui ne m'en ferait pas à moi non plus. Lord Dudley est déjà veuf. Une fois suffit !

18

Le *Grand Jeu* est, sans conteste, un des établissements vedettes du Montmartre de l'après-guerre, où les lieux de plaisirs se sont multipliés. Ce nom, en lettres phosphorescentes, les Parisiens et les touristes en mal d'attractions peuvent le lire chaque soir, éblouissant, arrogant, sur la façade d'un immeuble de la fameuse rue Pigalle, saturée de bistrots, d'hôtels borgnes, de boîtes de nuit aux enseignes multicolores. Deux puissants projecteurs nichés dans les encoignures des fenêtres font converger leurs faisceaux sur un carré d'as géant. Paul l'Oranais, le patron, n'est pas peu fier d'avoir réussi de façon aussi spectaculaire dans un quartier réputé jusqu'alors comme un fief corse, où seuls les insulaires, leurs frères, neveux, cousins et arrière-petits-cousins se partageaient et se disputaient le monopole du jeu, de la drogue et de la prostitution.

L'idée de base de Paul a été de proposer à la clientèle du *Grand Jeu* un dîner-spectacle érotique. Il n'a pas lésiné sur la publicité pour remplir la salle du premier étage, où conduit un large escalier à tapis rouge dont deux gorilles déguisés en chasseurs protègent l'accès. Tout est fait pour exciter le gogo, depuis les entraîneuses-frôleuses payées au pourcentage pour leur faire avaler la plus grande quantité possible de champagne, jusqu'à la revue nue assurément l'une des plus osées de l'hexagone. Paul sait s'attacher les services de filles à peine majeures, qui n'ont pas plus froid aux yeux qu'ailleurs. Dès minuit, les clients, émoustillés par le spectacle, se déhanchent sur la piste de danse.

Quand le *Grand Jeu* ferme, à deux heures du matin, la plupart des pigeons ont déserté la salle, qu'ils aient réussi ou non à faire prendre à une entraîneuse le chemin d'un hôtel du quartier. Ce soir, Josiane Gutterez ne peut se résigner à descendre du haut tabouret, d'où elle suit, pensive, les mouvements mécaniques d'Enrico qui essuie les verres derrière le bar.

Josiane est triste. C'est sa dernière soirée parisienne. Déjà, elle ressasse ses regrets. C'est la seule fois qu'elle sort du pavillon de Nogent-sur-Marne où elle se terre depuis qu'elle a plaqué Abel Danos. Elle a tenu à venir dire au revoir à ses amis du *Grand Jeu.* Demain, elle embarque pour Ténérife, où l'attend la sœur d'Enrico qui lancera une boîte de nuit à Puerto de la Cruz. Elle a besoin d'une animatrice, et veut prendre Josiane pour associée. Le port n'est plus un village. On y construit, sur un rythme vertigineux, des monstres de béton dressés à avaler les touristes. Déjà, les snobs anglais commencent à émigrer de la Côte d'Azur aux Canaries.

— Tu peux faire fortune, avec ma sœur, a dit Enrico. Et au moins, là-bas, tu seras tranquille.

Elle en a bien besoin, Josiane, de cette sécurité matérielle et morale. Aussi a-t-elle vendu presque tous ses bijoux, retiré de la banque l'argent qu'elle a gagné en participant aux affaires de son ancien amant, confiant le tout à Enrico qui va se charger du change et du transfert des fonds dans une banque espagnole. Elle sort de son sac son billet d'avion, le contemple, perplexe. Tout a beau être organisé, c'est quand même l'aventure. C'est surtout l'exil, loin de Paris. C'est pourquoi Josiane, pour se donner du courage, se tient tout près d'Enrico, le copain désintéressé qui a reçu ses confidences et lui a trouvé la planque de Nogent.

Enrico essuie les derniers verres, les mire dans la rampe lumineuse qui court au-dessus de l'étagère, les aligne avec soin. Josiane connaît tous les rouages du

Grand Jeu. Elle sait que Paul l'Oranais est en train de compter la recette, derrière la porte capitonnée de son bureau. Que les girls nues achèvent de se rhabiller, dans les loges qui sentent le savon, le parfum et la sueur, en échangeant des commentaires sur les faces congestionnées qui paient le maximum pour les voir tortiller des fesses et comparer la forme et la fermeté de leurs seins. Elles s'emmitoufleront ensuite dans d'épais manteaux pour affronter les galants, réguliers ou occasionnels, qui les attendent dans le froid de la nuit. Fatiguées, désabusées, elles n'auront plus le sourire professionnel de rigueur pendant leur exhibition. Les musiciens, eux, sont déjà repartis avec leur instrument, aussi discrets que des fonctionnaires mal payés. Seul le piano reste à s'ennuyer tout seul, sous sa housse.

— Tu ne vas pas pouvoir te lever, dit Enrico. N'oublie pas que je passe te prendre à huit heures. Tes bagages sont prêts ?

— Deux valises, soupire Josiane. Tu as raison. J'y vais.

— Je te fais accompagner ?

Josiane sourit. Elle reconnaît bien là les attentions d'Enrico, ce grand frère qu'elle n'a jamais eu.

— Tu rigoles, pour trois cents mètres à faire ! Personne ne sait que j'ai pris une chambre, sur le boulevard.

Elle vide sa coupe de champagne, la pousse vers le barman :

— ... A tout à l'heure, Enrico. Et merci encore.

Enrico se penche par-dessus le comptoir, l'embrasse. Quelques lampes sont encore allumées. Il fait basculer les interrupteurs, tandis qu'elle ajuste la ceinture de son manteau de renard. Elle enfile ses gants, masquant le diamant de sa bague qui scintillait dans la lumière d'une lampe encore allumée, au bout du bar. Elle traverse la pénombre de la salle, se retourne avant de s'engager dans l'escalier faiblement éclairé, passe devant les photos des danseuses dans le plus simple appareil, descend quelques marches, se retourne une dernière fois. Elle fait de la main un dernier signe à Enrico.

Les deux videurs la saluent d'un sourire à la sortie du *Grand Jeu.* Dans la rue, le souffle coupé par le froid, elle remonte le col de son manteau. Elle tourne à droite pour prendre la rue Pigalle, dans une légère brume qui décompose en nappes rouges, orange et bleues, le néon des enseignes. Son cœur se crispe. Demain, elle ne les verra plus, ces lumières nocturnes. Pigalle, c'est bien fini. Elle, la petite provinciale de bonne famille, s'y était tant attachée, à ce folklore montmartrois, avec son ramassis de prostituées, d'éphèbes, de lesbiennes, de clochards et de truands ! En un coup d'avion, tout cela aura disparu. Le Pigalle du vice, de la drogue, du cinéma porno, ne vivra plus que dans sa mémoire de jeune femme romanesque.

Elle pousse un soupir, respire profondément l'air glacé, se secoue. Après tout, cela vaut mieux. Elle a assez tenté le diable. Elle va enfin pouvoir vivre honnêtement, tranquillement, loin de ce monde interlope dans lequel elle n'aurait jamais dû entrer si, un jour de printemps, alors qu'elle débarquait à la gare Saint-Lazare, venant de quitter la bourgeoise maison du Havre où elle était née, elle n'avait fait la connaissance d'Abel Danos. A dix-huit ans, elle n'avait aucune expérience des hommes. Abel était grand et musclé. Elle l'a trouvé beau, élégant, dans son costume prince-de-galles. Elle demandait à un taxi s'il pouvait la conduire avenue Mozart. L'inconnu s'est emparé d'autorité de sa valise :

— Avenue Mozart ? Ça tombe bien. Je vais justement par là. Je travaille rue Lauriston.

Traversant le Paris triste de la guerre, la 15 Citroën l'avait déposée avenue Mozart, dans le quartier d'Auteuil qui lui était apparu sinistre au premier regard. Josiane n'était pas près de l'oublier, le parcours Le Havre-Paris ! Elle avait renoncé à compter les arrêts, les courses éperdues vers les abris lorsque les Spitfire anglais prenaient le train pour cible. Assise à côté d'Abel Danos dans la traction conduite par un chauffeur en uniforme allemand, elle se demandait comment sa robe froissée et son visage fatigué pouvaient plaire à ce bel homme si élégant, à la voix harmonieuse, qui la contemplait de ses yeux clairs. Il avait demandé à la revoir.

Très jeune, Josiane s'était découvert une vocation de danseuse. Cela n'avait été d'abord, comme le piano, qu'un passe-temps de jeune fille bien élevée. Au Havre, sur les conseils d'Irène Dieudonné, la sœur de sa mère, chez qui elle allait habiter avenue Mozart quelques années plus tard, elle suivait, tout en réussissant brillamment au lycée, les cours de l'école Melville, fondée par une ancienne danseuse étoile de l'Opéra de Paris. Irène Dieudonné, passionnée de danse classique, ne jurait que par Laure Melville.

— C'est une chance qu'elle ait créé cette école au Havre, avait-elle dit au père de Josiane, courtier maritime solidement installé dans la place. Ma nièce doit en profiter !

Le brave homme, très fier de ses deux filles, dont l'aînée était la meilleure élève de la classe de piano au conservatoire du Havre, ne pouvait qu'être ému à la pensée qu'il verrait un jour Josiane danser *le Lac des Cygnes*. Ce qu'il n'avait pas prévu, c'est que, sitôt passé son second bac, avec mention bien, Josiane allait décider de ne plus considérer la danse comme un passe-temps mondain. Elle voulait y faire carrière. Son père maudissait la tante Irène, qui, chaque fois qu'elle venait voir sa sœur, intoxiquait sa nièce avec ses idées folles. Lui qui voulait que Josiane s'inscrive, comme sa sœur aînée, à la faculté de droit, pour devenir avocate ! Il a eu beau supplier, menacer, tempêter, sa fille avait la tête aussi dure que lui. Elle tenait bon. D'autant plus que la tante Irène s'offrait à l'héberger à Paris, Laure Melville reconnaissant elle-même qu'une élève aussi douée ne pouvait désormais développer son talent que dans la capitale.

Il n'avait pas tort, le courtier du Havre, de considérer Irène Dieudonné comme une originale, pour le moins. Il n'avait cédé que sur les instances de sa femme et de la future avocate, la vie au foyer devenant intenable, entre les crises de fureur de Josiane et ses moments de dépression. Mais son instinct paternel lui disait que Paris, qu'il détestait, ne pourrait être que néfaste à l'apprentie danseuse.

Les événements devaient lui donner raison. Déroutée par le retard du train du Havre, qui dépassait toutes ses prévisions, Irène Dieudonné, lasse de faire le pied de grue gare Saint-Lazare, s'était dit, au bout de plus de trois heures d'attente, que sa nièce, après tout, était assez grande pour prendre un taxi. Elle n'avait pas prévu la faille, ou, si l'on veut, la fatalité. Le destin a voulu qu'Abel Danos, lui, s'apprête à quitter le hall de la gare, où il avait vainement attendu un de ses contacts, quand il a vu une jeune et jolie fille, l'air un peu godiche avec sa robe verte et sa valise, parlementer avec l'un des rares taxis qui, devant l'afflux de voyageurs, choisissaient leur course en vertu de leur contingent d'essence et de la tête du client.

Ayant une vie sentimentale agitée, Irène était bien incapable de surveiller l'emploi du temps de sa nièce, qu'elle avait réussi à faire inscrire chez une ancienne gloire des Ballets russes, Serguei Ilitch, qui se prétendait le fils d'un officier du Tsar. En fait, les cours qu'il donnait avenue Montaigne souffrait des doses d'alcool que le Maître arrivait à se procurer malgré les restrictions. Josiane partageait son temps entre Abel Danos, qui s'était fait son chevalier servant, et Serguei Ilitch qui lui répétait qu'elle avait la petite flamme de génie qui fait les étoiles. Il s'était créé, entre Abel et Serguei, une complicité aussi sordide qu'inattendue. Serguei savait parfaitement que Josiane était devenue la maîtresse de Danos. Il la couvrait, vis-à-vis d'Irène, fermant les yeux lorsque son élève désertait ses cours au profit de l'hôtel *Plaza* tout proche, où elle retrouvait Danos. En contrepartie, l'homme de la Gestapo lui ouvrait les vannes de l'alcool du marché noir.

Danos, sérieusement épris de Josiane, n'avait pas pensé d'abord en faire sa complice. Elle, follement amoureuse du premier homme de sa vie, l'aurait suivi n'importe où. Tout aurait pu continuer ainsi, Josiane habitant toujours officiellement chez la tante Irène, si la Libération n'avait pas changé le cours de bien des destinées. Pourchassé, Danos avait fait de l'appartement de l'avenue Mozart un lieu de recel. Alors avait commencé la déchéance, pour la petite bourgeoise du Havre qui ne danserait jamais sous le lustre géant de l'Opéra.

Josiane, les oreilles gelées, presse le pas sur le trottoir de la rue Pigalle. *La Lune Rousse,* le cabaret de chansonniers, a depuis longtemps fermé ses portes. *La Roulotte,* une boîte plus que spéciale, jette à la face de la jeune femme une cavalière presque nue, chevauchant un pur-sang. Sa poitrine, sculptée en relief, saille sous les projecteurs.

Devant le *Monico,* un chasseur, dans son inévitable uniforme d'amiral, lui propose d'assister à la dernière partie du spectacle. Elle refuse d'un signe de tête, traverse la place Pigalle. L'hôtel du boulevard de Clichy est à deux pas. Un modeste hôtel de tourisme, sûrement bruyant. Aussi a-t-elle demandé une chambre sur la calme rue Duperré. Justement, elle est là, cette rue, sombre, plongée dans un silence lourd qui contraste avec les beuglements de deux G.I. en goguette. Ils s'obstinent à hurler l'hymne américain au pied du jet d'eau de la place Pigalle immortalisé par la chanson de Georges Ulmer.

Un homme, les mains dans les poches de son imperméable noir, attend, collé au mur, dans le renfoncement d'une porte cochère. « Je compte sur toi », lui a dit Danos, que Paulo l'Oranais a prévenu dès que Josiane est arrivée au *Grand Jeu.* Cela ne pose aucun problème pour Raymond. Il a l'habitude. Avec Pierrot le Fou, qui éprouvait une tendresse particulière pour le benjamin de son équipe, il s'est illustré dans tant d'opérations qu'une de plus n'est pas pour l'empêcher de dormir. Surtout quand il s'agit de rendre service à ce vieil Abel, qu'il doit rejoindre à Milan le plus tôt possible. D'ailleurs, Abel, porte à ce Toulousain séduisant, bien élevé, toujours joyeux et toujours amoureux, une amitié fraternelle qui remonte aux derniers mois de l'Occupation. Et Raymond le lui rend bien. Aussi la liquidation d'un être est-elle peu de chose. Un service qu'on rend à un ami.

Josiane entend derrière elle des pas qui se rapprochent. Un dragueur ! Nullement inquiète, elle s'arrête, se retourne. Le meilleur moyen de mettre en déroute l'importun à la recherche d'une âme sœur, personnage familier dans ce quartier à filles.

De quoi aurait-elle peur ? Personne ne sait qu'elle passe ses dernières heures à Paris avant de s'envoler pour Ténérife. Elle attend de pied ferme l'homme de haute taille, jeune, brun, qui se plante devant elle en souriant.

— Bonsoir, Josiane, dit l'inconnu. Vous n'êtes pas encore rentrée avenue Mozart, à cette heure-ci ?

Josiane se sent soudain mal à l'aise. Le visage lui est étranger, et pourtant cet homme a l'air de bien la connaître, puisqu'il a prononcé son prénom et sait où habite tante Irène. Il s'amuse avec une cordelette fine, qu'il a sortie de sa poche et fait tournoyer dans le vide. Josiane se prend à suivre le lacet des yeux, avec une sorte de fascination qui l'étonne.

Elle n'a pas le temps de s'interroger davantage. Tout est consommé avant d'avoir pu lever les mains pour tenter de se protéger, ni même crier. L'homme a bondi. La cordelette s'est enroulée, tel un lasso, autour du cou, glissant des oreilles jusqu'au col du manteau. Un vague sifflement sort de la gorge quand le lacet s'enfonce dans la chair. Puis un coup violent, frappé de la tranche de la main, écrase les vertèbres cervicales.

Raymond, en vrai spécialiste, n'a pas besoin de s'assurer que Josiane est morte. Il s'enfonce en sifflotant dans la nuit de la rue Duperré, qu'il suit jusqu'au croisement de la rue Blanche. Dans la glace du caniveau qui a craqué sous son poids, Josiane Gutterez semble contempler le ciel sans étoiles, de ses yeux grands ouverts. Ses yeux qui ne verront pas davantage le soleil des Canaries que le lustre de l'Opéra.

TROISIÈME PARTIE

La grande cavale

19

Le *Lynx* n'a rien à voir, à part le nom d' « hôtel », avec le *Plaza,* le *George V,* ou le *Prince de Galles,* les palaces des Champs-Élysées. Pas plus qu'avec l'*Ambassadeur,* le *Louvre,* ou le *Scribe,* qui trônent du côté du Palais-Royal et de l'Opéra. C'est un hôtel de quatrième catégorie, par indulgence, accroché comme une verrue au flanc de la Butte Montmartre, où l'on ne rencontre ni vedettes du spectacle ni magnats de la finance. Tout juste des touristes pauvres en devises, mais assoiffés de Sacré-Cœur, de Moulin de la Galette, et de croûtes que les futurs Utrillo exposent place du Tertre et dans les bistrots où ils se font un plaisir de croquer, pour quelques francs, le portrait ingrat de Madame ou de Mademoiselle.

C'est au *Lynx* que je fonce tout de suite, après avoir troqué mon train glacial contre un métro bondé. J'ai beau cogner à la vitre, personne ne se manifeste dans le bureau de l'hôtel. En collant mon nez au carreau, je distingue un standard téléphonique et une machine à coudre qui ne déparerait pas le musée des Arts et Traditions populaires, près de laquelle repose une pile de draps.

Je ne suis pas mécontent de fouler de nouveau le pavé parisien, dans mon quartier, de surcroît, car je ne me suis pas beaucoup amusé, depuis ma parlotte helvétique avec la future lady Dudley. J'ai voulu d'abord offrir un déjeuner au diplomate-brigadier Müller, dont l'intervention discrète m'avait permis d'agir de façon officielle. J'avais ainsi évité un incident toujours à craindre lorsqu'on joue à l'interviewer à domicile, comme de se faire flanquer purement et simplement à la porte par les larbins du vieux banquier. Müller m'a remercié, mais préférait que je partage son repas, pour faire connaissance avec sa petite famille. J'ai ainsi savouré une raclette avec sa femme, toute menue, et ses deux colosses de fils, futurs champions de ski. Réconforté, un peu ivre même, ayant forcé sur le Fondant, j'ai décidé de téléphoner au Gros au début de l'après-midi, pour lui annoncer le résultat de mes investigations montagnardes. Je pensais bien qu'il ne serait pas mécontent. Il était aux anges. L'enquête tournait à notre avantage.

— C'est bien, mon petit Borniche. Vous arrivez demain matin, n'est-ce pas ?

— Naturellement, patron. Le temps de foncer au *Lynx,* de restituer ma tenue alpine, et je suis au bureau. Si Roblin pouvait me trouver une fiche sur la Gutterez, en attendant...

L'après-midi, pour tuer le temps, j'ai flâné dans la Gstaad des milliardaires. Les vitrines regorgeaient d'équipements de luxe, de vêtements que je voyais très bien sur la belle Violaine, de chronomètres en or massif capables de mesurer la vitesse du vent avec leurs aiguilles de toutes dimensions. J'ai badaudé, le nez en l'air, devant les évolutions des skieurs sur les pistes, spectacle gratuit. Puis j'ai rejoint mon hôtel rustique pour récupérer ma valise.

— Vous partez déjà ? m'a demandé la sœur du chauffeur de taxi-luge.

— Obligé... Je me suis trompé de station. C'est à Davos que mes amis m'avaient donné rendez-vous !

J'ai néanmoins réglé le prix de la chambre où seule ma valise avait dormi, en réclamant une facture pour justifier mes frais. Et j'ai courageusement demandé à l'as du volant de me redescendre à la gare d'Aigle. M'en voulait-il d'avoir quitté l'hôtel si vite, ou d'avoir interrompu son casse-croûte ? En tout cas, la descente a été encore plus mouvementée que la montée. La seconde la plus épique fut quand le bahut branlant s'est retrouvé, au sixième virage, face à un chasse-neige à la gueule terrifiante, qui n'aurait fait qu'une pelletée du débris de Chevrolet et de ses occupants. Le coup de frein s'est terminé en glissade au bord d'un ravin que j'ai refusé de regarder. A cinq heures, enfin, je m'asseyais, les reins meurtris et le cœur en déroute, sur la banquette à claire-voie de la gare d'Aigle.

Deux heures plus tard, le wagon de seconde classe du Milan-Paris s'enfonçait dans la nuit, en direction de la frontière.

A nouveau, je tambourine sur la vitre, dans laquelle s'encadre soudain une chevelure hirsute. Le châssis s'entrouvre.

— Vous n'êtes pas un peu malade, de cogner comme ça ? Il y a des gens qui dorment, ici !

Le ton est aussi grincheux que les cheveux sont sales. Mais la vue de ma plaque dorée transforme le masque belliqueux en un sourire cauteleux. Il a l'air surpris tout de même, l'homme des bois. C'est bien la première fois qu'un flic se présente dans un pareil accoutrement.

— Je peux vous voir une seconde ?

La porte grince, démasquant un corps de mollusque, avachi, voûté, flottant dans un pyjama de bagnard. J'entre dans la pièce, qui pue le tabac, le charbon et l'eau de Javel. Dans un coin, un lit pliant défait, au pied duquel gisent, en vrac, des chaussettes, un caleçon de flanelle, un tricot de corps grisâtre, un pantalon de velours et un jacquard presque aussi épais que mon anorak.

— Vous avez le livre de police ?

L'homme au pyjama rayé se glisse derrière la machine à coudre. Il extrait d'un classeur débordant de paperasses un registre relié en toile noire, me le tend. Je le pose sur la tablette, devant le châssis, le feuillette distraitement.

— Josiane Gutterez, ça vous dit quelque chose ?

Les deux mains s'activent pour mettre un peu d'ordre dans sa tignasse :

— Non. Elle était là quand ?

— Je n'en sais rien. On m'a dit qu'elle passe souvent chez vous.

Les deux bras s'écartent en un geste d'impuissance :

— Si vous n'avez pas la date…

Il a raison. Sans date précise, je vais devoir éplucher tout le livre. Et le précédent, sans doute. Et d'autres encore, car je m'aperçois que le *Lynx* reçoit surtout des clients de passage. J'ai été stupide. L'air des montagnes suisses ne m'a pas réussi. Dès ma descente du train, j'aurais dû me précipiter au commissariat spécial de la gare de Lyon, pour téléphoner au service des « garnis » de la Préfecture de police qui centralise les fiches de la population flottante de la région parisienne.

Un service peu connu, mais très utile, les garnis. Il est relégué au quatrième étage de la caserne de la Cité. On y accède par un ascenseur, qui marque sa personnalité en étant toujours en panne. On présente une fiche de recherche à l'employé en blouse grise qui vous reçoit derrière un comptoir d'épicier. Il s'achemine au long du dédale des classeurs, vers le cabriolet qui contient, par ordre phonétique, le nom du client recherché. Autre particularité, la prospection se fait dans le courant, ou à un mois, à trois mois, à un an, et plus. Les fiches sont donc répertoriées dans le temps, et les recherches, plus complexes, lorsqu'il faut faire coulisser des cabriolets trimestriels. En revanche, le courant, qui peut être consulté par téléphone, vous informe des arrivées à l'hôtel, la veille même, ou, au plus, vingt-quatre heures avant.

Les hôteliers sont tenus de faire remplir une fiche à leur client, et de la déposer, avant minuit, au commissariat de police le plus proche. De là, et de nuit, elles sont expédiées et classées au service des garnis, ce qui permet de cueillir au petit matin un individu recherché.

De bons esprits, des parlementaires surtout, affirment que ce service ne sert à rien, puisqu'il est possible de tricher sur son identité. Ils réclament sa dissolution. Le vrai motif est que, délaissant leur circonscription et, du coup, leur famille, pour siéger à Paris, ils craignent que leur passage dans un hôtel, en galante compagnie, ne saute aux yeux de leur épouse, ou du ministre de l'Intérieur qui pourrait ainsi avoir barre sur eux. Ils mettent tant d'acharnement à faire supprimer les fiches dans les hôtels que je crains fort qu'ils n'arrivent, sous peu, à leurs fins. Les truands auront alors de beaux jours devant eux.

Non, je n'ai pas la date de l'entrée de Josiane au *Lynx-Hôtel.* Pas plus que je ne connais son état civil. Et comme une recherche par téléphone n'est possible que dans le courant...

— Elle a dû séjourner ici il y a pas mal de temps puisque je ne la connais pas, dit-il.

Je lis, dans les yeux du mollusque, qu'il fait un rapprochement entre mon déguisement et ma perplexité. Je suis à coup sûr un hurluberlu, que seule la plaque de police empêche de foutre à la porte, on ne sait jamais. Je vois bien qu'il a du mal à se contenir.

— Possible, dis-je. Vous permettez ?

Sans attendre la réponse, je décroche le combiné du standard, appuie sur la manette à l'étiquette « extérieur ». Je compose le numéro Turbigo 92.00. Quelques secondes d'attente, puis :

— Préfecture de police, table trois. J'écoute.

— Les garnis, s'il vous plaît.

Un déclic, suivi d'un ronflement qui fait place à une voix chantante émergeant d'un brouhaha de conversations.

— Oui ?

— Borniche, de la Sûreté. Anjou 28.30. Pour un courant. J'épelle : Gutterez Josiane. Pas d'état civil pour le moment.

Mon interlocuteur m'abandonne, sans un mot. Je perçois le choc de l'appareil sur le comptoir, puis des pas qui s'éloignent sur le plancher sonore du couloir. Le brouhaha s'intensifie. La main sur le bas du combiné je me tourne vers l'hôtelier :

— Ça m'étonnerait que ça donne. Le courant, c'est seulement à vingt-quatre heures.

Il est de plus en plus noyé, le mollusque. Ce jargon, pour lui, c'est de l'hébreu. Il me regarde comme un phénomène de foire. A l'autre bout du fil, la rumeur continue. Je capte même des bribes de conversations concernant les faits divers du jour : il est question, surtout, d'une femme découpée en morceaux, retrouvée dans une malle, gare de l'Est. Puis les pas reviennent, le combiné quitte le comptoir. Un souffle :

— Gutterez Josiane, 24 juin 1923, c'est ça ?

— Peut-être bien...

— Hier soir, hôtel *Régent,* 21 boulevard de Clichy. Salut.

— Attends...

Trop tard. Il a raccroché. Je repose lentement l'appareil. Je regarde l'hôtelier avec un petit sourire de triomphe.

— Inutile de chercher. Mais vous devriez être plus soigneux, c'est moi qui vous le dis. Les pages de votre registre sont écornées et pleines de traces de doigts.

Je quitte la loge. Il s'en souviendra, du passage d'un flic dingue dans son gourbi, le patron du *Lynx-Hôtel !*

20

Le chuintement du moteur de la Rolls ravit Abel Danos, qui aime les voitures rapides mais silencieuses. Et si les grands airs de Joachim l'agacent, il doit reconnaître que le chauffeur-valet de chambre de Tiffany Montgomery mérite de driver cette voiture princière. Sans un à-coup, quels que soient les virages ou l'état de la route, il semble piloter un avion plutôt qu'un véhicule à quatre roues. La Rolls n'a fait que survoler le col de la Turbie. Elle semble ralentir, pour reprendre majestueusement son souffle, au pied de l'énorme gâteau de pierre qui sert de socle au Trophée des Alpes, dédié à l'empereur Auguste. Puis elle attaque la descente vers Menton. Cinq cents mètres en contrebas, la nuit commence à s'installer au creux des vallons. Au bord de la mer, Monaco scintille de tous ses feux de principauté opulente.

Les bras reposant sur les larges accoudoirs de cuir fauve, Danos réfléchit. Il déplace nonchalamment sa main droite pour ouvrir le vide-poches de bois précieux dans le dossier du siège avant, choisir une Craven qui lui semble convenir parfaitement à la marque de la voiture, ainsi que le briquet en or avec lequel il l'allume. Il aspire une longue bouffée, se tourne vers Édouard Voss, assis à sa droite, qui ne cesse de consulter son chronomètre.

— Tu m'énerves, à toujours regarder l'heure, dit-il,

sans se soucier de lui souffler la fumée en pleine figure. C'est un tic, ou quoi ?

En guise de réponse, Voss se penche pour donner une tape sur l'épaule du chauffeur.

— Combien de temps nous faut-il encore jusqu'à Sospel ? demande-t-il.

Joachim, qui fixe la route sinueuse puissamment éclairée par les énormes phares de la Rolls, répond d'un ton sec .

— Nous sommes à mi-chemin, monsieur le baron. Une demi-heure pour Menton, une bonne heure ensuite. La route est difficile.

Édouard Voss tente de protester :

— Si nous étions passés par l'Escarène, cela aurait été plus direct. J'ai vu la carte.

— Monsieur le baron voudrait-il me faire croire que la voie est moins sinueuse ? Quand nous avons quitté la villa de Cimiez, Madame a conseillé de prendre la Grande Corniche. J'ai pour habitude de ne pas discuter les ordres de Madame. La Rolls pourrait être repérée sur la départementale 204. De toute façon, le rendez-vous avec le passeur n'est qu'à dix heures. Nous y serons.

Voss ne trouve rien à répondre. Inutile d'arriver avant le contrebandier qui les attend à Sospel, pour se faire remarquer sur la place de l'église Saint-Michel.

Il s'en donne du mal pour faire passer son ami en Italie, le faux baron de La Soulière ! Tiffany Montgomery a trouvé mille objections avant de céder, tout en se montrant catégorique :

— Je fais ça pour vous, Edouard, mais c'est la première et la dernière fois ! Lazzarini n'était pas chaud du tout pour se lancer dans une aventure pareille. Sa spécialité, ce sont les marchandises, pas les hommes. Il doutait même que votre ami puisse le suivre sur les sentiers de chèvres qu'il devra emprunter.

— C'est un sportif, avait affirmé Voss, jetant un coup d'œil à Danos

— Peut-être. Mais le moindre faux pas et c'est la chute... A propos, j'ai dû, pour le convaincre, affirmer que vous seriez très généreux avec lui. Ai-je bien fait ?

A la manière dont elle le regardait, dure, impersonnelle, comme à son ton dubitatif, Danos comprenait qu'elle ne le portait pas dans son cœur, encore moins que le faux baron. Elle allait lui faire payer cher le passage de la frontière. Il rongeait son frein, ruminant qu'aux temps glorieux de la Gestapo française cette gouine snobinarde, son vicieux de chauffeur-homme à tout faire et son contrebandier-escroc n'auraient pas pesé lourd entre ses mains. Mais il fallait en passer par là.

— Dites ? a-t-il demandé.

— Vingt mille francs, a répondu Tiffany sans hésiter. Il voulait cinquante mille. Pour vous rendre service, je lui ai dit que je ne ferais plus d'affaires avec lui s'il ne baissait pas son prix.

Danos a trouvé la diminution trop forte pour ne pas être louche. Aussi ne s'est-il pas gêné pour ironiser :

— J'imagine que pour cette somme, j'ai droit à la balade en Rolls, non ?

Sentant de l'électricité dans la phrase d'Abel et dans son sourire moqueur, Édouard Voss s'est interposé, redoutant la réaction de la susceptible Tiffany :

— D'accord pour vingt mille, a-t-il conclu. C'est moi qui paie le voyage. Tout ce que je demande, c'est qu'il arrive à bon port, et vite.

Du coup, Tiffany a retrouvé son sourire mielleux de femme d'affaires comblée :

— Dans ce cas... Giorgio guettera votre arrivée devant la maison à arcades, en face de l'église. Une demeure qui a un passé. Le pape Pie VII, prisonnier de Napoléon, y a séjourné...

— Je me fous du pape et de Napoléon, a grondé Danos. A qui on paie ?

— Au passeur, directement.

Adossé au siège de cuir, la nuque rejetée en arrière, les yeux mi-clos, Abel réfléchit, dans le silence. Le passage par mer aurait été bien plus facile. Tiffany avait objecté qu'un moteur de son Chris-Craft était en réparation au chantier de Cannes-La Bocca. Elle avait ajouté que les vedettes de la douane sillonnent les eaux entre Menton et Vintimille, en raison d'un trafic intense de cigarettes américaines, débarquées clandestinement dans les criques de la frontière. C'était possible. Raymond Naudy, avant son départ, avait appris à Danos que leur ami Jo Benutti connaissait en ce moment des difficultés de ravitaillement, dues à la vigilance de la douane. Pourtant, le clin d'œil qu'il avait surpris entre l'élégante Tiffany et son indispensable Joachim, l'avait mis sur ses gardes. Le détour par la montagne lui semblait hasardeux. Mais comme il n'y avait pas d'autre solution pour le moment, il fallait rester attentif, voilà tout.

Joachim s'était fait un plaisir de détailler l'itinéraire point par point, sans doute pour rappeler que ni le baron ni Danos n'avaient à discuter le prix du passage :

— Dès le premier virage, en sortant de Sospel, on prend un sentier sur la gauche. Ça grimpe jusqu'aux ruines de Castès. Après un faux plat, on attaque la montée d'Albarée. Jusque-là, ça va, le sentier est balisé. Après le plan Germain, ça se gâte. Finie, la randonnée du dimanche ! On traverse un marais pas commode, avant d'attaquer le col du Treitore, à plus de mille mètres. Puis on descend les sentes du mont Grammont, en territoire italien. A cette époque, avec le temps qu'il fait, ça m'étonnerait que les douaniers soient de sortie, là-haut.

Danos le fixait, durement :

— Pourquoi vous me dites tout ça ?

— Pour que vous pensiez à mettre des vêtements chauds et des chaussures de marche. La nourriture, Giorgio s'en occupe.

Le ton patelin de Joachim renforçait la fâcheuse impression d'Abel. Ces détails démontraient que le majordome et Giorgio avaient tout mis au point ensemble. Il lui faudrait faire très attention, dès que Voss, qui devait regagner Nice avec Joachim, l'aurait abandonné au bon vouloir du passeur.

— Tu dors ?

La voix d'Édouard le tire de ses réflexions.

— Je pensais à l'itinéraire que Joachim m'a indiqué, dit-il. Il semble le connaître par cœur.

— Parce que je l'ai utilisé deux fois, dit le chauffeur, les yeux levés vers le rétroviseur. J'ai eu du mal à m'en remettre. Tous ces précipices, ça fait froid dans le dos.

Danos, peu convaincu, secoue la tête. Il se demande à nouveau si Tiffany et Joachim ne sont pas en train de l'attirer dans un piège. Dans quelle intention ? Le faire arrêter par les flics pour toucher une prime, puisque sa tête est mise à prix et que la meute des indics est lancée à ses trousses ? Édouard aurait dû fermer sa gueule. Ou alors, pour faire main basse sur les diamants que recèle la ceinture de lin serrée autour de sa taille, sous son tricot de corps ?

Mais ça, comment Joachim le saurait-il ?

Danos n'a pourtant pas été mal reçu, dans la villa de Cimiez, pour un tueur recherché par toutes les polices. Voss était venu l'attendre à la gare de Nice. L'Alfa-Roméo était passée lentement devant l'hôtel des Postes. C'est là que ses amis, Pierrot le Fou et Naudy, avaient réussi à pénétrer dans la salle des coffres pour en ressortir avec trente-trois millions de francs [1]. Un as, ce Raymond ! Et fidèle en amitié. Il avait sûrement accompli la mission dont Abel l'avait chargé avant de partir. A Naples, après la Libération, Naudy avait étudié sur le terrain les procédés de la Mafia. Il n'a pas son pareil pour faire le coup du lacet étrangleur. C'est ça qu'il a dû

1. Voir *le Gang*, éd. Fayard.

réserver à Josiane. La garce, avec ses airs de pucelle, n'avait qu'à ne pas le doubler, lui, monsieur Abel.

En familier du pays, Joachim engage la voiture, en souplesse, d'un léger coup de volant, sur la route accidentée de Sospel. Ni lune, ni étoiles. Les phares découpent, à chaque tournant, des blocs de rochers surgis de la nuit. Ils ne croisent aucune voiture. Franchi le col des Castillons, le nœud des virages se desserre. Le chauffeur se lance, en virtuose, dans la descente vers Sospel, que dominent, grises sur le ciel noir, les ruines d'une tour.

La Rolls glisse au long des maisons médiévales du village endormi, ralentit sur une place pavée de galets colorés, s'arrête devant la maison aux arcades dont parlait Tiffany. Une silhouette courtaude se détache de l'ombre d'un pilier.

— C'est Giorgio, souffle Joachim. Il est dix heures pile. Vous voyez, je suis toujours exact, monsieur le baron.

Sans un mot, Danos donne l'accolade à Voss, sort de la voiture, marche vers le petit homme râblé, coiffé d'une casquette de carabinier et vêtu d'une peau de mouton qui tombe sur ses guêtres de fourrure. Un sac tyrolien fait bosse sur son dos.

A peine la voiture a-t-elle amorcé son demi-tour, que Danos le tueur et Giorgio le passeur, délaissant le vieux pont, s'enfoncent dans la nuit.

21

Ils sont loin, les exploits sportifs et acrobatiques des jours enfuis ! Abel s'en rend compte à mesure que la montée se prolonge. Ses muscles sont rouillés. Il a tant de mal à suivre la marche régulière de l'homme qui le précède, qu'il se déclare bon pour la ferraille. Il faut dire que ce parcours du combattant est sévère. Le sentier abrupt se perd dans les broussailles. Il faut contourner les rochers, enjamber des éboulis, écarter des branchages qui griffent le visage. Au prix d'un effort qui lui coupe le souffle, Danos parvient tout de même à rattraper Giorgio. Il respire deux ou trois fois, profondément, parvient à articuler, pour engager la conversation :

— On dirait qu'il va pleuvoir... A Nice, il faisait pourtant beau.

Le contrebandier ne se retourne même pas pour répondre :

— Nice, c'est Nice. La montagne, c'est la montagne. Vous n'avez encore rien vu !

Il reprend de l'avance. Danos maudit ce parcours de fou. S'il n'a encore rien vu, qu'est-ce que ça va être ! Il faut continuer, il n'a pas le choix. La France, c'est le danger à chaque minute. C'est la prison à vie, mais plus sûrement en toile de fond, le peloton d'exécution. De l'autre côté, à quelques kilomètres de ces montagnes pourries, c'est la liberté, le contact avec ses amis de l'O.V.R.A., l'ancienne police secrète fasciste, qui ne manqueront pas de lui donner asile, de le protéger, de l'escorter jusqu'au petit paradis qu'est la république autonome de Saint-Marin, où il ne se passe jamais rien. Exactement ce qu'il faut à Naudy et à lui comme résidence et comme base opérationnelle.

Abel a beau se réconforter avec ces pensées d'avenir, la montée est trop rude. Son cœur bat si vite qu'il a l'impression qu'il s'est arrêté. Le tueur émet un sifflement désespéré. Giorgio, imperturbable, continue son ascension, de son pas rythmé, pesant. Danos s'appuie contre un rocher, siffle une seconde fois, plus fort. En vain.

— Quel con ! fulmine-t-il. Dire qu'il va falloir casquer le maximum pour un abruti pareil ! Vingt mille balles pour se bousiller les pattes dans ce foutu sentier de merde, alors que ça m'aurait coûté vingt balles de taxi, de Menton à Vintimille !

Il reprend sa marche forcée, décidé à rejoindre l'Italien, même s'il doit en crever, dans ce magma de cailloux. Au détour d'une sente, une grosse pierre roule sous son pied droit, se détache, dégringole la pente. Les chocs se répercutent jusqu'au fond du ravin. Les nuages ont déjà noyé le sommet de la montagne. Ils descendent sur lui. Déjà, il reçoit des gouttes. Il ne manquait plus que la pluie ! Il trébuche, jure, puis se calme en voyant se dessiner des ruines dans l'obscurité. Le petit Giorgio est là, debout sous un pilastre qui supporte les restes d'un toit de chaume.

— On est à Castès, dit le passeur. Dix minutes de repos.

Giorgio parle le français sans accent. Cela a déjà étonné Danos. Maintenant, ça l'inquiète. Dieu sait d'où il sort, ce soi-disant contrebandier italien.

— Vous avez faim ?

Il a posé, sur une pierre plate envahie par la mousse, son sac tyrolien orné d'un écusson suisse. Il en extrait une miche, et trois fromages de chèvre aussi moussus que la pierre.

— Merci bien.

Giorgio repousse son sac, s'assoit sur la pierre. La lame du couteau à cran d'arrêt claque. La tranche de pain tombe comme une tête sous la guillotine. Le fromage s'étale. L'homme engloutit. Glousse de satisfaction. Repus, émet un rot. Cela fait sourire Danos, qui n'a pas cessé de l'observer. Un rustre, plutôt rassurant, finalement. Le voilà qui décroche la gourde pendue à sa ceinture, boit comme s'il se gargarisait, rote de nouveau, revisse le bouchon, ordonne :

— En route !

Interminable escalade de rochers, de rochers encore. « On n'en sortira jamais », se dit Abel. Il se rappelle les prouesses d'acrobate de son enfance. Il se sent vieux, lourd, vulnérable.

Deux heures de marche, depuis le départ. Danos est au bord de la nausée. Il faut qu'il mange, il le sait, il faut qu'il boive. S'il faiblit encore, Giorgio jettera au fond du ravin son cadavre dépouillé.

— Un quart d'heure de repos !

Cette fois, il ne refuse pas le fromage qui pue, ni le vin aigre.

Quand il veut se redresser, ses jambes le trahissent. Giorgio l'observe. Il masse sa cheville droite, s'efforce de sourire :

— Alors, Giorgio, on y va ?

— On n'en a plus pour longtemps. Encore quelques efforts, et on est à Treitore. La masse, là, sur votre gauche, c'est le mont Abo. J'y ai une cache avec des vêtements secs et de quoi faire du feu. Il faudra vous réchauffer parce que la descente ne sera pas facile... Rien à voir avec la montée, quand même !

— D'accord, souffle Abel. Après ?

— Après, je vous conduis à Boussare. On y sera vers neuf heures.

Le contrebandier écarte quelques branches d'une haie vive, desséchée par l'hiver, qui masque l'entrée d'une grotte. Il a sorti de son sac une lampe torche récupérée dans les surplus de l'U.S. Army. Les saillies des parois de la grotte se dessinent, aiguisées comme des poignards.

— Personne ne pourrait vous trouver là. Même en été. Les amateurs de marche forcée vont jusqu'au mont Grammont, reviennent par le col du Razet.

Abel hoche la tête, satisfait d'être immobile, enfin, et à l'abri. Mais il se fige quand fuse, très sèche, la question :

— Vous payez ici, ou en fin de course ?

Pourquoi le rital parle-t-il d'argent maintenant, et sur ce ton ?

— Après ou maintenant, pour moi, c'est pareil. Vous voulez quoi ?

Giorgio plante la lampe à la verticale dans le sol sablonneux. « Un profil de chacal » pense Danos, regardant l'ombre portée.

— En temps normal, ce serait vingt mille francs, ce que j'avais dit. Pour vous... c'est différent. Vous avez ramassé un sacré paquet, avec les bijoux de la môme Moineau, alors, il faut cracher au bassinet.

Danos ne voit plus que le double canon d'un fusil de chasse, braqué sur lui. En fait de vêtements secs, c'était ça, la cache.

Il en a vu d'autres. Il ne bronche pas.

— S'il n'y a que ça pour vous faire plaisir, je vous donne ce que j'ai. A peu près cent mille francs.

— Plus la ceinture bourrée de diamants, dit Giorgio.

Danos se concentre. Son intuition ne l'avait pas trompé. Ce salaud de Joachim, l'âme damnée de la Tiffany, a écouté aux portes. Ce brave con d'Édouard a dû parler de l'affaire Moineau.

Plus sa fureur monte, plus Abel s'efforce de rester calme. Il faut attendre le moment propice. Il l'aura, cet Italien de merde ! S'il avait un gramme d'intelligence, il l'aurait descendu tout de suite, sans rien demander. Il se rappelle sa vieille maxime : « Les cons, on les a toujours. »

— Les diamants, dit-il avec un pauvre sourire, bien

sûr que j'en ai quelques-uns. Je les gardais pour vivre en Italie. On peut les partager mais soyez fair-play, laissez-m'en un peu !

— Enlevez votre ceinture !

Danos fait glisser la fermeture Éclair de sa veste de cuir noir, relique de la rue Lauriston, relève un chandail, puis un second, puis la chemise. Du tricot de corps émerge une bande de lin à larges poches, dans laquelle chaque bijou fait saillie. Giorgio émet un sifflement d'admiration.

Une contorsion pour dégrafer la ceinture. Et le beretta jaillit. Deux coups de feu se succèdent sous la voûte de la grotte, se répercutent, assourdissants, entre les parois. Des fragments de pierre pleuvent sur la face de Giorgio, étendu à terre, les bras en croix. Lentement, le sang s'écoule de deux trous symétriques, noyant les broussailles de chaque sourcil.

22

Le très galonné et très décontracté commandant Rodriguez m'a souhaité la bienvenue à bord lorsque j'ai abandonné le D.C. 4 d'Air France pour m'installer dans le quadrimoteur d'Iberia qui assure la liaison Espagne-Canaries, via Malaga. Déjà, le rocher de Gibraltar n'est plus qu'un souvenir à l'horizon. Le soleil qui m'aveugle au travers du hublot fait scintiller à perte de vue les vagues de l'océan.

Nous amorçons notre descente. L'aéroport de Ténérife est, paraît-il, assez délicat à aborder. J'appuie sur le bouton qui relève le dossier de mon siège, éteins ma cigarette. De nouveau, je colle mon nez à la vitre. Le pic de Teide, couvert de neige, émerge d'une collerette de nuages. Un cratère gigantesque l'entoure, désert sombre qui évoque l'enfer. La côte aligne des arcs de sable noir le long de l'unique route bordée de champs de lave. En découvrant ce paysage lunaire, je me pose des questions sur le succès touristique des Canaries. Peut-être a-t-on, au ras du sol, une vision différente ?

— Ténérife, ou Las Palmas, *señor ?*

La voix chantante de l'hôtesse, brune de cheveux et de peau, me distrait de mon observation. Elle s'est assise sur le siège de service, en face de moi, les genoux bien serrés sous la jupe courte. Elle sangle sa ceinture, respirant un bon coup, comme pour m'inciter à glisser un œil indiscret dans le chemisier d'uniforme qui s'entrebâille. Depuis le décollage, nous avons échangé quelques regards qui pourraient me mener loin si je ne pensais pas à Marlyse et Vieuchêne réunis. La taille bien prise, le buste généreux, les hanches rondes, les yeux sombres et brillants conspiraient à me troubler. Mais le devoir, c'est le devoir. La fidélité aussi.

De mon plus savoureux accent d'hidalgo, emprunté au manuel de conversation franco-espagnol que j'ai pris soin de glisser dans ma valise, je lance :

— Ténérife. Puerto de la Cruz.

Un sourire, une réponse :

— *Mucho benito, Puerto de la Cruz. Pittoresco.*

Tant mieux si c'est aussi beau que pittoresque. Moi, ce qui m'importe, c'est que la femme que je suis venu interroger parle français. Et de ce côté, pas de souci à me faire.

Une glissade sur l'aile. Le train d'atterrissage se déverrouille, les ailerons grincent. L'avion effectue un large virage. Santa Cruz de Ténérife jaillit sous l'aile droite, dans le feu du soleil couchant. Le port multicolore se love dans une vaste baie qu'entourent de hauts rochers. D'innombrables cargos côtoient les bateaux de croisière, des barques de pêche, les minivoiliers aux coques bariolées, rouges et jaunes, couleurs du drapeau espagnol.

L'avion est très bas, maintenant. Des lumières clignotent, les unes après les autres, sur les versants qui descendent vers la mer.

Santa Cruz s'estompe derrière la queue de l'appareil qui, dans un vrombissement de fin du monde, rase de si près une rangée d'arbres peu judicieusement plantés près du terrain, que j'ai le réflexe stupide de me cramponner aux accoudoirs. A Gstaad, au moins, j'aurais pu faire un roulé-boulé dans l'épaisse couche de neige ! Ici, je serais bon pour un plongeon gratuit sur les hangars de Los Rodeos qui ne semblent pas encore être à la pointe du progrès. Mon estomac se soulève pour aller boxer mes poumons quand nous encaissons un premier choc, puis un second plus dur. Les roues aspirent les plaques de béton inégales de la piste. Un coup de frein et c'est mon cœur qui proteste, cette fois, quand je suis projeté en avant. Mes doigts s'incrustent dans le caoutchouc mousse de mon siège. Ça me rappelle mes évolutions entre la gare d'Aigle et Gstaad, et retour.

Enfin, je peux respirer normalement. L'avion roule vers l'arrivée, stoppe devant un bâtiment vétuste. Je desserre ma ceinture, récupère sous mon siège mon imperméable de fonction. Je n'aurai plus qu'à attendre ma fidèle valise dans la salle des bagages, avant de foncer vers l'autobus qui me conduira à Puerto de la Cruz.

Le service des garnis m'avait donné un sérieux coup de main pour repérer le passage de Josiane Gutterez à l'hôtel *Régent* du boulevard de Clichy. Comme je restais planté, l'air interrogateur, devant la patronne, ronde et frisée comme un chou-fleur, elle contemplait, perplexe, le tableau des clés.

— Gutterez Josiane, oui c'est là, bien sûr. Elle est entrée hier au soir. Enfin, quand je dis que c'est là...

— Pourquoi, elle est sortie ?

— C'est qu'elle n'est pas rentrée du tout. Je l'avais mise à la 27. Sa clé n'a pas quitté le tableau.

La clé pendait en effet au crochet, sous la plaque ovale émaillée. J'ai senti passer le souffle de la défaite. Si mon oiseau s'était envolé du nid avant même d'y avoir dormi, dans quel arbre devrais-je grimper pour le retrouver ?

— Elle l'a prise pour combien de temps, sa chambre ?

— Juste une nuit, monsieur l'inspecteur. C'est pour ça que je n'y comprends rien. Elle me l'a même payée d'avance. Elle devait prendre l'avion et m'avait demandé de la faire réveiller à six heures. J'ai passé la consigne au veilleur de nuit mais quand il l'a sonnée, personne n'a répondu. Il a pensé qu'elle dormait. Il n'a pas insisté.

— C'est malin ! Et en plus, il n'a pas vu que la clé était restée accrochée ?

— Baptistin, vous savez... c'est un retraité de la gendarmerie !

Merci quand même ! Du coup, ce n'est plus le souffle de la défaite, c'est la tempête de la déroute, l'ouragan sur la Bérésina. Si Josiane n'était pas rentrée, c'est qu'on l'avait interceptée. Qui ? Castex, bien sûr, qui cavale comme moi après Danos. La glace de la loge, surmontée d'une branche de houx, au-dessus de la cheminée, m'a montré, sous mon visage décomposé, cet horrible anorak, témoin de mon expédition neigeuse. De quoi achever de me casser le moral ! Malgré tout, il fallait prendre une décision. Je ne pouvais rester figé dans l'entrée de l'hôtel, à attendre l'arrivée plus qu'hypothétique de Josiane ou celle de l'escouade Castex venant perquisitionner sa chambre. Je me devais de passer à l'offensive :

— Elle avait bien des bagages, votre locataire ?

— Une valise, peut-être deux. Je n'aime pas ça, vous savez. Qu'est-ce que vous en pensez, vous, qui avez l'habitude de ces choses ? Une femme qui loue une chambre pour la nuit et qui ne l'occupe pas ! C'est bizarre, non ?

— Bien sûr que c'est bizarre. Le mieux serait de voir si ses valises sont toujours là. C'est à quel étage, la 27 ?

— Troisième gauche.

— Venez.

J'étais déjà sur le palier du premier, malgré le handicap de ma tenue alpestre, quand la femme peinait encore sur les premières marches :

— Mon asthme, excusez-moi...

Je m'en moquais, de son asthme ! Les secondes étaient précieuses. La cavalerie Castex pouvait charger à tout instant. D'autant que je commençais à me demander si la belle Violaine ne m'avait pas joué un tour de vache en prévenant la P.P. tandis que je déambulais au pied des pistes de Gstaad. Pas mal, pour me couper l'herbe sous le pied et se venger de mon chantage.

Encore deux étages. La taulière accélérait. Sans doute respirait-elle mieux dans les hauteurs ? Non, elle a marqué un nouveau temps d'arrêt, une main sur la rampe, l'autre serrant la clé de la chambre. Elle s'est essuyé le front d'un pan de sa blouse.

Quel intérêt aurait-elle eu à me court-circuiter, Violaine Fiorini ? Les retombées de l'opération n'en seraient que plus dangereuses, par rapport à lord Dudley. Elle en était sûrement consciente. Je gambergeais en attendant le dragon poussif qui se congestionnait de degré en degré. Je rallumais sans cesse la minuterie avarement déréglée, obnubilé par le chiffre 27 sur la seconde porte, à gauche, et par la poignée de cuivre qui brillait dans la lumière intermittente. J'ai repéré un bout de papier glissé dans le chambranle. Je l'ai tiré, déplié : « Je t'ai attendue comme convenu à 6 heures et demie. Téléphone-moi. Enrico. »

Je me suis tourné vers la femme qui venait enfin de vaincre la dernière marche :

— Qui est-ce, Enrico ?

Le temps de trouver son second souffle, et :

— Le barman du *Grand Jeu.* C'est lui qui me l'a adressée. Un brave garçon, vous savez. Si vous voulez ouvrir...

Elle me tend la clé, recule d'un pas comme si elle avait peur de voir dégringoler sur elle le cadavre de Josiane, bien que la porte s'ouvre vers l'intérieur !

Du seuil, je ne vois que du noir : les doubles rideaux sont tirés. J'allume. La lumière crue des appliques inonde le lit, qui n'a pas été défait. Devant la table de toilette, deux valises, debout contre la chaise. Sur la table de nuit, une boîte de poudre de riz et un début de lettre : « Chère Tatie, je quitte Paris pour les Canaries. Mon amie Carmen Ibarra va me trouver du travail. Tu peux m'écrire chez elle, 13 calle Mequinez à Puerto de la Cruz. Je te donnerai le téléphone... »

La phrase s'interrompait là. Pourquoi les Canaries ? Le barman le savait certainement, lui. Mais où le dénicher à 8 heures du matin ?

Je restais là, pensif, déçu. Derrière moi, l'hôtelière, qui avait enfin osé s'approcher, hochait la tête :

— Bizarre, vous ne trouvez pas ?

— Bizarre, en effet, ai-je répété en écho, tout en comparant machinalement les valises de cuir toutes neuves à ma vénérable compagne de carton bouilli que j'avais abandonnée en bas, dans le bureau. Il s'appelle comment, Enrico ?

— Ibarra.

— Comme Carmen, alors ?

— C'est sa sœur. Très jolie mais pas très futée Elle vit aux Canaries...

— Je sais. Vous les connaissez bien, les Ibarra ?

— Comme ça... Enrico m'envoie pas mal de touristes. Il m'avait présenté sa sœur, il y a bien trois ans de ça. A l'époque elle fréquentait un certain Raymond qui avait une autre femme en même temps. Alors, elle en a fait une dépression, elle est partie je ne sais où. Les histoires de cœur, vous savez ! Ce genre de filles...

— Je sais, dis-je à nouveau.

En réalité, je ne sais rien du tout. Avec Marlyse, ça a toujours collé malgré la vie de flic que je lui mène. J'ai réfléchi quelques secondes avant de demander :

— Vous permettez que je téléphone ?

Je connaissais déjà la réponse. Jamais, au grand jamais, je n'ai vu un hôtelier dire « non » à un policier, ni lui faire payer la communication.

J'ai descendu l'escalier quatre à quatre. La pendulette du bureau marquait 8 h 10. Le Gros, toujours matinal, devait déjà être en train d'éplucher les rapports de la veille.

— Anjou 28.30 ? Le commissaire Vieuchêne, je vous prie.

Un grésillement, un ronflement, suivis d'un grondement qui semblait sortir d'une caverne. Ce n'était que la voix du Gros, et pas celle des meilleurs jours.

— Enfin, vous voilà !

Une phrase qui commence comme ça ! Mon intuition ne m'avait pas trompé. Castex avait arrêté Danos, ou Buisson, ou Josiane. Peut-être les trois en même temps. Et récupéré les bijoux de la môme Moineau. J'en bafouillais de dépit :

— Je suis sur Josiane Gutterez, patron. Elle est à Pigalle, dans un hôtel du boulevard. Je l'attends avant qu'elle ne s'envole.

Je revoyais la lettre inachevée que j'avais fourrée dans ma poche, l'écriture ferme, bien formée. J'ai continué :

— Elle a écrit à sa tante pour lui faire part de son départ pour les Canaries. J'ai réussi à avoir l'adresse.

Vieuchêne a stoppé net mes explications :

— Qu'est-ce que c'est que cette histoire ?

— Si, si, patron. . Chez Carmen, la sœur du barman du *Grand Jeu,* calle Mequinez à Puerto de la Cruz.

— Carmen comment ?

— Ibarra.

J'ai écarté l'écouteur de mon oreille pour atténuer l'explosion qui me crevait le tympan :

— Alors, celle-là, elle est bonne ! Vous savez qui c'est, Carmen ?

J'ai essayé de dissimuler mon ignorance par un vague :

— Il me semble... Ça me dit quelque chose.

La voix s'enflait encore :

— Vous l'aviez oublié, pardi ! C'est l'ancienne maîtresse de Raymond Naudy, le protégé de Pierrot le Fou, qui a travaillé avec Jo Attia, Georges Boucheseiche et surtout Danos. Le gang des tractions avant, quoi ! Son nom figure dans le dossier Gutterez que j'ai sorti hier. Qu'est-ce que vous faites avec Josiane ? Vous l'interrogez sur place ou vous la ramenez à la boîte ?

J'ai exhalé un soupir de soulagement. Au moins, Castex ne l'avait pas interpellée.

— C'est-à-dire que j'espère qu'elle va revenir. Ses valises sont dans la chambre. Elle n'a pas couché là.

— Comment ça se fait, Borniche ?

Question stupide, sur laquelle je ne pouvais que rester coi. Mais Vieuchêne, lui, avait déjà trouvé la réponse :

— Vous auriez été là hier quand elle est arrivée à l'hôtel, au lieu de vous trimbaler aux sports d'hiver, on en saurait plus maintenant ! Je vous envoie Crocbois et tâchez de ne pas me louper Josiane... Elle doit en savoir des choses sur Danos !

Le voile s'était déchiré. Le circuit se bouclait. Dans mon esprit, le gang des tractions avant s'était reconstitué. Sans Loutrel, disparu depuis novembre 1946, sans Attia ni Boucheseiche, arrêtés en juillet 1947. Mais avec Danos et Naudy, toujours en liberté et qu'il allait être désormais possible de cerner grâce à Josiane Gutterez et Carmen Ibarra. Le dicton « Chercher la femme » avait pris, en un temps record, toute sa signification.

— Vous m'entendez, Borniche ?

— Je vous entends, patron. J'aimerais aller me changer, prendre une douche. Je suis à deux pas de chez moi.

Un raclement sinistre dans l'appareil. Le borborygme du dinosaure avant le déluge.

— Une douche ! Une douche ! Est-ce que c'est le moment d'aller prendre une douche ? J'ai l'impression que votre expédition dans les glaciers vous a passablement réfrigéré les méninges, hein ? Vous espérez peut être que Clot nous l'administre, la douche, en nous soulevant la Gutterez ? Attendez Crocbois et tenez-moi au courant. C'est un ordre !

Les imprécations de Vieuchêne favoriseraient-elles le retour de Josiane ? Une riche idée, en vérité, d'avoir foncé sur le *Lynx-Hôtel,* en débarquant du train, au lieu d'aller retrouver la douce tiédeur des draps de Marlyse ! Le zèle est bon pour les sages mais on le trouve surtout chez les sots, dit-on. J'étais un sot, un triple sot, pris par sa propre passion de la chasse. Et plus question désormais d'abandonner le terrain. Vicieux comme je le connais, le Gros serait capable de me rappeler, et de m'expédier, pour abandon de poste, dans un coin perdu d'une frontière même pas suisse, où je tamponnerais les passeports à longueur de mois.

Cela dit, j'avais du mal à chasser mon appréhension. Les aiguilles tournaient. Pas plus que Josiane, Crocbois ne faisait son apparition. L'hôtelière s'affairait entre le bureau-cylindre de la réception et les éléments disparates de sa cuisine. Je la sentais inquiète. Ses yeux se portaient sur moi à la dérobée, puis se détournaient pour éviter les miens. Un long silence planait, troublé seulement par les allées et venues d'une clientèle qu'intriguait mon accoutrement.

La canadienne et les mitaines de Crocbois ne s'étant pas encore manifestées à 10 heures je me préparais à rappeler Vieuchêne. Le téléphone a tinté au moment même où je décrochais. C'était Crocbois.

— Tu dois te demander ce que je fabrique, hein, ma vieille ?

— Plutôt, oui. Où tu es ?

— A la P.P.

— Qu'est-ce que tu fous là-bas ?

— Une histoire de dingue, attends ! Au moment où j'arrivais à Pigalle et que je garais ma voiture rue Duperré pour te rejoindre, un flicard m'a empêché de stationner. Il montait la garde devant le 3. Je lui ai demandé pourquoi et tu sais ce qu'il m'a répondu ?

J'aime bien le Crocbois fureteur, le Crocbois serviable, le Crocbois pittoresque mais j'ai horreur du Crocbois phraseur, qui se veut éloquent alors qu'il n'est que bavard. Mon énervement crût au rythme de son débit :

— Accouche, veux-tu ?

— Attends... Une fille a été assassinée à deux pas du *Régent* sans que personne n'ait rien entendu. Pas de papiers, pas d'identité. C'est Ducourthial, de la Criminelle, qui a l'affaire. Ça se serait passé vers 2 ou 3 heures du matin.

Mon visage a dû marquer le coup puisque l'hôtelière m'a considéré d'un air bizarre.

— Ça ne m'explique pas ce que tu fous au 36 ?

— Les journalistes font le pied de grue, alors je fais comme eux... Tu ne voudrais pas que ce soit ta Gutterez ?

Le salaud remuait le couteau dans la plaie. Je me suis résigné :

— Tu le sauras quand ?

— C'est imminent. Le commissaire Pinault doit tenir une conférence de presse. Je te rappelle.

Crocbois a raccroché avant même que je puisse lui demander le signalement de la victime. Mais j'en savais suffisamment pour tenter, moi-même, une percée dans les lignes ennemies. J'ai composé le numéro de la Préfecture, demandé à la standardiste le poste de la Criminelle.

— Ducourthial ?

— Il n'est pas là. Qui est à l'appareil ?

— Bacelon, de *France-Soir.*

— C'est Rollin, ici. C'est pourquoi ?

— Je voulais savoir s'il avait identifié la môme de la rue Duperré. C'est pour l'édition de cinq heures...

— Gutterez, mon vieux. Josiane Gutterez. On l'a retapissée par ses empreintes. Tu veux son blaze ?

— Merci, ça va. Je rappellerai Ducourthial tout à l'heure.

Ça ne m'allait pas du tout. Josiane trucidée, un pan de l'édifice s'écroulait. Ma présence à l'hôtel n'avait plus de raison d'être. Encore fallait-il en aviser le Gros.

Une nouvelle fois, mon index reprenait le chemin du cadran. Une nouvelle fois, Vieuchêne décrochait. Je m'attendais au pire. Le ton avait changé. Et je m'entendais dire d'une voix presque chaleureuse :

— Crocbois vient de me prévenir, mon petit Borniche. Castex l'a dans le baba. On n'a plus de Gutterez, mais on a Carmen. Tâchez de faire le ménage dans la chambre, vous voyez ce que je veux dire ?

— J'ai piqué la lettre, patron...

— Parfait. Vous avez un avion pour Madrid et Malaga à midi. Le temps de préparer votre ordre de mission et Crocbois passe vous prendre chez vous. Ce n'est pas mal les Canaries, vous savez. Pas mal du tout !

23

Dès que l'inspecteur principal Castex est sorti de la tiédeur du poste de police de la rue Ballu, dans le IXe arrondissement, il sent qu'un étau glacé lui enserre les tempes. En ce début d'après-midi, le soleil ne parvient pas à percer, et la température avoisine le zéro.

— Je vais me geler les méninges par ce temps, grommelle-t-il. Il faut que je m'achète un chapeau de feutre. Le mien est trop léger.

Pendant plus d'une demi-heure, en compagnie de son collègue Ducourthial, de la Brigade criminelle, renfrogné mais attentif, il a enregistré, par le menu, le compte rendu des gardiens de la paix alertés par un matinal concierge de la rue Duperré, et arrivés les premiers sur les lieux dans le car de police-secours. Le commissaire du IXe faisait mousser le travail de son équipe. Castex, lui, avait l'air de fort méchante humeur. Il y avait de quoi : pour la première fois depuis dix ans, il recevait ses parents, arrivés tout droit de leurs Pyrénées natales, quand le coup de téléphone du commissaire Clot avait troublé ces retrouvailles familiales :

— Dites-moi, Saint-Cyr, l'affaire de l'inconnue de Pigalle a été évoquée ce matin à la conférence des commissaires. Ducourthial s'en occupe pour la Crim'... La section dactyloscopique l'a identifiée comme étant Josiane Gutterez. Nos archives P.J. révèlent certaines accointances avec l'équipe Danos. J'aimerais que vous jetiez un œil là-dessus.

— Je déjeune en famille, patron. Ducourthial peut dégrossir l'affaire. Je le rejoindrai dès que possible.

— Justement, Saint-Cyr, Ducourt a commencé à la dégrossir, l'affaire, comme vous dites. Il est allé consulter le fichier de la Sûreté. Ce qui m'inquiète, c'est que le dossier Gutterez est sorti hier des classeurs. Il est entre les mains du commissaire Vieuchêne...

— Et alors ? s'est insurgé Castex. Il n'a qu'à aller le voir chez Vieuchêne !

— C'est ce qu'il a voulu faire. Impossible. On lui a fait répondre que c'était un domaine réservé. Comme nous avons des soupçons sur Danos dans l'affaire Moineau, j'ai bien peur que la Sûreté n'ait des visées dessus...

Saint-Cyr Castex a raccroché, doublement mécontent. Il a joint Ducourthial à son bureau, et les deux hommes ont décidé de se retrouver à 14 heures au commissariat de la rue Ballu. Ainsi Castex aurait tout de même le temps de savourer, en famille, le cassoulet maison.

Ducourthial, le débonnaire, a commencé à débroussailler le terrain.

— Si je comprends bien, a-t-il demandé au commissaire du IXe, en mâchonnant le bout de sa Boyard papier maïs, on pédale dans le vide : ni éléments, ni témoins, ni découverte d'objets suspects : lacets de chaussures, ficelle, courroie... D'après l'autopsie, la fille est pourtant morte étranglée !

— Que voulez-vous que j'y fasse. Je ne vais pas vous donner une corde à nœuds pour vous faire plaisir. J'ai fait mon métier. Le corps est à l'Institut médico-légal. Maintenant, à vous de jouer.

— On n'est pas avancés, c'est le moins qu'on puisse dire, soupire Ducourthial devant Castex, perplexe. J'ai trouvé la môme, par les garnis, au *Lynx-Hôtel,* mais c'est vieux. Le dernier, c'est le *Régent,* boulevard de Clichy. Il faut que j'aille à la morgue. Tu fais l'hôtel ?

Saint-Cyr Castex a acquiescé. Ils se séparent à la sortie du commissariat.

Le vent redouble de violence sur le boulevard de Clichy. Castex resserre le col de sa gabardine, rabat le bord de son chapeau de toile kaki. A la hauteur de l'hôtel *Régent,* il lève la tête, les yeux pleurant sous la morsure du froid. Il s'empresse de pousser la porte. La pendule de l'hôtel marque 2 h 40 lorsqu'il colle sa carte sous le nez de la patronne.

— Castex, de la Brigade volante, bougonne-t-il. C'est ici qu'habitait la de cujus ?

La femme jette un coup d'œil sur la carte à bande bleue et rouge, s'étonne, ouvrant les yeux comme des soucoupes :

— Qui ça, monsieur le commissaire ?

— Inspecteur principal, rectifie Castex. Qui ? La morte, pardi ! Josiane Gutterez.

La patronne hoche la tête :

— Ah, oui ! Chambre 27, troisième. Elle n'y est pas, je m'empresse de vous le dire.

Castex se redresse tout à coup, cesse de souffler sur ses doigts glacés, fusille la malheureuse du regard.

— Je m'en doute, dit-il. Votre gourbi, ce n'est pas un frigidaire à macchabées... Elle était arrivée quand, votre cliente ?

— Hier soir. J'ai déjà dit tout ça à votre collègue, ce matin ! On ne savait pas qu'elle était morte. Mais lui, il était déjà là.

Les sourcils de Castex se rejoignent :

— Qu'est-ce que c'est que cette histoire ? Et quel collègue, d'abord ?

— Est-ce que je sais, moi !

— Il ne vous a pas dit son nom ? rugit Castex.

Il la trouve bien arrogante, cette taulière qui ne sait même pas ce qu'est un de cujus. Il ne supporte ni son parler pâteux en forme de coassement, ni ses cheveux choucroute, ni ses besicles mal nettoyées.

— Il était comment, ce soi-disant collègue ?

— En tenue de sports d'hiver. Ça m'a étonnée qu'on puisse faire des enquêtes déguisé comme ça.

— Vous avez vu sa carte ? Ce n'était pas un journaliste ?

— Non. Il avait l'air sûr de lui. Mon veilleur de nuit est un ancien de chez vous, alors j'ai l'habitude.

Castex se renfrogne un peu plus avant d'aboyer :

— Un ancien d'où ça ?

— De la gendarmerie.

Du coup, Castex glousse de satisfaction.

— Un gendarme n'est pas un flic, dit-il doctement. C'est un militaire. Nuance. Et l'autre, ce n'était pas un chasseur alpin, par hasard ? Parce que, au point où vous en êtes !

— Ne vous moquez pas, dit la patronne, vexée. Il avait une tenue de ski, un point c'est tout !

— Bon. Et qu'est-ce qu'il voulait ce cher collègue ?

— Je suis montée avec lui à la chambre. Et il a pris la lettre.

Castex gronde, avançant la tête vers la patronne apeurée :

— Quelle lettre, bon Dieu ?

— La lettre qui était sur la table de nuit. Il l'a lue, et l'a empochée.

Castex n'est plus rouge de froid, mais l'apoplexie le menace. Pour se calmer, il sort de sa poche une cigarette, l'allume avec un soin affecté, en tire quelques bouffées.

— Pourquoi l'avez-vous laissé prendre, bon sang ! Il n'avait pas le droit. Vous n'avez rien d'autre à me dire ?

La taulière regarde d'un sale œil ce flic mal embouché, qui ne cesse de grogner que pour se mettre à crier.

— Plus rien, répond-elle.

— Oui, eh bien moi, je suis sûr que quand vous recevrez votre convocation, la mémoire vous sera revenue, dit Castex en poussant la porte pour affronter de nouveau le vent glacial. Cela vaudrait mieux pour l'hôtel *Régent*. Un mot encore : c'était une cliente habituelle ou simplement de passage ?

— De passage, inspecteur. Elle a atterri ici je ne sais pas comment. Et si j'avais su que mon établissement deviendrait le commissariat du quartier, je ne l'aurais pas reçue. C'est moi qui vous le dis.

Déjà, l'inspecteur principal Castex de la Brigade volante n'entend plus les vociférations de l'hôtelière. Il se demande pourquoi le dossier Gutterez est entre les mains du commissaire Vieuchêne.

24

C'est bien l'immeuble où habite Carmen Ibarra. Une bâtisse ancienne, à la façade rose, patinée par le temps et les embruns. Elle ne manque pas d'élégance avec ses trois balcons de bois sculpté, débordant de lauriers-roses. La lourde porte de chêne vernissé laisse entrevoir, au bout d'un couloir, un patio où les bougainvillées assaillent la margelle d'un vieux puits. Ils sont loin, les trains frigidaires, les virages verglacés des stations casse-pipes, les frimas de Maisons-Laffitte et de la butte Montmartre, les murs sinistres de la centrale de Poissy ! Puerto de la Cruz, c'est un autre monde. Le soleil saupoudre de taches claires le vert de la gigantesque forêt de pins de La Oratava, dore les anciennes demeures seigneuriales de la cité, aux larges balcons ciselés.

Le lit-bateau de la pension *Ninima* m'a permis d'oublier la fatigue des sauts de puce successifs des jours derniers. La cuvette et le broc, disposés près du seau hygiénique à l'émail craquelé, pudiquement masqué par un rideau de dentelles, ont suffi à me rafraîchir. Le dîner de la veille aurait pu être agréable si je n'avais pas voulu étaler mes connaissances en espagnol.

Dans la vieille calle Cruz Verde que j'arpentais, narines au vent, le restaurant *Mi Vaca Y Yo* ne payait pas de mine. Je l'aurais même proprement délaissé si l'odeur de friture et le brouhaha qui s'échappaient de la portière-moustiquaire n'avaient excité ma curiosité. J'avais écarté les perles de bois, juste ce qu'il faut pour me trouver nez à nez avec un gaillard à trogne ronde, le chef coiffé d'une interminable toque blanche qui m'avait donné à penser qu'il représentait, à lui seul, la pléiade des grands de la cuisine internationale. Il m'était d'autant plus difficile de reculer que j'avais prononcé le fatidique *Buenas tardes,* la seule formule de politesse qu'il m'arrive d'accentuer correctement. Le temps d'une courbette et je m'étais retrouvé coincé à une table, dans l'angle gauche de la salle, près de la cuisine. Un ventilateur à hélice distribuait heureusement une brise agréable, entre deux bouffées de chaleur. L'ennui, c'est que chaque passage des pales soulevait une mèche de cheveux rebelle que je m'efforce, depuis mon enfance, d'aplatir à grand renfort de gomina.

Je pensais que le maître queux allait me présenter la carte. Je me trompais. Il s'est contenté de m'offrir son embonpoint et d'énumérer, d'une voix grave et monocorde, une suite de mots incompréhensibles. Avais-je vraiment une tête de Canarien de bonne souche ? Pris à mon propre piège, je me suis contenté d'acquiescer d'un air inspiré. Le résultat ne s'est pas fait attendre. Je me suis retrouvé devant un bizarre mélange de pain, d'œufs, d'oignon et d'ail, et un autre, encore plus pimenté s'il se peut, de poissons et de fruits de mer puant l'huile d'olive et, bien sûr, l'ail. Quant au dessert qu'il me tardait de savourer, je n'ai jamais compris comment il avait pu se transformer en alevins gisant sur un lit d'ail particulièrement funèbre. Je me suis évertué à faire passer tout cela à grands coups d'un vin rouge épais, vaguement sucré, servi dans une carafe géante.

La tête me tournait quand j'ai regagné ma chambre. Qu'aurait dit Marlyse en voyant comment j'avais suivi le conseil qu'elle m'avait donné à Orly où elle avait tenu à m'accompagner ?

— Surtout, ne bois pas de leur eau ! Prends de l'évian ou de la volvic. S'ils en ont !

Une jeune fille, les cheveux enfouis sous un châle mauve, ouvre un peu plus la porte de l'immeuble. Des nappes brodées dépassent de son panier d'osier. Elle me dévisage une seconde puis s'écarte en baissant les yeux. J'amorce quelques pas dans le couloir pavé de lave. Au-delà du patio, un escalier de bois en colimaçon, dont la rampe est aussi ajourée que la dentelle des nappes, s'offre à ma vue. Je me sens tout d'un coup dépaysé, dans les senteurs d'eucalyptus et de jasmin. Du haut du balcon du troisième étage des canaris saluent mon arrivée de leur chant. L'île porte bien son nom.

J'en suis à décrypter les noms barbares des boîtes aux lettres lorsque des talons féminins martèlent les marches de l'escalier. Je rectifie la position. Une femme, fine, élancée, apparaît sur le palier de l'entresol. Un rayon de soleil fait étinceler le large collier d'or qu'elle porte sur un chemisier de soie bleue, boutonné jusqu'au cou. Les cheveux noirs tombent en cascade sur les épaules. Une jupe bleu marine, fendue sur le côté, laisse entrevoir des jambes bien galbées, gainées de soie. Elle est vraiment désirable. Après Violaine Fiorini, dont la beauté m'avait frappé à Gstaad, je suis gâté !

D'instinct je tente ma chance, en français :

— Mademoiselle Ibarra, s'il vous plaît.

Elle descend quelques marches, s'arrête à l'entrée du patio. Le front se plisse, les yeux bleus virent au noir.

— Qui la demande ? interroge-t-elle, déjà sur la défensive.

Une voix un peu niaise, qui détonne dans le tableau. L'hôtelière m'avait prévenu : « Très jolie mais pas très futée... » Je suis fixé : c'est bien Carmen Ibarra, la sœur d'Enrico, l'amie de la défunte Josiane, qui s'est plantée devant moi.

— Ravi de faire votre connaissance, dis-je, avec un sourire que je veux enjôleur. Je me présente : Gaby Deschamps, le frère de Gilbert.

Ce n'est pas Gilbert, mort au champ d'honneur de la truanderie, qui pourrait me contredire.

Carmen secoue sa crinière, me dévisage, méfiante.

Ses yeux en amande paraissent aussi vides que la cervelle de ses canaris.

— Et alors ? s'inquiète-t-elle. C'est pour quoi ?

— J'ai un message pour vous. De la part de Josiane.

Le prénom a fait tilt. Les sourcils se crispent :

— Josiane ?

— Elle ne pourra pas venir comme convenu. Je suis chargé de vous le faire savoir.

J'avais tort d'avoir peur que mes explications décousues lui mettent la puce à l'oreille. Elle a l'air d'être tellement à côté de ses bottines qu'elle semble prête à tout avaler.

— Vous êtes le frère de Gilbert ?

— Le demi. Notre père s'était remarié. On a suivi chacun des routes différentes. J'ai quelques ennuis avec la police française depuis la Libération. Ici, chez Franco, je ne crains rien.

Intérieurement, je me félicite d'avoir travaillé sur le gang de Pierrot le Fou, deux années plus tôt. J'en connais tous les rouages. Et pour me coller sur les noms de ses membres, il faudrait se lever de bonne heure.

Je me hâte d'enchaîner :

— Pour tout vous dire, j'ai un peu fréquenté Abel Danos et Raymond Naudy au temps de la rue Lauriston. Alors, forcément…

Elle approuve d'un signe de tête :

— Forcément. Et c'est là que vous avez connu Josiane ?

— Pas rue Lauriston, non. Au *Grand Jeu,* chez Paul l'Oranais.

— Chez qui travaille mon frère, coupe-t-elle. Il connaît bien Josiane, Enrico.

— Connaissait, dis-je, sur le ton funèbre qui convient.

Je laisse la phrase en suspens, le temps que l'insinuation produise son effet. Ça ne rate pas.

— Pourquoi ? Ils sont fâchés ?

— Ma foi non. Enrico devait la conduire à Orly. Il lui avait même trouvé une chambre dans un hôtel du boulevard de Clichy. Mais la pauvre Josiane a eu un pépin, un grave pépin.

Un battement de cils puis :

— On l'a arrêtée ?

— Pire. Elle est morte. On l'a découverte étranglée dans un caniveau de Pigalle.

Carmen en reste foudroyée. Sa bouche s'ouvre comme celle d'un poisson privé d'eau :

— Qu'est-ce que vous me dites là ? Elle devait venir me rejoindre, travailler ici avec moi.

— Il faudra en faire votre deuil, dis-je sans me rendre compte immédiatement de la justesse de mon propos. Les flics ont aussitôt pensé à Danos d'après le signalement du tueur que des témoins ont vu s'enfuir.

Je respecte quelques instants le silence de Carmen puis je reprends sur un ton doux, que je veux de circonstance :

— C'est une ordure, Abel. Ni foi ni loi. Buter ainsi son ancienne maîtresse. Surtout après ce qu'elle avait fait pour lui...

Elle a beau être en plein désarroi, sans beaucoup de tête mais avec du cœur, visiblement, j'ai l'impression que j'y vais un peu fort. Elle va finir par s'en apercevoir. Mais non ! C'est son frère qui la préoccupe :

— Vous pensez qu'Enrico va être ennuyé ?

— Certainement pas. Mais comme son téléphone peut être surveillé, il a chargé un camarade de vous prévenir et c'est cet ami qui m'a joint à Santa Cruz. Voilà.

Elle regarde sa montre. Je la devine pressée de s'éclipser. Il faut en revenir à Danos pendant que c'est chaud :

— Vous avez dû le connaître, vous, Danos, par Raymond ?

— Je l'ai vu deux fois. Une fois seul, au *Chapiteau,* place Pigalle, une autre fois avec Josiane. C'est là que nous avions sympathisé. Elle l'avait dans la peau. Parce que, pour passer la frontière comme elle le faisait...

— Des coups à se faire coincer, dis-je en acquiesçant du chef.

— Je l'avais prévenue, il n'y avait rien à faire. Il s'était fichu d'elle dans les grandes largeurs. Elle voulait être danseuse, il en a fait une complice. Moi, avec Raymond, ça n'a jamais marché. Je souhaite bien du plaisir à la Pierrette qui m'a succédé.

Le prénom me frappe. C'est celui dont Antoine Girola m'avait parlé lors de ma visite à Poissy.

— Pierrette ?

— La petite Chade. Une brave fille. Ici, au moins, je suis tranquille. Et c'est pour être tranquille que Josiane voulait me rejoindre, pour se faire une nouvelle vie.

Elle regarde à nouveau sa montre :

— Je m'excuse mais je vais être en retard. J'ai rendez-vous sur la carretera Botanico avec un architecte.

— Vous faites construire une villa ?

Elle esquisse un sourire :

— Non. Je tâte un peu de l'immobilier. Il y a beaucoup d'argent à gagner ici. Dans quelques années, ce sera le paradis des touristes. On construit partout J'espère ouvrir une boîte de nuit vers le port.

Elle me précède dans le sombre couloir et nous débouchons calle San Telmo, devant la promenade du bord de mer qui surplombe la plage de sable noir.

Je glisse, alors qu'elle sort de son sac à main un jeu de clés de voiture :

— On le soupçonne d'avoir fait le coup de la môme Moineau, le bel Abel ! Cent millions de bijoux en dix minutes, ce n'est pas mal !

Elle s'arrête devant la portière gauche d'une Volkswagen aux ailes cabossées, relève la tête :

— Je n'en sais rien, et puis ça ne m'intéresse pas Josiane m'avait dit que depuis la disparition de Pierrot le Fou, il s'était remis à faire le monte-en-l'air mais sans plus. C'est bien dans ses cordes.

Elle ouvre la portière, s'installe au volant.

— Vous êtes ici jusqu'à quand ?

— Ce soir, 6 heures. Je reprends le car pour Santa Cruz. Pourquoi ?

Elle met le contact. Le moteur vrombit sans discontinuer. A croire qu'elle a coincé la pédale d'accélérateur :

— Comme ça... On peut se voir à 1 heure, à l'apéritif, si vous voulez, crie-t-elle. Au *Marquesa,* sur la Quintana.

Heureusement surpris, plein d'espoir pour la suite de l'opération, je saute sur l'occasion :

— Je vous invite à déjeuner, alors ?

Elle ne répond pas, embraie sec. La Volkswagen pétarade, tangue sur la chaussée défoncée par les bulldozers, s'éloigne.

Je demeure songeur. Carmen ignorait la triste fin de Josiane, c'était visible. Mais ne suis-je pas allé trop vite en besogne ? Ai-je été suffisamment adroit ? Vieuchêne affirme que le doute amène la réflexion. J'espère que Carmen ne réfléchira pas trop avant une heure.

Sinon, envolés à jamais, les bijoux de la Moineau !

25

Elle devait surveiller mon approche à l'abri de la moustiquaire de sa fenêtre, Carmen Ibarra, puisqu'elle ouvre la porte avant même que j'aie atteint le palier du troisième étage. Elle m'accueille d'un sourire. Elle a changé son chemisier à col montant et sa jupe fendue pour un déshabillé de soie grège qui ne dissimule rien de ses formes agressives ni de sa lingerie de dentelle noire. J'avoue que je ne m'attendais pas à ça, et que je ressens un choc.

— Vous ne m'en voulez pas, de ce changement de programme ? minaude-t-elle.

J'aurais mauvaise grâce à lui en vouloir ! Son coup de téléphone au restaurant *Marquesa* m'a permis d'échapper à la lourde odeur d'huile d'olive en ébullition, de poisson et d'ail, mon cauchemar de la veille. A croire que tout baigne dans l'huile, sur les fourneaux des restaurants canariens !

A 13 h 30, léchant la dernière goutte sucrée de ma troisième sangria, je désespérais de voir apparaître la sculpturale Carmen, lorsque le patron au crâne aussi huileux que sa cuisine s'est planté devant moi, ses moustaches à la Dali dressées vers le ciel :

— *Telefono, señor...*

J'ai gagné la caisse où trônait une tigresse également moustachue, mais dans le genre Charlie Chaplin, les cheveux noirs retenus au sommet de la tête par un cordonnet rouge. Le temps de régler les verres de sangria qui m'avaient quelque peu coupé les jambes, et je peinais dans la calle Maquinez, m'efforçant de foncer vers Carmen, négligeant les travaux de restauration de la vieille chapelle San Telmo.

— Quand vous avez appelé, dis-je, encore un peu essoufflé, j'étais persuadé que vous alliez me faire faux bond !

— Voyez-vous ça ! dit-elle d'une voix charmeuse, en m'introduisant dans une longue pièce de séjour au plafond bas.

Entre les poutres de chêne, noircies par le temps et la fumée, sont peints des paysages et des figures de couleurs vives. Aux murs épais, revêtus d'un crépi blanchâtre et percés de fenêtres-meurtrières, pendent des filets de pêcheur à boules de verre, des étoiles de mer desséchées, des reproductions de bateaux. Si ce n'est pas un ancien logement de marin, c'en est la copie conforme. D'énormes serrures en fer forgé alourdissent un bahut Renaissance. Dans un coin de la pièce, près de la porte entrouverte sur la cuisine, un guéridon à trois pieds, et deux poufs. De l'autre côté, près de la fenêtre, à l'abri du store derrière lequel chantent les canaris, une table basse et deux fauteuils club.

— Prenez place, dit-elle.

Sa voix me semble moins bébête que ce matin. Est-ce que je commence à m'y habituer ? Ou est-ce que je vogue dans les vapeurs de la sangria, sinon dans la transparence du déshabillé ? Justement, les deux sont devant moi. Eh oui, rebelote pour la sangria, après le bistro ! Dans un pot de grès, des rondelles d'oranges nagent sur une mer de vin rouge.

— C'est-à-dire que j'en ai déjà bu trois. Ça passe comme du petit lait.

— Celle-là n'est pas forte. Je vous ai préparé un en-cas. J'ai pensé que nous serions plus tranquilles ici, pour bavarder. Jambon, chorizo, tortilla et fruits, ça vous va ?

— Parfait.

Parfait aussi, ce qui surmonte le verre que je lui tends

Elle se penche, et l'échancrure du déshabillé ne me laisse plus rien ignorer de son anatomie. J'ai beau avaler une longue gorgée de sangria, j'ai la gorge sèche. Carmen bat Violaine d'une poitrine, même en tenant compte du handicap que représentait, à Gstaad, son anorak immaculé.

Carmen s'assied dans le fauteuil, en face de moi, ramène sur ses cuisses bronzées le tissu vaporeux dont les pans s'écartent. Je me tiens sur la défensive, surtout lorsqu'elle déclare, passant sa langue sur ses lèvres pour recueillir quelques traces de sucre laissées par le verre de sangria :

— J'ai beaucoup réfléchi à ce que vous m'avez dit ce matin.

Elle s'interrompt, me fixe. Ça y est, j'y suis, au bord du précipice ! La pulpeuse créature a beau avoir une cervelle modèle réduit, elle a eu le temps de récapituler mes déclarations hautement fantaisistes. Elle va maintenant me les servir sur un plateau, et me harceler de questions pièges. Si, en plus, elle a téléphoné à son frère, je suis fichu. Je me sens, soudain, le front brûlant et les mains moites. Le climat des Canaries, ou la sangria ? Il serait peut-être temps d'ôter ma veste, ce pied-de-poule que Vieuchêne déteste mais qu'il est bien obligé de supporter, comme moi, de septembre à mai. Mais j'aurais l'air de quoi à commencer un strip-tease, à peine arrivé chez la provocante Carmen ?

— Vous avez réfléchi, dites-vous ?

Elle agite la main, comme pour donner un coup de balai dans ses pensées :

— Oui. A Gilbert, à Josiane, à Danos. Je me suis dit, surtout, que j'étais heureuse loin de Paris.

— ... Et à Raymond ?

J'ai décoché la flèche, mine de rien. La pointe qui ravive les ressentiments. Depuis que j'exerce ce fichu métier, je me suis rendu compte que la femme délaissée rêve, neuf fois sur dix, de vengeance. Alors je fonce. Le créneau est d'autant plus ouvert que j'ai cru déceler, ce matin, une pointe de jalousie dans les propos de Carmen. Elle n'aime sûrement pas la nouvelle maîtresse de Naudy, la fameuse Pierrette, même si elle dit que c'est une brave fille.

— Raymond ? répond-elle sur un ton grinçant. Oublié, balayé, celui-là.

— Vous croyez ?

J'ai tort d'insister. Elle me regarde d'un sale œil, une seconde.

— J'en suis sûre ! Au début, ce n'était pas un mauvais type. Son comportement a changé, du jour où il a connu Pierrot le Fou, et Abel. L'argent facile, la Libération, le marché noir... Non, je ne la regrette pas, ma décision. Votre frère était gentil, lui.

Elle se lève, se penche pour remplir mon verre, se sert à son tour, se rassoit, croise les jambes.

— J'ai toujours pensé que c'était Raymond qui l'avait fait abattre, poursuit-elle. Par jalousie.

J'opine avec conviction :

— Comme Danos a étranglé Josiane ! C'est un milieu pourri. Le fric, les fringues, les bagnoles de luxe attirent les pauvres filles comme des papillons. Quand elles réalisent, c'est souvent trop tard. Vous vous êtes reprise à temps !

— Vous parlez comme un instit' qui fait de la morale, dit-elle. Pas comme un truand.

D'un bond elle se lève, ordonne :

— Allez, à table !

Je suis, jusqu'à la cuisine, les hanches en liberté dans la soie. Elle est toute simple, cette cuisine. Toute propre. Pas plus grande que la mienne, rue Lepic. Deux assiettes et des couverts sont alignés sur une desserte ripolinée de blanc.

Carmen ouvre un tiroir, en sort une nappe, va la poser sur le guéridon de la salle à manger. C'est plus fort que moi, mon regard accompagne chacun de ses gestes. Son corps me fascine. Elle repasse la nappe du dos de la main, m'adresse un clin d'œil complice :

— Si vous voulez vous rendre utile..

J'ai compris. Tandis que j'apporte les assiettes et les couverts, elle sort deux verres propres du bahut.

Il en ferait une tête, le Gros, s'il me voyait organiser une gentille dînette en compagnie d'une splendide créature à moitié nue ! Elle se révèle d'ailleurs de plus en plus charmante, cette jeune femme que je ne connaissais pas la veille ! Et décidément moins sotte que je ne le croyais. Ce qui me turlupine, c'est la raison pour laquelle elle déambule en tenue ultra-légère. Ou je suis gâteux, ou elle s'est mis dans la tête de me séduire. En temps normal, ma foi, loin de Paris, de Marlyse, et vu la qualité de la marchandise, je pourrais me laisser tenter. Personne n'en saurait rien, même pas les canaris.

Mais nous ne sommes pas en temps normal. Une barrière, pour moi infranchissable, se dresse entre nous. Carmen a été la maîtresse de Naudy, le tueur du gardien marseillais Biamonti. Un vrai flic, Fernand Biamonti, de la Brigade des recherches de la Sûreté... Cela se passe en 1945, le premier Noël de la paix. Le service de permanence l'appelle à l'Évêché. Sur les allées Gambetta, Albert Guerrerio se promène, un truand qu'il recherche depuis longtemps. Il ne s'en fait pas, le surnommé Zéphyr, persuadé que les flics, en ce jour de fête, ne travaillent pas. Surpris, il se laisse passer les menottes sans résistance. Tout occupé à sa prise, Biamonti ne sent pas la présence de Naudy qui s'approche, silencieux, le colt à la main. La décharge atteint le policier en pleine nuque. Guerrerio et Naudy ont disparu.

Quant au second amant de Carmen, Gilbert Deschamps, ce n'est pas non plus de la crème !

Carmen déploie sur ses genoux une serviette aussi dentelée que la nappe. A mon tour, je me laisse choir sur le pouf. Le duvet se tasse sous mon poids.

— Vous vous servez, dit Carmen, en s'emparant gaillardement d'une large tranche de jambon fumé.

Elle a un bon coup de fourchette, la vamp, et s'empresse d'avaler plusieurs bouchées avant de demander :

— Ainsi, vous avez des ennuis, vous aussi ?

— Légers, dis-je en épinglant, sans grand appétit, une rondelle de chorizo, tandis qu'elle remet en service le pot de sangria.

J'ajoute, en haussant les épaules d'un air fataliste :

— On me reproche surtout mes fréquentations. Mais l'avocat m'a dit que mes six mois par défaut seraient bientôt amnistiés.

— Qui c'est, votre avocat ?

— Charles Carboni, rue Moncey, dans le IXe

— C'est aussi celui de Danos, non ? demande Carmen, songeuse.

— Et celui de Buisson. Aussitôt évadé, il lui a demandé de le défendre, au cas où il serait repris... Vous le connaissez, Buisson ?

Carmen secoue la tête, dans un déploiement de cheveux qui sentent un parfum légèrement musqué.

— Je ne connais vraiment personne, en dehors de Josiane. C'est par elle que j'ai su les activités de son amant. Elle en avait peur. Un jour, il l'a rouée de coups, parce qu'il croyait qu'elle l'avait volé, et qu'elle avait couché avec le fourgue de Saint-Sébastien. Le gros type avait tenté sa chance, c'est vrai. Il lui avait même offert une montre en diamants. Elle n'osait pas la porter. Danos l'aurait tuée, s'il l'avait vue avec ce bijou. Je l'ai ici, avec moi.

Je me sens la tête lourde, soudain. Les propos de Carmen, peu à peu, me parviennent de plus en plus assourdis, comme à travers une tenture. Je fais un effort pour réagir :

— Il n'avait pas que ce fourgue, Abel ! On lui en connaît au moins deux ou trois !

— Bien sûr qu'il n'avait pas que Gomera ! Si vous voulez parler de la grande Tiffany, il l'avait connue par son associé, Voss, le pseudo-baron !

Malgré la traîtrise de la sangria, je parviens à enregistrer les noms prononcés. Gomera, Tiffany, et Voss. J'attends la suite, en pestant contre mes paupières qui veulent absolument se fermer.

Sur Carmen, la sangria a un effet tonique, la rend loquace. Ses pommettes ont rougi, et elle parle plus vite :

— C'en est encore une drôle, la Tiffany ! Une gouine, en plus ! Un jour, Josiane avait accompagné Abel et Voss à Saint-Sulpice, au magasin d'antiquités de Tiffany. Il n'y a rien eu à faire, Voss n'a pas voulu qu'ils entrent avec lui. Il est revenu à la voiture avec plus de dix millions en billets. Il les a partagés sur la banquette. Je ne sais pas ce qu'il est advenu, le baron.

Et elle ajoute, avec une moue de dégoût :

— Une pédale de choc en tout cas ! Qu'est-ce que vous en dites ?

— Rien. Je ne fréquente pas les pédés.

Et je pense que l'archiviste Roblin sera là, heureusement, pour me donner un coup de main.

— Vous ne mangez pas ?

Elle me scrute, l'air mi-maternel, mi-conjugal. J'essaie de sourire, mais je n'obtiens qu'un rictus de fatigue. J'ai terriblement sommeil. Maudite sangria ! C'est bien le moment !

— Vous voulez vous allonger ?

Ce n'est sans doute pas ce genre de sieste qu'elle avait programmée pour moi, mais elle semble faire contre mauvaise fortune bon cœur. Moi, j'ai honte, dans ma semi-léthargie. C'est la première fois que ça m'arrive. Je me sens glisser, je ne peux plus lutter. Je m'entends bredouiller, comme de très loin :

— Je ne sais pas ce que j'ai...

Ma langue est aussi pâteuse que mon cerveau. Comme dans un rêve, je me vois guidé vers un lit en alcôve, au fond d'une pièce sombre. Je transpire. J'ôte ma veste, la tends machinalement à Carmen. Je m'allonge. Une minute plus tard, je suis loin, bien loin de Puerto de la Cruz, de Carmen, et des bijoux de la môme Moineau.

Je m'éveille dans une obscurité totale, avec un mal de crâne insupportable. Je reprends peu à peu mes esprits, tâtonne maladroitement sans pouvoir trouver le moindre commutateur électrique. Je m'assieds au bord du lit, pose avec précaution un pied devant l'autre, me lève, les jambes molles. Je me dirige vers le rai de lumière qui filtre sous la porte. Je la pousse. Du seuil, je fais l'inventaire du living. La table est débarrassée, la moustiquaire de la fenêtre levée. Dans la cage, les canaris se taisent. Au loin, le soleil couchant transforme en glace à la framboise les neiges du Teide.

Carmen Ibarra, vêtue d'une petite robe imprimée, les cheveux noués en queue de cheval, est assise dans un fauteuil club. Elle tient à la main une revue française, du genre *Maisons et Jardins*. Elle relève la tête, me toise avec une parfaite indifférence.

— Excusez-moi, dis-je ! Je suis désolé. Le vin, la chaleur, je ne me suis pas méfié.

— Moi non plus, dit-elle d'un ton sec. Vous vous êtes peut-être reposé, encore que vous n'ayez pas l'air très frais, mais vous avez raté votre car de 6 heures. Il est 6 heures moins 5 ! Après un aussi long voyage, cela vous a sûrement fait du bien !

Je la regarde. Je sens quelque chose de bizarre. Je m'interroge. Et d'abord, pourquoi cette allusion à un long voyage ?

— Quel long voyage ? Une heure et demie d'autobus depuis Santa Cruz, ce n'est pas...

— Je parle de Paris, coupe-t-elle, en quittant son fauteuil. Vous aviez parfaitement joué votre rôle. Mais vous ne tenez pas l'alcool. C'est embêtant, pour un flic. Surtout dans une île espagnole !

Qu'est-ce qu'elle me chante, maintenant ? Je la prenais pour une imbécile, et elle a tout deviné ! Je coasse :

— Expliquez-vous !

Carmen, ondulant de la croupe, se dirige tranquillement vers le bahut sur lequel elle a posé ma veste. Sous mes yeux consternés, elle plonge la main dans la poche intérieure, en extrait mon porte-cartes, qu'elle lance sur la table.

— Et ça ? demande-t-elle, les yeux en lames de

poignards. Un vrai petit musée, votre truc en simili ! Carte de flic, ordre de mission, billet d'avion aller et retour... Vous vous êtes bien fichu de moi, hein ? L'histoire du demi-frère de Deschamp. Qu'est-ce que j'ai pu être sotte !

Du coup, je suis tout à fait réveillé. Devant l'obstacle, je n'ai plus le choix, il faut sauter. J'y vais.

— Je fais amende honorable, vous êtes la plus forte, dis-je. Je suis flic, en effet. Un flic que la sangria du bistrot et la vôtre ont matraqué. Qui se demande jusqu'à quel point vous ne lui avez pas fait le coup du restaurant, de la dînette chez vous, du déshabillé sexy, et même de la sangria, pour le posséder. Bravo ! Vous avez gagné.

Je m'enfonce dans un pouf, pose les pieds sur l'autre, tire de la poche de mon pantalon une cigarette froissée, l'allume, et reprends, sur un ton quelque peu solennel :

— Il n'en reste pas moins que votre amie Josiane a été tuée. C'est pour savoir par qui, et pourquoi, que je suis venu. Elle a peut-être payé le sale business qu'elle a fait un temps avec Danos. Un business basé sur le vol et le meurtre. Peut-être a-t-elle voulu le faire chanter. Voilà, vous savez tout.

La peur voile les yeux de Carmen. Elle me coupe :

— Ils connaissent mon adresse ?

— Sûrement pas. Mais il faut les empêcher de nuire. Moi, je l'ai trouvée par une lettre que Josiane écrivait à sa tante. Il ne faut pas que votre frère Enrico la donne à la police, ce qui n'est pas grave, ou, sous la menace, aux truands. Ce serait plus ennuyeux.

Sa main tremble. Elle s'assied sur le bord de la table. Je poursuis, toujours aussi doctoral :

— Josiane avait mal tourné à un certain moment, c'est sûr. La justice pourrait aussi vous demander des comptes sur le rôle de votre ancien amant. Vous avez vécu avec Naudy un bout de temps, n'est-ce pas ? Et comme lui ne vivait pas de l'air du temps ! Croyez-moi, il y a intérêt à le coffrer avant qu'il puisse faire encore des dégâts.

Les doigts de Carmen se crispent sur le bord de la table.

— Je n'aurais pas dû vous faire confiance.

— Tranquillisez-vous, il ne vous arrivera rien. Personne, à part mon patron, ne sait que je suis là. La police espagnole n'est pas dans le coup. Je suis descendu incognito dans une pension modeste.

Je choisis mes mots avec soin, afin de la rassurer.

— Vous me parliez de Voss, tout à l'heure, de Tiffany, d'un receleur espagnol. Ils peuvent me mettre sur la piste des tueurs, qui ne se douteront jamais que l'information vient des Canaries !

Je pose ma main sur l'épaule de Carmen. Elle tourne la tête, me jette un regard apeuré.

— J'ai cru vous posséder, vous m'avez eu. Nous sommes quittes, dis-je. Amis ?

Elle se renverse dans son fauteuil, ferme les yeux. Une question me tracasse :

— Vous avez vraiment cru que j'étais le frère de Gilbert ?

Sans ouvrir les yeux, elle murmure :

— Ça semblait vrai. Il m'avait parlé d'un demi-frère qu'il ne voyait presque jamais. Vous aviez l'air de si bien connaître Danos, Naudy, la rue Lauriston...

— Question d'archives, dis-je, faussement modeste, tout en remerciant intérieurement le grand Roblin pour son efficacité. Josiane vous avait-elle parlé de Violaine ?

Elle ouvre enfin les yeux, marmonne :

— Non. Qui c'est, celle-là ?

— Et de la Gazette ?

— Pas plus.

— Aucune importance. Je voulais aussi vous dire que la môme Moineau offre une jolie récompense à quiconque lui fera retrouver ses bijoux. Il faut que ce soit du sérieux, bien sûr. Vous n'avez pas une idée de l'endroit où ils se trouvent ?

— Comment voulez-vous ? Danos doit le savoir, lui. Ou Voss, ou Tiffany...

— Tiffany ?

— Oui et je ne suis même pas sûre que ce soit son vrai nom. Elle aurait un chauffeur, un grand maigre qui se balade dans une Rolls...

J'abandonne quelques instants Carmen à ses réflexions ou à ses regrets d'avoir été piégée ou de m'avoir piégé. Puis, je propose :

— Si je vous invitais à dîner, cette fois, pour nous réconcilier. Que diriez-vous ?

— Je dirais oui.

Quand je quitte Carmen pour retrouver ma pension *Ninima* et prendre une bonne douche, je n'en reviens pas encore d'avoir fait la sieste chez elle.

Mais dans quel état !

26

Le renard revient toujours à sa tanière, l'assassin sur les lieux de son crime, le flic à ses indics.

La Gazette a laissé la porte ouverte à mon intention. Je la referme derrière moi, m'attendant à découvrir quelque chambre vieillotte, aux doubles rideaux fermés, garnie des inévitables lit, lavabo et bidet professionnels. Je me trompais. Le double studio est une oasis de lumière et de bon goût. La baie ouvre sur les boulevards extérieurs. La vue porte jusqu'à la masse sombre du bois de Boulogne.

Je toussote pour signaler mon intrusion. La voix de Suzy émerge d'un vacarme de chasse d'eau :

— J'arrive, poulet, une seconde !

Elle apparaît, en effet, vêtue d'un peignoir de soie rose à parements blancs, me tend la main. De vigoureux coups de brosse ont tendu ses cheveux carotte vers l'arrière. Le visage est enduit d'une crème grasse à l'odeur douceâtre. Les yeux et les pommettes sont vierges de maquillage. Sans fard, on la prendrait vraiment pour une étudiante. Hélas, le cou est toujours aussi distendu, le corps aussi efflanqué, les seins et les fesses aussi désespérément discrets. Où sont mes beautés de Gstaad et de Puerto de la Cruz ?

Suzy me désigne une chaise de bois doré dont je redoute la fragilité. Je m'assieds sur le coussin violet. Je regarde autour de moi, assez surpris par le décor. Un piano droit, laqué noir, est collé contre le mur du fond, sous un tableau d'un vert pisseux représentant je ne sais quel champ d'asperges ou de poireaux. A droite, face à la fenêtre qu'orne un double rideau de mousseline, un secrétaire copie Charles X supporte une pendule miniature, à cadran lumineux. Les sœurs de ma chaise de bois doré entourent la vaste table basse, de laque noire également, d'où toute poussière a été impitoyablement chassée. Dans un coin, un cactus agressif jaillit d'un vase de grès. Sur la table, des bibelots. Dans un cadre chromé, une photographie en couleurs de la Gazette, le buste recouvert d'un voile pudique, l'œil langoureux, la bouche énigmatique.

— Quand il s'agit de glaner un tuyau, vous n'êtes jamais en retard, vous !

Le moins possible, en tout cas. L'information sur Voss, je la tiens de Carmen. Il m'a suffi de consulter le dossier du pseudo-baron pour connaître son passé, fertile en vols et escroqueries. Par contre, son adresse est demeurée inconnue. Le service des prisons de la P.P., que j'ai interrogé en désespoir de cause, m'a donné un domicile fantaisiste. Crocbois est revenu bredouille.

— Je ne m'attendais pas à vous trouver si bien installée, dis-je, flatteur mais, au fond, sincère.

La Gazette se rengorge :

— Ça peut aller. Si je réussis à faire du gringue au propriétaire, j'ai une chance de l'acheter. Six cents francs, un loyer de misère, mais je préférerais quand même être chez moi. Il est gentil, mon proprio. Il habite Provins. Je déjeune de temps en temps avec lui mais, pour la culbute, zéro. Il a sans doute la trouille que je lui demande le studio pour rien. Qu'est-ce que je vous disais ? Oui, que je suis pas mal ici mais je ne reçois pas. Il y a des filles qui travaillent à domicile. Moi, j'ai huit étages à me farcir, alors en cas de panne d'ascenseur, comme ça arrive souvent, vous voyez le turbin !

Je compatis, tout en souhaitant qu'elle abrège son bavardage. Elle n'est pas la Gazette pour rien.

— Café ?

— Merci, dis-je. Je viens d'en boire deux coup sur coup. A propos, le café suisse c'est autre chose. Ils en ont du vrai, eux.

Suzy, soudain intéressée, s'installe à califourchon sur une chaise près de moi. La laque de la table basse reflète son image qui, comme la vérité, semble sortir d'un puits.

— Au fait, oui la Suisse. Alors ?

— Ça a donné. J'ai déniché Violaine à Gstaad. Elle doit épouser son lord. Elle a fini par lâcher le prénom que je cherchais.

— Josiane ou Pierrette ?

— Josiane. Malheureusement, quand je l'ai trouvée dans un hôtel de Pigalle, on venait de l'étrangler.

Les yeux de Suzy s'agrandissent. Elle resserre son peignoir sur sa poitrine creuse. L'idée de la mort lui donne froid.

— Merde ! Et qui a fait le coup ? Un malade ?

— Je n'en sais rien. La P.P. enquête mais c'est bien ma veine ! J'ai dû me débrouiller autrement.

Le regard reprend vie. L'incorrigible Suzy est toujours assoiffée de nouvelles.

— Racontez.

— Ce serait trop long. J'ai surtout appris qu'un des auteurs du vol de la môme Moineau était cet Édouard Voss dont je vous ai parlé hier au fil. Ce qu'il me faut, c'est son adresse.

La Gazette tapote de ses longs doigts le dossier de la chaise, sur lequel reposent ses coudes.

— Si je le connais, le baron ! On ne le voit plus depuis quelques temps. Je me suis renseignée en douce hier soir au *Laetitia,* le bar corse de la rue Notre-Dame-de-Lorette. Il y était tout le temps fourré. Joseph le barman m'a dit qu'il avait disparu de la circulation. Il est peut-être en taule.

Possible. Voici encore une lacune du pauvre système policier de la Sûreté nationale ! Qu'un individu recherché soit détenu dans une quelconque prison de l'Hexagone, et nous l'ignorons. Il faut lancer télégramme de recherches sur télégramme ! Ça coûte une fortune au contribuable. A la P.P., au contraire, le service des prisons fonctionne à merveille. Tout détenu qui entre à la Santé, à Fresnes ou à la Petite Roquette est signalé à l'organisme centralisateur situé dans la cour du dépôt. En un coup de fil, on sait où le trouver.

J'en ai parlé plusieurs fois à Vieuchêne, de cette anomalie ! Il m'a répondu que Paris ne s'était pas fait en un jour ! Il serait pourtant facile, dès qu'un prisonnier franchit le greffe, d'établir une fiche d'entrée à son nom, en double exemplaire, destinés l'un au chef de la Brigade de la P.J. qui contrôle les quatre départements, le second au fichier central de la rue des Saussaies. Une simple vérification chez Roblin ferait apparaître la position de l'intéressé. Même chose pour les transferts de prison à prison et pour les sorties, avec obligation de fournir une adresse précise. Si un jour j'ai l'occasion d'approcher le directeur général, je lui ferai part de ma suggestion. Parce que le directeur de la P.J. lui, en dehors des parties fines...

— En taule ou en croisière, dis-je. L'argent qu'il a ramassé chez la Moineau lui permet de vivre tranquille pendant un bon bout de temps.

La Gazette, songeuse, martèle de nouveau son dossier de petits coups secs.

— C'est drôle, finit-elle par dire. Je ne vois pas le Baron travailler avec Danos. Vous êtes partis à fond sur Danos et moi, ça m'a turlupinée. Je ne dis pas qu'ils ne se connaissent pas, je ne le vois pas bosser avec un mec pareil, c'est tout ! Un fauve, l'Abel ! Comme Buisson. Ils marchent tous les deux au calibre. Alors qu'Édouard, la pauvre folle, se trouverait mal si un gosse faisait éclater une baudruche ! Ce que je vous en dis, moi, c'est mon opinion personnelle

— Et Tiffany ?

— Quoi, Tiffany ?

— On m'a signalé que Voss fréquenterait une femme répondant à ce prénom. Une antiquaire, paraît-il. Du côté de Saint-Sulpice.

L'avancée de la lèvre inférieure souligne l'ignorance de Suzy.

— Ça ne me dit rien, dit-elle... Je ne connais pas non plus tout le monde. Je suis la Gazette, pas le Bottin !

L'allusion me fait sourire, mais mon sourire se transforme en un rictus intéressé lorsque j'entends :

— Votre baron à la noix, il travaillerait pas plutôt avec La Peugeot ?

A mon tour de jouer les ignorants.

— Quelle Peugeot ?

— Raymond La Peugeot, tiens ! Ça ne vous dit rien, La Peugeot ? Un beau mec, toujours habillé de prince-de-galles... Qui se balade en 402 décapotable avec des tas de nanas, jamais les mêmes. Ils étaient copains comme cochons, Voss et lui. Il faudrait montrer sa photo à la Moineau !

Non, je ne rêve pas. J'ai bien entendu.

Je suis ferré. Elle me parle de Raymond Mandelle avec une désinvolture qui me laisse pantois : la Gazette connaît vraiment tout des truands qu'elle fréquente : leurs mœurs, leurs habitudes, leurs relations.

Le panorama s'éclaire. Dans le dossier Voss, un rapport du commissariat de police du quartier de la Madeleine fait état d'un certain Raymond La Peugeot, un habitué de la rue Godot-de-Moroy qui avait eu maille à partir avec une fille soumise, Anita la Gitane. La rixe avait débuté au *Charivari.* Un car de police-secours passait à ce moment-là. Alertés par les cris, les agents avaient embarqué tout le monde. Et, dans le lot, Édouard Voss, qui avait pris la défense de Mandelle.

Suzy débite son boniment avec une bonhomie qui me réconforte et m'inquiète à la fois.

— C'est vrai, on ne le voit plus depuis quelque temps, La Peugeot. Pas plus lui que sa bagnole. Ni l'Alfa rouge d'Édouard. D'ici qu'ils aient fait la malle ensemble.

Elle distille ses informations, dosant ses effets pour mieux m'appâter, je le sens. Ce qu'elle veut, c'est son autorisation à vie. Elle l'aura, promis, juré; si elle m'aide à retrouver les deux oiseaux !

Elle l'aura mérité. Ainsi mon périple n'aura pas été inutile. Il suffit de présenter aux victimes et aux témoins les photos de Mandelle et de Voss pour que l'affaire soit éclaircie. Suzy m'a donné le premier maillon, elle vient de boucler la chaîne par un coup d'éclat.

— Si vous pouviez savoir où ils sont en ce moment...

— Je vais m'en occuper, poulet ! Mais je ne promets rien. Il faut y aller mollo si je ne veux pas porter le chapeau. Plus j'y pense, plus je me dis maintenant que vous faisiez fausse route avec Danos. Dites donc ! Lui aussi a disparu de la circulation ! Votre victime, ce n'est pas un moineau, à ce que je vois. C'est un épouvantail !

27

L'épouvantail tient la forme, en tout cas. Ses invités-rapaces tourbillonnent dans la villa Carmen qu'elle considère comme la plus luxueuse de Maisons-Laffitte, faute d'avoir vu les autres. L'architecte a pris tout son temps et son argent, pour réparer les dégâts commis par les Allemands qui, trouvant la demeure à leur goût, en avaient usé et abusé. La môme Moineau a profité de la restauration générale pour faire placer des meubles Louis XV partout. Ce style est une de ses folies.

— Parce que le beau-père avait les jambes arquées et que je porte des talons Louis XV ! dit-elle avec sérieux. Pour moi, où il y a du galbe, il y a du chic : un visage, un sein, une jambe. Pas vrai, Nénette ?

Nénette, comme il se doit, approuve. Et ajoute parfois :

— Oui, mais le vieux, il avait aussi un pied-bot.

Les derniers arrivés, pour cette pendaison de crémaillère, n'ont qu'à se guider, à travers le parc qu'illuminent des projecteurs, sur la musique de menuet qui, amplifiée par les haut-parleurs, empêche le voisinage de dormir.

Elle exulte, la maîtresse de maison. Elle a fait le plein du monde et du demi-monde, celui qui trouve de l'argent malgré les difficultés du moment. Les faux ducs et les vrais financiers, les crapules cotées à la Bourse et les barons d'opérette, les putes reconverties en dames des bonnes œuvres, les gigolos arborant pour un soir le smoking premier choix loué au Cor de Chasse se croisent, se saluent, se sourient du bout des lèvres, devant des tableaux de maîtres prestigieux dont les cadres surchargés de dorures tendent à faire croire qu'ils sont authentiques. Ils le sont sans doute, d'ailleurs. Le mari de la môme a les moyens, et c'est un bon placement.

La señora Lucienne Benitez-Rexach a contemplé, en grand uniforme d'amiral, le ballet de la flotte des Cadillac, des Buick, des Rolls, qui cernent la villa Carmen comme les vedettes ornées de pavillon de complaisance s'agglutinent autour de son yacht ancré dans le port de Cannes.

Quelle revanche sur les rats qui, eux, montaient chaque soir à l'assaut de la roulotte de Malakoff, quand elle était gamine et que son beau-père la dérangeait dans son sommeil, sur son matelas de crin posé sur quatre bouts de bois pourris ! Ils se seraient régalés, les rats, avec ces kilos de foie gras et de caviar qui défilent sous le nez du beau monde, sur des plateaux d'argent. Il n'y avait pas de plateau, à Malakoff, à part la planche à découper la volaille, lieu d'exécution des poules maigres que le beau-père chapardait, au cours de ses randonnées, dans les basses-cours des environs. Le menu, c'étaient les patates. Patates en robe des champs, patates rissolées sous la cendre, patates en purée ou sautées ou frites. Des patates, toujours des patates ! Depuis, les pommes de terre sont bannies des menus.

La môme Moineau s'avance dans la foule interlope, rayonnante dans son uniforme blanc immaculé, éclaboussé d'or, aux manches, par quatre galons concentriques. Elle scintille, surtout, de diamants. Une fabuleuse rivière de brillants et rubis qui crachent leurs feux sous les lustres de cristal. Des boucles d'oreilles assorties. Un bracelet d'émeraudes. Des bagues qui donnent un éclat féerique au moindre mouvement de la main. L'assistance, pourtant blasée, fait silence sur son passage. Puis un long murmure l'accompagne jusqu'au buffet surmonté d'un énorme moineau en sucre, tenant dans son bec le nom de la villa : *Carmen.*

Avec un sourire de triomphe, la reine de la fête empoigne une bouteille de champagne, en fait sauter le bouchon, emplit une coupe qu'elle élève à la hauteur de ses yeux ourlés de violet :

— Ce soir, mes amis, on se poivre, clame-t-elle. Longue vie à Carmen et à tous.

Elle boit sa coupe d'un trait, l'emplit à nouveau, trempe son index dans la mousse qui s'est répandue sur la nappe, se tapote l'oreille droite :

— Et n'hésitez pas... Des rouilles, il y en a... De la Veuve Clicquot, du Taittinger, du Mumm, du Moët et même du Krug ! Fernando ?

Le maître d'hôtel ainsi interpellé se détache du lot des serveurs.

— Madame ?

— Dis-leur à tous ces assoiffés qu'on est bourrés de champ', ici. Et qu'on se bourre aussi avec... Vas-y.

Gêné, Fernando ne sait que répondre.

— Bon, t'es un con, casse-toi, crie-t-elle, passablement excitée. Et en route pour la bouffe.

Le signal est donné. On connaît les écarts de langage de la môme Moineau, on les accepte. Une cinquantaine de célébrités, de bourgeois et de parasites évoluent dans les salons, le verre à la main, continuent de picorer dans les plateaux ou restent sauvagement agglutinés aux deux buffets d'angle.

La môme Moineau s'énerve. Il est 11 heures du soir et Tonton ne vient toujours pas. D'ailleurs le verrait-on seulement dans cette cohue ? Toutes les pièces de la villa sont maintenant visitées, disséquées par les convives, avides de curiosité, prodigues de vacheries. Nénette, poussée par un vent de folie, galope dans tous les sens pour avertir sa sœur de l'occupation totale des lieux et la prier de sonner le rassemblement. Les tapis de Chine, fierté de la maîtresse de maison, sont souillés. Quelques femmes, se plaignant de la chaleur, ont commencé à dégrafer leur robe dans les chambres du premier étage.

Depuis plus d'un quart d'heure, les toilettes du rez-de-chaussée, de l'office et de la salle de bains attenant à la chambre de Madame sont occupées : les yeux périscopiques de Nénette ont été pris en défaut. Elle ne voit jamais personne sortir ni entrer et pourtant les faits sont là !

— Tu devrais venir voir, sœurette. Il y en a même jusque dans ta piaule.

La môme Moineau, complètement ivre, écarte la proposition d'une main hésitante :

— M'en fous. Ce soir, c'est la java... Au lieu de me casser les pieds, tu ferais mieux de téléphoner au *Liberty's* et de demander à Tonton pourquoi elle n'est pas venue, cette tante !

— Ça c'est vrai, je ne les ai pas vus. Ni Tonton ni sa tata. Tu les avais pourtant invités ?

— Téléphone, je te dis.

Nénette décroche le combiné de l'office, compose le numéro. La môme Moineau, dès l'annonce du ronflement, s'empare de l'appareil.

— Alors, grande salope, gouaille-t-elle, c'est comme ça que tu nous laisses tomber ?

— Ah, mon petit Moineau... Excuse-moi, un contretemps. J'allais justement t'appeler.

— Un contretemps, tu parles ! Dis, c'est pas à moi qu'il faut raconter des salades. T'as encore levé, au moins ? Comment il est ce mironton ? Jeune, vieux ?

La voix de Gaston Maheux se fait plus sourde :

— J'ai du monde près de moi... C'est un flic qui m'a retardé. Pour ton affaire, justement. Il m'a empoisonné pendant deux heures. La grande Jacky aussi, mon maître d'hôtel.

— Qu'est-ce qu'il t'a demandé, ce flic ?

— Si je connaissais le baron de La Soulière, qui il fréquentait, combien de fois il était venu. Tu ne peux pas savoir. Ce qu'il pouvait être fatigant. Ça faisait bien dans le décor, pour ma clientèle !

— Il ne t'a pas montré sa photo ?

— Si. Comment tu le sais ?

— Comme ça. Donc tu l'as reconnu ?

— Forcément, Moineau ! Comment veux-tu que je fasse autrement ?

Lucienne Benitez-Rexach, soudain dégrisée, passe l'écouteur à sa sœur.

— Si tu l'as reconnu c'est que tu savais qui c'était, alors qu'à nous tu as toujours dit le contraire. Et quel nom il t'a donné, le perdreau ?

— Aucun. Il avait coupé le nom de la photo.

— Comme à moi.

Un temps, puis la voix de Maheux, interrogative :

— Comment, comme à toi ?

— Oui, et c'est pour ça que j'aurais aimé que tu sois de la fête avec nous. Je t'aurais dit que ton flic, il était venu me voir dans l'après-midi. Un grand brun, jeune, avec un grand pif et des yeux de fouine. Et qu'il m'avait montré une planche de photos sans noms parmi lesquelles Nénette et moi avons retapissé le baron bidon de ta taule. Et son copain aussi. Nénette ne s'était donc pas trompée chez notre ami Clot. Je vais te dire un truc, Tonton, t'es pas chic. Je sais que tu ménages ta clientèle mais je t'ai laissé suffisamment de pognon pour que tu sois correct avec moi.

— Écoute, Moineau...

— Laisse-moi jacter, veux-tu ? J'ai été marron de quelque cent bâtons. D'accord, le père de Gilberto les a remplacés vite fait, mais ce n'est pas une raison. Tu veux le protéger, ce mec, ça fait pas un pli. Si je t'avais pas appelé, tu n'aurais pas parlé... Tout ça, je l'ai dit à Clot. Il est là ce soir, avec nous, Clot, et je t'assure qu'il n'est pas heureux.

— Moineau...

— Il n'y a pas de Moineau qui tienne. Pour le moment, la Moineau, elle est pigeonnée. Clot aussi. Le flic de la rue des Saussaies a les noms de mes casseurs, et pas lui. On parlera de tout ça demain. Mais tu vas m'entendre !

28

Herman Libessart est un malin. Ses collègues du commissariat de Menton le savent. Un malin et un fouinard. Quand il chevauche sa bicyclette de fonction, le regard monté sur roulement à billes, Libessart voit tout, sous la visière de son képi, capte tout, devine tout. Ses oreilles, en perpétuelle agitation, ne restent pas non plus inactives.

Il a le coup de pédale doux, Libessart, en cette nuit du 30 octobre. Les pans de la pèlerine rejetés sur les épaules, il longe paisiblement le quai Bonaparte en direction du port. Aussi silencieux sur les pneus de son engin, mais plus résigné aux rondes de routine, le gardien Paul Massone le suit à distance.

Soudain, Libessart ralentit l'allure puis met pied à terre. A pas feutrés, il s'approche d'un palmier, cale le guidon de son vélo contre le tronc rugueux. Intrigué, Massone l'imite.

— Tu as entendu ?

— Quoi donc ?

— Le teuf-teuf, sur la mer…

Paul Massone hausse une épaule :

— C'est un pêcheur qui s'en va. Et alors ?

— Un pêcheur sans lanterne de position, c'est bizarre, non ?

Massone ne répond pas. Libessart l'agace à force de voir des délinquants partout. Qu'est-ce que ça peut lui faire si la barque est dépourvue de feux ! Elle ne risque pas de caramboler une autre embarcation, comme les automobiles aux carrefours. Et puis qu'y faire ? Ils ne vont pas nager derrière pour verbaliser, ou attendre son retour.

L'oreille de Libessart s'agite comme le pavillon d'un radar.

— C'est une barque qui s'approche du ponton, mon petit vieux. Ils ont mis le moteur à l'étouffé. Pour moi, c'est suspect.

A son tour, Massone tend l'oreille. En vain. Le bruit du moteur a cessé. Il donne un coup de coude à son chef de patrouille.

— Et la bagnole en veilleuse, là-bas, devant l'hôtel de *l'Amirauté,* tu l'avais vue ?

Les joues flasques de Libessart virent au rouge. Massone l'a battu sur son propre terrain. Ça fait mal, de se laisser ainsi distancer.

— Bien sûr que je l'avais vue. Il y a même un type à côté qui fait les cent pas. Dix pour moi.

— Tu ne m'as pas laissé finir, se rebiffe Massone.

— Oui, eh bien, pour les pêcheurs, tu repasseras. Ce sont des contrebandiers, voilà tout. Ouvre tes quinquets et ferme ta gueule.

La barque approche du ponton. Recroquevillés sur l'étroit pont arrière, Pierrette Chade, les mains croisées sur son ventre gras, Hélène, la maîtresse d'Abel, ses enfants Jean-Paul et Florence, grelottent malgré les cirés que Naudy et Danos ont posés sur leurs épaules. La mer, clémente pour la saison, n'a incommodé aucun des passagers mais le froid mord les oreilles.

Vittorio Garani et Umberto Scaglia accomplissent machinalement les manœuvres. Ce n'est pas la première fois qu'ils effectuent la traversée Ventimiglia-Menton. Ils ont l'habitude de doubler sans encombre la pointe Garavano que surplombe la caserne des finances italiennes, certains que les gabelous continueront à fermer les yeux en cette période de difficultés économiques. D'ailleurs ils les connaissent tous.

La veille, alors qu'ils attendaient le client éventuel, comme chaque jour, dans le café *Mori* de la place du Marché, à Vintimille, Raymond Naudy les a interpellés.

— Des amis m'ont dit que vous pourriez me faire passer en France avec ma famille, a-t-il annoncé sans préambule. Combien il vous faut ?

Le rusé Garani a flairé la bonne occasion. Le Français semblait à l'aise dans son costume clair et ses chaussures en crocodile noir.

— Ça dépend du nombre.

— Six.

— Six ? Ça fait lourd pour un simple rafiot, mon gars. Faut un bateau plus gros. Ça se loue plus cher, forcément. Beaucoup de bagages ?

— Ils viendront par la route. On les a confiés à un taxi qui revenait de Bordighera.

Garani a vite fait son calcul.

— Dans ces conditions, mille par personne.

— *Va bene.* On est là, ce soir, à 11 heures. Le taxi nous attend à minuit pile à Menton.

Scaglia, secoué d'un rire gras, s'est essuyé la moustache d'un revers de manche.

— Une heure ! On a le temps de faire l'aller et retour par cette mer d'huile. Pas vrai, Vittorio ?

Le moteur coupé, glissant sur son erre, le *Nino* est drossé par les vaguelettes contre le ponton. Garani saute lestement sur le quai, enroule un cordage à l'anneau d'amarrage. Il tend la main aux femmes et aux enfants pour les aider à débarquer. Il détache ensuite le filin, saisit la gaffe pour écarter le bateau du wharf, voit les ombres gravir l'escalier de pierre qui monte de la berge à la route. Scaglia relance le moteur. Le *Nino* s'éloigne, masse sombre à peine visible dans la nuit.

Raymond Naudy, soutenant Pierrette qui avance avec difficulté, Danos, un enfant à chaque main, Hélène, fermant la marche, s'acheminent vers le taxi.

Naudy respire profondément, à plusieurs reprises. Il

est heureux. L'enfant, son premier enfant, va voir le jour en France. C'est ce qu'il souhaitait. Il en avait assez de l'Italie, des spaghetti qui finissaient par lui sortir par les oreilles, des truands qu'il avait rencontrés, êtres sans foi ni loi, doués d'une audace et d'une cruauté hors du commun. Il n'était pas parvenu à s'adapter à leur désinvolture, à entrer dans les méandres de leurs combines tortueuses.

Ils n'avaient pourtant pas à se plaindre de l'Italie, Abel et Raymond ! Ils s'étaient rempli les poches, sans fatigue ni risques inconsidérés. Entre deux attaques à main armée, ils se doraient au soleil sur les terrasses de leurs luxueuses villas de San Marino ou de Viareggio, se laissaient cajoler par leurs compagnes, au long de siestes interminables, pendant que les flics français s'essoufflaient à les poursuivre partout où ils n'étaient pas. Les carabiniers italiens faisaient ce qu'ils pouvaient, eux aussi.

Un salopard de troisième ordre avait donné la bande à la *Squadra Mobile.* Ensuite, bien sûr, la dégringolade en chaîne avait amené les deux Français au bord du précipice. Ernesto Balzaretto et Fulvio Simuela, les premiers arrêtés, avaient parlé, après un passage à tabac en règle. Ils avaient mis en cause Abel et Raymond, qui, le 23 octobre, avaient froidement assassiné deux encaisseurs pour leur voler six millions de lires. Dans la voiture, empruntée à l'insu de son propriétaire, que Naudy conduisait lors de l'agression, on avait découvert tout un arsenal. Le relevé des empreintes ne laissait aucun doute : c'était bien le véhicule dont s'étaient servis, quinze jours auparavant, les agresseurs de deux convoyeurs d'une société de transport de Gênes. Gain pour les gangsters : six cent mille lires. Et, comme à Milan, les Français avaient tiré. Des témoins les ayant formellement reconnus sur photos, il était désormais temps, pour Danos et Naudy, de quitter au plus vite le territoire italien.

Ils avaient pris, en bons touristes escortés de leur

petite famille, le car pour Vintimille. Et tandis que Danos et les femmes faisaient des ricochets avec les galets gris de la plage, Raymond, le débrouillard, concluait le marché avec les marins italiens qui en avaient vu d'autres. Il était temps. Les barrages étaient en place pour capturer les deux tueurs.

Herman Libessart pousse Paul Massone du coude.

— Qu'est-ce que je te disais ? Des contrebandiers...

Massone hausse les épaules. Il a son idée :

— Tu as déjà vu des contrebandiers avec des femmes et des gosses, toi ? Ce sont des clandestins, mon vieux, des immigrés qui viennent bouffer le pain des Français. Qu'est-ce qu'on fait ?

— On intervient.

Les deux gardiens, dissimulés derrière les palmiers, assistent à la lente progression du groupe vers le taxi. Les portières se referment. Alors ils surgissent, tels les incorruptibles au bon temps de la prohibition aux États-Unis.

— Papiers, demande Massone au chauffeur qui, du coup, fait craquer la première vitesse.

Le taxi s'immobilise dans un hoquet.

Charles Arrigo, le propriétaire du véhicule, présente ses papiers. Il est en règle, Arrigo. Il a le droit de prendre en charge la clientèle qu'il veut, où il veut, serait-ce à minuit ou une heure du matin ! Mais Libessart le soupçonneux n'est pas satisfait, lui. Des inconnus qui surgissent en pleine nuit d'une barque clandestine, et qui se tiennent entassés sur la banquette et les strapontins du taxi, ça ne lui dit rien qui vaille.

Massone doit les interpeller pendant qu'il assurera la couverture. Sait-on jamais ce qui peut se produire lorsque des gardiens arrêtent des véhicules ? Les passagers peuvent être des braves gens ou des voyous. Ce n'est pas inscrit sur leur figure. C'est qu'il en a lu, des histoires de ce genre, Libessart, dans le journal *Détective !* Et l'attitude des hommes qui, dans la pénombre du véhicule, paraissent impassibles, renforce sa méfiance. Quelque chose lui signale qu'ils sont dangereux. Sinon pourquoi suivraient-ils des yeux chaque geste du gardien Massone ?

Paul Massone semble partager les doutes de son collègue, puisqu'il grimpe sur le marchepied, côté chauffeur, et ordonne :

— On va au commissariat.

A son tour, Libessart s'installe sur le marchepied de la voiture du côté droit. Arrigo, dépassé par les événements, remet le moteur en marche. Vraiment, il ne s'attendait pas à pareille mésaventure ! Ça lui apprendra à charger des hommes qu'il ne connaît pas et dont les bagages l'obligent à garder son coffre entrouvert, maintenu par deux sandows ! Il est de bonne foi, heureusement. Et on le connaît au commissariat. Il est même étonnant que Libessart, d'habitude jovial lorsqu'il est en tenue civile, adopte cette indifférence à son égard. A moins que ses passagers n'aient été signalés comme des collaborateurs, soudain désireux de regagner la France pour se constituer prisonniers !

Arrigo n'a pas eu le temps de redémarrer. Naudy et Danos ont échangé un rapide coup d'œil. Ils se connaissent depuis trop longtemps. Ils se passent de paroles dans certaines circonstances. Simultanément les mains droites ont quitté la poche des pardessus. Les deux colts aboient.

Libessart, sur le marchepied, ouvre démesurément la bouche, comme pour aspirer l'air à pleins poumons. Ses yeux, un instant affolés, s'immobilisent. Au milieu du front s'est creusé un trou noir, aussi impeccablement rond qu'une pièce de monnaie. Un mince filet de sang s'en échappe. Le haut du crâne a éclaté. La balle tirée par Danos a arraché le cervelet.

Effaré, Charles Arrigo voit Libessart sauter sur la route et rester debout, immobile. Puis il se met brusquement à zigzaguer, parcourt une cinquantaine de mètres, laissant un sillage de sang. Enfin il s'écroule.

Paul Massone, lui, s'en est mieux sorti. La balle que Naudy lui a tirée à travers la portière a pénétré le ventre, est ressortie par la partie latérale de la cuisse. Il a quitté le marchepied. Mû par un étrange réflexe, il penche la tête pour constater l'ampleur de la blessure. Naudy en profite pour descendre de la voiture, tirer de nouveau. Le mouvement de tête de Massone lui permet d'éviter la balle qu'il entend siffler à son oreille. Il dégaine son arme, se laisse tomber à terre. Et malgré la douleur qui lui paralyse le ventre, il vide son chargeur.

Cinq fois, le corps de Naudy rebondit sous les impacts. La première balle le touche au poumon, la deuxième à l'épaule, la troisième à la cuisse, la quatrième au ventre. La cinquième l'achève.

La bouche tordue de douleur, le gangster s'affale sur le sol, près de celui qui devait être sa victime. Une fois encore, Massone, à demi inconscient, tire. Un cri strident s'élève du taxi. La balle a fait mouche. Pierrette Chade, blessée au poumon gauche, s'affaisse...

Charles Arrigo court, éperdu, vers le commissariat. Il ne sent plus ses jambes. C'est comme s'il avait été touché, lui aussi. Il lui faut donner l'alerte, empêcher un nouveau massacre, puisque l'autre tueur a pris le volant, et tente de le rattraper. Arrigo, horrifié, voit les phares se rapprocher. Un bond dans une ruelle adjacente permet au seul témoin d'avoir la vie sauve.

Danos, lui, ne pense plus qu'à sa maîtresse, à ses enfants. Pierrette, affalée dans une flaque de sang, gémit sur la banquette arrière. Jean-Paul sanglote, agrippé au cou de sa mère.

Danos brutalise les vitesses, fait rugir le moteur avant de retrouver le calme qui lui permet de longer la plage des Sablettes jusqu'à la nationale 7. Il s'aperçoit alors de son erreur. Il a pris la direction de l'Italie. Il fait demi-tour, longe le casino, fonce vers le cap Martin par la promenade du bord de mer.

Pierrette ne gémit plus. Elle râle. Un râle qui

s'amplifie, décroît, cesse, et reprend. Hélène et la jeune Florence, épouvantées, se serrent l'une contre l'autre.

Danos arrête le taxi.

— On continue à pied, dit-il. Dans quelques minutes, elle est morte.

Au bout de quelque cent cinquante mètres de marche, ils aperçoivent une grange. La porte est juste poussée. Danos l'ouvre, avance avec prudence dans le noir, le pistolet à la main. Il allume son briquet. Le fourrage de la remise le fait éternuer. Il revient sur ses pas, fait signe à Hélène de le suivre.

Une heure plus tard, la jeune femme et ses enfants, anéantis par les émotions, se sont endormis au creux des bottes de paille.

Abel, lui, réfléchit à ce que sera, demain, le dur retour vers Paris.

Pierrette n'est pas morte. Tandis que la famille Danos part à la recherche d'un gîte, la jeune femme écarquille les yeux. Elle pousse un cri rauque. La souffrance lui dévore la poitrine, là où la balle l'a touchée. Son chemisier est inondé de sang. Des spasmes atroces lui déchirent le ventre. Malgré sa faiblesse, malgré cette lourdeur qui l'empêche de raisonner, une peur plus forte que la peur de sa propre mort la bouleverse : l'enfant qu'elle porte va mourir lui aussi. Ces convulsions régulières qui lui labourent les flancs annoncent l'accouchement.

Sa volonté de sauver l'innocent communique à la mère une énergie désespérée. Elle ouvre la portière. Avec des efforts qu'elle accomplit dans un état second, elle parvient à quitter la voiture. Elle réussit à se tenir debout quelques instants puis, vaincue par la souffrance, épuisée, elle s'écroule.

A une centaine de mètres de là, une lueur brille dans la nuit. Il faudrait qu'on l'entende. Mais ses cris sont trop faibles pour attirer l'attention. Elle sent ses forces décroître. Elle rampe, mètre après mètre, les yeux rivés sur ce rectangle lumineux qui n'en finit pas de sautiller... Elle est contrainte de s'arrêter, d'attendre la fin d'une nouvelle douleur qui la terrasse. Puis elle repart, une fois encore.

Elle abandonne, dans son sillage, une traînée de sang. Elle n'en peut plus. A une dizaine de mètres de la lumière, elle capitule. Une dernière fois, hissée sur ses coudes, elle appelle au secours. Sa voix n'est plus qu'un gémissement.

Pourtant, dans le silence, l'appel est entendu. Un vieil homme était en train de fermer ses persiennes. Bientôt une tête de femme se penche sur elle. Elle l'entend dire : « Léon, appelle la police. » Puis, c'est le néant.

Quelques minutes plus tard, elle met au monde un enfant mort-né. Une fille que les agents, avec une délicatesse maladroite, déposent sur la table de marbre, près de son père.

A la morgue.

29

— Je vous le dis comme je le pense, Borniche. Ce que vous m'avez raconté jusqu'alors, c'est du vent !

Il glapit, Vieuchêne, il fulmine. Il a bondi de son fauteuil. Le visage écarlate, il arpente la pièce de long en large, les mains derrière le dos, les lunettes d'écaille plantées sur le front comme les cornes d'un taureau. A chacun de ses passages, il me décoche un regard furibond. La bourrasque a balayé les couloirs du cinquième étage. L'armada policière immerge. Moi, debout, muet, coincé entre la bibliothèque dépeuplée et le boa empaillé, je résiste à l'ouragan.

— Pas la peine de rigoler en dessous, vocifère le Gros en freinant pile devant moi. Si vous croyez que je ne le vois pas, votre air de vous moquer du monde ! L'affaire de la môme Moineau est foutue, c'est moi qui vous le dis. Foutue comme pas permis. Terminée, enterrée. Depuis que vous êtes dessus, vous n'en avez rien sorti. Rien. Plutôt si : des balades à Gstaad et aux Canaries aux frais de la princesse. Et une autorisation de tapiner, au bénéfice de la Gazette. Vous me l'avez assez dorée la pilule, pourtant : « Il faut que je fasse un saut à Poissy, patron, voir Girola, et puis à Gstaad, la Fiorini ça peut être intéressant. » Et encore : « Si Carmen Ibarra se met à table, l'affaire est comme qui dirait dans la poche. » Résultat : néant. De l'air !

Vieuchêne reprend ses allées et venues saccadées, se

faufile entre deux fauteuils, ouvre brutalement la porte du secrétariat, la referme avec force.

— Répondez, bon Dieu, au lieu de rester là planté comme un cierge !

— Que voulez-vous que je vous dise, patron ? Voss et Mandelle se sont volatilisés, je n'y peux rien. Les témoins les ont reconnus, c'est déjà un pas en avant. La môme Moineau n'a peut-être pas tenu sa langue.

— Je croyais que vous aviez masqué les photos ?

— J'avais caché les noms, en effet. Mais une fuite peut toujours se produire. Une indiscrétion involontaire. J'ai réduit les risques en ne lançant pas de diffusion générale. En principe, nos copains d'en face ignorent les noms de Voss et de son complice. Je ne désespère pas de les coincer, un jour ou l'autre.

— Un jour ou l'autre ! Pourquoi pas ? Bravo pour votre optimisme. Je saurai m'en souvenir. Et Buisson ? Parlez-moi de Buisson ! Vous ne désespérez sans doute pas non plus de l'arrêter, celui-là ? Un jour ou l'autre, pourquoi pas ?

Une brusque volte-face, et il est à nouveau devant moi, les yeux dans les miens, chargés d'une réprobation qui ressemble à de la haine :

— Parce que Buisson, poursuit-il, je vais vous donner un aperçu de son activité. Dix agressions depuis sa cavale, pas une de moins ! Trois assassinats dont une tentative sur le commissaire Prioux de Villeneuve-Saint-Georges. Voilà le travail, Borniche ! A part ça, vous, vous ne désespérez pas. Mais que ma réputation de premier flic de France soit remise en question, ça, vous vous en foutez !

Le voilà reparti, les mains dans les poches, la veste soulevée. Sa colère semble pourtant faiblir quand je proteste :

— J'ai cavalé pendant plus d'un mois après Pierre Carrot. J'ai bien fini par l'arrêter.

Le tranchant de sa main s'abat sur le bureau, comme un couperet.

— Vingt-huit jours très exactement, Borniche ! Je les

ai comptés. Il s'était évadé le 2 juillet, vous l'avez appréhendé le 28 juillet à 1 heure du matin. Par contre, vous avez laissé filer le grand Hervouet.

C'est vrai, sans être vrai. Comme d'habitude, Vieuchêne mélange tout. Il est injuste. Carrot, que la presse avait surnommé Pierrot le Fou n° 2 s'était réfugié dans un modeste logement du sixième étage de l'immeuble des syndicats, 85 rue Charlot. J'avais réussi à le localiser. L'arrestation aurait pu se faire en douceur, pendant que Katia, sa maîtresse, allait au ravitaillement. Mais non. Il avait fallu que Gillet, de la 1re brigade, s'en mêle, prévenu je ne sais par qui. Il avait mobilisé la Préfecture de police tout entière. Même scénario qu'à Champigny, une année auparavant : cinq cents gardiens avaient donné à Pierrot le Fou n° 1 un siège en règle, pour revenir bredouilles du côté des truands, avec deux morts du côté des innocents.

Le tintamarre provoqué à 11 heures du soir sur le boulevard Richard-Lenoir n'avait pas manqué d'alerter Carrot. Le nez à la vitre de la mansarde, il avait assisté au déploiement de forces qui bouclaient le quartier à coups d'avertisseur et de sifflet ! A moitié nu, il avait ouvert la fenêtre et s'était glissé avec Hervouet dans l'ombre d'une chambre de bonne désaffectée, à l'autre bout du bâtiment.

La porte n'avait pas résisté, mais je n'avais trouvé qu'une pauvre fille tremblante. Elle m'avait quand même indiqué le chemin emprunté par les fugitifs. Je m'étais lancé à leur poursuite, sur les toits, le pied gauche sur le créneau, le droit dans la gouttière. J'aurais pu passer cent fois devant la rangée des fenêtres de service sans découvrir Carrot si je n'avais failli perdre l'équilibre. La chance avait voulu que, par réflexe, je me sois appuyé sur la vitre d'une fenêtre simplement poussée de l'intérieur qui s'était ouverte. Et le rayon de ma lampe avait découvert, émergeant du foyer de la cheminée rudimentaire, deux pieds noirs de suie. J'avais tiré le ramoneur Carrot de sa piteuse situation de père Noël. Hervouet, lui, avait réussi à s'échapper par les toits en sautant d'immeuble en immeuble. Je devais quand même le cueillir, deux mois plus tard, dans sa planque de Châtenay-Malabry.

— Il m'a fallu travailler sur ces affaires, patron. Je ne peux pas être partout à la fois.

— L'ennui, c'est que vous n'êtes nulle part, mon pauvre ami ! Danos, par exemple, que vous suspectiez du vol des bijoux. Vous vous en êtes occupé, de Danos ? Et de son copain Naudy ?

Je réprime un geste d'agacement qui me conduirait tout droit en conseil de discipline.

— Ils ont disparu de la circulation, en même temps que Voss et Mandelle. Personne n'a eu de leurs nouvelles, jusqu'à présent.

Le Gros se redresse, bombe le ventre. Ses lunettes tombent sur son nez. Il les remonte sur le front, me fixe.

— Eh bien moi, j'en ai de leurs nouvelles, figurez-vous ! Et toutes fraîches encore. Savez-vous où ils sont, à l'heure qu'il est ?

Oh oui, je vais le savoir. Il brûle d'envie de me l'apprendre, pour m'humilier davantage.

— A Menton, mon cher. Ils ont débarqué cette nuit, venant de Vintimille, avec bagages, famille et munitions. Malheureusement, l'affaire a mal tourné. Bilan, trois morts : Naudy, sa fille et un gardien de la paix. Et deux blessés qui ne valent pas mieux. Pierrette Chade, la maîtresse de Naudy et un autre gardien. Voilà ce que la brigade de Nice qui est sur l'affaire m'a appris ce matin. Je suppose que vous aussi vous allez vous y remettre sur Danos. Il me le faut, mort ou vif. Depuis quatre ans qu'il se fout de moi, j'estime que ça a trop duré. Il ne doit pas pouvoir aller loin avec sa bonne femme et ses deux gosses...

Je n'écoute plus le Gros. Je pense à Carmen. En voici une qui va pouvoir dormir en paix dans ses Canaries d'adoption. Je la revois toute craintive, après ma séance de réanimation.

La tirade de Vieuchêne touche à sa fin, tel le soufflé qui s'effondre. Ses accès de colère ne durent jamais très longtemps. Il contourne son bureau, se laisse choir, cramoisi, dans son fauteuil, cueille ses lunettes dans sa tignasse, sort sa pochette immaculée, les essuie. C'est le précieux moment d'accalmie dont je vais pouvoir profiter.

— Je m'y colle, patron. Mais pour Buisson, Voss et Mandelle, qu'est-ce que je fais ?

Un sourire las, un soupir :

— Ce que vous voulez ! J'en ai assez de vous dire et de vous redire la même chose. Toutefois je vous préviens : si dans huit jours je n'ai pas de nouvelles des uns ou des autres, votre Gazette, je vais lui faire un sacré papier, moi !

Le soleil s'est couché sur les hauteurs du cap Martin, illuminant de ses derniers rayons la baie de Menton jusqu'aux contreforts des Alpes italiennes. Abel Danos entrouvre prudemment la porte de la grange, jette un coup d'œil. La longue promenade du bord de mer est déserte. Il écoute un moment, tous ses sens en éveil. Rassuré, il fait quelques pas, revient à la grange, fait signe à Hélène de le rejoindre, la débarrasse de quelques brins de paille collés à son manteau. Les doigts du tueur passent aussi dans les cheveux des enfants, où la paille est restée accrochée.

Deux solutions s'offrent à lui pour gagner Nice. L'autobus jusqu'à la gare principale, ou le train. De là, il téléphonera à Cajac, un ancien de la Gestapo, réfugié à Vence. Il choisit l'autobus.

La chance est avec lui. A l'instant même où ils débouchent sur la nationale 7, un car de la ligne Menton-Nice stationne à l'arrêt, prêt à partir. Abel lève le bras. Le chauffeur les a vus. La portière s'ouvre.

— Quatre allers Nice, dit Abel, sautant sur le marchepied.

Il scrute le receveur, de la même façon qu'il examine tous les passagers. Il se fie à son instinct du danger, dont il n'a pas eu à se plaindre jusque-là. Il tend un billet, ramasse la monnaie. Le conducteur se retourne, désigne deux places dans le fond du véhicule :

— Deux à l'arrière, dit-il, deux à l'avant avec moi. C'est tout ce qui reste.

Hélène et sa fille suivent le couloir pour rejoindre les places qui leur ont été assignées. Abel s'installe sur le siège-bascule avant, son fils sur ses genoux. Le lourd véhicule démarre.

Danos, perdu dans ses pensées, ne voit plus la route défiler. Il est à Menton avec Naudy qui vient de s'écrouler sous les balles de la police, avec Pierrette qui doit être morte à présent. La gouine de Cimiez avait raison : le chemin maritime était plus dangereux que la route de montagne qu'il avait empruntée avec l'ordure de passeur italien. Mort aussi, Giorgio, à cause de sa témérité. Joachim, le valet-chauffeur-touche-à-tout de Tiffany, ne perd rien pour attendre.

Il ne peut rien se reprocher, Abel. Il avait bien réfléchi. La voie alpestre aurait été impossible à pratiquer avec Pierrette enceinte, Hélène et les enfants. Et puis le destin, c'est le destin. On le porte attaché à son cou. Jusque-là, la chance lui a souri. Pourquoi cela ne continuerait-il pas ?

Les freins du car gémissent. Danos sursaute. Le petit garçon glisse de ses genoux, il le rattrape. Un barrage se dresse à l'entrée de Cap-d'Ail. Des gendarmes motorisés agitent leurs lampes-torches. Le chauffeur ouvre la portière.

— Contrôle de police, dit un brigadier. Papiers d'identité, pour tout le monde.

Abel fait asseoir son fils sur le plancher, cherche dans sa veste le faux passeport qu'il a acquis à prix d'or à Milan et qui lui confère la nationalité italienne. Les cachets officiels garantissent l'authenticité du document. Seule l'identité a changé. Danos est devenu Maltossi Rafaelo. Si ce nom a été communiqué aux flics français, c'est la tuerie.

Il n'a pas le choix. Ses doigts frôlent la crosse du colt qui lui meurtrit le ventre, glissé dans la ceinture, sous la chemise. Il lui reste six cartouches et deux chargeurs. Il jette un regard sur le gendarme casqué et botté qui vient de monter à bord. Il sort son passeport, l'offre avec un sourire amical. L'autre le lui prend des mains, le feuillette, s'attarde sur les tampons avant d'articuler d'une voix sympathique :

— *Italiano ?*

— *Si, signore.* Nous allons à *Nizza.*

Il arbore le large sourire du touriste, heureux de visiter la Riviera française, se retourne vers le fond du car, désigne Hélène dont le regard trahit l'angoisse.

— *Mia moglie, signore...* ma femme...

Le gendarme, amusé, dépassé par cette pantomime, lui rend son passeport, lui fait signe qu'il a compris, puis lui tourne le dos pour s'intéresser aux papiers des autres voyageurs.

L'autobus, le contrôle terminé, repart.

— On a encore pris du retard, grommelle le chauffeur.

Abel, méfiant, suit la lente progression du véhicule. Il tient à surveiller ce qui pourrait encore survenir par la porte arrière. Il feint de regarder Hélène mais, en fait, il dévisage les passagers autour de lui, surveille l'attitude des motards, sur la route. Tout semble aller bien. Au bout de cinq minutes, un virage les cache à sa vue. Quand il reprend son fils sur les genoux, il passe machinalement la main sur son front. Il est en nage.

Il est soulagé, sans trop savoir pourquoi, lorsque l'escargot à quatre roues s'arrête près de la place Masséna. Une brasserie, à l'angle de la rue Gioffredo, est illuminée. Il entraîne sa famille à l'intérieur, la fait s'asseoir autour d'une table du fond, commande des sandwiches, de la bière et du lait.

— Tu m'attends deux secondes, je vais téléphoner, dit-il.

Il gagne le sous-sol, demande un numéro à la préposée, une brunette écervelée qui se trompe deux fois de chiffres.

Quand il réintègre la grand-salle, Abel est tout ragaillardi.

— J'ai eu Cajac, souffle-t-il. Il est à Juan-les-Pins dans une heure avec quatre billets pour Châlons-sur-Marne. Il prévient deux amis qui viendront te chercher à l'arrivée dans une ambulance bidon. Moi je continuerai avec les cars et les tortillards de campagne. C'est plus prudent. On se retrouvera à Belleville, chez Nénesse le Menteur.

— On va comment à Juan-les-Pins ?

— En taxi.

Le couple, restauré, hèle une Renault à la station de l'avenue de la Victoire, prend place à l'arrière.

Abel, toujours sur la défensive, ne parle pas. Son fils suce son pouce, et Florence dort. Hélène fait mine de s'intéresser au paysage maritime. En fait, elle a peur. Il lui semble qu'elle n'a jamais cessé d'avoir peur. Elle repense au barrage policier de Cap-d'Ail. Elle sait qu'Abel n'hésitera pas à tirer si quelque danger se présente. Et que ses enfants peuvent finir sous les balles des flics.

— Merde, dit soudain le chauffeur du taxi, encore eux ! Ça fait quatre fois qu'ils m'arrêtent, depuis ce matin.

Eux, ce sont les agents du commissariat d'Antibes qui ont déposé une herse sur la nationale 7. Ils procèdent au contrôle des véhicules. Ils prennent leur temps. Un sérieux filtrage.

La Renault s'est arrêtée. Hélène a fermé les yeux, les rouvre. Un gardien s'est penché à l'intérieur du taxi, a dévisagé les occupants. Hélène regarde Abel. Il est bien pâle. Il ne sourit plus, comme tout à l'heure. Elle remarque le léger tremblement de sa main quand il sort son passeport avec appréhension, le tend à l'agent, qui le lui rend en portant la main à son képi.

— Parfait. Vous pouvez y aller.

Hélène ferme à nouveau les yeux. Un long soupir sort de sa poitrine oppressée.

30

Édouard Voss ne veut rien savoir, ne veut rien dire. Les heures s'écoulent.

Castex a commencé à l'interroger à 16 heures, dès que les inspecteurs Morin et Bouygues le lui ont amené, menottes aux mains.

L'interrogatoire s'est poursuivi toute la soirée. Et toute la nuit.

Il est fatigué, Castex. Les yeux cernés, pas rasé, il fait peine à voir.

Il n'a pas chômé. Il a su se montrer, au fil des heures, persuasif, débonnaire, paternel, menaçant, doucereux. Mais toute son habileté n'a, jusqu'à présent, servi à rien.

Édouard Voss s'entête. Il refuse en bloc tous les arguments.

La lassitude, l'exaspération ont tour à tour pris possession du bureau du quai des Orfèvres, empuanti par les odeurs de bière, de charcuterie, de tabac refroidi et de transpiration.

A deux reprises, le commissaire Clot a voulu jouer de son autorité de chef de service. Ses propos affables n'ont guère réussi à troubler le faux baron qui s'en tient à son système de défense. Il est innocent, un point c'est tout.

Une menotte le lie au bras du fauteuil. Que pourrait-il tenter, d'ailleurs, au milieu de tous ces policiers au regard haineux, répétant leurs questions en forçant leurs voix éraillées, se gaussant de ses réponses. Il a eu le temps de les compter et de les recompter. Ils sont cinq, les uns debout, les autres à califourchon sur une chaise, qui guettent sa reddition. Le plus puissant de l'équipe, au front bas et aux mains de catcheur, a posé ses larges fesses sur le bord d'une table. Barrant la porte, un gardien de la paix, mitraillette en main, surveille l'interrogatoire, l'air absent.

L'incertitude, l'anxiété, l'attente sont pires que le mal. Dès que Voss a compris ce qu'on lui voulait, il a repris de l'assurance. Il est accusé d'avoir tenté de cambrioler l'appartement du 28 boulevard Flandrin. Il le nie. Pour le faire avouer, Castex essaie tous les moyens. Il pratique l'interrogatoire en dents de scie. Tantôt il fait patte de velours, le sourire bienveillant, tantôt il agite le spectre de la relégation, qui punit tout récidiviste déjà condamné à plus de trois mois de prison pour vol à l'internement perpétuel dans une prison centrale [1].

Voss résiste. Il sait qu'il n'existe aucune preuve contre lui. Il connaît parfaitement son code pénal. Le flagrant délit est le délit qui se commet ou qui vient de se commettre. La tentative n'est punissable que s'il y a eu un commencement d'exécution. Dans son cas, il n'y en a pas. Les flics qui le filaient sont intervenus trop tôt. L'affrontement avec Castex, c'est un mauvais moment à passer. Il suffit de tenir le coup.

Puis, une nouvelle inquiétude se fait jour dans le cerveau du baron. Son palais se dessèche lorsqu'il entrevoit ce qu'il risque. Il a beau se convaincre que Castex ignore sa participation au vol des bijoux de la môme Moineau, il se demande comment ses sbires ont pu le repérer à la sortie de la boutique de Tiffany.

Jusque-là tout allait bien, il en est sûr. Si bien, même, que rassuré sur l'impossibilité d'une surveillance éventuelle, il n'avait plus pensé à prendre les précautions d'usage pour gagner le seizième arrondissement. Le cambriolage devait lui rapporter le gros lot. Et Tiffany

1. La peine complémentaire et facultative de relégation a été supprimée par la Loi du 17 juillet 1970, instituant la tutelle pénale des multi-récidivistes.

devait réceptionner la marchandise le soir même, à son hôtel particulier du XVIIe arrondissement. Sa ligne téléphonique était-elle sous surveillance ? Avait-elle bavardé devant un tiers ? Joachim, le faux-jeton de chauffeur-valet de chambre, ne l'avait-il pas vendu pour toucher la prime d'assurance ? Depuis quelque temps, il y a des ratés dans la collaboration entre Tiffany et son majordome. Depuis le passage d'Abel Danos en Italie. Et Joachim évite le regard d'Édouard et même sa présence, le baron lui ayant demandé des explications sur le rôle du passeur Giorgio, disparu avec armes et bagages.

Voss contemple d'un œil éteint le contenu de ses poches étalé sur le bureau. Il a l'impression que Castex viole son intimité, en changeant sans arrêt les objets de place. Ça en devient irritant. Le chronomètre et le briquet en or, le trousseau de clés de son Alfa-Roméo, le porte-cartes en lézard et surtout la pochette de soie à ses initiales, que lui a offert son petit ami Romuald, dansent, entre les mains du flic, une sarabande exaspérante. Pour couronner le tout, posée tout du long sur la table, la pince-monseigneur ramassée par Morin et Bouygues devant la porte de l'appartement demeurée vierge.

Castex tire sur sa Boyard avec des bruits réguliers qu'Édouard trouve insupportables.

— Toujours au même point ?

— Je ne peux pas vous dire autre chose, cher monsieur. Lorsque j'ai vu deux types d'un genre spécial qui me suivaient, j'ai pris peur. J'ai pensé qu'ils voulaient me dévaliser. Au premier immeuble qui s'est présenté, j'ai poussé la porte. Et je suis monté tout en haut.

— Bon, bon ! Quand tu seras fatigué de ton refrain, tu attaqueras le couplet. On n'est pas pressés.

Les mains de Castex recommencent à s'agiter, à manipuler les objets, à les aligner, à les séparer, les faire passer les uns sur les autres comme les pions d'un jeu d'échecs. Il enrage, Castex, mais seules ses mains trahissent son agitation. Il aimerait tellement débarrasser la société de cette gouape malfaisante dont les dérisoires condamnations passées révèlent bien la ruse et la virtuosité en matière de cambriole. Il n'a contre lui qu'une modeste peine de treize mois de prison par défaut, pour émission de chèques sans provision avec mandat d'arrêt du juge d'instruction Marquiset. Une misère. Encore heureux que l'opposition ne soit plus recevable, sinon Castex était obligé de le mettre dehors.

Il va lui notifier cette condamnation, l'expédier dans une cellule de la Santé mais il est probable que l'habileté de son avocat réussira, en première instance ou en appel, à faire diminuer la peine ! Une procédure pour tentative de vol qualifié l'habillerait autrement et pour un bon bout de temps ! Hélas, Morin et Bouygues sont allés trop vite en besogne. Ils auraient dû attendre que Voss ait fracturé la porte, soit entré dans l'appartement pour le surprendre sur le fait ! Combien de fois Castex leur a demandé d'agir avec doigté, sachant qu'il est difficile de confondre un casseur solitaire, hors le cas de flagrant délit. Clot lui-même leur a souvent répété que c'était là un travail difficile mais qu'il n'y avait pas d'autre moyen de faire des crânes.

Saint-Cyr Castex ne se fait plus beaucoup d'illusions. Il en a connu des voyous, au cours de sa carrière, qui, après une nuit d'interrogatoire, ont fini par cracher le morceau. Celui-là, sous ses apparences de mondain, c'est un cas ! Le problème serait vite réglé si on pouvait se servir de lui comme d'un punching-ball, lui faire une grosse tête. Mais voilà, ce sont des coups à se retrouver en conseil de discipline ou en correctionnelle pour violences. A quelques années de la retraite, ça n'en vaut pas la peine.

Castex, sur un ton paternel, tente encore, en un dernier effort, d'arracher des aveux :

— Tu ne veux vraiment pas nous dire la vérité, Édouard ?

— Je maintiens que je ne comprends pas ce que je fais là, cher monsieur.

— Tu commences à m'emmerder avec tes « cher monsieur ». Depuis hier, tu joues les aristos. Tu veux que je te dise ? Ça me dégoûte. Toi aussi, tu me dégoûtes. A qui feras-tu croire que, par hasard, tu t'es trouvé devant la porte d'un immeuble bourgeois, avec à tes pieds une pince-monseigneur dont tu ignores par quel miracle du Saint-Esprit elle est arrivée là ?

Voss regarde Castex avec une stupeur mêlée d'une admiration affectée, provocante :

— Vous êtes intelligent, cher monsieur. Avez-vous pensé à vérifier si mes empreintes se trouvaient dessus ? Si oui, j'avoue ce que vous voulez. Mais ça m'étonnerait.

— Forcément, tu avais des gants.

— Je mets toujours des gants pour conduire ma Sprint. Ça va bien avec le petit volant de cuir. Ce qui serait rigolo, c'est qu'en fait d'empreintes, on trouve celles de vos collaborateurs et les vôtres.

Castex a accusé le coup. Ses épaules se tassent. Ce maudit voyou pousse la perfidie jusqu'à se moquer de Bouygues et de Morin qui ont eu le tort de s'emparer de la pince en y posant leurs grosses pattes. Lui-même, quand ils la lui ont tendue, n'a pas pensé que Voss pourrait en tirer argument. Furieux, il s'empare de l'objet, le lance violemment dans un coin du bureau.

— Ça suffit, écume-t-il, j'en ai marre de tes élucubrations. Tu t'es assez foutu de ma gueule. Tu as une condamnation à treize mois, je vais te la notifier et t'expédier aux oubliettes. D'ici là, mon petit Édouard, fais-moi confiance, je vais sérieusement m'occuper de toi.

Voss respire un grand coup. Il s'efforce de cacher son trouble. Dans le fond, Castex a voulu lui faire ça à l'esbroufe, mais il ne sait rien de sa participation au vol de Maisons-Laffitte avec son ami Mandelle qui, en ce moment, passe des jours heureux en compagnie de sa nouvelle conquête sur les bords de la Méditerranée. Il remarque l'amertume de Castex. Pour l'instant, les hommes de Clot sont perdants. Ils ont voulu le faire tomber pour cambriolage, ils se sont cassé les dents.

Dommage pour Tiffany qui attend le pactole de pied ferme. Dommage pour lui aussi. Mais viendront des jours meilleurs. Me Carboni est un avocat rusé. Il saura le faire remettre en liberté rapidement. Et ce qui a raté dans le XVIe, sera bénéfique dans le VIIIe. Il en a, le baron, des adresses de rechange. Et des bonnes ! Pour le moment, il faut faire contre mauvaise fortune bon cœur.

N'empêche qu'il se demande quand même comment Bouygues et Morin sont arrivés jusqu'à lui !

Novembre commence mal, comme d'habitude. Qu'il est triste, ce surlendemain du jour des Morts, froid et pluvieux ! Les rafales cinglent mon visage. A la station Blanche, j'ai émergé sous le déluge. Un moment engourdi par la chaleur du métro, me voici maintenant condamné à progresser dans la rue Lepic par bonds de kangourou, de porte cochère en porte cochère. Le vent écarte les pans de ma gabardine. Mes jambes sont glacées. Mes cheveux ruissellent. Paris va encore battre, cette année, son propre record de rhumes et d'angines.

Un dernier effort olympique me propulse sous le porche de mon immeuble, entre deux piles de cageots : l'endroit sert de remise aux marchandes de quatre-saisons. Je m'ébroue devant la loge de la concierge. L'eau dégouline de mes chaussures sur le paillasson. J'ai le moral à zéro, en abordant les premières marches usées de l'escalier archaïque, sombre et glissant. Après la rude côte de la rue Lepic, il me faut encore escalader les cinq étages qui mènent au tunnel. C'est-à-dire à ce couloir obscur où je m'enfonce, assourdi par la radio de Couinas. Quand le perroquet de ce maudit voisin cesse de répéter ses phrases stupides, c'est un haut-parleur qui prend le relais. Je l'aime bien, la butte Montmartre, mais quand on n'est pas en grande forme, c'est haut perché, et terriblement bruyant.

Avant même d'ouvrir la porte, je hume une odeur de civet qui me rappelle qu'avant-hier, après la redoutable épreuve du cimetière, inscrite dans le calendrier, l'oncle

Druet m'a fait cadeau d'un lapin de garenne géant, que le boucher voisin a eu l'amabilité de conserver dans sa glacière jusqu'à aujourd'hui.

— Tu n'es pas trop trempé, chéri ?

Marlyse m'accueille avec une gentillesse que bien des hommes m'envieraient. Elle me débarrasse de ma gabardine alourdie par la pluie, l'accroche par les épaules aux appliques de fer forgé qui ornent le portemanteau-miroir de l'entrée. Je pose un baiser sur la trace de farine qui zèbre sa joue gauche, tout en soupirant :

— Trempé ? C'est le moins qu'on puisse dire ! Je quitte la Gazette. J'ai été obligé de lui dire que le Gros lui ferait sauter son autorisation, si elle ne se débrouillait pas mieux. Il est furax, le Gros, à cause de Danos et de sa famille qui se sont évaporés après Menton. Comme si j'y étais pour quelque chose !

— Buisson ?

Faute de pouvoir m'accompagner partout, Marlyse ne veut pas perdre le fil de mes enquêtes. Et ça me fait du bien, de pouvoir lui parler de mes problèmes.

Je soupire de nouveau.

— Il accumule les exploits, Buisson ! Trois agressions en deux jours. Hier, Aubervilliers ! Il a attaqué deux encaisseurs de la société Saint-Gobain qui sortaient de la Société Générale. Le matin, il a braqué Poujade, un chef d'entreprise de la rue Desnouettes, dans le XVe. Et cet après-midi, il a remis ça à la caisse du P.M.U., rue Hector-Malot, dans le XIIe.

Marlyse m'entraîne par la main vers la salle à manger.

— Vous êtes sûrs que c'est Buisson qui a fait tout ça ? Parce qu'on ne prête qu'aux riches !

— La P.P. est formelle. Les témoins, aussi. Son regard de dingue ne trompe pas !

Marlyse me sert. Le fumet du civet n'arrive pas à me dérider. Elle m'observe, soucieuse :

— Ouais, dit-elle, contrariée, ton Vieuchêne, je

peux te dire qu'il nous casse les pieds ! Après tout, Paris, ce n'est pas ton secteur !

— Non. Seulement, Maisons-Laffitte, c'est bien le nôtre.

C'est une réussite, son civet, une fois de plus. Marlyse excelle dans la préparation du lapin à la cabriole ! Hier, elle a fait tremper des pruneaux dans du vin. Elle a dû se mettre en cuisine cet après-midi. Elle fait rissoler du lard, qu'elle remplace ensuite par des morceaux de lapin. Elle les fait alors dorer en y ajoutant des oignons émincés. Les pruneaux, dénoyautés, sont passés à la moulinette. La purée obtenue est mélangée au vin rouge, et la sauce, versée dans la cocotte. D'habitude, je m'en lèche les doigts. Mais ce soir, je n'ai pas le cœur à m'extasier. Je mange machinalement, en silence.

Marlyse me connaît. Elle sait que je broie du noir. Les reproches du Gros m'ont bien davantage douché que la pluie, qui continue à tomber à pleins seaux, résonne sur le toit de zinc, déborde des gouttières.

La table est débarrassée. Un torchon accroché à la ceinture, je fais la vaisselle. J'aime bien la laver, tandis que Marlyse l'essuie et la range. Ça me détend. En même temps, je rumine, en écoutant la pluie.

— J'y pense, dit soudain Marlyse, tu ne m'avais pas dit que Girola devait vous donner un coup de main ?

Girola ! Il ne manquait plus que ce nom pour décupler ma mauvaise humeur ! Il devait nous aider, celui-là, c'est vrai. C'est du moins ce que j'espérais, après ma visite éclair à la centrale de Poissy. Sa peine de mitard terminée, il n'avait pas été long à se récuser. La lettre qu'il m'avait adressée, supervisée bien entendu par la censure de Poissy, était claire. Il me remerciait de ma gentillesse, mais se trouvait en désaccord avec sa conscience pour un éventuel transfert à Paris ! En lisant entre les lignes, j'avais compris que Girola, fidèle à son honneur d'homme du Milieu, ne voulait pas jouer les indics. J'en avais fait mon deuil.

— C'est tombé à l'eau, dis-je, en ôtant mon torchontablier. Ça continue à foirer de tous les côtés en ce moment ! La Gazette n'arrive pas à décrocher un tuyau, et les truands cavalent toujours. C'est rageant, de connaître leur nom et ne pas arriver à mettre la main dessus !

Marlyse, de la tête, m'approuve avec vigueur :

— Vous n'avez qu'à leur lancer une circulaire de recherche générale aux fesses. Ils ne courront pas longtemps.

Elle a toutes les qualités, Marlyse. Elle est belle, elle est douce, et elle fait bien la cuisine. Mais je me demande, par moments, si l'ABC de la technique policière, revue et corrigée par le maître Vieuchêne, ne lui échappe pas.

— Pour que la P.P. ou la gendarmerie les coince ? Tu en as de bonnes ! Ils sont à nous, Voss et Mandelle. C'est moi qui les ai identifiés. C'est moi qui dois les arrêter ! Le Gros en ferait une maladie, si quelqu'un d'autre leur mettait la main au collet ! Tu te rends compte de ce que tu dis là ?

— Ce dont je me rends compte, c'est que vous préférez, les uns et les autres, que des truands se baladent, plutôt que de voir un service concurrent les arrêter ! Et pendant qu'ils se promènent, ils refont des coups. Drôle de conception de votre métier, vraiment !

Elle hausse les épaules, outrée. La guéguerre des polices la dépasse. Forcément, elle ne peut pas comprendre. Ou plutôt elle comprend que je passe mon temps à cavaler après des fantômes au lieu de m'occuper d'elle. Il faut bien dire que depuis que nous vivons ensemble, les vacances, les jours fériés et les dimanches ont été plus que rares. Pour qui ? Pourquoi ? Avec en prime, à tout moment, le risque d'écoper une balle, sinon une rafale !

— Mon boucher me disait, ce matin...

Je sais. Il commence à me gonfler, son boucher. Ce n'est pas parce qu'il a gardé le lapin dans son frigo qu'il doit se croire tout permis. Qu'il s'occupe de ses entrecôtes et qu'il nous fiche la paix ! Le malheur, c'est que les histoires de gangsters le passionnent. Il dévore à plaisir des kilos de faits divers. Il ne se gêne surtout pas pour me faire passer pour un guignol aux yeux de Marlyse, qui ne doit pas lui être indifférente :

— Dites donc, M'ame Marlyse... Qu'est-ce qu'il fait, votre bonhomme ? Vous avez vu ce que Buisson se tape comme braquages, en ce moment ? Et ce Danos qui court toujours... Des tueurs comme ça, dans la nature, vous vous rendez compte !

Le pire, c'est que c'est vrai !

31

Les yeux d'Abel Danos scrutent la rue de La Boétie, à demi plongée dans l'obscurité. Il s'est adossé à un lampadaire, de l'autre côté du trottoir. Il a déposé sa bicyclette contre le rideau métallique d'une galerie de tableaux fermée pour cause de travaux. Il ressent l'exaltation que l'action provoque toujours en lui. Son cerveau, tout son corps, sont suspendus à la réussite du fric-frac. La fusillade de Menton l'a ruiné. Les lires qu'il avait rapportées d'Italie sont restées, avec les bagages, dans le coffre du taxi abandonné. Il est urgent de les remplacer. Pendant qu'Hélène et ses enfants rejoignaient Paris, confortablement installés dans l'ambulance factice de Poupon, l'ami de Cajac, il avait joué des trains et des cars. Vite, il s'était rendu compte que les barrages se limitaient à la Côte d'Azur.

Ernest Delalay, dit le Menteur, un rescapé du camp de Caylus, lui avait tout de suite redonné le goût du risque.

— Pour toi qui es jeune, il y a une belle affaire rue de La Boétie. Moi, à mon âge, je ne peux plus jouer les chimpanzés. Un fric facile à prendre, vu qu'il n'y a pas de coffre.

— Comment tu sais ça ?

— Le petit Fredo voulait se la faire avant d'être enchristé. Comme il en a pris pour dix ans, il faudrait peut-être pas laisser ça dormir. Normal, non ?

— Normal, avait concédé Abel. Mais faudra lui faire parvenir un bouquet, tout de même. Ça se présente bien ?

Nénesse le Menteur avait fait passer sa chique d'une joue à l'autre.

— Comme une jeune mariée. C'est au 59. Un immeuble cossu, avec des chouettes balcons en fer forgé. Tu as un couloir et tout de suite à ta droite l'entrée du bâtiment sur rue. A gauche, la loge de la concierge. Tu suis le couloir et tu arrives dans une cour qui va vers un second bâtiment. Là, tu as l'escalier de service. Tu grimpes au sixième. La cuisinière loge sous les toits. Il y a son nom sur la porte, Sidonie, je ne sais plus quoi. Elle laisse les clés de l'appartement de ses patrons sur sa table de nuit, quand elle sort. Tu les piques et tu descends un étage. Il n'y a jamais personne avant 17 heures.

Abel avait enregistré avec attention puis demandé :

— Elle est comment, la fille, que je la repère quand elle sort ?

— Petite, boulotte, le teint rougeaud. Une Allemande, sans doute. Veischragen, le nom me revient. Elle part faire ses courses vers 5 heures, avec un sac à provisions. Il n'y a pas à se tromper.

— Pas de chien ?

— Aux dernières nouvelles, non. J'avais envoyé mon neveu, la Pipette, faire une reconnaissance, mais on ne peut pas compter sur un poivrot. Moi, je pense qu'il doit y avoir pas mal d'oseille dans le secrétaire du salon.

Abel a pris position à 5 heures moins 20. Une bruine tombe d'un ciel ballonné. Dix minutes plus tard, il a cru apercevoir une femme, cheveux filasse, assez grasse, répondant au signalement de Sidonie, quitter l'immeuble, un filet à provisions à la main. Elle a parlé quelques minutes avec la concierge sur le seuil de la porte puis elle a disparu vers la place Saint-Philippe-du-Roule.

Abel s'écarte du lampadaire. Il traverse la rue, l'oreille aux aguets, avec l'allure nonchalante du flâneur. Il franchit la porte de fer forgé, grande ouverte, sans ralentir le pas. Il longe le hall du premier bâtiment, arrive dans la cour intérieure, tourne à droite. La porte de l'escalier de service est, elle aussi, ouverte. Les doigts de Danos agrippent la rampe de bois et, franchissant les marches trois par trois, il s'élève rapidement vers le dernier étage, en souplesse.

Déjà, il arpente le couloir tortueux et sombre, le long duquel s'alignent les chambres de service. Il hésite : gauche ou droite ? Son instinct lui commande de virer à droite. Le faisceau de sa lampe de poche, masqué par l'écran de la main, balaie les portes sur lesquelles s'écaille la peinture grise. Aucune étiquette sur les trois premières. Par contre, sur le panneau de la quatrième, des traces de colle encore visibles dessinent l'emplacement d'un morceau de papier.

La certitude de la réussite fouette l'énergie d'Abel. La lampe entre les dents, il s'efforce d'introduire, l'un après l'autre, les trois passe-partout qu'Ernest lui a confiés. Le pêne tourne, mais la serrure ne s'ouvre pas. Plusieurs fois il recommence l'opération. Rien n'y fait. Il repère alors un verrou, placé assez haut. C'est la tuile. Et le temps passe.

Abel se cale contre le mur d'en face, lève une jambe, plaque son pied gauche à hauteur du verrou. Il est dans une position difficile mais il compte sur sa force pour faire sauter la gâche. Il s'arc-boute, tend ses muscles, renouvelle deux fois son effort, tout en maintenant le pêne de la serrure en position ouverte à l'aide du passe-partout. Un léger craquement, un bruit sourd : le verrou a cédé. La porte s'ouvre.

Abel tend l'oreille, prêt à toute éventualité. Mais le couloir est désert. Il pénètre dans la chambre, rassuré. Dans la lumière de sa lampe, les clés de laiton de l'appartement brillent d'un éclat doré. Abel s'en saisit, les glisse dans sa poche. Il n'y a plus qu'à refermer la porte sans bruit, descendre un étage.

Soudain, une voix dans le couloir, que la minuterie vient d'éclairer :

— Vous êtes là, Sidonie ?

Abel se tient coi, dans la pénombre. Il n'ose repousser la porte, de crainte que le mouvement n'attire l'attention. Ses doigts se crispent instinctivement sur la crosse du colt. Sidonie, c'est le prénom de la jeune cuisinière chez laquelle il vient de voler les clés.

— Votre porte est ouverte, reprend la voix. Je vous croyais en courses.

Dans l'encadrement, une silhouette se fige. Une main allume la lumière de la chambre. L'étonnement se lit sur le visage de l'inconnu.

— Excusez-moi, je croyais que Sidonie était rentrée. Qui êtes-vous ?

Pour la première fois depuis longtemps, Abel Danos perd son sang-froid.

— Qu'est-ce que ça peut te foutre ? Ferme-la, c'est tout ce que je te demande !

Il réalise, en un millième de seconde, que l'affaire vient de se compliquer, qu'il lui sera désormais bien difficile d'opérer à l'étage inférieur avec cet idiot qui risque de donner l'alerte. L'autre, nullement démonté, s'étonne :

— Je ne vous connais pas, monsieur. Je voulais savoir si Sidonie était rentrée.

— Rentre dans ta piaule, veux-tu, ou je vais me fâcher.

— Je ne vous demande rien…

Danos commence à s'impatienter. Cet abruti ne comprend donc pas qu'il a besoin de l'argent qui l'attend, à l'étage en dessous !

— Moi je te demande de la boucler. D'abord, lève les pattes et assieds-toi dans le fauteuil du coin. Sinon, je te flingue.

Il a sorti le colt, en menace l'inconnu qui, les yeux ronds de naïveté plus que de peur, interroge :

— Je dois rester combien de temps les mains en l'air, s'il vous plaît ? Vu que je suis valet de chambre et qu'il faut que j'aille reprendre mon service. J'étais juste monté pour faire un petit besoin.

Danos avale sa salive. Il en a connu des simplets, dans

sa vie professionnelle, mais celui-là bat tous les records. Pour déjouer son attention, il fait semblant de s'adresser à un complice imaginaire resté dans le couloir :

— Dis donc, Riri, on s'en débarrasse du type ? Il commence à devenir encombrant.

Il espère que l'autre, enfin terrorisé, se tiendra tranquille, le temps qu'il descende au cinquième étage. Il faut se dépêcher, la cuisinière peut revenir d'un moment à l'autre. Il sort à reculons de la chambre, fait à nouveau mine de donner des instructions au complice invisible :

— Tu ne te montres pas, Riri. Mais s'il bouge ou s'il dit un mot, tu le descends. C'est net.

Il tire la porte sur lui, laissant le domestique ahuri seul dans la pièce, fait quelques pas dans le couloir. Il s'immobilise : il vient d'entendre un fracas de vitre cassée. Il rouvre la porte, reste figé. Le valet de chambre a fait basculer l'espagnolette de la fenêtre, a enjambé la barre d'appui et, au risque de se tuer du haut des six étages, s'engage sur l'étroite corniche qui surplombe la cour, en hurlant comme un dément :

— Au secours, au secours ! C'est Baruteau.. Ils veulent me tuer !

Les cris font surgir la concierge de son antre. Elle lève la tête, stupéfaite. Tout d'abord, elle pense que le valet de chambre, frappé d'une crise de folie, va se rompre les os. Comme il hurle de plus belle, elle ferme la porte de l'immeuble et compose le numéro de police-secours.

L'affaire est fichue. Abel Danos n'a plus qu'une solution : déguerpir, et vite, plus vite ! Il dévale les escaliers, surgit sous la voûte de l'entrée, s'apprête à pousser la lourde porte, et à récupérer sa bicyclette.

Il appuie sur le bouton de sortie mais la commande ne réagit pas. Pris ! Il est pris au piège ! Il a la nausée, l'angoisse le submerge. Ses jambes le trahissent. Son cœur n'a jamais battu aussi follement, sur un rythme désordonné. « Un fric facile à prendre » avait dit Nénesse le Menteur. Jamais ce salaud n'aura si bien mérité son surnom.

Perdu pour perdu, Abel s'apprête à défendre sa peau. Dans la cour, les cris du maudit valet continuent à alerter les habitants des deux immeubles. Il est coincé, irrémédiablement coincé. Ils ne l'auront pas vivant ! Une dernière pensée pour Hélène, pour Jean-Paul et pour Florence.

Et puis le miracle. La cuisinière revient des courses. Elle introduit la clé. La porte s'ouvre. Une masse la culbute, fonce à travers la rue de La Boétie, enfourche la bicyclette qui attendait, posée contre une devanture.

Abel a retrouvé sa vigueur d'ancien sportif. Il appuie de toutes ses forces sur les pédales, en direction de Saint-Philippe-du-Roule. Derrière lui, des cris : « Au voleur ! arrêtez-le ! » retentissent, puis s'éloignent. La partie est gagnée.

Non ! Au carrefour du faubourg Saint-Honoré, deux agents ont entendu les appels de la concierge. De plus, le cycliste a failli renverser une passante sur le passage clouté. Ils tentent de s'interposer. Le dos courbé, Danos fuit.

Un jeune pompier qui attendait l'autobus à la station Saint-Philippe est alerté, lui aussi. Il se joint aux poursuivants. C'est un athlète, le pompier Daniel Levar. Il court vite. Il arrive à la hauteur du fuyard, fait tournoyer son ceinturon pour accrocher le cadre de la bicyclette, le manque de peu, se laisse distancer.

Abel Danos se sent soudain vidé de son énergie. La poursuite n'en finira donc jamais ! C'est une meute, maintenant, qui martèle le sol derrière lui. De chaque côté des trottoirs qu'il longe à toute vitesse, des badauds le regardent. Il faut gagner de vitesse les poursuivants qui s'acharnent. Dernière planche de salut, un autobus, devant lui, prend son allure de croisière.

D'une main, Abel Danos saisit la rambarde, lâche la bicyclette qui va s'encastrer sous une voiture garée sur le côté gauche de l'avenue.

— Laisse-moi monter, parvient-il à articuler, hors d'haleine. Les flics me poursuivent pour une plaque de vélo. Il est à moi, ce vélo !

Sa main tremble. Il a du mal à soulever la chaîne de sécurité. Le receveur jette un coup d'œil à l'arrière de son véhicule. Les agents courent toujours, essoufflés, de même que le pompier qui les devance, le ceinturon à la main. Le receveur actionne la sonnette d'alarme. L'autobus ralentit. D'un bond, le pompier est sur la plateforme.

Alors, Abel Danos sort son arme, ce colt qui a si souvent tué. Il est livide. Il empoigne fermement la crosse, élève le pistolet, s'apprête à tirer.

Trop tard. Lancé à toute volée, le ceinturon du jeune Levar vient le frapper à la tête. La boucle de laiton s'enfonce dans la chair. Danos, étourdi par la douleur, croit que son œil gauche est arraché. Un coup de poing magistral ferme l'autre œil. Un nouveau coup de ceinturon lui lacère le visage. Le colt tombe. Le pompier pose son pied dessus. Un gardien, arrivé en renfort, le glisse dans la poche de sa vareuse. Abel Danos, Danos le terrible, Danos l'insaisissable, vient de se faire cueillir, l'arme à la main, comme il le souhaitait, mais sans pouvoir s'en servir, comme il se l'était toujours juré.

Roué de coups, se traînant à peine tant ses cuisses et ses jambes sont endolories, les yeux réduits à des fentes boursouflées, il fait une bien peu reluisante entrée dans les locaux du commissariat voisin, où les collègues de Danto et Noir ne veulent pas encore croire au récit imagé des courageux gardiens, qui présentent comme un héros le pompier Levar.

32

Il y a tout de même des satisfactions dans le métier de flic. Pendant des jours, des semaines, des mois, on fouine, on interroge, on se fait engueuler par le patron pour ne pas être à la hauteur, par sa femme qui supporte mal qu'on la délaisse, et puis voici la récompense, cette jouissance inattendue qui vous fait respirer plus librement, et vous rend un semblant de sourire, dans l'attente de la réussite totale.

C'est ce moment privilégié que je savoure en cet instant même, devant le comptoir du service des prisons, au premier étage du dépôt de la Préfecture de police. Je suis entré par la petite porte, j'ai escaladé le vieil escalier, tendu mes fiches de recherches.

Le maître des lieux ne pèche pas par excès de virilité, c'est le moins qu'on puisse dire. Sa voix de fausset m'accueille en même temps que ses roulements de hanches l'entraînent du fond de la salle à la tablette de réception.

— C'est pour quoi donc, mon flic chéri ?

Je lui tends mes demandes frappées du cachet de la Sûreté nationale. Il les examine. De sa démarche de danseur mondain, il gagne l'étagère poussiéreuse d'où, grimpé sur un escabeau, il extirpe un cabriolet de bois portant les lettres Man, grossièrement imprimées à la peinture noire.

— Mandelle Raymond, c'est celui que vous voulez, cher ami ?

— Sa dernière adresse seulement. L'état civil et les condamnations je les ai.

— 108, rue Saint-Lazare, Paris IXe. C'est tout ce que j'ai.

Je lui décerne un ricanement en guise de commentaire :

— C'est ce que j'ai aussi dans le dossier. C'est l'hôtel *Terminus,* à la gare Saint-Lazare ! Et l'autre ?

Le chef de service quitte son escabeau, le déplace jusque dans le fond de la salle, rayon des V. Ses doigts tâtonnent le long d'une rangée de cabriolets, en sortent un.

— Voyons, voyons... Voss Édouard... Celui-là, mon petit, le terminus, pour lui, c'est la taule. Il est à la Santé depuis cinq jours.

Je crains d'avoir mal entendu.

— Comment ça, à la Santé ?

Il pose la fiche sur le comptoir qui nous sépare. L'identité de Voss apparaît, avec ses condamnations antérieures, ses dates d'entrée et de sortie de la prison de la Santé. Mais ces allées et venues se soldent par une nouvelle entrée, comme en témoigne une inscription toute récente : *Entré Santé 29 octobre pour chèque sans provision. Brigade volante. Castex, inspecteur principal, mandat de dépôt de M. Marquiset, juge d'instruction. A ne pas libérer sans avoir prévenu commissaire Clot ou inspecteur Castex.*

Oui, il y a des satisfactions dans le métier de flic. Édouard Voss est sous les verrous, alors que je le cherchais partout. Pour combien de temps ? Il faut que je voie M. Marquiset. Je le connais bien. C'est ce magistrat qui me donnait des cours de droit, pour la préparation de l'examen d'officier de police judiciaire. Grâce à lui, j'ai réussi. Ma nomination est intervenue en janvier dernier.

Tout ce que je souhaite, c'est que Castex n'ait pas parlé à Voss de l'affaire de la môme Moineau. Il m'est facile de me renseigner. Le Parquet de Pontoise est fatalement au courant. La Volante peut éviter de nous prévenir, mais elle ne peut agir de même avec les magistrats. Si Voss est suspecté d'avoir fait le coup, la Volante doit demander une commission rogatoire au juge d'instruction, pour l'interroger.

Mais une question se pose : ai-je intérêt à lui rendre visite à la Santé pour le cuisiner, ou à l'extraire pour le confronter avec les témoins ? Si la confrontation est positive, le juge devra l'inculper. Il échappera donc aux auditions policières. Et pourra se rétracter. Le mieux, c'est d'en parler à Vieuchêne. Après on avisera.

Mais pour une bonne nouvelle, c'est quand même une bonne nouvelle !

Il manque l'odeur des cierges refroidis et les chuchotis des bigotes, mais c'est presque un confessionnal, le cabinet du juge Marquiset. Un local feutré, que protège une porte matelassée destinée à étouffer le bruit des conversations. Une pièce où le grand et mince magistrat, légèrement voûté, ne distribue pas l'absolution mais y glane les confidences de délinquants, primaires ou récidivistes, repentis ou arrogants, avant de les renvoyer devant les juridictions compétentes. Un greffier l'assiste dans ses interrogatoires, chétif et myope, le crâne dégarni aussi blafard que son visage, les deux index massacrant le clavier d'une Smith-Corona de l'ère primaire :

Les craquelures du linoléum caca d'oie, devant les bureaux accolés des deux hommes, la pendule noire au cadran jauni, témoignent de l'ancienneté des lieux. Pourtant, la pièce est claire, grâce à une peinture récemment refaite, et à la fenêtre qui ouvre sur la place Saint-Michel, au-delà de la Seine qui s'étire, paresseuse, sous le pont du même nom.

Les yeux pétillants du juge Marquiset éclairent la longue et maigre figure. Il a presque soixante ans, mais ses cheveux noirs, plaqués, grisonnent à peine sur les tempes. Il taquine de la main droite le nœud papillon qui lui donne un air de notaire.

— J'entends bien, monsieur l'inspecteur, j'entends bien. Ce que vous me demandez n'est malheureusement pas de ma compétence. A partir du moment où je délivre un mandat de dépôt, c'est au directeur de la prison de répartir les détenus comme il l'estime.

Je ne me tiens pas pour battu :

— Je sais, monsieur le juge, mais votre intervention aurait plus de poids que la mienne. Que Voss soit collé dans une cellule de la deuxième division, là où sont incarcérées les fortes têtes, et j'aurais des chances d'en savoir plus sur son activité et le repaire actuel de ses complices. S'il reste mélangé à des caves, je peux en faire mon deuil...

Le magistrat fronce le sourcil :

— Pardon ?

— Je veux dire des détenus qu'il juge peu intéressants. Ce n'est pas à eux qu'il se confiera.

Il est sympathique, le juge Marquiset. Intelligent, surtout. Passionné de droit, il a gravi les échelons de la hiérarchie judiciaire pour parvenir à la place enviée qu'il occupe aujourd'hui au palais de Justice de Paris. Mais il est trop aristocrate pour comprendre le langage des truands. Le mot cave l'a fait sursauter. Ce n'est pas qu'il manque de simplicité, pourtant. Il aime, comme moi, faire la vaisselle. Il me l'a confié, un soir, alors que nous regagnions nos logements respectifs, pas trop éloignés l'un de l'autre. Je n'avais que la rue Blanche à remonter pour arriver rue Lepic.

Ma hantise, à moi, c'est de ne pouvoir mettre la main sur Raymond Mandelle avant Clot et Castex. La sienne, c'est la prostitution. Et pour ça, il est gâté ! Des grappes de filles, bigarrées comme des sapins de Noël, la jupette au ras des fesses, stationnent en permanence sous le porche de son immeuble. Le très digne, sévère, réservé M. Marquiset s'entend régulièrement proposer le traditionnel « Tu viens chéri », qui le met hors de lui. Plusieurs fois, il a sollicité l'intervention de la Brigade mondaine pour débarrasser le secteur de ce fléau. Peine perdue. Sitôt libérées, les filles essaiment devant son portail, plus entreprenantes, plus grossières, plus dévêtues qu'avant leur interpellation. A croire qu'elles se donnent le mot pour porter à son paroxysme la haine du juge pour les filles publiques et les proxénètes.

Sa bouche, amère, se tord pour demander :

— Outre son incarcération pour chèques sans provision, Voss exerçait-il le métier de souteneur ?

Une réponse affirmative arrangerait bien mes affaires mais je dois à la vérité de répondre :

— Pas que je sache, monsieur le juge. Son dossier ne reflète que des condamnations pour cambriolages. D'ailleurs, il est homosexuel.

La grimace s'accentue :

— Pouah ! Joli monde, vraiment ! Et dire que nous sommes obligés de supporter tout ça. Cambrioleur et pédéraste ! Décidément...

J'ai nettement capté le ricanement du greffier avachi derrière sa vieille machine à écrire. Je tourne la tête pour ne surprendre qu'un homme attentif, qui continue hypocritement à noircir du papier, les verres cul-de-bouteille au ras de la plume sergent-major.

M. Marquiset a une moue de dégoût.

— Vous me placez dans une situation difficile mais je vais tout de même tenter une démarche pour vous faire plaisir. Vous avez une cellule de prédilection, à la Santé ?

— Celle de Pierrot le Fou n° 2, que vous détenez pour vols qualifiés.

Le juge me regarde fixement :

— Parce que Carrot vous donne des informations ?

— Il a déjà commencé. Il joue les vedettes, alors on ne se méfie pas de lui. Il m'abreuve de mots discrets que je garde précieusement. Peut-être espère-t-il, en gagnant ma confiance, bénéficier d'une extraction et s'évader une nouvelle fois ? En ce cas, il se trompe.

— Sa maîtresse est aussi une prostituée, n'est-ce pas ?

— Exact, monsieur le juge.

M. Marquiset, plus écœuré encore, lance les bras au-dessus de sa tête avant de me reconduire sur le seuil de son bureau.

— Quel monde, grand Dieu ! Et quelle époque ! Je fais tout de suite le nécessaire, monsieur l'inspecteur. J'espère que vous serez content, et votre patron aussi.

Eh bien non, le Gros n'est pas content. Pas content du tout, même. Quand je pénètre dans son bureau, je lance un triomphal :

— Édouard Voss est arrêté, patron. Au trou, à la Santé !

Sans la moindre hâte, il relève sur son front ses grosses lunettes d'écaille, découvrant la férocité de la prunelle ironique. Et il susurre, sur un ton peu engageant :

— J'aimerais que vous cessiez vos plaisanteries, Borniche.

Les lunettes, grâce à un mouvement supérieurement étudié, sont retombées pile sur le nez, à leur place habituelle. Il se replonge dans la lecture d'un rapport étalé sur son bureau. Il ne relève même pas la tête pour m'assener, toujours sur le ton le plus désagréable possible :

— Ce matin, vous deviez aller à la P.P. Il y en avait pour un quart d'heure. Il est 6 heures du soir et je ne vous ai pas revu de la journée.

— Je vais vous expliquer, patron. C'est à la P.P. que j'ai appris que Voss avait été arrêté.

La tête se relève. Le regard interrogateur se vrille sur moi, de façon si hostile que j'en bégaie presque :

— C'est vrai... J'ai vu le juge d'instruction Marquiset qui s'occupe de son affaire.

— Et qui l'a arrêté ?

J'ai du mal à articuler :

— Castex. Je me suis renseigné au service des prisons.

Je lui narre alors par le menu ma visite à la P.P., puis après un aller et retour à Pontoise où le Parquet ignore tout de l'arrestation de Voss. ma démarche au cabinet du juge Marquiset. Il m'écoute, l'air fermé, puis il décolle ses fesses de son siège pour venir se planter devant moi, les bras ballants, donnant tous les signes de la plus intense agitation.

Il prend ses lunettes, en martyrise les branches, me toise, les lèvres pincées. Puis il ouvre la bouche. Stoïque, j'attends l'expression des intenses réflexions du grand chef. Il parle.

— Puisque Danos est arrêté, voilà une bonne chose, Borniche. Vous voici libéré d'un cas difficile qui vous prenait beaucoup de temps. Vous allez pouvoir enfin vous consacrer à d'autres tâches. Buisson, par exemple ! Car il prend ses aises, Buisson. Il vient encore de faire des siennes chez M. Fauvin, rue Saint-Simon, à Versailles. Trois millions partis en cinq secondes ! Et treize agressions en l'espace de dix mois, qui dit mieux ?

Sans doute Vieuchêne m'a-t-il mal compris ? Aussi, la gorge serrée, je rectifie :

— Ce n'est pas Danos qui est arrêté, patron. C'est Voss. Édouard Voss.

Il opine du chef.

— Je ne suis pas sourd. Castex a arrêté Voss, vous me l'avez dit. Et moi j'ajoute que Danos l'est aussi. Et qu'il est actuellement dans le bureau de Castex. Elle ne chôme pas, voyez-vous, la Préfecture. Tout le monde se retrouve chez Castex : René la Canne, Jean-Baptiste Buisson, le frère d'Émile, Dekker, Fourreau, Pailley, Voss et j'en passe. Et maintenant Danos, que Nice recherchait pour la fusillade de Menton. Quand je vous disais que l'affaire de la môme Moineau était cuite, je ne me trompais pas de beaucoup ! Clot va présenter les photographies de Danos et de Voss à son amie, elle va les reconnaître, et le tour est joué.

Je ne puis laisser sans réponse une telle mauvaise foi :

— Abel Danos n'est pas dans le coup, patron, vous le savez bien. C'est Mandelle l'auteur du vol.

— C'est vous qui le dites. Et sur quoi vous basez-vous, s'il vous plaît ?

— Sur les témoignages recueillis. Il a été reconnu sur

photo. Si Castex avait eu le moindre soupçon sur Voss, il aurait alerté le Parquet de Pontoise. Or, j'ai vérifié, il n'en a rien fait. Moi, je suis sûr de piquer Mandelle.

Vieuchêne triture toujours ses lunettes avant de les lancer sur son bureau :

— Et comment ferez-vous, s'il vous plaît ? Ça fait plus d'un an que vous me serinez avec ça !

— J'ai demandé au juge de coller Voss dans la cellule d'un mouton.

Le Gros pousse un soupir, regagne son fauteuil :

— Gardez vos moutons pour Buisson. Danos et Voss arrêtés par la concurrence, c'est trop pour moi. Et comme on dit jamais deux sans trois, votre troisième ratage dans cette affaire arrive à grands pas. Changez de registre, occupez-vous de Buisson. Si à l'occasion vous aviez une ouverture sur la môme Moineau, faites-en profiter Hidoine et Poiret à qui je confie maintenant l'affaire. Voilà, c'est tout, vous pouvez disposer.

Le sol semble se dérober sous mes Bata à semelles de crêpe. Vraiment, il exagère le Gros. Et puis, si ça lui fait plaisir ! Après tout, c'est Marlyse qui va être heureuse quand je vais lui apprendre que je vais avoir plus de temps à lui consacrer !

QUATRIÈME PARTIE

Sur la piste

33

— Je regrette, madame, mais je ne vois vraiment pas ce que je peux faire. Ni pour lui ni pour vous.

Il semble à son aise, Raymond Mandelle, dans le salon cossu de la villa de Cimiez. Très homme du monde dans son costume prince-de-galles de bon faiseur, chemise bleu ciel, cravate et pochette bleu marine, mocassins de daim assortis.

Si Tiffany Montgomery était un tant soit peu sensible à l'esthétique masculine, elle ne pourrait qu'être troublée par le bel athlète, bronzé sans excès, désinvolte, sans vulgarité.

Mais la riche antiquaire ne risque pas de s'émouvoir. Ce n'est pas son cœur qui est en jeu, c'est son tiroir-caisse.

La phrase de Mandelle a crispé ses traits. Elle ne sourit plus. Confortablement installé dans le large canapé recouvert de velours gris perle, l'ami de Voss constate, étonné, la métamorphose. Le visage doux, avenant, du début de l'entretien, s'est assombri, est devenu hostile.

Mandelle détourne les yeux, pour rencontrer le regard sournois du valet de chambre-garde du corps, debout, adossé à la tenture près d'un tableau de Renoir, deux filles potelées, dans le plus simple appareil. Les lèvres découvrent des canines de carnassier. Au-delà de la pergola, en contrebas, la baie des Anges scintille sous le soleil de midi.

Tiffany rompt le silence :

— Dommage, dit-elle enfin, car si Voss met sa menace à exécution, nous serons tous les trois logés à la même enseigne. Moi, encore, je pourrai m'en sortir. La corporation des antiquaires se portera garante de ma probité. Ma comptabilité d'achats et de ventes des bijoux anciens est parfaitement tenue. Mon train de vie n'a rien d'excessif, vu mes revenus...

Tiffany s'interrompt devant le sourire ironique du play-boy dont la suffisance l'agace.

— Ne vous moquez pas, reprend-elle sèchement. Je veux vous faire comprendre que le baron pourrait m'accuser de tous les recels possibles et imaginables, il n'aurait pas la moindre preuve à fournir. Pour vous, c'est différent !

Du coup, le regard de Mandelle s'est durci, à l'égal du ton de Tiffany.

— Pourquoi donc ?

— Parce que si votre nom arrive aux oreilles de la police, elle présentera votre photo aux victimes du vol et votre passé surgira des archives. Alors, finie la tranquillité !

Mandelle sort de sa poche un étui d'or, offre une Player's à Tiffany, qui refuse :

— Je n'aime pas ces cigarettes qui me rappellent trop votre salopard d'associé, dit-elle.

Il se penche pour prendre, sur la table basse, le volumineux briquet d'argent massif.

— Je crois que vous vous faites des idées, dit-il en regardant monter la fumée vers le lustre de cristal. Si ce que vous imaginez devait arriver, cela aurait été fait depuis longtemps.

Il fixe Tiffany avec arrogance, tire une nouvelle fois sur sa cigarette, avant d'ajouter, dans un sourire narquois :

— Le casse a eu lieu il y a un bail et, jusqu'ici, rien n'a transpiré.

Joachim, comme s'il obéissait à un signal codé, a quitté le salon. La porte à deux battants s'est refermée sur lui.

— Si je comprends bien, reprend Mandelle, vous voulez vous associer au chantage d'Édouard ?

— Pas du tout. Mais je ne veux pas être la seule à supporter les frais de sa détention en colis et mandats, à honorer son avocat, et à entretenir son petit ami Romuald. Nous étions trois au moment du partage, rue Chalgrin, nous ne sommes plus que deux pour l'assister jusqu'à sa libération. Après, on verra.

Tiffany regarde, avec horreur, Mandelle prendre une coupe de Lalique pour un cendrier.

— Après quoi ? demande-t-il, calmement. Ça fait dix-huit mois qu'il est en taule. Ça peut encore durer longtemps.

— Trois ou quatre mois, au plus. Question de patience. Et d'intelligence : il vaut mieux l'aider que le mettre hors de lui. Qui dit colère dit vengeance, et une dénonciation est vite arrivée. Il ne me le cache pas, dans sa lettre, en précisant toutefois qu'il nous remboursera à la première occasion.

— Ouais... Elle vous est parvenue comment, sa lettre ? Parce qu'à moi, il ne m'a jamais écrit.

— Par son avocat, et en recommandé. Je l'ai trouvée en arrivant à Cimiez. Joachim était allé la retirer à la poste, avec sa procuration. Il préfère rester discret avec vous, c'est normal. Je ne vous aurais pas fait signe s'il n'avait sollicité votre contribution. Je ne connaissais d'ailleurs ni votre faux nom de Mansion ni votre adresse à Bandol.

— Vous voici comblée, maintenant vous savez tout ! N'empêche qu'il ne manque pas de culot, Édouard ! Il a claqué tout son fric et il vient nous faire du chantage. Avec un autre que moi, ça lui vaudrait une balle dans la tête, à la sortie !

— Mais avec vous, ça va lui rapporter le million qu'il exige. Sinon...

— Sinon ?

— Il menace de prendre contact avec les assurances qui, d'après lui, seraient ravies de s'en tirer à si bon compte.

Mandelle n'a plus rien du dandy désinvolte de tout à l'heure.

— Quel sale petit pédé ! grince-t-il. Pour une fois que je travaille avec une tante, ça me réussit ! Non seulement il ne m'a servi à rien, mais il m'a dit avoir perdu la moitié des pierres en cours de route, entre Maisons-Laffitte et la Défense. A croire que l'histoire du trou dans la sacoche c'était du bidon, et qu'il m'a fait marron de cinquante briques... Vous l'avez, sa lettre ?

Tiffany émet un petit rire :

— Je ne garde jamais de courrier compromettant. Je vous l'ai dit : il exige un million de votre part, un million de la mienne. Je dois lui donner une réponse dans les trois jours. Il faut vous décider.

Mandelle allume une seconde cigarette dont il n'a aucune envie, pour se donner le temps de réfléchir. Tiffany l'observe, tandis qu'il pèse le pour et le contre. L'antiquaire ne lui inspire qu'une confiance relative.

Il faudra avant tout prendre contact avec l'avocat de Voss, ne serait-ce que pour vérifier le montant de la somme exigée. Il en profitera pour lui faire comprendre que si son client est trop bavard, il pourrait y avoir quelques retours de bâton. Il évoquera certains cambriolages susceptibles d'intéresser la police. Au *Carrousel,* le cabaret de la rue du Colisée, Voss avait eu la langue trop longue, un soir d'euphorie, au milieu des cadavres de bouteilles de champagne. Il s'est laissé aller à exposer sa technique, infaillible selon lui, de gentleman-cambrioleur. Il ne travaille que le dimanche, entre 4 et 5 heures de l'après-midi, quand les clients sont partis faire un tour, ou implorer le bon Dieu aux vêpres. Le samedi est un jour dangereux : trop d'allées et venues dans les immeubles, sans compter les concierges qui, pour se faire bien voir, martyrisent les escaliers à grands coups de balai.

Quand il a jeté son dévolu sur un local qui lui paraît intéressant, il dépasse le bâtiment, observe la rue pour s'assurer qu'il n'a pas été suivi. Si tout lui paraît normal, il fonce jusqu'au dernier étage, après avoir pris soin de relever les noms sur la liste du concierge, ou sur les portes. Ainsi, en cas de pépin, il peut toujours prétendre qu'il s'est trompé d'étage. De fins gants de peau protègent ses mains. Dans sa manche, la pince-monseigneur démontable, en acier nickelé. Il sonne. Si au troisième appel personne n'a répondu, il visse les deux bouts filetés de sa pince, exerce sa pesée. Il travaille toujours en solitaire et ne se confie jamais, surtout pas aux femmes ! Il fallait qu'il tienne une sacrée cuite, ce soir-là, pour raconter tout ça !

— ... Je vous ai posé une question, monsieur Mansion.

Mandelle sursaute, revient sur terre.

Bien sûr, Voss le tient. Elle a raison, l'antiquaire snobinarde. Il suffirait qu'il soit reconnu sur photo. Mais un million, c'est une somme ! Il a tant investi, depuis l'opération de Maisons-Laffitte. D'abord, il en avait assez, des voitures françaises. Il rêvait d'une Jaguar. Il se l'est offerte. Ensuite, il a acheté un fonds de mercerie à sa maîtresse en Avignon. En fin de semaine, ils allaient déjeuner bourgeoisement aux Baux, dont les ruines et les rochers n'ont plus de secret pour eux. Le fonds de commerce était rentable.

Mais le démon du jeu n'avait pas quitté le beau Raymond. Il a vendu le magasin pour s'installer à Bandol, attiré par le casino. Il a offert à Marie Blatin, sa compagne, une villa sur la Corniche, avec vue sur la côte du cap d'Aigle au cap Sicié. Il a repris le chemin du casino. Les bancos n'ont pas tardé à assécher une fortune déjà sérieusement écornée. Il a dû liquider la Jaguar, faire hypothéquer la propriété.

— J'ai bien entendu, dit-il enfin. La passe difficile que je traverse en ce moment ne me permet pas de céder aux caprices de votre fournisseur en pierreries. Maintenant, je ne vois aucun inconvénient à ce que vous me fassiez une petite avance…

Tiffany le coupe net :

— Vous plaisantez ! Moi aussi, j'ai des difficultés de trésorerie et je ne vais pas pour autant taquiner la roulette dans les salles de jeu ! Puisque vous refusez de participer, je sais ce qui me reste à faire.

Mandelle s'extrait du canapé, lisse avec calme le pli de son pantalon.

— Moi aussi, dit-il, ironique. Le baron est en cabane depuis un bout de temps et l'affaire de la môme Moineau n'est jamais venue sur le tapis. S'il avait ouvert la bouche, les journaux en auraient fait des tonnes. D'ailleurs, ce n'est pas son intérêt. Le vôtre, non plus. Car je vais vous dire, chère madame : si, par hasard, j'étais mis en cause, je me verrais dans la pénible obligation de dévoiler à la police le nom de l'instigatrice du coup. Jugez des complications ! Par la force des choses, Voss et moi sommes insolvables. Pas d'hôtel particulier dans le XVIIe, pas de boutique à Saint-Sulpice, pas de résidence secondaire. C'est ce que, dans notre jargon, on appelle être raides à blanc. Vous, c'est autre chose. Comme nous serions solidaires en cas de poursuites, la partie civile se ferait un plaisir de s'intéresser à vos biens. La douane aussi. Sans compter les ricochets de la disparition de votre passeur italien. Un conseil : envoyez vite à Édouard ce qu'il réclame. Non, ne vous dérangez pas. Je trouve toujours la sortie !

34

La môme Moineau achève de se refaire une beauté quand elle entend frapper à la porte de sa cabine. Elle a horreur d'être dérangée lorsqu'elle n'est pas prête, aussi aboie-t-elle méchamment :

— Qu'est-ce que c'est ?

— C'est moi.

Elle reconnaît la voix de sa sœur, tire le verrou doré à l'or fin. Nénette entre et referme la porte. Elle s'est affublée d'une marinière bleu marine à col rayé sur une jupe-culotte blanche qui lui descend jusqu'aux mollets. Sous le béret à pompon, le regard est interrogatif :

— Il y a un type qui veut te voir. Il dit que c'est important.

Lucienne Benitez-Rexach secoue la tête, lève les yeux au ciel :

— Tu lui as demandé qui c'était ?

— Non. Il s'est présenté à la passerelle et il a dit à Manuelo que si tu ne voulais pas le recevoir, tu t'en mordrais les doigts.

— Connard ! Et naturellement, tu as dit que j'étais là ?

— Je pouvais pas dire autre chose, sœurette, mets-toi à ma place. Il est sur le pont arrière.

Pendant quelques instants, la môme Moineau paraît réfléchir. En fait, elle étudie son maquillage dans la glace.

— Je finis de me fringuer, dit-elle. Fais-le asseoir au petit salon et dis à Manuelo de ne pas le quitter des yeux sans se faire repérer. Faudrait pas qu'il chourave quelque chose. T'as compris ?

Nénette relève son nez d'un coup de pouce énergique pour montrer son approbation. Elle quitte la cabine. Sa sœur prend tout son temps pour parfaire au rouge vermillon la courbure de ses lèvres, en forme de cœur. Elle ajuste sa casquette d'amiral, l'incline légèrement sur le côté pour se donner un air crâne. Devant la glace biseautée de la porte, elle se tourne de trois quarts et, satisfaite de son uniforme d'opérette, elle s'empare de son stick à pommeau d'or.

Elle s'apprête à quitter la cabine lorsqu'elle s'avise qu'elle a oublié de parer son doigt de son diamant fétiche, une pierre de vingt-quatre carats. Elle pose le stick, enfile la pierre pendant que son regard se glisse à travers le hublot.

Pas un nuage. C'est quand même quelque chose, la Côte d'Azur, quand on vient d'entendre à la radio qu'il pleut à Paris ! La croisière s'annonce bien, par ce temps clair et cette mer calme. A la droite du *Moineau,* qui se balance mollement dans le port de Cannes, le relief de l'Estérel se découpe, les collines couvertes de pins dégringolent jusqu'aux falaises rouges, tableau aux couleurs chaudes qui se déploie jusqu'à la pointe de Théoule. Les îles de Lérins, surgies de la Méditerranée comme des oasis découvertes en plein désert, s'ourlent de blanc sous l'effet d'un léger ressac. Et, derrière le yacht, la vieille ville du Suquet semble défier les siècles, protégée par son enceinte fortifiée où culmine la tour carrée de l'église, qui offre au soleil le cadran de son horloge.

Moineau reprend le stick, jette un dernier coup d'œil sur sa tenue, foule le tapis moelleux du couloir des cabines, monte sur le pont.

Nénette vient à sa rencontre.

— Je l'ai foutu au petit salon. Il paraît bizarre. Je me suis trouvée toute conne quand il m'a fait le coup du baise-main...

Moineau ne répond pas. Décidément, la pauvre Nénette ne saura jamais s'adapter à la vie des grands de ce monde. En frappant la paume de la main gauche de son stick, elle pousse la porte d'acajou du petit salon.

Méfiante, elle observe l'inconnu qui lui fait face. C'est un homme sans âge, de haute taille, au visage allongé, au regard fuyant, vêtu d'un complet gris à rayures. Il porte des chaussures noires. Il s'est incliné à son entrée, s'est approché pour lui baiser la main, mais Moineau est restée à une distance qui l'a découragé. Il se dégage de son allure générale une impression de malaise.

— Paraît que vous voulez me voir ? demande-t-elle d'un ton glacial.

Elle n'aime pas les tapeurs et celui-ci en est sûrement un. Elle s'apprête à le faire raccompagner à quai, lorsqu'elle se souvient des mots de sa sœur . « Il a dit que tu t'en mordrais les doigts. » Elle dissimule son agacement derrière un sourire forcé qui fait apparaître des taches de rouge sur ses incisives.

— Effectivement, madame. Si madame veut bien m'écouter, madame ne pourra que se féliciter de m'avoir fait confiance.

Ça, c'est un larbin, pense Moineau. Tous les larbins parlent comme ça. En plus, il a tout à fait la gueule du maître d'hôtel du *Fouquet's,* dans le temps.

Salaud de maître d'hôtel qui la pourchassait avec les flics quand elle vendait ses bouquets à la sauvette ! Ce qu'elle pouvait cavaler, entre la terrasse de l'avenue George-V, le bar, l'escalier du premier étage et la descente vers l'entrée des Champs-Élysées !

— Forcément que je suis là pour vous écouter ! J'ai des oreilles, non ? Vous êtes qui, au juste ?

— Mon nom ne dira rien à madame. Je le lui dévoilerai le moment venu, quand l'affaire sera conclue. Parce que je suis sûr que l'affaire de madame aura un heureux aboutissement. Mon prénom est Joachim.

— Eh ben, Joachim, faut vous grouiller parce que j'attends des invités. On doit lever l'ancre dans une heure.

Joachim secoue la tête et la dévisage d'un air affable :

— Je sais, madame, mais j'en ai pour très peu de temps. C'est au sujet de vos bijoux.

La môme Moineau fronce les sourcils :

— Lesquels, de bijoux ?

— Ceux qu'on vous a volés, madame... Que vous n'avez jamais retrouvés.

Lucienne Benitez renonce à affecter un air détaché. Ce Joachim a peut-être des révélations à lui faire.

— J'en ai fait mon deuil, dit-elle d'un air las. Mais c'est quand même une lourde perte pour moi. D'autant que les assurances ne m'ont pas indemnisée complètement. Des radins pareils !

Un sourire, vite réprimé, balafre le visage de Joachim.

— Nous y sommes, madame. J'ai le moyen de vous faire retrouver vos bijoux, et arrêter vos voleurs.

Quoique déconcertée, Moineau s'efforce de rester impassible.

— On m'a déjà dit ça pas mal de fois, fait-elle. C'était toujours du bidon pour me piquer de la monnaie. Je vous préviens tout de suite, je ne marche plus.

Joachim secoue la tête avec un air contrit :

— Je ne vous ai encore rien demandé, madame. Pourtant, l'affaire en vaut la peine. Je puis même vous dire que la prime que vous aviez offerte en son temps, et celle des assurances, je n'en ai pas besoin, du moins tout de suite. Par contre, ce que je souhaiterais, c'est que lorsque les voleurs seront arrêtés et les bijoux retrouvés, vous teniez toutes vos promesses.

La môme Moineau sent son ventre se crisper. Dès qu'on lui parle d'argent, ses origines plus que modestes reprennent le dessus. Elle a eu trop de mal à gagner sa vie, jadis, pour dilapider les fonds que son mari met à sa disposition. Elle veut bien claquer son fric pour faire la fête, mais pas pour le reste.

— Je ne vous suis pas très bien.

Joachim reprend son souffle :

— Voilà ce dont nous pourrions convenir, madame : je vous donne une première partie d'informations en échange de mes premiers frais. Vous les vérifiez et quand vous vous apercevez qu'elles sont exactes, vous me donnez un autre petit acompte. Quand les types sont sous les verrous, encore un petit. Enfin...

— Ça fait déjà trois acomptes, ça ! De combien ?

— Peu, très peu, madame, pour couvrir mes frais. Officiellement, on vous a dérobé pour soixante-quinze millions de bijoux. Je ne demande même pas le dixième. Un million pour commencer, un autre pour la deuxième opération, un autre pour concrétiser la troisième. Ça, c'est pour les voleurs. Quand on aura retrouvé les bijoux, et je crois que ce ne sera pas difficile, je serai un peu plus gourmand. Parce que vous pourrez obtenir des receleurs non seulement leur restitution mais aussi le paiement d'une forte amende. Ils en ont les moyens, je le sais.

— Accouchez, bon sang !

— J'y arrive, madame. Quinze millions en tout ! J'estime que ce n'est pas cher pour le service que je vous rends. J'ai un certain âge et la vie ne m'a pas gâté. J'aimerais finir mes vieux jours dans mon village natal, sans avoir à me soucier du lendemain.

De nouveau, la môme Moineau a peine à dissimuler son étonnement. Ce grand type, qui n'a pas l'air si vieux que ça, semble mener rondement ses affaires. Il est sûr de lui et, par conséquent, bien renseigné. Ça la change des informateurs à la noix dont lui avait parlé le commissaire Clot. Ils en voulaient tous à son fric mais elle ne s'était pas laissée piéger plus de deux fois. Et encore, sans se mouiller beaucoup !

— Ça fait une somme, trois millions, dit-elle.

— Je pense que madame connaît trop la valeur de ses joyaux pour jouer les marchandes de tapis. Quand je vois son yacht et le diamant qu'elle porte au doigt, quand je sais qu'elle est en train d'acheter *Bagatelle,* une des plus belles propriétés de Cannes, je réalise difficilement comment madame peut hésiter pour une somme aussi dérisoire. Si ma proposition ne l'intéresse pas, je m'adresserai ailleurs. La maison Cartier et les assurances seront peut-être plus compréhensives. Mais je ne voudrais pas que leur opinion sur madame soit défavorable.

Ce salaud est un sacré maître chanteur, pense la môme Moineau. C'est vrai que ça la foutrait mal qu'on sache que je suis radine. Même les Cannois ne comprennent pas que j'achète les poissons les moins chers lorsque je fais mon marché. Ils ont dit à Nénette que, sur le port, on m'avait surnommée la môme Corbeau. Je les emmerde.

— Qui me prouve que vous ne me racontez pas d'histoires ?

Joachim s'incline respectueusement.

— Vous avez raison. Mais je suis loyal et je vais vous fournir une première indication. Quand le vol a été commis, à l'hôtel de *la Vieille Fontaine,* vous n'étiez pas là. Or, la veille, deux individus ont dîné en face de vous. L'un des deux avait loué une chambre sur votre palier. Il ne l'a jamais occupée.

La môme Moineau l'interrompt.

— Tous les journaux ont parlé de ça !

— D'accord. Ce type a donné un faux nom. Son complice, on ne sait pas qui c'est. Moi, je les connais tous les deux.

La môme Moineau se ressaisit :

— Je les connais aussi. On m'a même montré leur photo.

Joachim a un imperceptible mouvement de recul, mais hausse les épaules avec une désinvolture affectée :

— Il y a longtemps ?

— Quelques mois...

— Pourquoi ne les a-t-on pas arrêtés, alors ? J'ai l'impression qu'ils n'ont même jamais été inquiétés.

La môme Moineau acquiesce d'un signe de tête.

— C'est vrai. J'ai vu leur photo mais pas leurs noms. Les poulets sont dans le potage.

Un sourire découvre les canines du larbin de Tiffany Montgomery. Aujourd'hui, il joue pour son compte :

— Peut-être pas. Mais ils ne savent pas où les trouver. Moi, je sais tout.

— C'est qui, alors ?

— Pas si vite, chère madame. Ce serait trop facile. Un tout petit million et je vous donne une première indication.

— Et si vous me vendez des salades ?

— Ce n'est pas mon intérêt. Je veux prendre ma retraite, je vous l'ai dit. Avec un million, je n'irais pas loin.

La môme Moineau commence à se laisser convaincre. Pourquoi ce type aux dents longues essaierait-il de jouer au plus malin ? Elle peut le faire coincer quand elle veut.

— Je peux vous donner un chèque, dit-elle. J'aurai des garanties, comme ça. Et puis, je n'ai pas tant de liquidités sous la main.

— J'ai le papier en horreur, madame. C'est... très indiscret ! Mais, je suis bon prince. Avant que vous m'avanciez la somme, je vous livre un tuyau : le beau garçon est au soleil, le plus petit est à l'ombre.

Sa bouche rusée se pince, devant l'ébahissement de la môme Moineau. Il ajoute, dans un petit rire :

— Ce n'est pas facile à deviner, je vous l'accorde. Mais si je vous chantonnais *Sur le pont d'Avignon* et vous parlais d'une boutique de mercerie, vous en sauriez déjà un peu plus, surtout que Raymond, ça rime avec Avignon et avec Mansion ! Entre-temps, l'homme a eu des hauts et des bas, et des changements de direction. Vers Toulon, par exemple. Vous me le donnez, le petit million ?

La môme Moineau ouvre des yeux étonnés. Cette espèce de grande saucisse lui semble un peu fada. Pourtant, son instinct lui dit qu'il doit savoir pas mal de choses. Au lieu de toutes ces énigmes, il serait si facile de tout dégoiser d'un bloc.

— Si je vous les donnais, les trois briquettes, d'un coup ?

La tête de Joachim s'agite de gauche à droite, sur le cou tendu :

— Chaque chose en son temps, madame. Si je vous disais tout, vous n'auriez plus besoin de moi. Les voleurs sont une chose, les bijoux une autre. Quoique, comme je les connais, ils ne se mettraient pas si facilement à table. Mais on ne sait jamais. Et puis, vous m'avez dit que vous n'aviez pas de liquide à bord.

— Je peux m'arranger...

— Un million pour l'instant. Dans huit jours, très exactement, je vous donne la deuxième clé. Vous saurez alors que Joachim est un homme loyal.

La môme Moineau le regarde avec une moue sceptique, mais concède :

— Rendez-vous ici, sur mon bateau, à 10 heures, vendredi prochain. Ça colle ?

— J'y serai, madame. J'ai à vérifier quelques données dans la semaine avant le deuxième versement. Mais surtout, pas un mot à la police, si vous ne voulez pas tout flanquer par terre.

Assis derrière son bureau, le commissaire d'Avignon observe l'homme qui lui fait face. Il le trouve distingué, avec ses cheveux noirs et sa fine moustache, un regard franc dans un visage avenant. Il relit la carte de visite : *Georges Clot, Commissaire principal, Direction de la Police judiciaire, 36, quai des Orfèvres, Paris.* Il relève la tête, le considère d'un air affable :

— Que puis-je faire pour vous, cher collègue ?

Clot va droit au but.

— Je pars pour quelques jours en congé à Cannes. En passant dans votre ville, je me suis souvenu d'un cambriolage vieux de trois ans chez une de mes amies. Mes soupçons s'étaient portés sur un ancien employé prénommé Raymond, qui lui avait fourni une fausse identité et une fausse adresse, rue Damrémont à Paris. Or, un indic m'a appris que ce Raymond pouvait vivre en Avignon dans une mercerie. Comme vous connaissez bien votre monde, je me suis dit que vous pourriez sans doute me dépanner.

Le commissaire d'Avignon secoue la tête, avec une moue de modestie :

— Je ne connais pas tout le monde, hélas. Avignon est une ville ouverte aux interdits de séjour et aux prostituées. La population flottante y est nombreuse et difficile à contrôler. Comment est-il, votre Raymond ?

— Grand, brun, svelte, athlétique même, cheveux châtain, costume prince-de-galles. Trente-cinq ans environ.

— C'est vague. Et la mercerie, vous pouvez la situer ?

— Hélas, non !

Le commissaire lève les mains, les laisse retomber sur son bureau.

— En ce cas ! Ce que je puis faire, c'est de prendre note et si j'ai une information, de vous la communiquer. Sans grand espoir, vous devez le comprendre.

Dissimulant sa déception, le commissaire Clot s'applique à rester impassible.

— Je le comprends. En interrogeant vos inspecteurs ou votre Sûreté ?

— C'est ce que je compte faire. Je vous touche où, sur la Côte ?

— A Paris, plutôt. Si je ne suis pas là, vous demandez mon adjoint Castex. Il est au courant. Ou l'officier de police Lemoine.

Le commissaire hoche la tête d'un air entendu. Il connaît la réputation du commissaire Clot dont la presse a parlé de long en large à l'occasion d'affaires récentes. Il est à la tête de la Volante, Clot, une brigade de la Préfecture de police qui empiète couramment sur le territoire de la Sûreté nationale. Vignals, son adjoint, chef de la Sûreté en Avignon, est issu de la rue des Saussaies. Il lui en a souvent parlé, des colères du commissaire Vieuchêne, et de la haine qu'il porte à ses concurrents du quai des Orfèvres. Inutile de se mettre mal avec lui. Il suffirait que le nouveau directeur général soit mal instruit à son égard pour que ses notes de fin d'année s'en ressentent et qu'il végète longtemps encore à Avignon. Le grade de divisionnaire dans une ville plus importante, Strasbourg, par exemple, l'attend.

Il cherche à se rappeler ce qu'il a appris au sujet de Clot. Et soudain, l'arrestation de René la Canne à Montfermeil lui revient à l'esprit. Les journalistes s'étaient amusés à se moquer du ratage de la Sûreté nationale tout en vantant les qualités des hommes de la Préfecture. Récemment encore, la descente de la P.P. à Saint-Vrain, en Seine-et-Oise, où, par chance, Émile Buisson avait échappé à Clot et Castex. Ce commissaire, si souriant et si poli, mène rondement ses affaires au détriment de la Sûreté. C'est un adversaire dont il faut se méfier.

— Comptez sur moi, cher collègue. Si j'ai le moindre renseignement, je me ferai un plaisir de vous téléphoner.

Georges Clot remercie d'un sourire, se lève, serre la main tendue, quitte le bureau. Un instant, le regard du commissaire d'Avignon reste fixé sur la porte capitonnée derrière laquelle il a disparu. Puis il regagne son bureau, terminant à voix haute sa pensée : « Un plaisir de téléphoner... Mais pas à toi, mon vieux ! A Vieuchêne. Et tout de suite ! »

Le soleil d'automne se joue à travers les feuilles jaunies dont beaucoup jonchent déjà l'avenue de Marigny, crissent sous les semelles de mes inusables Bata. La douceur de l'air et la lumière discrètement dorée donnent au quartier des Champs-Élysées l'aspect fantastique des paysages de conte de fées. Une fois de plus, je réalise combien j'aime Paris, si changeant et toujours si beau !

Bercé par les reflets de la lumière irréelle, je dépasse le majestueux portail en fer forgé du ministère de l'Intérieur, devant lequel deux gardiens de la paix montent la garde, les mains passées dans le ceinturon.

Il est 5 heures au bracelet-montre en métal chromé que Marlyse m'a offert pour la Saint-Roger.

Crocbois avait une course à faire dans le quartier de

l'Alma. J'ai préféré l'abandonner, rentrer à pied à la boîte. J'ai le temps. Demain, je reprendrai les auditions des encaisseurs Goumont et Sentou de la Banque Régionale d'Escomptes et de Dépôts de Champigny.

Ils reviennent de loin, ceux-là ! Avant même de leur arracher la valise qui contenait cinq millions de francs, Buisson avait lâché la rafale. Grièvement blessés, les deux hommes avaient été laissés pour morts.

C'était l'une des dernières agressions de l'ennemi public, avant que je ne lui passe les menottes une fois pour toutes.

Depuis juin, les complices d'Émile Buisson défilent rue des Saussaies. Et les dossiers s'accumulent. Un sinistre record : trente-six meurtres et vols qualifiés, en un peu moins de trois ans !

J'ai eu un sacré coup de veine, de pouvoir mettre fin aux exploits du plus sinistre criminel de l'après-guerre. Il est vrai que depuis deux ans que le Gros m'a déchargé de l'affaire de la môme Moineau, je n'ai pas chômé. J'ai tout mis en œuvre pour localiser le tueur. J'ai remué mes indics. Je me suis livré, sur les uns et les autres, à un chantage impitoyable.

Finalement, j'ai pêché la perle rare en promettant une prime importante, et Vieuchêne est passé commissaire divisionnaire [1].

Oui, un sacré coup de veine, car Clot et Castex avaient raté Buisson de peu, à l'auberge de la *Grenouille,* à Saint-Vrain. Vieuchêne en avait fait une maladie.

— Un scandale ! Clot est encore venu piétiner nos plates-bandes en Seine-et-Oise ! Comme à Montfermeil ! Il faut lui rendre la pareille, Borniche, vous m'entendez ?

Montfermeil, c'était la planque de René la Canne, après sa dernière fugue de la prison de Pont-l'Évê-

1. Voir *Flic Story,* éd. Fayard.

que. Il était venu là, se mettre au vert. Clot et Castex l'avaient su. Ils n'avaient pas perdu leur temps, et Girier-le-malin s'était fait ramasser comme un bleu.

Le vol des bijoux de la Begum m'avait accaparé, de mon côté, cette année-là[1]. J'avais arrêté trois des truands et récupéré la fameuse pierre Marquise de soixante millions de francs. Avec ce succès, la vie était redevenue presque belle. J'avais échappé à l'épidémie de grippe dite italienne qui avait mis sur le flanc la majeure partie de l'armada policière. Les tickets de pain supprimés, je pouvais enfin manger à ma faim sans devoir échanger ma ration de tabac chez le boulanger du coin.

La marche m'a donné chaud, dans cette tiédeur automnale. Je pousse la porte du *Santa-Maria,* le bar élégant proche de la Sûreté nationale, où les flics viennent se rincer l'œil avec les mannequins du Faubourg. Je commande un demi pression. Assis sur les hauts tabourets, devant le comptoir, Hidoine et le gros Poiret sont plongés dans une partie de 421.

— Salut, dis-je en m'asseyant près d'eux. Je viens de reconduire Buisson à la taule. Il n'avait pas l'air heureux, aujourd'hui.

De fait, le tueur, condamné aux travaux forcés depuis 1942, est intarissable quand il s'agit de ses agressions sans meurtre. En revanche, les crimes de sang sont rigoureusement bannis de son répertoire.

J'avale la bière que le barman vient de tirer sous mon nez, dépose la monnaie sur le comptoir.

Hidoine, qui vient enfin de faire 421, se tourne vers moi :

— Tu en fais une petite ?

— Pas ce soir. J'ai le boulot de demain à préparer. Après, je rentre. On joue *Justice est faite* au Gaumont-Palace. Une occasion de sortir un peu Marlyse.

Et soudain, la porte s'ouvre, comme poussée par le

1. Voir *Vol d'un nid de bijoux,* éd. Grasset.

souffle d'Éole, le dieu des vents. Ce n'est que le Gros, la brioche en avant, la trogne cramoisie. Il fonce sur nous avec l'air satisfait et revanchard du garde-chasse qui vient de surprendre un braconnier.

— Je m'en doutais ! tonne-t-il. Quand on vous cherche au bureau, on sait où vous trouver. Vous passez votre temps à jouer aux petits cubes ! Venez, tous les trois, j'ai à vous parler.

Nous arborons la mine déconfite de gamins pris en faute, lui emboîtant le pas au long du couloir de la Sûreté. Il m'entraîne vers l'ascenseur de gauche, tandis que Poiret et Hidoine se dirigent vers l'autre.

— Une information de première importance vient de me parvenir, annonce le Gros, pendant que la cabine s'élève. Mandelle serait dans le Midi.

Tiens, il se souvient de la môme Moineau et de mes soupçons sur Raymond, Vieuchêne ? Je me garde bien de l'interrompre. Il m'observe du coin de l'œil, reprend :

— Vous ne me demandez pas où ?

— C'est vaste, le Midi. Tout dépend : sud-ouest ou sud-est ?

L'ascenseur s'immobilise. Le Gros replie la grille de protection, ouvre la porte, me précède dans le couloir encaustiqué, tandis qu'Hidoine et Poiret apparaissent à l'autre bout.

— C'est vaste, Borniche, je n'en doute pas. Vous allez vous préparer à partir pour Avignon. Je peux avoir besoin de vous joindre sur place d'un instant à l'autre. Poiret ira à Cannes, et Hidoine, lui, à Toulon.

Étonné, je marque un temps d'arrêt pour regarder Vieuchêne, puis le suis dans son bureau, escorté d'Hidoine et de Poiret, qui referme la porte. Le Gros s'assied, tandis que nous restons debout, en rang d'oignons.

— Je tiens le tuyau du commissaire d'Avignon. Dès que vous êtes arrivés, vous me fixez vos positions. Et vous attendez mes instructions. Si tout va bien, l'affaire de la môme Moineau sera élucidée d'ici peu... Et Clot l'aura dans le baba !

35

Mes quelques années d'expérience me l'ont démontré. Quand j'ai besoin d'un tuyau, il est inutile d'avoir recours aux instances supérieures de la police que l'administration reconnaissante a placées aux postes clés en raison de la souplesse de leur échine. Je préfère m'adresser aux obscurs, aux sans-grade, qu'ils soient flics en uniforme et en civil, ou gendarmes du bas de l'échelle. Ces gens-là vivent intensément leur métier sans se soucier de leur propre tranquillité. Ils respirent si bien l'atmosphère de leur ville qu'ils sont capables, le temps de la réflexion, de vous fournir le portrait-robot du type que vous êtes chargé de débusquer.

Leur œil-caméra saisit avec une telle précision le comportement d'un individu louche qu'il vous le projette tel quel et sans retouches dès que vous en avez besoin.

C'est Villacampa, mon ancien chef de groupe, transfuge de la gendarmerie dont il avait gardé les leggins et le cheveu en brosse, qui m'avait initié à cette collaboration efficace :

— Borniche, disait-il avec son accent rocailleux, les diplômes universitaires ne font pas les bons flics. Leur instruction ne les fait pas plus transpirer aux carrefours que patrouiller dans les quartiers dangereux. Ils ne connaissent de la police que le côté sédentaire et rentable pour leur avancement. Tout ce qu'ils savent, c'est signer les rapports de leurs esclaves et les transmettre aux supérieurs hiérarchiques, en se faisant mousser. Les flicards, les gendarmes sont toujours là en cas de coup dur, eux! Prêts à risquer leur vie en échange d'un virement mensuel dérisoire!

Marcel Chupin est un de ces Sherlock Holmes de l'ombre. A cinquante ans, quelques cheveux grisonnants sur les tempes et pas mal de routine derrière lui, il connaît son Avignon comme le tiroir de sa table de travail. C'est lui que j'ai contacté dès que j'ai franchi le seuil du commissariat central après avoir quelque peu erré entre la gare, le cours Jean-Jaurès et la rue Saint-Charles. Il tourne et retourne, dans ses doigts jaunis par la nicotine, la photo de Mandelle que j'ai tirée de mon portefeuille. Il hésite, se mordillant les lèvres.

— Pour te dire que je l'ai vu, je peux te dire que je l'ai vu. Mais pour te dire que c'est récent, je ne peux pas te dire que c'était hier. Comment il s'appelle ce gugusse, je vois que tu as enlevé son nom.

Je n'ai pas à me méfier de lui, et il le sait.

— Raymond Mandelle.

Chupin s'accorde un nouveau temps de cogitation. Puis :

— Pour te dire que je le connais, je peux te dire que non. Mandelle c'est de l'hébreu pour moi. Il a habité ici ?

— Je n'en sais rien. Vieuchêne m'envoie à la pêche à la suite de la démarche de Clot auprès de ton patron. Il subodore que s'il a fait un détour sur la route de ses vacances, c'est pour mieux nous doubler dans l'affaire de la môme Moineau. Elle lui tient à cœur. Il a parlé de Raymond et de mercerie. Nous, nous avons identifié Mandelle. On a pensé qu'avec la photo...

Chupin m'adresse un drôle de petit sourire qui peut vouloir dire n'importe quoi. Finalement, il repose le cliché sur la table où des mégots, tombés du cendrier en fer-blanc, ont laissé des cicatrices de brûlures.

— Ils sont gonflés, ces gars de la P.P., à toujours fourrer leur nez dans des affaires qui ne les regardent pas. Heureusement que tu as une longueur d'avance.

Voilà qui fait plaisir à entendre. Au moins, la solidarité Sûreté nationale n'est pas un vain mot !

— Une longueur, si on veut. J'ai la photo, mais pas l'adresse. Vraiment tu ne penses pas te rappeler où tu l'as vu, ce Mandelle ?

J'ai à peine terminé ma question que Chupin se redresse :

— Place de l'Horloge, il me semble. Au P.M.U. Il devait venir faire ses parties une fois ou deux par semaine. Ce qui est con c'est que les gérants du tabac ont quitté la région pour le Nord. Les nouveaux ne sont là que depuis peu. Je crois qu'il était grand, pas mal, costume clair, trente-cinq ans. Il fumait des Player's. Il devait avoir une grosse bagnole, le genre Jaguar.

Le silence pèse sur la pièce. C'est à peine si les bruits de la circulation sur les boulevards extérieurs franchissent les remparts.

— Maintenant, pour te dire où il habitait, c'est une autre paire de menottes. Avignon, c'est nous, bien sûr. Mais en dehors des murs, c'est la gendarmerie. Attends ! De l'autre côté du Rhône, c'est le département du Gard, donc plus le Vaucluse ! On a droit qu'à aller jusqu'à la moitié du pont et revenir !

Ses doigts parcourent la table, en un aller et retour comique, mais il n'y a pas de quoi rire. Les découpages municipaux, cantonaux, départementaux, régionaux, avec leurs séquelles de contraintes font la joie des tueurs, des voleurs et des escrocs qui, eux, se moquent bien de toutes ces subtilités administratives. Quand je pense qu'à Paris c'est encore pire ! Les commissariats ne sont compétents que dans leur quartier ou leur arrondissement et s'épuisent dans une lutte fratricide.

— Clot a parlé d'une mercerie. On devrait en trouver trace au Registre du Commerce. En tant que création ou cessation d'activité, non ?

Il hausse les épaules.

— A condition d'avoir le nom du commerçant ou de la société. Sinon, c'est râpé.

Pas tant que ça. En relevant sur le Bottin les noms et adresses des merceries et bonneteries de la cité des papes, en téléphonant aux propriétaires ou aux gérants, je finirais bien par savoir quel bail a été renouvelé récemment. Cela me demanderait du temps, sans doute, mais en quelques heures, je devrais avoir trouvé.

— Tu sais à quoi je pense ?

— Non, répond Chupin.

— A répertorier les fonds de mercerie. Il ne doit pas y en avoir cinquante. Éventuellement, faire du porte-à-porte...

Il m'interrompt d'un geste de la main, contourne sa table :

— J'ai une idée. Viens !

— Où ça ?

— Tu vas voir. Ce n'est pas loin et ça peut donner.

Marcel Chupin a frappé juste. Le concessionnaire des automobiles Jaguar semble complètement endormi, mais ne fait aucune difficulté pour reconnaître dans la photographie de Mandelle un de ses clients occasionnels. Il s'agite, un instant, pour retrouver, au milieu de ses fiches graisseuses, accrochées au-dessus de l'établi, un double de ses factures de révision.

— Il avait une bagnole neuve qui devait sortir de chez Delcroix, rue de Longchamp, à Paris, dit-il. J'ai le kilométrage : deux mille cinq cents. Changement de bougies et filtre à huile la première fois. Il est revenu une seconde fois pour une vidange-graissage. Il a réglé en espèces. Je n'ai pas pris ni son nom ni son adresse. Pour si peu ! C'était l'immatriculation 9114 CR 75.

Dans le coin du premier feuillet, un numéro attire mon attention.

— Et ça ?

Le béret poisseux, les pommettes émaciées, les paupières lourdes se penchent sur la fiche. Le garagiste fronce le sourcil, se gratte la tête du dos de sa main pleine de cambouis.

— C'est le téléphone où je devais le toucher quand la première vérification serait terminée. Il était pressé d'avoir sa voiture.

Et comme il fait mine de retomber dans sa torpeur, Chupin le secoue par l'épaule :

— Il était seul ou avec une femme ?

— Avec une femme, assez jeune, la seconde fois. Ils ont attendu dans le bistrot d'en face que la vidange soit faite. Jolie, grande, très brune. Pourquoi vous me demandez tout ça ? Il a tué quelqu'un ?

— Non, dit Chupin en guise de conclusion. Il cherche seulement à tuer le temps avant de nous dire avec quel fric il a acheté sa bagnole.

Je n'ai rien vu d'Avignon. La promenade au pied des remparts, les vieux quartiers et leurs hôtels du XVIIe siècle, l'imposant palais des Papes avec ses tours, ses créneaux et ses mâchicoulis, je laisse ça aux touristes, mais j'y reviendrai avec Marlyse, c'est promis. Je n'ai guère le temps de flâner. Je me suis planté devant le comptoir du Registre du Commerce, derrière le palais de Justice.

Dans la grand-salle, des centaines de volumes reliés, hauts et épais, garnissent les étagères. Ce sont les immatriculations des sociétés répertoriées par année. Si la maîtresse de Mandelle a bien été gérante ou propriétaire d'un commerce de mercerie, le fichier général va m'en fournir la preuve.

— Tu n'as plus besoin de moi, m'a dit le brave Chupin, après que le numéro de téléphone m'eut livré l'adresse de la mercerie de la rue Bonneterie.

Je me débrouille, en effet. J'ai l'habitude. Question de routine. J'ai présenté ma carte à la jeune édentée qui siège devant le guichet renseignements. Elle a découvert ses gencives lorsque je lui ai donné l'adresse de la boutique et elle est allée consulter le répertoire par rues.

Elle me tend un dossier, peu épais. Il m'apprend que Marie Blatin a acquis, en 1949, un magasin de mercerie en tout genre, qu'elle a cédé, en janvier 1950 à une certaine Claplier Joséphine, qui l'exploite actuellement sous la nouvelle appellation de « Fils et boutons ». Jointe aux documents, une fiche d'état civil de Marie Blatin, célibataire, ayant demeuré à Paris au 5, rue Chalgrin, et à Villeneuve-lès-Avignon, place du Chapitre.

Le temps de sauter dans un taxi, de négliger sur ma droite le pont Saint-Bénézet où, selon la chanson de mon enfance, les belles dames faisaient comme ça pour danser en rond, et je débarque place du Chapitre, dans l'ancienne ville des cardinaux.

Chercher la femme !

En fait, c'est un couple que je tente maintenant de dénicher, avec signalement approximatif mais état civil complet, marque et couleur de voiture et photographie à l'appui.

La place du Chapitre, face à l'église collégiale, est minuscule. Un gosse à bicyclette s'amuse à contourner les quelques arbres au moment où je soulève le marteau de bronze, le laisse retomber contre la porte.

— Il y a personne, m'sieu !

Je me retourne. Il s'approche de moi, s'arrête de pédaler pose un pied à terre.

— Comment, il n'y a personne ? Mme Blatin, c'est bien là, non ?

— Ils sont plus là. Ils sont partis il y a au moins un an. Vous voyez pas, c'est à louer.

Je lève la tête vers les fenêtres de l'étroite façade de vieilles pierres. Au premier étage, un panneau porte en effet la mention : A LOUER. S'ADRESSER À Me NEVEU, NOTAIRE À FUVEAU (BOUCHES-DU-RHÔNE).

— C'est bien, mon petit gars, de ne pas avoir les yeux dans la poche. Tu sais où ils habitent maintenant ?

Le gamin hausse les épaules.

— Faudrait voir le déménageur. Ils ont laissé leur adresse à personne. Même maman qui faisait le ménage chez eux, elle ne sait pas où ils sont.

— Quel déménageur ?

— Je peux pas dire. C'était un camion de Toulon. Ils avaient pas grand-chose. Même que M. Mansion, il avait mis des affaires dans sa voiture.

— Quel M. Mansion ?

— Le mari, tiens !

Il se met debout sur les pédales et disparaît dans la direction du *Prieuré*, le célèbre restaurant gastronomique de la région.

36

Dans la traction que le chef de la Sûreté toulonnaise a mise à notre disposition, je n'ose pas trop me réjouir à l'avance. Pourtant, j'ai l'impression que cette fois je touche au but. Je dissimule mon impatience, mais mon cœur bat au rythme des événements décisifs.

La voiture ralentit à deux cents mètres de la villa *Magali,* une bâtisse assez prétentieuse de style vaguement provençal, qui domine la baie de Bandol, s'immobilise :

— Je vais faire le tour, dis-je à Hidoine. S'il y a de la lumière, c'est bon. Viens.

Je longe un mur blanc surmonté d'une haie de prunus jusqu'à un portail à claire-voie. Je suis des yeux le tracé impeccable d'une allée de graviers, entre deux rangées de lauriers-roses. Au bout, un portique, puis le bâtiment. Les volets des portes et des fenêtres sont peints en blanc. Sur le côté, au centre d'une pelouse qui évoque un green de golf, miroite une vaste piscine.

Le commissaire Geoffroy nous rejoint. Il a tenu à m'assister dans mon travail de repérage. Je ne pouvais refuser. Je lui dois bien ça, son intervention a été décisive. C'est grâce à lui que je me trouve, vibrant d'excitation, devant la villa où résident paisiblement le beau Raymond Mandelle et sa maîtresse.

Le commissaire soupire, soucieux :

— Si vous voulez mon avis, les gars, j'ai l'impression qu'il n'y a personne là-dedans !

C'est un fin policier, Germain Geoffroy. A quarante ans, c'est un flic élégant, grand et mince. C'est aussi le flic modèle, calme, logique, persévérant, amoureux du détail. Il a du flair et des idées. Et il aime le mouvement. Aussi s'ennuyait-il ferme à Paris, menant la vie sédentaire et casanière des ronds-de-cuir de la Direction de la Sécurité publique, chargés de la répartition et de l'affectation des effectifs.

Dès qu'il a appris que le poste de responsable de la section judiciaire de Nice allait se trouver vacant, il s'est empressé de poser sa candidature. En quelques mois, il a réussi à désorganiser le Milieu local. Il s'est remué, Geoffroy ! Il a répertorié les noms, les surnoms, les relations, les moindres mouvements des truands méridionaux, qui, écœurés par cette traque à laquelle ils n'étaient pas habitués, se sont résignés à déplacer leur centre d'activités dans des régions moins ensoleillées sans doute, mais plus tranquilles à leurs yeux. Il poursuit sa tâche répressive à Toulon, où il a été nommé chef de la Sûreté.

Il ne lui a pas fallu plus de deux heures pour dénicher l'entreprise qui s'était chargée de transporter les meubles de Marie Blatin. Le gamin à l'œil vif de Villeneuve-lès-Avignon m'avait bien renseigné.

A peine débarqué du train, j'avais retrouvé Hidoine à l'hôtel *Terminus,* et nous avions filé tous deux au commissariat central. Geoffroy, très attentif, m'avait écouté en silence, puis simplement énoncé :

— Dire que ce salaud de Clot m'a fait le même baratin qu'à mon collègue d'Avignon ! Il ne l'emportera pas au paradis, les gars !

Quelques coups de téléphone appropriés, et deux de ses hommes, bourrus à souhait, fonçaient au domicile du transporteur qui nous intéressait, pour le ramener, blafard, dans le fourgon de police.

En se voyant ainsi embarqué à l'heure du déjeuner, le déménageur en était arrivé à se demander quel crime il avait pu commettre dans un moment d'aberration.

Il n'avait fait aucune difficulté pour dire tout ce qu'il savait. Oui, il se souvenait de ce transport de meubles. Le client lui avait téléphoné après avoir relevé son nom sur un de ses camions qui sillonnent la nationale 7. Oui, il avait été réglé en espèces, le client ne désirant pas de facture. Oui, il avait emménagé l'après-midi même dans la villa *Magali :* sa femme avait liquidé un commerce à Avignon, ainsi que son logement, trop étroit, de la place du Chapitre, à Villeneuve.

Nous lui avions su gré de sa coopération en le faisant reconduire, dans une voiture banalisée cette fois, après lui avoir fait promettre de ne parler à personne de notre intervention.

Hidoine émerge, tel un fauve, d'un massif de chênes kermès.

— On ferait mieux d'attendre demain, dit-il. Il commence à faire nuit. S'ils reviennent à l'improviste et nous aperçoivent, c'est fichu.

Geoffroy l'approuve.

— Ma voiture est bien planquée, murmure-t-il, mais ça me paraît dangereux, en effet. Ce qui me surprend, c'est que les volets du haut soient fermés eux aussi.

Son ton pessimiste douche quelque peu mon enthousiasme. Je me voyais bien, sur ma lancée, surprenant Mandelle en train de siroter son pastis. Je m'efforce de me dire que ce n'est qu'un contretemps, et de garder mon assurance. Avant tout, rester calme. Au loin, les lumières de Bandol clignotent tout au long des allées Jean-Moulin, en bordure du port jusqu'au casino municipal. Au-dessus de nous, les hautes pentes de pins montent vers le ciel qui a viré au bleu nuit.

— J'y vais quand même, dis-je. Je veux en avoir le cœur net !

C'est aussi le seul moyen de lutter contre mon énervement.

Je fais lentement le tour du mur qui, la nuit tombée,

semble d'un blanc plus éclatant encore. Hidoine me suit, silencieux.

— Fais-moi la courte échelle !

Hidoine colle le dos au mur chaulé, joint les mains. En deux efforts, je suis sur ses épaules, puis au faîte du mur. J'écarte les branchages. J'examine les fenêtres une par une. Je rampe quelques mètres, sur les genoux, pour observer la villa sous un autre angle. Une légère douleur au doigt, un peu de sang. J'ai appuyé mon index sur une saillie, coupante comme du verre. D'en bas, Hidoine me suit des yeux.

— Tu vois quelque chose ?

— Rien. Tout est bouclé. Pas de lumière. Ils ont dû faire la malle.

En prononçant ces mots, je suis partagé entre la rage et le découragement. Désemparé, amer, je regarde autour de moi. Dans la cour, devant un cabanon accolé au mur, une tondeuse à gazon. Puisque j'y suis, autant y aller voir de plus près. Je m'agenouille, me laisse glisser de l'autre côté. Je me reçois dans l'herbe, sur les talons.

La voix d'Hidoine me parvient, étouffée :

— Qu'est-ce que tu fous, nom de Dieu ?

En deux bonds, j'atteins la porte d'entrée. Bouclée. Je fais le tour de la maison. Pas le moindre rai de lumière, ce serait trop beau ! Je m'achemine vers le portail. Dans le poteau de soutien, le portillon métallique d'une boîte aux lettres. Je le tire, découvre un amas de paperasses : factures de l'E.D.F., prospectus, journaux, tous adressés à Mme Marie Blatin, depuis plus d'une semaine. C'est le coup définitif. Je soupire, me mords les lèvres. Mon élan est brisé. La villa est abandonnée. Pour l'instant, la partie est perdue.

Tout est remis en question. Pour combien de temps encore ?

Je reviens vers le mur. Une branche d'olivier me sert de perche pour me hisser au sommet. Je me laisse glisser vers Hidoine, qui m'interroge, anxieux :

— Alors ?

— Tout est fermé. Ils sont en voyage. Ou partis, définitivement.

— Merde !

Le commissaire Geoffroy surgit de l'ombre :

— La pelouse est bien entretenue, vous l'avez remarqué ?

— Oui. J'ai même vu la tondeuse du jardinier.

— Cela prouve qu'il est venu il n'y a pas si longtemps. Lui doit savoir où se trouvent les patrons. Demain on lui parlera du pays. Pour l'instant, je vous invite à dîner, ça vous changera les idées. Il y a un restaurant formidable, au Mont-Faron. *La Tour Blanche.* Vous m'en direz des nouvelles !

37

Six heures du matin. Je me suis tourné et retourné dans mon lit sans pouvoir trouver le sommeil. Le grincement du sommier m'exaspère. Je finis par me lever. J'écarte les rideaux, ouvre la fenêtre. Le mistral est en colère, la température en baisse. Les voitures roulent déjà sur le boulevard de Tessé et les heurts des wagons de marchandises me parviennent de la gare voisine, mêlés aux halètements des locomotives. Ma décision est prise. Je retourne à Bandol. Dissimulé dans la garrigue, au-dessus de la villa, je verrai bien si les lumières s'allument au petit jour. Sinon, j'agirai. Je referai le mur et tenterai de pénétrer à l'intérieur, serait-ce en forçant une porte.

La Tour Blanche était à la hauteur de sa réputation, le dîner excellent, et Geoffroy un boute-en-train comme j'en ai rarement vu. Son rêve, c'est maintenant de quitter la métropole, de partir au soleil des Antilles ou de la Réunion. A la première occasion, il en fera la demande. Le rosé de Provence déliait la langue d'Hidoine. Moi, je gardais le silence. Je pensais à Mandelle.

Je me rase, m'habille, descends l'escalier à pas feutrés, replace ma clé au tableau. Le veilleur de nuit me regarde d'un drôle d'air.

— Je reviens vers 9 heures, dis-je. Si mon collègue de la 8 me demande, vous lui dites de m'attendre, ou que je lui téléphonerai.

Un chauffeur de taxi bâille d'ennui devant le *Terminus*. Je le hèle. En même temps je calcule le prix de la course : trente-cinq kilomètres aller et retour, cela risque de dépasser la somme que j'ai emportée avec moi. Je demanderai à Geoffroy de m'avancer le prix et le Gros le remboursera. Mission oblige.

Le chauffeur conduit prudemment, trop lentement à mon gré. Sans doute veut-il me faire apprécier le paysage qui se déroule devant moi, au-delà de l'immense rade de Toulon, où sont ancrés des vaisseaux de guerre hauts comme des cathédrales. Une bonne série de virages et, après Sanary, la baie de Bandol m'offre le balancement de ses palmiers.

— Vous m'attendez devant l'église, dis-je. J'en ai pour vingt minutes à peu près. Ensuite, on rentre au *Terminus*.

Je n'ai aucun mal à retrouver la villa *Magali*. A mesure que je m'élève dans sa direction, j'ai l'impression que le mistral est moins fort, atténué sans doute par le relief des collines environnantes. Surprise : le portail est ouvert, bien que les volets soient toujours clos. Pas de trace de Jaguar devant le portique, ni sous l'auvent qui sert de garage. Pas le moindre rai de lumière non plus dans la villa.

Une quinte de toux jaillit à ma droite, grasse, interminable, suivie d'un raclement de gorge et d'un crachat. Je franchis le portail, me dirige vers les arbustes d'où a été émis le bruit peu ragoûtant.

Derrière la haie de prunus, le jardinier me scrute, une main dans la poche de son tablier bleu, l'autre tenant des morceaux de raphia.

— Excusez-moi... C'est bien ici la villa *Magali ?*

L'homme ne répond pas, trop occupé à m'examiner et à se demander ce que je fabrique sur ses plates-bandes.

— Police, dis-je, ma plaque dorée à la main. On nous a signalé une équipe de cambrioleurs dans la région. Des gitans venus d'Ollioules. Vous êtes le propriétaire ?

Je m'attends à la réponse. Le brave homme n'a pas la

fortune nécessaire à l'acquisition d'un tel domaine. Il se balance d'un pied sur l'autre avant d'affirmer.

— Je voudrais bien. Je n'ai rien vu, par ici...

Il pousse un soupir, écarte le feuillage d'un mouvement d'épaules. Sa face burinée s'immobilise devant moi.

— Les propriétaires ne sont pas là, reprend-il. Je peux pas vous renseigner.

— On n'a rien volé, dans la villa ?

— Je peux pas dire. J'ai même pas les clés. Apparemment non. J'ai rien vu d'anormal.

— Ils sont où, les propriétaires ?

Je guette la réponse, toutes griffes rentrées, freinant mon impatience comme le chat que je vois derrière un pin parasol, là-bas, guettant l'oiseau. Les lèvres du jardinier s'agitent. Il réprime une quinte de toux, reprend son souffle :

— Ça, mon bon monsieur... Ils sont partis voilà huit jours. Il y a le courrier qui s'accumule. Je vais dire à Mme Françoise de venir le prendre, sans ça il sera tout pourri.

— Qui est-ce, Mme Françoise ?

Il me dévisage de ses petits yeux, sort la main de sa poche, accroche le rouleau de raphia autour de son cou.

— La copine de Mme Marie. Elle habite à côté, rue Mirabeau. Si vous voulez lui téléphoner, c'est le 23.47.

— Puisque vous dites que tout est normal, ce n'est pas la peine. Cigarette ?

Je lui tends mon paquet de Pall-Mall. Il en prend une d'un geste gauche, la regarde avec une moue curieuse, la porte à sa bouche. Il se penche vers le feu de mon briquet, aspire, toussote, souffle une large bouffée de fumée, marmonne :

— C'est de la saloperie de tabac, ça... hein ?

Il guette mon approbation. Pas question de le contrarier.

— Un ami m'en a fait cadeau. C'est vrai, je préfère les Gauloises.

Ce n'était pas la peine de mentir pour me faire bien voir, puisqu'il proteste :

— Moi, je les roule, c'est meilleur !

On ne va pas s'éterniser là-dessus. J'ai le numéro de téléphone de l'amie de Marie Blatin, à moi de foncer dans cette direction.

Il me regarde, soudain perplexe, s'étonne :

— Vous êtes venu à pied par ici ? Et d'où çà ?

— De Toulon. Les collègues s'occupent des autres villas sur les hauteurs. On doit se retrouver devant la mairie. Salut.

Le jardinier lève mollement la main, s'enfonce à nouveau dans sa rangée de prunus.

Le receveur des postes, télégraphe et téléphone me semble moins prévenant que le commissaire Geoffroy. Il est aussi grand, aussi maigre, mais je dois vraiment le bousculer avec toute mon autorité pour qu'il me laisse enfin accéder au bureau, interdit au public, du standard téléphonique. Une fille maigrichonne, les nattes agrémentées de deux rubans roses, s'active à son poste. Elle enfonce les fiches et appuie sur les manettes, avec une dextérité de tricoteuse.

La pendule murale marque 8 heures. Je suis assis à une table d'angle, un appareil téléphonique devant moi.

J'interroge le receveur :

— Je peux y aller ?

Il daigne m'accorder un signe d'assentiment. Je décroche, compose le numéro 23.47. Un ronflement assez long, puis un déclic :

— Allô ?

Une voix de femme.

— Je suis bien chez Mme Françoise ? C'est le commissariat de police de Toulon, madame. Nous enquêtons sur des cambriolages de villas dans la région de Sanary et de Bandol. C'est bien vous qui vous occupez de la *Magali ?*

Un silence, puis, au bout de quelques secondes :

— Oui et non. C'est pourquoi ?

— Pour savoir si elle n'a pas été cambriolée. Nous avons mis la main sur une bande de gitans qui écumait la région.

Un nouveau silence. Je bous, à l'extrémité du fil. Pourvu que ça passe...

— Elle ne l'était pas hier, en tout cas. Le jardinier m'aurait prévenue. Vous êtes du commissariat de Toulon ?

Elle se méfie, la garce. Vite, je sors de ma poche la carte de Geoffroy.

— Oui. S'il y a quelque chose, vous pouvez nous rappeler. Le 20.97. Vous demandez le commissaire Geoffroy.

— Je vais aller voir, mais si rien ne s'est passé je n'en vois pas l'utilité...

Il faut finir de la convaincre.

— Détrompez-vous. Il faut enlever la *Magali* de la liste que nous sommes en train d'établir.

Raccroché. Le receveur des P.T.T. me regarde d'un drôle d'air. Il doit se demander si la police est faite de vérité ou de mensonge. J'espère que le mien a pris, en tout cas. Pour le savoir, il n'y a plus qu'à attendre.

Sur le standard de la maigrichonne, une minuscule lampe témoin blanche s'allume, au milieu du panneau où s'entremêlent de multiples cordons de couleur. La téléphoniste avance la main, enfonce une fiche. Le visage du receveur, qui fixe le panneau, se crispe. Il me fait signe de m'approcher.

— C'est le numéro que vous venez d'avoir qui est en train d'appeler, dit-il.

Je m'empare de l'écouteur supplémentaire, y colle mon oreille.

— Le 357.01 à Strasbourg, s'il vous plaît.

Je reconnais bien la voix de Mme Françoise, que j'ai entendue il y a quelques minutes.

Le receveur va pour dire quelque chose. Je lui fais énergiquement signe de se taire et je retiens ma respiration.

— Ne quittez pas.

Dans l'appareil, je perçois les différents circuits de Marseille, Lyon et Strasbourg qui se conjuguent pour établir le contact. Une voix méridionale insiste :

— Le 357.01 à Strasbourg ? Ne quittez pas ! On vous parle de Bandol. Parlez, madame.

— C'est toi, Marie ?

— Oui.

— Je t'appelle, vu que j'ai reçu un coup de fil bizarre du commissariat de Toulon il n'y a pas cinq minutes. On me demandait si ta villa n'avait pas été cambriolée... Ça m'a semblé d'autant plus curieux que Valentin m'en aurait parlé s'il s'était passé quelque chose...

Silence au bout du fil.

— Qu'est-ce que je fais ? reprend Françoise. J'y vais voir ou pas ?

— Vas-y. Et s'il y a du courrier, tu me le fais suivre. Tu as mon adresse. Henri va bien ?

— Il est à Marseille pour la journée. Et Raymond ?

— Ça va. Tu me rappelles s'il y a quelque chose de neuf. Je t'embrasse.

Raccroché de part et d'autre. Je flaire le but. Je suis plus impatient que jamais. Pour un peu j'embrasserais le digne représentant des P.T.T. Je le remercie d'une tape sur l'épaule.

— La chasse continue, dis-je en quittant son petit royaume.

Il me regarde partir, les yeux arrondis d'étonnement. Je n'ai plus qu'à regagner Toulon et consulter le service des renseignements téléphoniques pour avoir l'adresse de Strasbourg !

38

Albert Biget, le nouveau patron de la Police judiciaire de la Sûreté nationale, est né sous le signe de la bonne humeur. Sa figure poupine est loin d'afficher ses cinquante-six printemps, et sa voix est empreinte d'une gaieté franche et communicative. Il se balance sur les pieds arrière de son fauteuil qu'il fait pivoter de droite à gauche et de gauche à droite.

— Calmez-vous, Vieuchêne, dit-il sur un ton bienveillant. S'il ne vous a pas donné de ses nouvelles, c'est qu'il n'a pas pu, ou qu'il n'en a pas eu le temps, voilà tout !

Le visage de Vieuchêne vire du rouge à l'écarlate :

— Pas le temps, monsieur le directeur ? Si, il a eu le temps ! Mais avec Borniche, c'est toujours pareil. Impossible de savoir où il est et ce qu'il fait. Cent fois, je lui ai rabâché de me tenir au courant de ses actes. C'est comme si je chantais. C'est un indépendant, Borniche, vous savez... Il n'a pas plus le sens de la hiérarchie que de la discipline.

Le directeur toussote, adresse à son subordonné un sourire conciliant :

— Vous lui avez pourtant octroyé d'excellentes notes de fin d'année. Vous avez même précisé qu'il conduisait seul les enquêtes les plus difficiles. Et vous avez souligné le mot.

Le Gros, durant quelques secondes, cherche sa réponse.

— Parce que je suis trop bon, bredouille-t-il enfin. Vous admettrez, monsieur le directeur, que moi, son chef, devrais être averti de la moindre de ses démarches, non ? J'ai des responsabilités, surtout dans une affaire comme celle-là.

Il fait quelques pas jusqu'à la baie, contemple la cour d'honneur du ministère de l'Intérieur, cinq étages plus bas, revient se planter devant la marqueterie Louis XVI du bureau directorial.

— ... Si Avignon et Toulon ne m'avaient pas prévenu de son passage, j'en serais encore à me demander s'il n'a pas disparu corps et biens, reprend-il. Pendant ce temps, Poiret fait le poireau à Cannes !

Il s'en veut de son mauvais jeu de mots, tandis que le directeur, vissant et dévissant le capuchon de son stylo, demande :

— Justement, Cannes, cela a donné quelque chose ?

Vieuchêne secoue la tête, avec une moue de découragement :

— Que voulez-vous que ça ait donné ? Il a été débordé, le malheureux Poiret, dans une ville qu'il ne connaît pas, et sans moyen matériel. Si Borniche et Hidoine étaient allés le retrouver, ça changeait tout !

— S'ils n'avaient rien à y faire !

Le Gros sort de sa poche un mouchoir à carreaux rouges et blancs aussi large qu'une serviette de table, se met à s'éponger le front.

— Il y avait à faire, monsieur le directeur. La preuve, c'est que Poiret, qui a planqué sur le port, a été alerté par le manège de deux types. Et pourtant, ce n'est pas un aigle, Poiret ! C'est un homme brun, à fine moustache, qui a d'abord attiré son attention. Il faisait les cent pas, depuis une demi-heure, sans trop s'approcher du yacht de la môme Moineau. Quand il a vu un grand escogriffe monter à bord, il s'est caché dans l'encoignure d'une porte. Il a quitté sa planque lorsque l'inconnu a disparu de la passerelle. Quand il a resurgi, il s'est dissimulé à nouveau.

Il prend tout son temps pour plier avec soin son mouchoir, le remet dans la poche de son veston.

— Alors ? questionne le directeur, dissimulant poliment son impatience.

— Alors il a été intrigué, Poiret. D'autant que le grand type paraissait méfiant en abordant le quai Saint-Pierre. En s'engageant dans la rue d'Antibes, il se retournait constamment. Et chose curieuse, chaque fois qu'il s'arrêtait, le moustachu en faisait autant. Poiret a réussi sa contre-filature. Il a vu le type dégingandé s'installer au volant d'une Rolls garée devant le casino des Fleurs, rue des Belges. Faute de véhicule, Poiret n'a pu que relever le numéro.

Le Gros pousse un profond soupir, reprend :

— ... La Rolls a disparu par la rue du Maréchal-Foch, en direction de la gare. Le petit suiveur a regagné sa voiture, une traction noire immatriculée à Paris, garée devant l'hôtel *Méditerranée.* Les cartes grises m'ont révélé qu'elle appartenait au commissaire Clot, de la P.P. Voilà pourquoi je lui en veux, à Borniche. Clot est sur une piste qui a un rapport avec l'affaire de la môme Moineau, et nous allons nous faire couillonner une fois de plus !

Vieuchêne repart, tête baissée, vers la fenêtre. Ses mains enfoncées dans les poches tendent le tissu de son pantalon lustré aux fesses. Il fait volte-face lorsqu'il entend :

— Et l'homme à la Rolls, l'a-t-on identifié ?

— Poiret l'a fait, du commissariat de Cannes. La voiture est celle d'une dame Stéphanie Goldstein, domiciliée boulevard de Cimiez, à Nice. Une amie de la môme Moineau, probablement.

— De quoi son conducteur se méfiait-il, alors ?

— C'est la question que je me pose. Seule la môme Moineau pourrait nous répondre, mais Clot serait immédiatement prévenu. Il fait partie de ses relations. Vous voyez que j'ai raison d'être furieux.

Le directeur se lève, repousse son fauteuil, regarde sa montre.

— Excusez-moi, dit-il, mais la conférence du directeur général n'attend pas. De vous à moi, Vieuchêne, qu'auraient pu faire Borniche et Hidoine sinon assister, eux aussi, à la scène que vous venez de me décrire ? Puisque vous avez une adresse à Nice, passez donc un coup de fil à la Brigade mobile. Elle vous renseignera sur cette femme Goldstein.

Il ouvre la porte de son secrétariat, laisse passer le Gros et conclut d'un ton enjoué :

— Je ne suis pas si pessimiste que vous. Pas de nouvelles, bonnes nouvelles. Je suis convaincu que d'ici peu, vous allez en avoir. Dans ce cas, ne faites pas comme Borniche, si vous voulez bien. Tenez-moi au courant !

Elle ressemble à une maison de poupée, la demeure de Mme Veuve Blatin. Sa façade à pans de bois et encorbellements a conservé tout le caractère des constructions d'autrefois, qui donnent son cachet au quartier de la Petite France, à Strasbourg.

Le nom de Blatin est inscrit sur une des trois boîtes aux lettres, au pied d'un escalier qui s'enroule autour d'un pilier monumental.

A 6 heures moins 3, je laisse Hidoine s'engager dans le couloir obscur, pour parer à une fuite éventuelle par la courette intérieure. Il ne risque pas d'être pris de vitesse, Hidoine : je l'entends manœuvrer la culasse de son Manurhin de service.

J'appuie sur la sonnette du premier étage. Rien. Elle est coupée, ou détraquée. J'hésite quelques secondes, avant de jouer du tam-tam sur le panneau. Je dois y aller un peu fort car la minuterie s'allume. Une tête hirsute apparaît au-dessus de la rampe, au niveau du second étage. Une cascade d'injures alsaciennes me dégringole dessus, mais la vue de mon insigne calme le mastodonte en tricot de corps et bretelles, qui disparaît dans son antre.

Enfin, une voix tremblante s'élève derrière l'huis de vieux bois ciré :

— Qui est là?

— Un ami de Marie...

Parfait. Ça se déverrouille.

Une femme grisonnante, en chemise de nuit de pilou et bigoudis d'époque, apparaît dans l'entrebâillement.

— Si vous pouviez m'accorder quelques minutes, j'aimerais vous parler. C'est important.

La veuve jette un coup d'œil sur ma plaque professionnelle, qui est réapparue au creux de ma main. Nullement intimidée, elle s'efface pour me laisser le passage.

— Entrez, je vous prie. Que se passe-t-il?

Elle m'introduit dans une salle à manger où règne un ordre parfait, qui n'a sûrement pas changé depuis des années. Je reste debout devant le buffet dont les colonnes me rappellent celles des stalles de l'église de mon enfance. Mais je ne suis pas là pour m'attendrir sur ma première communion. J'interroge :

— Vous êtes seule?

Elle demeure un instant sans voix, hésite, puis tourne la tête vers une porte de communication.

— Non. Marie est là. Elle dort.

— Et lui?

Elle ne bronche pas, ne comprend pas, ou fait bien semblant.

— Lui?

— Oui. L'ami de Marie...

Elle secoue la tête. Ses bigoudis de métal cliquettent.

— Je ne sais pas. Marie est arrivée seule, il y a huit jours. Elle avait besoin de changer d'air. Elle n'est pas habituée au climat de la Côte. Ça lui donnait de l'asthme.

Un léger claquement dans le silence. Un verrou qu'on tire. Simultanément nos deux têtes se tournent vers la porte qui s'entrouvre.

Il était écrit que j'en prendrais plein les yeux, au long de cette enquête. Cette fois, c'est un corps juste assez potelé pour ne pas être mièvre, juvénile sous la chemise en voile de coton. Une allure d'ingénue, avec les cheveux bruns qui tombent sur les épaules. Un regard bleu dans un visage d'ange. Je pense évidemment à Violaine Fiorini, à Carmen Ibarra, et je me dis que plus je rencontre de femmes dans cette affaire, plus ma fonction de flic fait de moi un spectateur de premières loges. Seule, la Gazette dépare ma collection de girls. Et Maguy, mon autre tapineuse, avec son cri de guerre : « Dans les bras de Maguy, plus de soucis ! » Je me doute que dans ceux de la ravissante Marie, Mandelle devait oublier ses soucis, lui.

Je n'oublie pas les miens, et me forge une gueule sévère qui masque mes pensées folâtres, tandis que la beauté endormie arrive à faire passer dans un bâillement quelques mots qui signifient : « Qu'est-ce qui se passe ? »

Sa mère m'avait posé la même question. J'ai le même geste de réponse, exhibant ma plaque de bronze sur laquelle se détache le mot « Police ».

— Vous permettez ?

Sans attendre l'invitation, je pousse la porte de la pièce voisine. Le lit est défait. Au pied de la commode, une valise en peau de porc. Sur une chaise, une combinaison ourlée de dentelle, un slip minuscule, des bas couleur chair, et un tailleur gris clair.

Pas d'armoire où pourrait se dissimuler un homme. Pas d'autre porte. J'écarte les lourds doubles rideaux dont les franges effleurent le parquet.

Rien !

Je retourne dans la salle à manger, où la veuve a innocemment allumé le lustre hollandais à six branches, sans se douter du cadeau qu'elle me fait : les lumières soulignent d'ombres traîtresses les seins de sa fille, son ventre, et le galbe parfait de ses cuisses.

— Je m'appelle Borniche, dis-je, en m'efforçant d'admirer le lustre archaïque. Je suis inspecteur à la Direction des services de la police judiciaire. Il va falloir vous habiller et me suivre jusqu'au siège de la Brigade mobile, rue de Bitche.

De ses grands yeux bleus dépourvus d'innocence,

Marie Blatin me fixe froidement. Elle est bien réveillée, maintenant. Un léger haussement d'épaules fait saillir ses seins. Et, sur le ton d'une dame offusquée par une indiscrète intrusion dans ses affaires, elle déclare :

— Je ne comprends pas...

— Ça ne fait rien, dis-je en la regardant tout aussi froidement. Je vous expliquerai. Détenez-vous ici quelque chose de suspect ? Arme, faux papiers, bijoux de valeur ?

On dirait que je lui parle chinois. Ou elle est digne de la Comédie-Française, ou je fais fausse route. Mais je ne me trompe pas de direction. Il va bien falloir qu'elle m'explique pourquoi elle a quitté Avignon, puis Bandol, pour se réfugier chez sa mère. Ce qui m'intéresse, en fait, c'est de savoir où est passé son amant, le beau Mandelle, le pilier de casinos.

Je m'adresse à la mère, qui ne comprend manifestement rien à ce réveil en fanfare :

— Je vais visiter les lieux pendant que votre fille s'habille !

L'appartement ne comprend que trois pièces, une salle de bains vieillotte et une cuisine minuscule qui donne sur la cour intérieure. J'en profite pour ouvrir la fenêtre et faire signe à Hidoine de me rejoindre.

A son tour, il cogne à la porte d'entrée.

— C'est mon collègue, dis-je à maman Blatin.

Marie ne tarde pas à apparaître, très stricte cette fois dans son tailleur gris à martingale. Elle s'est fait un chignon. Elle se plante devant Hidoine, l'air un peu moins sûre d'elle, mais tente quand même une dérobade. Elle se tourne vers moi, me regarde droit dans les yeux :

— Je ne vous ai pas demandé si vous aviez un mandat de perquisition ! On n'a pas le droit de pénétrer chez quelqu'un comme ça. Surtout que je suis chez ma mère.

Je sens que mon impatience va prendre le pas sur la galanterie. Je ne m'adresse plus à un voile de coton, mais à un tailleur à martingale.

— Nous ne faisons pas une perquisition, dis-je, un ton

plus haut, mais une visite domiciliaire. Quand on n'a rien à cacher, on se fait un plaisir de nous autoriser à la faire.

Ça, c'est une astuce du Code pénal, qui nous rend bien service. Sans un ordre du juge d'instruction, on ne peut pas, en effet, fouiller un appartement, ni y confisquer quoi que ce soit. Nous tournons la difficulté en désignant la perquisition sous le nom de visite domiciliaire. Nous nous arrangeons alors pour glisser, dans le procès-verbal, la fameuse phrase ; « Pour prouver ma bonne foi, je vous autorise à procéder, à mon domicile, à toute visite et saisie que vous jugerez utile. » Ainsi, une fois le procès-verbal signé, nous sommes tranquilles.

Marie Blatin ne trouve rien à répondre. J'en profite :

— Maintenant que vous êtes habillée, je vais pouvoir visiter votre chambre, n'est-ce pas ?

Elle se tait toujours. Je l'ai prise de vitesse, comme dans les cours de droit. Les valises, les tiroirs de la commode, ne nous livrent malheureusement aucun secret. Pourtant, au moment où nous allons quitter la pièce, le lit retient mon attention. Tout à l'heure, les couvertures étaient rejetées. Maintenant, elles recouvrent l'oreiller. Peut-être la jolie Marie a-t-elle dissimulé sa chemise de nuit transparente, comme Marlyse le fait à la maison ? Non, elle est sur la chaise, la chemise de voile.

Je tire les couvertures et le drap. Et, au pied du lit, apparaît une photographie d'art, un agrandissement du portrait de Mandelle. Il n'y a pas de doute, c'est bien lui. Un cliché de luxe, bien plus léché que celui de notre malheureuse Identité judiciaire !

Sans faire de commentaire, je m'empare de la photo, la tends à Hidoine, qui la glisse dans sa serviette.

— Allons-y, dis-je. Il va falloir taper le procès-verbal.

Au moment de quitter la pièce, je m'efforce de rassurer la veuve effarée :

— On n'en a pas pour longtemps... Rien de grave !

Elle prend mes deux mains dans les siennes, tandis que les hauts talons de sa fille martèlent les marches de pierre.

— Elle ne sait pas où il est, je vous le jure, murmure-t-elle. Je lui avais dit que c'était un drôle de bonhomme. Mais les filles, aujourd'hui…

Elle pr[illegible] deux mains [illegible] les [illegible] aux les [illegible] de pierre.

— Elle ne sait pas [illegible] elle [illegible] qu'elle était [illegible] Mais [illegible] aujourd'hui.

39

— Je ne suis pour rien dans tout ça, monsieur.

— Je m'en doute. Mais un juge est un juge. Qui n'admettra jamais que vous ayez pu ignorer l'origine des fonds. Vous n'aviez ni boutique, ni villa, ni Jaguar, avant de connaître Mandelle. La justice appellera ça du recel, et elle n'aura pas tort. Alors, c'est la prison

— Même si je n'ai rien fait ?

J'ai l'impression que nous répétons la scène du matin, dans les bureaux de la Brigade mobile de Strasbourg. Il est 20 heures. Quand Vieuchêne, demain, reprendra possession de son bureau, il s'apercevra qu'une femme est passée par là, et me demandera des explications. Il faudra que je pense à vider les cendriers, et à aérer la pièce pour chasser l'odeur du tabac, et, surtout, le parfum qui me semble particulièrement tenace.

En attendant, j'y baigne, dans ce capiteux nº 5 de Chanel, en regardant sans déplaisir Marie qui commence à se décomposer

Cela n'a pas été sans mal. Peut-être faiblit-elle parce que je suis seul avec elle, dans ce blockhaus où les femmes de ménage ont remplacé une flicaille remuante et bavarde ? Peut-être le brave Hidoine qui, écrasé de fatigue, a préféré rentrer chez lui, la mettait-il mal à l'aise ? Est-ce pour me donner de l'importance que je me suis installé derrière le bureau de Vieuchêne ? Sans doute. Il était bon d'impressionner Marie Blatin. Mais il faut dire aussi que la clé de mon bureau avait disparu du tableau. J'avais tout de suite compris que le Gros s'en était emparé, pour pouvoir vérifier mon jour et mon heure d'arrivée au bercail.

A Strasbourg, après quelques heures d'interrogatoire, je ne donnais pas cher de mes chances. Marie Blatin, très sûre d'elle, m'opposait un inlassable, un obstiné « je ne sais pas où il est ».

— Je ne tarderai pas à le savoir, répliquais-je avec aplomb. Je sais aussi que vous ne cessez de mentir pour le protéger. Pas mal, le coup de la photo cachée au fond du lit...

Elle levait les yeux au ciel, ce qui signifiait : « Puisque vous le savez, laissez-moi donc tranquille. »

Je lui avais brossé de la police un tableau terrifiant. Rien moins qu'une pieuvre géante dont les tentacules se referment tôt ou tard sur les mauvais garçons et leurs complices. Pernicieux, j'avais même ajouté :

— Mandelle et Voss ont été reconnus par les victimes et Voss est déjà en taule. Pour Raymond, ce n'est qu'une question d'heures...

Elle avait accusé le coup. Ses paupières s'étaient affolées. J'avais touché juste. Et fait aussitôt patte de velours : je pouvais la tenir à l'écart de l'affaire du vol des bijoux. Mais si elle refusait de coopérer, elle prenait ses responsabilités. Rien à faire. Elle s'enfermait dans un mutisme apeuré.

Le plus dramatique, c'était le désarroi de la mère. Cette carte aussi, il fallait bien que je la joue. La pauvre femme, éplorée, était venue apporter du linge. Habituellement, le coup de la valise accentue la déprime. J'avais cru que Marie allait craquer. La scène, en effet, était digne d'un mélo bien ficelé, mais l'amour de Marie pour son Mandelle de malheur l'emportait de loin sur les larmes maternelles.

Je n'avais plus qu'une solution : le coup déprimant, tragique, du voyage à Paris et de la nuit passée dans la cellule humide de la rue des Saussaies, dans la cave de la Surveillance du Territoire où tant de truands ont déjà défilé. Elle n'avait pas bronché quand je lui avais annoncé le programme. Courageuse, la petite. D'un sourire triste, elle masquait sa peur, à la gare.

Ensuite, le nez collé à la vitre du compartiment, recroquevillée dans son coin, les jambes repliées sur la banquette, elle avait regardé défiler le paysage. Elle me tournait ostensiblement le dos. Je savais qu'elle pensait aux jours heureux qu'elle avait passés avec Mandelle, malgré sa folie du jeu. Elle avait dédaigné le sandwich qu'Hidoine, toujours brave cœur, avait acheté à l'ambulant de service, comme elle avait refusé le café, la bière, et même l'eau minérale que je lui proposais.

Je l'observais, les paupières à demi fermées, feignant de somnoler. Dans le reflet de la vitre, je voyais perler des larmes au bord de ses yeux clairs. Je lisais dans ses pensées. Je ne pouvais pas ne pas souffrir pour elle. Elle se débattait dans un dilemme insupportable. Elle n'avait pas le choix. C'était Raymond ou elle. Mandelle ou la prison.

Quand le taxi, hélé à la gare de l'Est, avait abaissé son drapeau devant le poste de police de la rue des Saussaies, elle avait sursauté :

— Où allons-nous ?

— A la P.J. Les gardiens vont vous donner un repas et une couverture pour la nuit. Demain je vous confronterai avec Voss. Vous le connaissez, le baron ? Lui se souvient bien de vous. Il m'a parlé de votre ancien domicile, rue Chalgrin...

— Ne faites pas ça, disait-elle, effarée. Je n'ai rien fait de mal !

— Désolé, mais je ne peux pas vous lâcher dans la nature...

Elle m'avait suivi, tel un automate, le long du couloir sombre qui conduit à la cour intérieure. L'ascenseur nous avait entraînés vers le cinquième étage. Je l'avais fait asseoir devant le bureau de Vieuchêne, le dos à la bibliothèque et au boa-fétiche qui semblait prêt à avaler cette proie appétissante.

— Je sais bien que vous n'y êtes pour rien, Marie. Ce sont les autres, les deux autres. Et les receleurs de bijoux.

Elle ne répond pas, les mains plaquées sur la table. J'apprécie la finesse des longs doigts et je constate, par la même occasion, qu'elle ne porte pas de bague. Aussitôt, je fais mon mea culpa. Dans ma surexcitation matinale, j'ai bâclé ma perquisition. Et si ça se trouve, je suis passé à côté d'un tas de pierres. Je saute aussitôt sur l'occasion. Ma faute peut m'être utile.

— Vous n'avez pas remarqué que, ce matin, je me suis gardé de chercher des bijoux qui auraient pu être cachés chez votre mère ? Sans doute que non. Je vais vous dire pourquoi : si j'en avais trouvé un, ne serait-ce qu'un, vous m'entendez, j'aurais été obligé de l'inquiéter, votre maman, de lui demander des preuves d'achat. J'ai préféré passer outre.

— Il n'y a rien chez ma mère, dit-elle. Des bijoux, je n'en ai plus...

C'est une protestation vague, un geste à peine esquissé. Tous les mots lui font peur.

— Vous les avez vendus pour couvrir des dettes ?

A nouveau, elle préfère se réfugier dans le silence. La seule défense qu'elle peut encore m'opposer.

Le temps s'éternise. Il joue pour moi. Je sens croître l'angoisse de Marie.

Elle fait un effort pour me regarder en face, avec des yeux d'animal traqué :

— Qu'est-ce que vous allez faire de moi ?

— Je vous l'ai dit. Vous confronter dès demain avec Voss. S'il vous met en cause, je ne pourrai plus rien faire pour vous. Vous êtes perdue.

J'ai un geste théâtral. Ma main reste suspendue en l'air tandis que j'ajoute :

— Vous êtes une enfant, Marie. Vous protégez un homme qui n'en vaut pas la peine. Il va briser votre vie et celle de votre pauvre mère.

Cette carte de la veuve Blatin, je ne la joue pas de gaieté de cœur mais il le faut. C'est le moment de parler de la presse, des photographies à la Une des *Dernières Nouvelles d'Alsace,* de brosser un tableau à faire dresser les cheveux de tous les habitants du quartier de la Petite France.

Marie Blatin baisse la tête. Pourtant, elle tient encore bon, la vaillante exilée de la villa *Magali !* J'en arrive au précieux coup de fil de l'avant-veille.

— Je vous parlais de la police tout à l'heure. Je vais vous en donner un aperçu. Moi qui étais tranquillement dans mon bureau, à Paris, je savais qu'une de vos amies vous avait alertée pour un cambriolage qui aurait pu se commettre à Bandol. Est-ce exact ?

Je la dévisage en souriant. J'articule, sur un ton insistant qui dément mon sourire :

— Alors, vous me le dites où il est, Raymond, ou vous continuez à jouer les petites filles têtues, ce qui ne vous mènera à rien ? Essayez de comprendre que je veux vous aider, bon sang !

Je sais que j'ai la gueule de faux-jeton qui me déplaît au plus haut point, mais la fin ne justifie-t-elle pas les moyens ? J'ai vite pris les habitudes policières de chantage, de provocation à la délation.

— Je l'ignore, monsieur. Il m'a téléphoné mais je ne connais pas son adresse.

— Je ne vous crois pas.

— Si je suis loyale avec vous, vous le serez avec moi ?

C'est le moment de jouissance que connaissent bien les policiers. Le moment où l'on sent, physiquement, l'imminence des aveux.

— Vous savez bien que oui.

Elle n'a pas le choix, en tout cas

J'attends.

Elle se triture les mains, supplie encore

— Vous me promettez le secret ?

Il en faut, des précautions oratoires, pour arriver au but ! Et des promesses, et des engagements. Que de temps perdu !

Je promets d'un simple signe de la tête.

— Je ne sais pas où il est, je vous assure. Il m'a

quittée tout d'un coup après avoir rendu visite à une de ses amies à Nice. Je l'avais vue une fois ou deux. Elle a une grande maison à Cimiez, et une boutique d'antiquités à Paris, rue Saint-Sulpice.

Je me garde d'intervenir, de couper le fil de la conversation. Elle lâche, sans me regarder :

— Je ne connais pas son vrai nom, mais on l'appelle Tiffany Montgomery. Elle roule dans une Rolls. Elle a un chauffeur, Joachim. Elle est plus souvent sur la Côte qu'à Paris. Raymond l'a vue à Cimiez, il n'y a pas longtemps. Elle lui a demandé un million.

Je m'étonne :

— Un million ? Pour quoi faire ?

— Elle l'avait convoqué à la suite d'une lettre que Voss lui avait adressée de prison. Il voulait deux millions, sinon il racontait tout aux assurances. Raymond n'avait pas le million, pour verser sa part. Il a pris peur, et m'a laissée seule à Bandol.

— Vous savez bien où il est parti, quand même ?

— Il m'a dit qu'il montait à Paris pour chercher de l'argent et calmer Voss. Voilà.

— Vous connaissez le numéro de téléphone de cette Tiffany ?

— Non, mais je pourrais retrouver sa boutique. Raymond m'a dit que si je voulais le toucher je pouvais passer par elle.

— Pourquoi ne l'avez-vous pas fait ?

Elle baisse la tête. Elle n'a plus peur, elle a honte.

— Parce que c'est un drôle de milieu, tout ça. Et que Raymond me téléphonait lui-même, chez ma mère.

Ça y est !

Marie Blatin n'a certainement plus rien à dire.

Je dissimule avec peine mon excitation de chasseur qui a enfin trouvé la piste qui va le conduire au gibier qu'il traquait. Je m'agite, dans le fauteuil du Gros. Je maîtrise le tremblement de mes mains.

Demain, Marie me mènera à Saint-Sulpice. Je

découvrirai la boutique, et le numéro de téléphone. Pour la suite, déjà mon plan s'organise, dans ma tête.

En face de moi, la jeune femme pleure, brisée, mais soulagée, comme si elle se réveillait après un cauchemar. Je contourne le bureau, pose sur son épaule une main qui se veut apaisante, consolatrice.

— Je n'ai qu'une parole, croyez-moi. Si vous m'avez dit la vérité, et si vous m'aidez, demain soir vous serez libre. Pour cette nuit, je suis obligé de vous garder. C'est normal. Vous avez mis trop longtemps à réagir dans le bon sens. Mais si vous voulez rassurer votre mère, voici le téléphone. Faites comme si de rien n'était.

Ses yeux, levés vers moi, traduisent sa reconnaissance.

Je suis sûr que je peux compter sur elle.

40

Le jour n'en finit pas de poindre. Marlyse dort, sa chevelure blonde éparse sur l'oreiller. Depuis 4 heures du matin, je rumine. Mes tempes bourdonnent, mon cœur bat la breloque. Tout à l'heure, je vais déclencher les hostilités. Je prépare mon offensive depuis que j'ai interpellé Marie Blatin. Si les dieux me prêtent main-forte, Mandelle s'en ira rejoindre son ami Voss dans les bas-fonds de la prison de la Santé. S'ils me sont contraires, Clot et Castex feront des gorges chaudes de mes entreprises hasardeuses, et le Gros ne me pardonnera jamais d'avoir été ridiculisé.

En somme, Marie est mon seul espoir, mon destin, dirais-je même. Mon plan repose sur elle. Qu'elle ne joue pas bien le jeu, que ses propos ou son attitude prêtent à équivoque, et l'édifice s'écroule. Il me faut mettre en place, autour de l'indispensable Marie, un système de défense qui me garantisse d'un éventuel coup du sort.

D'abord, Poiret. Ce n'est pas une lumière, Poiret, malgré la quantité de bananes qui ornent le revers de son veston. Il a terminé la guerre dans les parachutistes. Son poids éléphantesque le faisait toujours atterrir en tête du lâcher. Alors, on le décorait. Pas un crack, mais il n'est pas nécessaire de sortir de Polytechnique pour s'installer dans un central téléphonique, les écouteurs sur les oreilles. Tout ce que je lui demande, c'est de bien enregistrer les communications, et de ne me transmettre que les renseignements intéressants. La rue Saint-Sulpice dépend du central du boulevard Saint-Michel. Poiret habite impasse Roger-Collard, face au jardin du Luxembourg. En dix minutes il peut être sur place. Je l'appellerai tout à l'heure. Il n'a pas dû s'éterniser à Cannes.

Crocbois, lui, va jouer les chauffeurs de taxi. La Direction de la Surveillance du Territoire dispose de plusieurs faux G7, que le Limousin Pataud conduit souvent. Imperturbable, Pataud, quand il baisse son drapeau, le client à bord. L'autre, sans se méfier donne sa destination et règle le prix de la course. Les fonds tombent dans la cagnotte du service.

Crocbois, pour une fois, le remplacera au volant. Il laissera sa canadienne et ses mitaines au garage de la rue de Penthièvre, et se flanquera une casquette à visière sur le crâne. Marie n'y verra que du feu. Je vois d'ici la scène. Je décroche le téléphone de mon bureau, compose un numéro bidon et tiens une conversation imaginaire.

— Allô, taxi ? Pour le 11, rue des Saussaies s'il vous plaît... Non, je ne quitte pas... Cinq minutes ? D'accord... Le temps de descendre.

Hidoine assurera la filature du G7 à l'aide de sa voiture personnelle. De loin, bien entendu. Un phénomène, Hidoine au volant. Parfois, la flèche lumineuse gauche de la 203 Peugeot, qu'il vient d'acquérir à crédit, ne jaillit pas de la coque arrière. Un changement subit de direction pourrait gêner tout conducteur autre que lui. Il ne se formalise pas pour si peu.

— Tout ce qui vient de la droite a la priorité, dit-il. Moi, je respecte le code.

Ce raisonnement original lui a valu pas mal d'accrochages, mais la flèche de changement de direction, maintenant démunie d'ampoule, continue à rester bloquée dans son logis.

Et moi, dans tout cela ? Je vais d'abord aller repérer la boutique de Tiffany Montgomery, en compagnie de

Marie. Je choisirai un bistrot proche de la place Saint-Sulpice pour y établir mon poste de surveillance.

Pendant que Marie se refera une beauté dans mon bureau, après la nuit difficile passée dans sa cellule-cave, je foncerai voir le chef de centre téléphonique du boulevard Saint-Michel pour l'informer de ma décision. Je lui remettrai une réquisition en bonne et due forme, car les fonctionnaires aiment être déchargés de toute responsabilité concernant la violation du secret des correspondances. Après, à Dieu vat !

J'oubliais : la Gazette ! Marie ne se doutera pas qu'une femme la surveille. Marlyse n'était pas disponible. Et puis la Gazette a l'habitude de planquer pendant des heures dans l'attente du client. Elle me paraît tout indiquée pour collaborer à une enquête de police. Une fois n'est pas coutume.

— Tu ne dors pas ?

Marlyse a entrouvert les paupières, poussé un gémissement, s'est retournée sur le côté. J'en profite pour me glisser hors du lit, refermer la porte de la chambre. Un jour pâle commence à filtrer par la mansarde de la cuisine. Je mets la radio en sourdine. Les informations de 7 heures viennent de commencer. J'apprends que de Lattre de Tassigny, mon ancien général, qui m'avait confié, à Clermont-Ferrand, le soin d'organiser une troupe théâtrale destinée à recruter des engagés pour l'armée d'armistice, vient de se voir confier tous les pouvoirs civils et militaires en Indochine. L'espoir va renaître, avec un pareil chef. Le speaker enchaîne aussitôt sur l'affaire des généraux qui empoisonne l'atmosphère politique. La commission d'enquête a déposé son rapport, et la proposition communiste demandant le renvoi du ministre Jules Moch en Haute Cour a obtenu 235 voix. Je m'en moque, comme je me moque de l'annonce du prochain mariage de l'actrice Liz Taylor, la fiancée idéale des Américains, avec Conrad Hilton. A dix-huit ans elle semble avoir déjà les pieds sur terre. Je ferme la radio.

Le temps de boire mon café, de me raser, de prendre

ma douche, et je suis déjà dans la rue Lepic où les marchandes de quatre-saisons commencent à s'activer autour de leurs charrettes.

— Débrouillez-vous comme vous voulez, mais il faut que vous me rendiez service.

Le visage de la Gazette, surprise en plein sommeil, s'allonge un peu plus. Elle se gratte les cheveux, bâille. Son regard de reproche me signifie que ce ne sont pas des manières, de surprendre une femme au plus bas de son pouvoir de séduction. Évidemment, sa coquetterie en prend un sacré coup, mais qu'y puis-je ?

— A cette heure-ci ? émet-elle, dans un bâillement plus accentué.

— A midi. Ce n'est pas difficile. Il faut que vous soyez place Saint-Sulpice, devant l'église. Je vous expliquerai là-bas.

Elle jette un coup d'œil moribond sur la pendulette du secrétaire.

— Je serai jamais prête. Vous vous rendez compte, il est 8 heures passées ! Je voulais me faire un shampooing, ce matin. Le temps que ça sèche…

— Vous en ferez un demain.

Ses yeux s'agrandissent, me fixent comme si je venais de proférer une monstruosité.

— Demain ? Vous rigolez ! C'est que j'ai rencart ce soir, aux Capucines, avec un Américain plein aux as que j'ai levé. C'est pas le moment de rater une occase pareille… Ça consiste en quoi, d'abord, votre truc ? Parce qu'il faut que je vous dise une chose…

Ça y est, la voici réveillée. Et repartie dans des explications qui vont m'assommer, j'en suis persuadé. Ça ne rate pas :

— Figurez-vous qu'un jour, j'ai rendu service à Anita Pignard, vous voyez, la gitane qu'était avant avec Gaston le Riflard vu qu'il a toujours un pépin à la main, eh bien, cette salope, au lieu de me remercier... C'est normal quand on rend service à quelqu'un d'être au moins reconnaissant, non ?

— Excusez-moi, Suzy, je n'ai pas le temps. Il faut que je fonce à la Boîte. Je vous expliquerai à midi...

Une grimace déforme les traits blafards de la Gazette, furieuse d'avoir été interrompue :

— Je veux quand même savoir ce que c'est ce que vous me demandez !

— Une surveillance discrète. A défaut, une filature.

Elle siffle, longuement.

— Mais c'est du boulot de flic, ça ?

— Si vous voulez. La récompense sera au rendez-vous. Vous voyez ce que je veux dire ?

Elle secoue la tête, les cheveux hérissés.

— Une filature comment, à pied, à cheval ? Comment je ferai, moi, si le mec prend un taxi ?

— Ce n'est pas un homme, c'est une femme. Rassurez-vous, vous en aurez un à votre disposition. Ce que je vous demande c'est d'être place Saint-Sulpice à midi pile.

Quand je referme la porte sur moi, je sens dans mon dos le regard perplexe de la Gazette, qui se demande si je ne suis pas devenu fou.

Raymond Mandelle essuie ses verres fumés. Les mains dans les poches de son pardessus gris à chevrons, il quitte le salon de thé de *la Marquise de Sévigné,* boulevard des Capucines. Il longe sans hâte l'église de la Madeleine, emprunte la rue Tronchet jusqu'au carrefour Havre-Caumartin. Il traverse entre les clous, se mêle à la clientèle des Grands Magasins du *Printemps,* flâne devant les stands du rayon parfumerie, gratifiant de son sourire les jolies vendeuses. Il a le temps. La grosse horloge, entre les deux cabines des ascenseurs, indique 16 heures 30. L'appel de Tiffany l'avait touché alors qu'il s'apprêtait à aller déjeuner au *Trou dans le Mur,* un restaurant coquet voisin de la place de l'Opéra.

— Il faut que je vous voie d'urgence, Raymond.

— Pourquoi ? Édouard a encore fait des siennes ?

— J'ai reçu un coup de fil de votre amie. Elle veut absolument vous voir. Elle a des ennuis.

Raymond, muet de surprise, avait mis quelques secondes à répondre :

— Je l'ai eue au téléphone chez sa mère, il y a deux jours.

— Elle est à Paris. Deux policiers l'ont cueillie à Strasbourg et l'ont interrogée sur ses moyens d'existence. Je me demande si le Baron n'a pas bavardé. Les flics l'ont relâchée après une nuit passée dans leurs bureaux. Elle est sur ses gardes. Elle m'a téléphoné d'une cabine de métro.

— Vous avez donné mon adresse ?

— Je ne l'ai pas, vous le savez bien. Votre téléphone est sur la liste rouge. Elle doit me rappeler dans l'après-midi pour savoir si je vous ai touché. Qu'est-ce que je fais ? En tout cas, moi, je ne veux pas la recevoir.

Raymond Mandelle, soucieux, se balançait d'un pied sur l'autre.

— Et moi pas question d'aller rue Saint-Sulpice ! Dites-lui que je peux la voir à 18 heures pile. N'importe comment, je vous rappellerai avant...

Tiffany Montgomery avait raccroché, mécontente Sans perdre une seconde, Mandelle avait gagné le bureau de poste du boulevard Montparnasse, demandé à la standardiste la communication avec Strasbourg. Mme Blatin avait confirmé. Deux policiers étaient bien venus chercher Marie de bon matin, l'avaient entraînée à la Police judiciaire pour l'interroger. Ils lui avaient demandé de les suivre à Paris. Elle lui avait porté une mallette de lingerie.

— Qu'est-ce qu'ils voulaient, ces flics ?

— Je n'en sais rien. Ça ne devait pas être bien grave puisqu'ils l'ont relâchée.

— Ah ?

— Oui. Elle m'a téléphoné hier au soir. Tout allait bien. Elle avait manqué le dernier train, mais elle m'a promis d'être là le plus tôt possible

Raymond Mandelle avait quitté la cabine, rassuré Une fille intelligente, Marie. Elle n'avait pas lâché le morceau. Soudain, il avait envie d'elle. Au lieu de la laisser retourner chez sa mère, il la conduirait ce soir dans sa planque de la rue Delambre. Un studio que Gladys Fallier, un ancien flirt, lui a prêté en attendant qu'il trouve autre chose. Une chouette fille, Gladys, rousse aux yeux verts, à la taille fine et aux hanches bien rondes. Mais loin de valoir Marie.

Mandelle remonte la rue de Rome. Place de l'Europe, il marque un temps d'arrêt. Il a toujours aimé les trains, Raymond-le-Voyageur. Il a toujours rêvé de s'installer dans un luxueux compartiment de l'*Orient-Express,* de traverser l'Europe jusqu'à Istanbul, sur le Bosphore. Si un jour il arrive à se refaire au casino, il partira loin de France, dans un de ces pays de rêve et de soleil, du côté de la mer de Marmara, pourquoi pas ?

Il se poste contre la grille qui surplombe les voies assiste aux manœuvres de triage. L'horloge de la gare Saint-Lazare le tire de sa rêverie. Elle marque 17 heures. Il avait promis de rappeler Tiffany. Il s'arrache à la contemplation des trains, revient rue de Rome, pousse la porte du café *Paris Europe,* à l'angle de la rue de Madrid.

Tout est en place pour la réussite mais le premier contretemps m'a un peu sapé le moral. J'ai du mal à garder mon calme. Tiffany Montgomery dont, grâce à Poiret, je connais maintenant le véritable nom de Goldstein, n'a pas voulu recevoir Marie. Son ton m'a paru désagréable dans le second écouteur, que je plaquais contre mon oreille. Et puis je me suis résigné. J'avais eu beau faire la leçon à Marie, son ton manquait de conviction. Elle n'a pas su s'imposer. Dans ces conditions, il valait mieux éviter la rencontre. Elle a quand même obtenu de rappeler dans le courant de l'après-midi, prétextant qu'elle ne pourrait le faire avant. L'autre, au bout du fil, a aussitôt répercuté la communication à Mandelle mais Poiret, faute de machine enregistreuse, n'a pu identifier le numéro. Ni l'endroit où Mandelle pouvait rencontrer Marie à 18 heures.

Du *Café de la Mairie,* j'ai vue sur une partie de la rue Saint-Sulpice. La voiture d'Hidoine stationne devant un hôtel particulier du XVIIIe. Crocbois, lui, a garé son taxi devant l'ancien séminaire de la place, devenu la Direction des Impôts. Son collègue de belote Enfer est venu le rejoindre.

Je sens que Marie est nerveuse. Je consulte ma montre.

— Il est 5 heures, dis-je. Il faut appeler Tiffany, maintenant.

Je lui tends le jeton, l'accompagne jusqu'à la porte de la cabine :

— Il vaut mieux que vous me laissiez seule. Avec vous à côté, je perds mes moyens.

Je hausse les épaules, ouvre la porte, la referme. Je m'éloigne en prenant soin de rester dans le champ de vision de la fille. Cela la rassure. Après une légère hésitation, elle compose le numéro. Je la vois appuyer sur le bouton et tourner le dos à la salle. Je me rapproche. Elle parle si doucement que sa voix est inaudible. Elle raccroche, se retourne. Je n'ai que le temps de faire un écart.

La communication a été rapide.

— Alors ?

Marie demeure interdite quelques secondes, me fixe, l'œil inquiet. Sa voix n'est plus la même :

— Je lui ai donné rendez-vous à 6 heures au métro Villiers. Au fond de la brasserie *les Cyclamens.* Le premier attend l'autre.

Ses yeux me fuient. J'ai l'impression qu'elle ment mais je me trompe sûrement. Elle n'a aucun intérêt à me doubler. Elle hoche la tête :

— C'est terrible, ce que vous me faites faire là...

— Pensez à votre liberté et à votre mère, dis-je. Dans

la vie il faut choisir. Vous me remercierez un jour. On vous dépose ?

Elle recule d'un pas.

— Je préfère y aller par mes propres moyens. Supposez qu'il nous voie ensemble...

— Comme vous voulez. Le métro est à côté, rue de Rennes. Vous changez à Réaumur-Sébastopol. Je vous fais confiance.

Elle étale son découragement. Il est si convaincant que j'en ai presque des remords. Puis je me dis que je ne suis pas là pour m'apitoyer.

Je la vois se draper dans son manteau, traverser la terrasse couverte aux vitres embuées, prendre la rue du Vieux-Colombier.

Avant même que j'aie fait un signe, la Gazette est sur ses talons. Elle porte un chapeau à voilette, si rococo que je crains qu'elle ne passe pas inaperçue. La sonnerie du téléphone retentit. Le garçon qui a décroché me fait signe. Je me glisse dans la cabine où flotte le parfum Chanel. C'est Poiret.

— J'ai eu deux appels à dix minutes d'intervalle. Elle et lui. Ils ont rencart au métro Villiers.

— Je sais, dis-je, ne doutant plus de la franchise de Marie. A l'intérieur de la brasserie *les Cyclamens*.

— Tu es fou, dit Poiret. Dans le métro c'est pas pareil. En face des premières classes. Elle lui a fait dire de rester seul sur le quai, après le passage d'une rame.

Je me le répétais bien, ce matin, dans mon lit : allez donc savoir avec les femmes. Surtout quand elles sont amoureuses !

Nous n'avons pas mis plus de vingt minutes pour rejoindre le carrefour Villiers à la queue leu leu, moi dans la traction de la Boîte, avec Crocbois comme chauffeur. Il a passé le volant du taxi à Enfer. Hidoine zigzague en seconde position. Le G 7 ferme la marche. Il ne manque plus que le corbillard devant nous. L'incertitude me donne toujours une gueule d'enterrement.

J'ai découvert le poste d'observation idéal, qui me permet d'embrasser les quais sans être vu : la cabine du chef de station. Hidoine s'est planté à l'extérieur, en haut des marches de l'entrée principale. Crocbois, devant la vitrine des *Cyclamens*. Et puis, soudain, je me souviens que deux lignes se croisent à Villiers. La 3, Porte-des-Lilas/Champerret, et la 2, Nation/Dauphine par Étoile. L'anxiété me reprend. Hidoine a eu la même réaction. Je le vois débouler l'escalier pour me rejoindre :

— On n'a pas pensé à l'autre ligne !

— Je sais, dis-je. Tu prends ma place, je vais chercher Crocbois.

J'avale l'escalier, m'apprête à traverser l'avenue de Villiers. La circulation, intense en cette fin de journée, m'en empêche. J'enrage. Je vais essayer de me glisser entre deux files de voitures. De loin, je fais de grands signes à Crocbois, qui ne me voit pas.

Soudain, je sursaute. Devant le rideau métallique de la banque d'angle qui est baissé, un personnage étonnamment calme déambule parmi les passants. Mandelle, les mains dans les poches de son élégant pardessus, s'apprête à emprunter l'escalier du métro. Malgré les lunettes fumées, je le reconnaîtrais entre mille, tant ses photos ont imprégné ma mémoire.

Le temps de le laisser descendre tranquillement les gradins, de disparaître à ma vue et je dévale les marches à mon tour. Un trio de voyageurs discute devant le couloir d'accès. Je le bouscule.

Trop tard : Mandelle a disparu sans que j'aie pu voir la direction qu'il a prise.

Il me faut agir. J'enjambe le tourniquet de la ligne 3. Si Marie a rendez-vous sur la 2, il lui faudra descendre ici et prendre la correspondance. A moins qu'elle ne se soit volatilisée en cours de route.

J'arrive sur le quai au moment où une rame accoste. Par-dessus les têtes, j'aperçois les lunettes de Mandelle, là-bas, devant la sortie boulevard Malesherbes. Cette issue non plus, nous ne l'avons pas prévue ! Elle est ouverte au trafic jusqu'à 21 heures.

Je me dissimule de mon mieux derrière un distributeur de bonbons. La rame disparaît dans le tunnel. Le quai se vide. Mandelle reste seul. Il paraît contempler une affiche des spectacles parisiens, puis il revient à petits pas vers le panneau des premières classes. Il se retourne, prêt à repartir vers l'autre bout du quai.

Je mets toutes mes forces dans mes jarrets. Mes bras clouent ceux de Mandelle le long de son corps. Jamais je n'aurais cru être capable d'une telle détente.

— Ne bouge pas, Raymond, tu es fait !

Il ne peut pas bouger, Mandelle, les deux mains prisonnières de ses poches ! Hidoine surgit à son tour, blême. Au bout de ses doigts une paire de menottes.

— Tes pattes, ordonne-t-il, et vite !

Mandelle, avec difficulté, s'exécute. Je desserre mon étreinte. Ma main fouille les poches du pardessus, tâte celles du costume. Pas d'arme. Le cambrioleur est un gentleman, pas un tueur. Il n'a pas perdu son calme, assure négligemment :

— C'est du baron tout craché, hein ? Ou cette salope de Montgomery...

Et tandis que je l'entraîne vers la sortie, sans me préoccuper de la belle Marie, je l'entends murmurer :

— Il n'y a qu'elle qui connaissait le rendez-vous. Elle ne perd rien pour attendre, celle-là !

A l'instant où nous escaladons les premières marches, le chapeau à voilette de la Gazette quitte le wagon de queue. D'ici qu'à force de nous attendre sur le quai elle rate le client qu'elle a levé la veille... Mais au fait, il y a Marie... Les deux femmes pourront faire connaissance, après tout !

Épilogue

Les Champs-Élysées baignent dans une lumière grise, froide. Depuis le premier de l'an, la neige a pris possession de la capitale. Les Parisiens se hâtent, patinent sur les trottoirs, pressés de plonger dans la chaleur du métro. Le givre a déposé ses fougères sur la vitre du kiosque à journaux proche de la station George-V. Transi dans sa redingote, les oreilles et le nez cramoisis, un gardien de la paix surveille d'un œil éteint une circulation lente et clairsemée.

— *Le Figaro* et *France-Soir,* je vous prie.

Des mitaines de laine bleue, émergent les doigts gourds de la marchande qui me rend la monnaie. Mes narines crachent des ballonnets de buée. Je m'engouffre dans le bar du *Fouquet's,* me dirige vers une table inoccupée, commande un café. Tandis que le barman fait siffler son percolateur, je déplie le *Figaro.*

Rien de bien nouveau depuis deux jours. Paris et Pékin ne veulent pas signer le traité de non-dissémina tion nucléaire. A Londres, la Chambre des Communes a approuvé le plan de compression budgétaire du gouvernement Wilson, un programme de douze milliards de francs d'économie. En dévaluant la livre, la Grande-Bretagne a reconnu une réalité : elle a cessé d'être le banquier international. En annonçant l'évacuation de ses dernières bases stratégiques à l'est de Suez, elle a cessé d'être le gendarme du monde. Le dollar devenu la reine des monnaies, a remplacé la livre et les *Marines* américains ont pris la place des soldats britanniques.

J'ouvre *France-Soir*. Une série de photos me saute instantanément aux yeux. Le commentaire me laisse pantois : « Après une longue maladie, la femme la plus vivante du monde a fini, elle aussi, par mourir. Son mari, le milliardaire portoricain Benitez-Rexach, avait pourtant offert sa fortune aux médecins pour la sauver. On l'appelait la môme Moineau. »

Le garçon dépose devant moi la tasse de café et la corbeille de croissants. Il faut croire que je demeure songeur puisqu'il reste planté là, à me dévisager. Quand je réalise, je lui désigne la page du journal :

— Vous avez vu ?

Ses yeux s'écarquillent comme si je lui annonçais un tremblement de terre. Il pose son regard sur les photos, le reporte sur moi :

— Oui, et alors ?

Alors, rien. Apparemment, la disparition de la môme Moineau l'indiffère. L'a-t-il connue, seulement, cette richissime excentrique, issue du ruisseau, qui pénétrait dans les salles de jeu habillée en amiral ou vêtue d'une barboteuse à carreaux ?

Vingt ans ont passé, vingt ans, presque jour pour jour, depuis que, dans la voiture de Crocbois, j'avais foncé vers l'auberge de *la Vieille Fontaine*, à Maisons-Laffitte, où le commissaire Revoil se livrait aux constatations d'usage. Qu'est-il devenu, le brave et sympathique Revoil ? Toujours à Limoges, où il avait pris la direction de la Brigade de police judiciaire, ou a-t-il fait valoir ses droits à la retraite ?

Moi, depuis le 11 octobre 1956, j'ai abandonné la rue des Saussaies. L'administration ne m'offrait plus d'avancement. On avait tellement nommé de commissaires de police à la Libération, sous prétexte de services rendus à la Résistance, que le plafond était bouché, et mon avenir incertain. En janvier 1951, j'avais été nommé inspecteur principal. Cinq ans plus tard, j'étais au sommet de la hiérarchie sans possibilité de bifurquer, par voie de concours, vers le corps des commissaires.

De plus, Vieuchêne me faisait la gueule. J'avais refusé de l'accompagner à Lurs, lors de la reprise de l'enquête sur l'affaire Dominici qu'il avait sollicitée du garde des Sceaux, Guérin de Beaumont. C'était une entreprise suicidaire. Gaston Dominici avait été condamné par la cour d'assises des Basses-Alpes et il y avait autorité de la chose jugée. Et j'estimais personnellement que les policiers marseillais Sébeille et Constant avaient bien rempli leur mission. L'avenir devait me donner raison : le Gros s'était embarqué dans des investigations vouées de prime abord à l'échec. J'allais sans doute en subir les conséquences. Je l'avais devancé. J'avais sollicité du ministre de l'Intérieur une mise en disponibilité qui m'était accordée en même temps, fait rarissime, que l'autorisation d'ouvrir un cabinet d'enquêtes privées. Les compagnies d'assurances furent mes premières clientes. Après une seconde année de disponibilité, devant l'étendue de ma clientèle, j'offrais ma démission. Elle était, là encore, acceptée en même temps que le ministre me faisait bénéficier, à titre tout à fait exceptionnel, de l'honorariat que l'on n'accorde, en principe, qu'en fin de carrière, aux fonctionnaires méritants.

En cette matinée du 20 janvier 1968, j'ai rendez-vous avec le chef du contentieux de la société suisse d'assurances Winterthur. Les malversations de plusieurs notaires provinciaux en sont la cause. Je suis en avance.

Je m'en souviens, de cette photo de la môme Moineau, qui date de 1935. Le double est aux archives. Lèvres bien dessinées, cheveux courts et frisottés, cils de star… Elle est terriblement d'actualité ! D'autres clichés la représentent en barboteuse ou, parée de ses joyaux, au casino de Monte-Carlo, ou encore en uniforme d'amiral sur son yacht. Il ne manque que celle de la petite bouquetière à la robe courte moulante, qui hantait autrefois la terrasse du *Fouquet's* au grand dam du maître d'hôtel !

La milliardaire excentrique vient de rendre l'âme à l'hôpital américain de Neuilly. Elle avait soixante-trois ans !

Oui, le passé de cette héroïne de conte de fées resurgit. Le vol de ses bijoux avait fait couler beaucoup d'encre ! Une affaire extravagante, avec des personnages hors du commun, des fausses pistes, une guerre des polices sans merci, qui s'était terminée par la défaite de nos concurrents Clot et Castex. Les médias en avaient rajouté, comme toujours, ce qui n'avait guère arrangé les relations Préfecture-Sûreté, déjà ébranlées par l'arrestation de Buisson.

Il n'avait pourtant pas été maladroit, le commissaire Clot. A sa troisième entrevue avec la môme Moineau, le valet-maître chanteur Joachim était tombé entre ses mains. En échange de l'impunité, Clot avait su lui soutirer des confidences. Nous avions agi ainsi avec Marie Blatin, qui s'est mariée depuis et vit plus que confortablement dans un ranch californien. C'était de bonne guerre.

Revenu à Paris, Clot avait convoqué Castex :

— Mon vieux Saint-Cyr, nous tenons le bon bout. J'ai manœuvré comme un chef. Vous filez à Strasbourg me cueillir Mandelle. Voss est à la Santé. Je fonce demander un mandat d'amener au juge de Pontoise.

Saint-Cyr, rayonnant, avait pris le train pour l'Alsace. Elle était payante, sa dernière mission avant la retraite. Il avait tant travaillé sur l'affaire de la môme Moineau, à commencer par la piste Danos. Hélas, à Strasbourg, il lui avait fallu déchanter. La porte des Blatin était close et personne ne savait où la mère et la fille étaient parties. Le trajet du retour avait semblé bien long au malheureux Saint-Cyr !

Clot, de son côté, s'était précipité, confiant, au tribunal de Pontoise. La satisfaction qui avivait l'éclat de son regard avait vite disparu devant la froideur du magistrat instructeur :

— Un mandat, pour quoi faire ? Il est sous les verrous depuis plusieurs jours, Mandelle

Clot, douché, avait bégayé :
— Qui donc l'a arrêté, monsieur le juge ?
— Qui voulez-vous que ce soit ? Le commissaire Vieuchêne, de la Sûreté, bien sûr. D'ailleurs, cette affaire lui appartient. La Préfecture n'a rien à faire à Maisons-Laffitte.

Je n'ai pas touché au croissant. Je n'ai pas faim. Je repousse la tasse de café froid, en commande une autre. Favre-Rochex, le chef du contentieux de la compagnie suisse, ne devrait plus tarder.

Et puis, le procès a eu lieu. Mandelle et Voss ont bien amusé le tribunal, le 26 mars 1952. La môme Moineau aussi, avec sa quadruple rangée de galons or cousus sur sa vareuse bleu marine et son stick à la main. Elle les avait oubliés, ses joyaux et ses dollars. Son époux les avait remplacés depuis longtemps.

— Tout ce que je peux dire, président, c'est que ces deux lascars-là auraient pu m'en laisser la moitié en souvenir. Ça leur aurait évité de les semer sur la route.

Mandelle et Voss avaient été condamnés à des peines légères : trois années de prison. Quand ils ont été libérés, Mandelle s'est expatrié. Le baron, lui, s'est montré homme du monde, comme à l'habitude. Il a fait expédier à sa victime trois douzaines de roses rouges accompagnées de quelques lignes sur un bristol : *Avec les hommages et les regrets d'un drôle de moineau,* avant de gagner la Belgique et le Luxembourg. Mais la vie mondaine parisienne lui manquait. L'argent aussi. Le 10 septembre 1954, les inspecteurs Chauvin et Guérineau de la Brigade volante lui mettaient la main au collet lors d'une tentative de cambriolage dans l'immeuble du 58, rue des Mathurins à Paris. Le commissaire Clot venait d'avoir sa revanche. Un article de *France-Soir* m'a donné de ses dernières nouvelles :

Édouard Voss qui a eu son heure de gloire lors du vol des bijoux de la môme Moineau, s'est fait mitrailler hier soir, rue Notre-Dame-de-Lorette, à Paris, alors qu'il sortait du bar Lætitia. *Les meurtriers n'ont pas été identifiés. Le commissaire Clot enquête.*

Abel Danos a payé depuis longtemps sa dette à la société. Il a été fusillé dans les fossés du fort de Montrouge. Dans le fourgon qui, le 14 mars 1951, l'emmenait devant le peloton, Me Carboni, son avocat, avait tenté de lui faire écrire une dernière lettre à Hélène, la mère de ses enfants.

— Pour quoi faire ? Elle aura déjà assez de peine en lisant les journaux.

— Un effort, Abel. Juste un petit mot.

L'avocat avait tendu une feuille de papier, décapuchonné son stylo. Danos, les mains enchaînées, avait gribouillé quelques lignes. Puis il avait chiffonné la feuille, et l'avait lancée dans un coin du fourgon.

— Vous ne voulez pas écrire ? avait demandé Carboni.

— Si elle voyait mon écriture, déformée par les cahots, elle croirait que j'ai tremblé devant la mort.

Émile Buisson, lui non plus, n'a pas tremblé. Le 28 février 1956, devant la porte fatidique de la prison de la Santé masquant les bois de justice, il avait eu juste le temps de crier à son défenseur :

— Soyez heureux, maître, la société va être contente de vous !

— Je ne suis pas en retard ?

En canadienne à col de fourrure, la mine réjouie sous la chevelure blonde crantée, le teint rosé par l'air vif, Favre-Rochex me rejoint à la table du *Fouquet's*.

— Quelles nouvelles ?

Je désigne le journal étalé devant moi, l'air morose :

— Pas très bonnes. Je viens de perdre une ancienne cliente...

Il se penche sur les photographies, les considère et relève la tête

— Bah, ce ne sont pas de mauvaises nouvelles, ça... En tout cas pas pour vous...

Il se trompe. Mais comment lui expliquer que je viens de faire un plongeon de vingt ans dans le passé, que je viens de revivre en quelques minutes une chasse que j'ai menée avec tant de passion. Il ne comprendrait pas. En tout cas, il n'est pas venu pour ça.

N'empêche qu'en repliant avec soin le journal, je ne puis m'empêcher de penser à Ursuline, la Normande de la rue Damrémont, à Violaine, disparue dans l'accident de la Caravelle Paris-Casablanca, alors qu'elle était, jeune et riche veuve, à la recherche d'un second époux, à Carmen, souvenir d'une cuite aux Canaries, à Josiane, étranglée place Pigalle, le jour de son envol définitif.

Et à Stéphanie Goldstein, la fameuse Tiffany Montgomery, et à la Gazette, ma collaboratrice éphémère, toutes deux absentes de la rubrique nécrologique.

L'antiquaire, rusée, n'a pu être confondue. Elle a renvoyé Joachim et vendu la villa de Cimiez où les constructeurs s'en sont donné à cœur joie en édifiant des appartements de luxe, réussis, mais hors de prix.

Mais si, passant un jour devant l'église Saint-Julien-le-Pauvre, une clocharde efflanquée vous tend la main, pensez que la fortune n'a pas souri à la Gazette. Sa profession d'hétaïre ne payant plus, en raison d'un physique sérieusement défraîchi, elle s'est recyclée dans un métier peu glorieux mais plus rentable.

En tout cas, elle est restée fidèle à son bon vieux pavé parisien !

Puerto de la Cruz, 1985.
Paris, 1986.

TABLE DES MATIÈRES

Achevé d'imprimer le 18 avril 1986
sur presse CAMERON,
dans les ateliers de la S.E.P.C.
à Saint-Amand-Montrond (Cher)
pour le compte des éditions Grasset
61, rue des Saints-Pères, 75006 Paris

N° d'Édition : 6998. N° d'Impression : 827-577.
Dépôt légal : avril 1986
Imprimé en France

ISBN 2-246-37141-4

61,75